LA MORT ET UN PEU D'AMOUR

Grande nouvelle à la police de Moscou : la célèbre inspectrice Anastasia Kamenskaïa va enfin se marier avec son amant de longue date, le mathématicien Alexeï Tchistiakov, dit Liocha. Et pour rendre les choses encore plus folles, son frère Alexandre a, lui aussi, décidé de se marier le même jour, mais à l'autre bout de la ville. C'est en pensant à tout cela qu'elle rentre chez elle et, sur le chemin, surprend la conversation d'un couple de petits malfrats dans un café. Elle apprend que l'alibi qui a permis à un certain Artioukhine de se sortir sans encombre d'une sale affaire était bidon. Anastasia intervient dans la conversation et leur dit qu'elle va avertir le juge d'instruction.

Le lendemain matin, Anastasia Kamenskaïa reçoit dans sa boîte à lettres un mystérieux petit mot : « Ne le fais pas. Tu le regretteras. » Aussitôt, elle avertit le juge d'instruction Olchanski pour lui dire qu'Artioukhine la menace. Mais alors qu'elle vient à peine de signer ses épousailles, un hurlement s'échappe du bâtiment : une jeune femme vient d'être assassinée d'une balle en plein cœur. Or, si Anastasia n'avait pas permuté, à la dernière minute et tout à fait par hasard, l'ordre de passage des couples, c'est elle qui aurait dû être à la place de la victime…

L'enquête commence aussitôt et l'on apprend vite que d'autres meurtres se sont produits dans les bureaux de l'état civil et que d'autres mots de menace ont été envoyés à de futures mariées... Mais des liens existent-ils entre ces mots et ces meurtres ? Toute la question est là.

Ancien lieutenant-colonel de la police judiciaire de Moscou et véritable phénomène de l'édition russe, Alexandra Marinina a écrit plus de dix-sept romans sur l'incorruptible Anastasia Kamenskaïa.

Alexandra Marinina

LA MORT ET UN PEU D'AMOUR

ROMAN

Traduit du russe par
Galia Ackerman et Pierre Lorrain

Éditions du Seuil

TEXTE INTÉGRAL

TITRE ORIGINAL
Smert i nemnogo liubvi

ÉDITEUR ORIGINAL
Eksmo, Moscou

ISBN original : 5-251-00168-1

ISBN 2-02-049092-7
(ISBN 2-02-033893-9, 1re publication)

www.seuil.com

Note des traducteurs sur les noms russes

La construction des noms de famille russes pouvant s'avérer déconcertante pour le lecteur français, il est bon d'en connaître quelques règles de base :

1. Les noms russes se composent d'un prénom, d'un prénom patronymique et d'un nom de famille (ex : Viktor Alexeïevitch Gordeïev, Anastasia Pavlovna Kamenskaïa).

Le prénom patronymique est formé par le prénom du père suivi des suffixes « ievitch » ou « ovitch » (qui signifient « fils de... ») et « ievna » ou « ovna » (fille de...). Ainsi, Viktor Alexeïevitch est le fils d'Alexeï et Anastasia Pavlovna, la fille de Pavel.

2. Les noms de famille des femmes sont ceux de leur père ou de leur mari au génitif (qui est rendu généralement par la terminaison « a » ou « aïa ») : Dacha Kamenskaïa est la femme d'Alexandre Kamenski ; Veronika Tourbina, la mère de Valeri Tourbine. Certains patronymes étrangers ont la même forme au féminin et au masculin : Istvan et Tamila Bartocz. Il en va de même pour les noms terminés en « o » : Svetlana Alleko.

3. Lorsqu'on s'adresse poliment à une personne qu'on ne connaît pas ou à qui l'on doit le respect, il est d'usage d'utiliser le prénom suivi du prénom patronymique : « Viktor Alexeïevitch » ou « Anastasia Pavlovna ». Cette forme équivaut aux formules françaises « M. Gordeïev » ou « Mme Kamenskaïa ».

4. Les prénoms russes autorisent un nombre considérable de diminutifs permettant d'exprimer des gammes complètes de sentiments, de la tendresse à la dérision : Alexandre devient Sacha, Sania ou Saniok ; Anastasia, Nastia ou Nastioucha ; Alexeï, Liocha ; Pavel,

Pacha ; Nadejda, Nadia ou Nadioucha ; Vladimir, Volodia ; Daria, Dacha ; Elena, Elia, etc.

Pour compliquer le tout, certains diminutifs sont identiques au masculin et au féminin : Genia est ainsi le diminutif d'Evgueni ou d'Evguenia ; Valia celui de Valentin ou de Valentina, etc.

Afin d'éviter les confusions, nous avons limité leur usage aux seuls cas où l'identité de la personne nommée était claire.

1

La journée de travail touchait à sa fin, mais Anastasia Kamenskaïa en était toujours au même point : encerclée par la paperasse. Elle contempla, l'air abattu, toutes ces notes, tableaux et statistiques que, malgré les efforts qu'elle avait déployés depuis le matin, elle n'était toujours pas parvenue à ranger. Le pire était qu'il lui fallait impérativement laisser place nette : ce vendredi était son dernier jour de travail avant les vacances. Et aussi... le dernier jour de sa vie de célibataire ! Le lendemain, samedi 13 mai, elle serait une femme mariée.

C'était d'ailleurs la principale raison de son retard : depuis le matin, ses collègues n'arrêtaient pas de la charrier. Toutes les vingt minutes le téléphone sonnait, ou quelqu'un passait la tête dans l'entrebâillement de la porte. C'était à qui sortirait la blague la plus débile. Depuis qu'Alexeï Tchistiakov, dit Liocha, l'avait demandée en mariage trois mois plus tôt, les commentaires allaient bon train. Elle devait bien admettre qu'il y avait de quoi. À son travail, chacun savait qu'Anastasia aurait bientôt trente-cinq ans, qu'elle connaissait Liocha depuis le collège et qu'ils sortaient ensemble depuis des lustres. Pour couronner le tout, elle n'avait jamais marqué le moindre intérêt pour le mariage ou pour la vie de famille. Sa décision-surprise ne pouvait donc que soulever l'intérêt et la curiosité de ses collègues. Après tout, c'étaient des limiers de la Petrovka, la brigade criminelle de Moscou, et ils s'y connaissaient en mystères !

Certains observaient avec suspicion sa maigre silhouette en cherchant des signes de grossesse. D'autres affirmaient que l'université de Stanford avait proposé une chaire de mathématiques à Tchistiakov et que, séduite par la perspective de mener une existence aisée et paisible de l'autre côté de l'Atlantique, Anastasia avait trouvé le seul moyen de franchir les barrières de l'immigration. S'inspirant de divers malheurs qui lui étaient arrivés les mois précédents, les plus imaginatifs développaient une explication psychanalytique complexe qui, débarrassée de tous ses artifices, pouvait se résumer en quelques mots : elle avait la trouille de vivre toute seule.

Quant à ses véritables amis, insensibles à toutes ces explications, ils se moquaient gentiment d'elle, lui lançaient souvent des plaisanteries peu subtiles, mais ne cachaient pas leur approbation : il était temps qu'elle devienne raisonnable et se comporte comme tout le monde.

Évidemment, en ce vendredi 12 mai, ils étaient tous déchaînés. Chacun voulait profiter de la dernière occasion de faire un bon mot ou d'y aller de son commentaire. Même Igor Lesnikov, un homme réputé sérieux et d'ordinaire aussi souriant qu'un membre du Politburo de l'époque brejnévienne, ne put s'empêcher de lui envoyer une petite vacherie après qu'elle eut poliment décliné son invitation de l'accompagner à la cantine :

– Bien sûr, dit-il, tu peux te passer de déjeuner aujourd'hui. À partir de demain, tu auras ton chef personnel à domicile !

Anastasia se fâcha d'autant moins que Lesnikov avait raison. Elle était d'une paresse pathologique pour tout ce qui ne concernait pas son travail à la Petrovka. Elle savait à peine faire cuire un œuf, détestait faire les courses et s'arrangeait toujours pour grignoter de manière à ne pas avoir de vaisselle à se taper. Liocha, en revanche, n'était pas seulement un dieu en mathématiques, mais encore un vrai cordon-bleu. Depuis qu'Anastasia volait de ses propres ailes et s'était installée dans un petit appartement, Liocha s'efforçait de prendre soin d'elle. Lorsqu'il ne passait pas chez elle au moins une fois par semaine pour lui préparer de quoi manger pour quelques jours, elle se nourrissait de sandwichs, qu'elle faisait descendre avec des litres de café fort.

Le plus surprenant pour elle, c'était que la nouvelle de son mariage avait dépassé le cercle de ses connaissances pour atteindre des personnes qui, normalement, auraient dû se moquer comme d'une guigne de ce qui pouvait bien advenir de sa vie privée. Du moins, à ce qu'il lui semblait. Mais elle se trompait. Quelques jours auparavant, elle s'était rendue chez le juge d'instruction Olchanski, du parquet de Moscou. Dans l'antichambre du magistrat attendait un homme qu'elle avait contribué à démasquer et qui se trouvait à présent en préventive. Il risquait la peine capitale... Ou plutôt la perpétuité puisque, pour satisfaire aux exigences du Conseil de l'Europe, les condamnés à mort n'étaient plus exécutés en Russie. Avec le délabrement du système pénitentiaire, c'était encore pire.

– On peut dire que j'ai la poisse ! s'écria-t-il avec un sourire forcé. Il me suffisait de vous échapper jusqu'à aujourd'hui pour couler des jours peinards.

– Comment ça ? lui demanda-t-elle, étonnée. Où seriez-vous donc passé ?

– Moi ? Nulle part, mais vous, vous seriez mariée !

– Et alors ?

L'incompréhension qu'il lut sur le visage de la jeune femme le laissa coi.

– Et alors... Rien. Seulement, vous auriez peut-être eu d'autres chats à fouetter que de courir après les criminels. Si les vieilles filles ont des crocs de bouledogue, c'est parce qu'elles détestent les mecs et qu'elles veulent leur en faire baver. Les femmes mariées, elles, ne travaillent pas pour de vrai. Elles se contentent de faire acte de présence pour ramener un salaire à la maison. Vous voyez bien que j'ai eu la poisse !

L'incident la marqua tellement qu'à son retour à la Petrovka, elle le raconta à son patron direct, le colonel Gordeïev.

En l'écoutant, celui-ci prit d'abord un petit air entendu qui se transforma rapidement en une expression de triomphe :

– Et voilà ! s'exclama-t-il. Je te l'avais bien dit !

– Vous m'aviez dit quoi, au juste ? lui demanda-t-elle, un peu surprise par son enthousiasme.

– Que la réputation est l'arme la plus redoutable d'un flic. Ce n'est ni sa rapidité à dégainer, ni son habileté à pratiquer les arts martiaux, mais la sainte frousse qu'il inspire aux criminels. Toi, tu passes pour une petite fille bien calme que personne ne voit ni ne connaît. Un petit rat de bibliothèque qui rédige des rapports analytiques pour son supérieur. Pas vrai ? Eh bien, les mauvais garçons parlent de toi. Ils s'intéressent à ton mariage. Ça veut dire qu'ils te craignent et te considèrent comme dangereuse. C'est la meilleure évaluation de ton travail. Retiens bien ça, Nastia, le mauvais flic est celui dont les malfrats ignorent l'existence. Celui que les criminels qu'il arrête ne remarquent même pas. Celui dont ils ne gardent aucun souvenir. Vu ?

– Allons donc, Viktor Alexeïevitch, protesta-t-elle mollement. De quel flic parlez-vous ? C'est ridicule ! Je ne suis pas un flic, mais une simple analyste.

La mise au point n'altéra pas la bonne humeur de Gordeïev.

– Tu peux toujours te moquer de mes avis. Mais tu connais l'adage : rira bien qui rira le dernier.

À ce moment-là, Anastasia ne pouvait même pas soupçonner à quel point son chef avait raison et qu'elle ne tarderait pas à se rendre compte que les criminels en savaient beaucoup plus sur elle que son seul nom. Et, lorsque cela arriverait, le colonel Gordeïev n'aurait pas vraiment le cœur à rire.

Ce vendredi-là, la jeune femme ne pensait même plus à cette conversation, occupée qu'elle était à ranger ses papiers dans son coffre et les tiroirs de son bureau qui semblaient décidément trop petits pour tout contenir.

Il était déjà dix-neuf heures trente quand le téléphone sonna. C'était son beau-père, Leonid Petrovitch.

– Dis-moi, fillette, je vais chercher maman à l'aéroport. Tu m'accompagnes ?

Anastasia hésita. Elle n'avait pas vu sa mère depuis des mois, mais elle avait encore tant de choses à faire… Sauf que… quelques heures de plus ou de moins…

– Compris, lui dit sèchement Leonid Petrovitch. Tu es encore plongée dans ton travail…

– Mais, papa ! l'implora-t-elle d'une voix traînante. Je dois laisser place nette avant de partir en congé. Tu peux comprendre, non ?

– Je comprends, répondit-il en s'adoucissant. Dieu soit loué, tu as tout de même pensé à prendre des vacances ! Entendu. J'irai seul.

– Merci, papa chéri, s'écria-t-elle, soulagée. Nous nous verrons tous demain matin.

En raccrochant, elle se renversa sur son fauteuil. Elle n'en revenait pas de la chance qu'elle avait ! D'abord, Leonid Petrovitch qui la comprenait à demi-mot. Elle l'avait toujours considéré comme son véritable père et aussi loin que remontaient ses souvenirs, l'avait toujours appelé « papa ». Et depuis qu'elle était entrée à la Criminelle, où il avait lui-même travaillé, leur complicité s'était encore renforcée. Son chef, ensuite. En huit ans de collaboration avec Gordeïev, elle n'avait jamais eu un problème.

Son Liocha enfin, qui non seulement l'aimait, mais encore la connaissait comme s'il l'avait faite et, par conséquent, n'avait jamais commis d'impair à son égard. Anastasia avait mis pas mal de temps pour découvrir que, dans les relations humaines, c'était cela qui comptait le plus : la confiance, la complicité, et non pas les passions torrides et autres bobards. Dès qu'elle avait saisi cette vérité, elle avait accepté d'épouser Tchistiakov, à la grande surprise de ce dernier qui lui demandait régulièrement sa main depuis qu'ils sortaient ensemble. Malheureusement, cette intime conviction que sa vie avait pris un sens semblait impossible à transmettre aux autres. Certains pensaient même qu'elle n'avait consenti au mariage que pour remercier Liocha de lui avoir offert un ordinateur[1]. Même son meilleur ami, Iouri Korotkov, n'arrivait pas à la comprendre.

– Tu te rends compte ? lui avait-elle expliqué. Il m'a acheté le Pentium sans même m'en parler. Il m'attendait simplement à l'arrêt de l'autobus pour me donner à choisir entre des vacances de rêve et l'ordinateur. Et ça, alors qu'il l'avait déjà installé chez moi ! Tout en marchant, il me baratinait en me disant qu'il avait touché des droits d'auteur inespérés pour son traité de mathématiques, que j'avais besoin de repos et qu'il voulait m'emmener aux Canaries ou je ne sais où…

– Et si tu avais accepté ? s'était écrié Korotkov, interloqué. Il aurait dépensé son argent pour te payer une bécane dont tu ne voulais pas ?

– Mais justement ! Il était sûr de ma réponse ! Il me connaît si bien qu'il était certain que je ne désirais rien au monde plus que cet ordinateur, même si je ne lui en avais jamais parlé. Tiens, imagine que ta femme te fasse tous les matins des œufs sur le plat parce qu'elle n'a pas le temps de te préparer autre chose de plus substantiel et qu'un café ne te suffit pas. D'ailleurs, avec les denrées qu'on trouvait

1. Voir *La Mort pour la mort*, le précédent roman d'Alexandra Marinina chez le même éditeur. (N.d.T.)

avant dans les magasins elle ne pouvait te proposer que des saucisses ou des œufs. Comme tu ne supportais pas les saucisses, le choix était facile. Or voilà qu'avec l'ouverture du pays, le choix est désormais plus grand : il y a aussi des yaourts aux goûts variés, des salades de surimi aux crevettes, des desserts à l'ananas et aux bananes, des avocats, des huîtres et des brochettes. À ton avis, est-elle capable, sans te poser une seule question, de décider exactement ce que tu aimerais pour ton petit déjeuner ?

– J'en doute, avait reconnu Korotkov. Elle ne pourrait certainement pas choisir alors que je ne connais même pas le goût de la plupart des trucs que tu viens d'énumérer. À part les yaourts et les brochettes…

– Eh bien, tu vois, pour Liocha, c'était pareil. Nous n'avions jamais parlé de ce que j'aurais aimé faire avec trois mille dollars. Et d'ailleurs, comment l'aurions-nous fait ? Je n'avais jamais possédé une telle somme de ma vie. Et lui non plus. Mais, dès qu'il a touché ses droits, il a su ce que je voulais. Pour parvenir à ce résultat, il faut non seulement me connaître, mais pénétrer littéralement dans ma peau ! C'est à ce moment-là que j'ai compris que je ne pourrais jamais trouver quelqu'un comme lui.

Son ami s'était contenté d'afficher un sourire sceptique.

– Évidemment ! Aucun homme normal ne supporterait que tu te décharges de toutes les tâches domestiques sur lui pour te consacrer entièrement à ton travail ! Laisse tomber la psychanalyse à bon marché ! Admets simplement que tu aspires au confort et à la sécurité du mariage. Assez de couplets sur les grands sentiments ! Comme si je ne te connaissais pas !

– Que le diable t'emporte, Iouri ! Tu banalises toujours tout.

Le coup de l'ordinateur n'avait convaincu aucun de ses proches. Pourtant, c'était bien ainsi que les choses s'étaient passées. Et, en ce dernier vendredi de sa vie de célibataire, lorsqu'elle referma derrière elle la porte de son bureau, elle sut, et sans l'ombre d'un doute, qu'elle avait raison de se marier. Il était près de neuf heures du soir, mais elle avait fini son rangement et dit mentalement au revoir à son bureau qui resterait vierge de tout papier pendant un mois et demi.

En regagnant le métro à pied, elle se rappela brusquement qu'elle avait totalement oublié d'acheter un cadeau à Alexandre, son demi-frère, qui, lui aussi, s'était mis en tête de se marier le lendemain. Alexandre Kamenski, Sacha pour les intimes, fruit d'un second mariage du père d'Anastasia, était son cadet de sept ans. Leurs mondes respectifs ne pouvaient être plus différents : autant la jeune femme, entièrement absorbée par son travail, avait une vie modeste, autant Alexandre, plongé dans le milieu tumultueux des affaires, des calculs financiers et de sommes astronomiques en dollars, menait grand train. C'était un homme agréable et charmant, bien de sa personne, mais il s'était marié trop jeune avec une femme qui n'était pas faite pour lui et qui, de plus, l'ennuyait. Il avait fini par faire une croix sur sa vie sentimentale et commençait à s'étioler lorsque, grâce à Anastasia, il avait rencontré Dacha, une jeune femme formidable qui était tombée éperdument amoureuse de lui. Il lui avait fallu beaucoup de temps et d'efforts pour comprendre que les sentiments de Dacha étaient aussi sincères que désintéressés, mais dès que cette idée s'était imposée à lui, il avait subi une métamorphose complète. La vilaine grenouille financière était devenue un vrai prince charmant dont le plus grand plaisir consistait à faire des cadeaux et à vouloir réaliser l'impossible.

En apprenant que sa demi-sœur allait se marier le 13 mai, il avait fait jouer toutes ses relations pour divorcer en un temps record et s'était arrangé pour que son propre mariage ait lieu le même jour. Naturellement, dans son esprit, les deux cérémonies devaient se dérouler simultanément et dans le même bureau de l'état civil [1]. Hélas, pour cela, son bras n'était pas assez long : il était impossible de déroger à la règle qui imposait d'enregistrer les épousailles dans l'arrondissement de résidence de l'un des mariés. Il avait bien proposé à sa sœur de tout organiser au Palais des mariages, où pouvaient convoler tous les couples de la capitale, mais Anastasia n'avait pas voulu en entendre parler : pas de palais, pas de pompe, ni tambours ni trompettes. Tout devait être fait rapidement et dans la discrétion.

Alexandre ne s'était pas avoué battu pour autant et avait conçu un plan grandiose. À dix heures du matin, ils se rendraient tous les quatre au premier bureau de l'état civil. Il y épouserait sa Dacha. Anastasia et Tchistiakov seraient leurs témoins. Ils iraient ensuite au bureau de l'arrondissement d'Anastasia, où les rôles seraient inversés. Et tout finirait au restaurant, où ils seraient rejoints par les quatre couples de parents pour un bon repas « sans chichis ».

Anastasia, qui redoutait de voir son mariage transformé en grande fête, avait bien exprimé ses doutes :

– Sacha, avait-elle dit, ce n'est peut-être pas la peine d'aller tous au restaurant. Je ne pense pas que notre père soit à l'aise en présence de ses deux femmes, l'ancienne et l'actuelle.

– Oh, Nastia ! Pas de simagrées ! s'était-il écrié. Un océan entier est passé sous les ponts depuis, et tout ça n'a plus d'importance. Et puis, je veux que ça soit comme ça. Tu as beaucoup fait pour Dacha et moi et je ne veux pas être absent à ton mariage, de même que je ne veux pas célébrer le mien sans toi.

1. En Russie, les mariages ne se déroulent pas à la mairie, mais dans les bureaux de l'état civil de chaque arrondissement. (N.d.T.)

– Eh bien, il ne fallait pas les organiser le même jour, lui avait-elle rétorqué, irritée. Tu crées toi-même des problèmes et après, il faut déployer des efforts héroïques pour les surmonter. On aurait tout aussi bien pu se marier à une semaine d'intervalle. Je ne vois pas en quoi c'était gênant.

– Et la fête, hein ? Tout le chic est de le faire le même jour. C'est une si belle histoire ! Tu te rends compte : nous fêterons ensemble nos anniversaires de mariage. Nastia, tu vis toujours avec les vieilles idées de l'époque soviétique et tu n'imagines même pas tout ce qu'on peut faire maintenant. Évidemment, cette année, nous n'irons nulle part après le mariage : Dacha va accoucher en juillet. Mais l'année prochaine, nous pourrons célébrer notre premier anniversaire, disons… à Madrid. Et le deuxième, à Vienne. Et le troisième, à Paris. Nous ferons ces voyages tous les quatre et nous établirons une belle tradition que nous entretiendrons soigneusement et qui fera l'étonnement de tout le monde !

La tirade avait fait sortir Anastasia de ses gonds.

– Sacha ! Tu devrais plutôt mesurer tes prétentions à ma situation matérielle. Je n'irai ni à Madrid, ni à Vienne, ni à Paris. Je n'en ai pas les moyens. Tes manières de nouveau riche me rendent folle !

Loin de se fâcher, Alexandre avait pouffé de rire.

– Que le diable t'emporte ! Tu es ma sœur et je t'emmènerai dans le monde entier !

Il était tellement amoureux qu'il n'aurait permis à personne de ternir la belle histoire qu'il avait imaginée.

Lorsqu'elle s'en était rendu compte, Anastasia avait cédé. C'était pour cela que le lendemain, les deux mariages seraient célébrés l'un derrière l'autre, ce qui obligerait les deux couples à traverser toute la ville. La jeune femme avait acheté le cadeau de Dacha depuis belle lurette, mais elle avait remis à plus tard celui d'Alexandre. Tellement même qu'elle devait s'y prendre au dernier moment. Mais aussi… qu'est-ce qu'elle pouvait donc bien acheter à un riche homme d'affaires avec son modeste salaire ? Elle avait bien remarqué un ensemble d'accessoires de bureau dans un kiosque de l'Arbat, mais elle n'était pas arrivée à se décider. Et maintenant, il était bien trop tard pour trouver autre chose.

Place Pouchkine, elle prit l'autobus. Elle n'avait qu'un souvenir approximatif de l'endroit où se trouvait la boutique, aussi remonta-t-elle lentement la rue piétonne en faisant du lèche-vitrines. Devant un kiosque, elle résista victorieusement à la tentation de s'acheter un paquet de biscuits apéritif au fromage.

Elle s'était détournée de l'objet de sa convoitise lorsque son regard tomba sur une Opel vert pomme, garée dans une ruelle. La voiture ne lui était pas inconnue. Il lui fallut à peine une seconde pour se rappeler où elle l'avait vue : devant les grilles de la Criminelle, au 38 rue Petrovka. Par réflexe professionnel, elle s'avança et jeta un regard à l'intérieur. Un manteau en cuir rouge vermillon avec une bande noire était négligemment posé sur le siège arrière. Elle se souvenait aussi très bien de ce manteau : ce n'était pas le genre de vêtement qu'on voit souvent à Moscou.

Dans les dernières clartés du jour, elle chercha autour d'elle et finit par reconnaître l'homme de la voiture. Assis de profil à la terrasse d'une buvette, il était en pleine conversation avec une jeune femme brune. Anastasia ne voyait que son dos, mais elle était certaine qu'il s'agissait bien de la propriétaire du manteau extravagant.

Elle s'approcha du comptoir, prit un café et un gâteau, paya et s'installa à une table voisine, en prenant bien soin de leur tourner le dos pour ne pas se faire remarquer. Tout en se disant que ça ne la concernait plus, elle tendit l'oreille pour entendre leur conversation.

– Il fait trop chaud, expliquait la jeune femme d'une voix un peu capricieuse. Les Smirnov y étaient en juillet dernier et ils m'ont dit que c'est une véritable fournaise ! Il faut y aller plus tard, en septembre.

– Mais l'année dernière, nous sommes partis en juillet, objecta son compagnon. Et tout était parfait. Tu n'as même pas attrapé de coup de soleil !

– Tu ne vas pas comparer la Costa Brava et la Turquie ! Ce n'est pas le même climat. En Turquie, nous allons devenir dingues en juillet !

– J'ai entendu dire qu'il y a un endroit très bien, insista-t-il. Un environnement très propre, des pins, du sable, de la fraîcheur…

– Et c'est où, ton paradis ? le coupa la jeune femme d'un ton incrédule.

– C'est… Zut ! J'ai oublié l'endroit.

– Kemer ! lança Anastasia à haute et intelligible voix et sans se retourner.

– C'est ça ! Kemer ! s'écria joyeusement l'homme.

Anastasia sentit la jeune femme se retourner :

– On ne vous a jamais dit que c'était impoli d'écouter les conversations ? lui lança-t-elle avec irritation. Et encore plus de s'en mêler !

Anastasia, qui venait d'avaler une gorgée de café, reposa prudemment sa tasse et, en s'accoudant au dossier de sa chaise, leur fit face. Il fallut au couple deux ou trois secondes pour la reconnaître. L'homme pâlit tandis que les pommettes de sa compagne s'empourpraient.

– À votre place, je laisserais de côté les questions de politesse, dit-elle. Votre attitude relève de l'article du Code pénal qui punit les faux témoignages.

– Vous ne pourrez pas le prouver ! s'emporta la brune. De toute manière, ce n'est pas vrai !

– Qu'est-ce qui n'est pas vrai ? Que vous êtes allés en vacances l'été dernier ? Que vous vous connaissez de longue date ?

– Et alors ? s'obstina-t-elle. Ça ne veut rien dire !

– Si, soupira Anastasia. Ça veut dire que l'alibi de votre copain ne tient plus. Il n'était crédible que dans la mesure où vous, une passante, aviez indiqué son chemin à un homme que vous ne connaissiez ni d'Ève ni d'Adam au moment même où les faits qui lui étaient reprochés se déroulaient à l'autre bout de la ville. Si c'est votre petit ami, ça change tout.

– Quoi qu'il en soit, l'affaire est classée, lui fit remarquer l'homme.

Anastasia rejeta l'argument d'un haussement d'épaules.

– On peut toujours rouvrir un dossier. C'est facile comme bonjour.

Le couple ne s'attendait visiblement pas à celle-là. Personne ne leur avait dit que les affaires non élucidées n'étaient définitivement classées qu'au bout de plusieurs années. Dans un premier temps, l'enquête était simplement suspendue en attendant des éléments nouveaux qui pouvaient surgir à tout moment.

Anastasia finit son café et se leva.

– Lundi, j'informerai le juge d'instruction de notre touchante rencontre. Il décidera ce qu'il convient de faire. Vous aurez peut-être de la chance s'il estime que mon information n'est pas assez intéressante pour reprendre l'affaire. Mais je préfère vous prévenir.

En s'éloignant, elle sentit le regard du couple posé sur elle. La rencontre lui laissa un arrière-goût désagréable. Elle se souvenait de la victime, une jeune fille sauvagement battue et violée. Lors de l'identification, elle n'était pas parvenue à reconnaître son agresseur de manière formelle : la peur et la douleur lui avaient brouillé la mémoire. En revanche, cette petite salope qui avait les moyens de se rendre tous les ans dans des stations balnéaires avait été formelle : elle gardait un souvenir très net de l'accusé. Il lui était resté en mémoire parce qu'il appartenait à son type d'homme.

Là, au moins, elle n'avait pas menti : pour lui plaire, il lui plaisait !

Lorsqu'elle estima être suffisamment loin du couple, Anastasia ralentit l'allure et se demanda ce qu'elle devait faire. Sa décision fut rapide : d'abord, le cadeau. Elle aurait bonne mine si la boutique était fermée !

Il ne lui fallut que quelques minutes pour trouver le bon kiosque et acheter la parure de bureau. L'esprit plus libre, elle se dirigea vers une cabine téléphonique pour appeler le juge d'instruction Olchanski.

– Konstantin Mikhaïlovitch, dit-elle, excusez-moi de vous déranger chez vous…

– Ne t'en fais pas. Qu'est-ce qui t'amène ?

– Je suis tombée par hasard sur Artioukhine. Son alibi est faux. L'année dernière, il a passé ses vacances avec la fille qui l'a reconnu à l'autre bout de la ville.

Olchanski émit un petit sifflement de surprise.

– Alors, comme ça, ils nous ont monté un bateau !

– Exactement.

– Se savent-ils découverts ?

– Oui, mais ils se croient tranquilles jusqu'à lundi.

– Entendu, Anastasia. Dis-moi ce que tu sais, je vérifierai demain matin.

– Ils étaient sur la Costa Brava, en Espagne, en juillet dernier. Ils se connaissent donc depuis au moins un an.

– Quels salauds… Dis-moi, je rêve, ou tu te maries demain ?

– Vous ne rêvez pas…

– Alors qu'est-ce que tu fais à démolir les alibis de salauds qui se croyaient peinards au lieu de t'occuper de la cérémonie ?

– Konstantin Mikhaïlovitch, je regrette de vous décevoir, mais le mariage, c'est demain. Aujourd'hui, je travaille.

– Kamenskaïa, personne ne t'a dit que tu es cinglée ?

– Si, très souvent ! Vous êtes le centième de la journée !

– Dieu soit loué ! Il y a au moins quatre-vingt-dix-neuf autres personnes normales en ce bas monde. Et ton futur mari, il est du nombre ?

Elle laissa échapper un petit rire.

– Non, il est encore plus cinglé que moi. Il prend ses papiers pour travailler même quand nous passons le week-end ensemble !

– Alors, vous êtes faits pour vous entendre. Bonne chance ! Quant à Artioukhine, je vais le réduire en bouillie. Marie-toi et ne t'inquiète de rien !

Il n'était pas loin de minuit lorsqu'elle rentra chez elle. Alexeï Tchistiakov faisait une patience, installé à la table de la cuisine. Il ne semblait pas plus angoissé qu'Anastasia par l'événement du lendemain. Peut-être était-ce simplement parce qu'il avait tant attendu ce moment qu'il avait eu le temps de s'habituer à l'idée.

– Liocha, tu n'es pas fâché ? s'enquit-elle timidement dès qu'elle eut franchi le seuil. Excuse-moi, mon cœur, mais j'avais tellement de choses à régler que je n'ai même pas pu aller chercher maman à l'aéroport. Et j'avais oublié d'acheter le cadeau de Sacha…

Tchistiakov était effectivement contrarié.

– Tu aurais dû m'avertir, lui répliqua-t-il vivement. Il fait nuit depuis longtemps et tu cours on ne sait où. Veux-tu manger un morceau ?

– Bien sûr que oui !

Quelques instants plus tard, en regardant sa future épouse dévorer une grande assiette de salade russe, Tchistiakov s'adoucit.

Elle est en vie et en pleine forme, pensa-t-il. *Que demander de plus ? De toute manière, rien ne pourra la changer. Tant mieux, d'ailleurs !*

Elia Bartocz ramena les deux mains derrière la nuque pour ouvrir le fermoir et retirer le collier.

– Ça ne va pas non plus ! soupira-t-elle. Trop clinquant. Il éclipse la robe. Qu'est-ce que je pourrais bien mettre ?

– Ne t'énerve pas ! lui conseilla sa mère, Tamila, en laissant percer une pointe d'irritation. Ce n'est tout de même pas la fin du monde ! Tu sais ce que disait toujours ton grand-père, le professeur Berekachvili ? Le doctorat est le seul événement vraiment unique dans la vie. Tu peux écrire et soutenir vingt thèses dans les domaines les plus divers, seule la première te donnera le titre de docteur. En revanche, on peut se marier autant de fois qu'on veut. Alors, ne prends pas trop au sérieux la cérémonie de demain. Vous allez signer l'acte de mariage et vivre ensemble et vous envoyer en l'air sans arrêter pendant quelques mois et puis, vous en aurez marre l'un de l'autre et vous courrez divorcer.

Elia baissa la tête et s'affaissa lourdement sur une chaise sans même se rendre compte qu'elle froissait sa magnifique robe de mariée. Comme deux larmes roulaient sur ses joues, elle renifla et les essuya du revers de la main.

– Et voilà ! s'écria Tamila d'un ton sec en rangeant soigneusement dans leurs boîtes les bijoux posés pêle-mêle sur la table. Tu es tellement nerveuse qu'on ne peut plus te dire un mot. Il faut te calmer, sinon personne ne voudra avoir affaire à toi. Tu ne comprends pas la plaisanterie, tu te fâches pour un rien, tu te mets à chialer comme une môme. Tu as vraiment un caractère impossible !

Elia ne put supporter cette avalanche de reproches et se précipita dans sa chambre.

Restée seule, Tamila poussa un soupir d'exaspération.

En fait, ce mariage l'indisposait. Elle n'admettait pas le choix d'Elia. Comment l'aurait-elle pu, elle, la fille d'un savant géorgien indépendant et fier et d'une femme de lettres de renom issue de la famille des Barseneff ? Elle qui avait fait un si beau mariage en épousant Istvan Bartocz, brillant homme d'affaires et fils d'un diplomate hongrois en poste à Moscou. De sa famille, elle tenait une petite fortune en bijoux qui, par miracle, avaient traversé la révolution, la guerre civile et soixante-dix ans de pouvoir soviétique sans être confisqués. Quant à son mari, il dirigeait une entreprise de matériel paramédical qui faisait des affaires dans le monde entier. En d'autres termes, le couple menait une vie plus qu'agréable : réceptions, banquets, voyages à l'étranger (pour rendre visite à la famille de son mari pendant l'époque soviétique, et tout simplement pour « affaires » depuis que le commerce de marchandises en tout genre était devenu légal).

Tamila ne passait pas inaperçue : racée, élégante, bien dans sa peau, le visage agréable et volontaire malgré le nez légèrement aquilin, une chevelure abondante qui lui tombait sur les épaules en boucles noires, presque bleutées, les hanches larges et la poitrine abondante, elle attirait les regards partout où elle allait et, en dépit de ses quarante-cinq ans bien sonnés, ne manquait pas d'admirateurs. L'idée que certains d'entre eux étaient attirés par ses relations et sa richesse plutôt que par ses charmes ne lui traversait même pas l'esprit. Élevée dans une famille d'intellectuels élitistes, parlant couramment l'allemand et le hongrois, habituée dès l'enfance à l'aisance, à l'amour de ses proches et à être au centre de l'attention générale, elle considérait l'attraction qu'elle exerçait sur autrui – et particulièrement les hommes – comme une chose naturelle et qui ne s'éteindrait qu'à sa mort.

Bien entendu, elle s'était fait de son futur gendre une idée précise qui n'avait strictement rien à voir avec celle d'un thésard vivant vertueusement chez sa vieille mère. Or c'était précisément d'une telle nullité que s'était entichée Elia : aucune fortune et un avenir de rat de bibliothèque ! Bien sûr, Istvan (ou plutôt Pista, comme elle appelait son mari en utilisant le diminutif hongrois de son prénom) pouvait faire quelque chose de ce garçon – le prendre dans sa société et en faire même son bras droit. Mais cela en vaudrait-il la peine ? L'étudiant n'avait rien d'une pépite d'or qui mériterait du travail et des efforts pour qu'on la transforme en bijou. C'était un bon à rien des plus ordinaires, sans poigne, sans énergie, sans habileté et ne manifestant pas le moindre intérêt pour le monde de la finance. Après une observation attentive, Tamila avait conclu que ses seuls attraits étaient un corps d'Hermès trismégiste et une incroyable sexualité qu'Elia, la petite crétine, trouvait irrésistible. Elle-même, malgré son expérience en ce domaine, ne parvenait pas à rester insensible à l'énergie sexuelle qui émanait de lui. Et elle savait bien que, lorsque des phénomènes naturels d'une telle puissance sont à l'œuvre, il est inutile de lutter : tout obstacle ne fait que renforcer le désir. C'est pour ça qu'elle avait cédé devant l'entêtement de sa fille. Toute pression se serait révélée contreproductive.

Ce n'est rien, s'était-elle dit cyniquement. *Qu'ils se marient, qu'ils baisent comme des malades, ils finiront bien par se fatiguer !*

Et c'est là qu'elle entrerait en scène. Elle n'aurait plus qu'à enlever de la tête d'Elia ces idées romantiques sur le caractère indissoluble du mariage… Comment disait-on déjà ? « Dans la pauvreté et dans la richesse, dans le chagrin et dans la joie, jusqu'à ce que la mort vous sépare… » Le mieux qu'Elia avait à faire était de comprendre, à la veille de ses noces, que cet événement n'avait rien d'extraordinaire et qu'elle pourrait le reproduire à sa convenance tant que Dieu lui prêterait vie.

Elia sortit de sa chambre les yeux rouges et le visage

bouffi. Elle avait échangé sa resplendissante robe blanche contre un collant vert émeraude scintillant et une longue blouse ornée de fleurs grises et vertes qui lui tombait presque aux genoux. Son épaisse chevelure noire, ramenée sur la nuque avec une barrette, dégageait son cou fin, fragile et attendrissant. Un rouge à lèvres grenat soulignait le joli contour de sa grande bouche.

– Je vais chez Katia, lança-t-elle sur un ton de défi en se préparant à une nouvelle querelle.

Tamila lui avait demandé de se coucher tôt car elle allait devoir se lever tôt le lendemain : la coiffeuse viendrait à sept heures et Galia arriverait une heure plus tard pour le maquillage. Puis ce serait le tour de la manucure. Le départ pour le bureau de l'état civil était prévu pour neuf heures et demie. Ils devaient y être les premiers. Pour Tamila, il était exclu que sa fille fasse la queue comme n'importe qui d'autre.

– Vas-y, accepta sa mère en haussant les épaules avec une indifférence bien feinte. Si tu veux avoir l'air d'un hareng saur demain, ça te regarde. C'est ton mariage, pas le mien !

La jeune fille accéléra le pas pour ne pas éclater encore en sanglots devant sa mère. Non ! Elle ne lui donnerait pas cette joie. Elle sortit en claquant la porte, ce qui la calma. Parfois, elle haïssait férocement sa mère. Et « parfois » était un euphémisme.

Katia, sa meilleure amie, habitait dans le même immeuble, mais il fallait emprunter l'entrée d'à côté. Les deux filles avaient fait leur scolarité et préparé l'examen d'entrée à l'université ensemble. Katia avait été reçue haut la main, mais pas Elia. À présent, Katia était en troisième année de fac alors que son amie se demandait toujours ce qu'elle allait faire. Elle passait son temps à se balader à l'étranger, avec ses parents ou en voyages organisés, et faisait semblant d'étudier l'histoire du cinéma. Tamila, qui n'avait jamais travaillé de sa vie, trouvait ça parfaitement normal. Tout ce dont sa fille avait besoin, c'était d'un bon mari capable de lui donner un train de vie satisfaisant.

– Voilà ! Voilà ! maugréa Katia en réponse aux coups de sonnette insistants, puis elle alla ouvrir la porte.

Elle s'attendait à tout sauf à voir sa copine sur le palier.

– Elia ! Qu'est-ce qu'il y a ?

– Rien. Je venais juste faire un brin de causette.

Katia afficha un air incrédule.

– La veille de ton mariage ? Tu n'as rien d'autre à faire ?

– Si je te dérange, je m'en vais ! répliqua Elia d'un ton pincé. J'arrive à un mauvais moment ?

– Mais non ! Entre. Je suis seulement surprise. D'habitude, la veille d'un mariage, les fiancées sont occupées à toutes sortes de préparatifs.

– J'ignore totalement ce que font les fiancées, lui rétorqua sèchement Elia. Tu es ma seule amie et tu ne t'es pas encore mariée.

– Mais moi, dans ma promo, j'ai eu l'occasion de voir pas mal de mariages en trois ans, dit Katia en s'efforçant de détendre l'atmosphère. Je sais comment ça se passe. Tu veux du thé ?

– C'est-à-dire… Je mangerais bien un morceau, avoua Elia d'un air penaud.

Katia la regarda de la tête aux pieds.

– C'est quoi, tous ces bobards ? Tu viens de te maquiller et tu as des chaussons aux pieds. Ça signifie que tu viens tout droit de chez toi.

– Et alors ?

– Et alors… Ta mère ne te nourrit pas ? À moins que tu ne te sois encore chamaillée avec elle et que tu te sois lâchement enfuie en oubliant de mettre tes chaussures.

Les lèvres d'Elia tremblotèrent et, l'instant d'après. elle sanglotait déjà sur l'épaule de son amie.

– Pourquoi maman le déteste-t-elle tant ? Qu'est-ce qu'il lui a fait ?

– Elia, mon chaton, et pourquoi devrait-elle l'aimer, dis-moi ? C'est à toi d'aimer ton Valeri. Pourquoi ta mère serait-elle obligée d'avoir les mêmes goûts que toi ?

Katia passa doucement la main dans les cheveux d'Elia en pensant avec tristesse que ses arguments étaient un peu compliqués pour son amie qui était bonne et gentille, mais plutôt limitée. Pour la millionième fois, elle se demanda avec un pincement au cœur ce que le brillant Valeri Tourbine avait bien pu lui trouver.

C'est qu'elle connaissait bien le futur docteur en philosophie. Ils s'étaient rencontrés à l'université où Valeri avait été chargé d'animer un séminaire pour les troisièmes années pendant un semestre. Il avait rapidement remarqué cette étudiante douée, sortant de l'ordinaire, avec qui il pouvait avoir des conversations de haut niveau sans être obligé de plier sa pensée pour la faire tenir dans des phrases compréhensibles par le commun des élèves. Leur intérêt l'un pour l'autre avait vite donné naissance à une sympathie mutuelle qui aurait pu se transformer en tout autre chose si Elia, la petite fainéante, ne s'était pas pointée un beau matin, la gueule enfarinée, pour soutenir sa copine qui passait une épreuve de psychologie sociale. Et, pendant que Katia répondait vaillamment aux questions de l'examinateur dans la salle de cours, Elia l'attendait dans le couloir, le bras négligemment appuyé sur le rebord d'une fenêtre en compagnie de Valeri. Lorsqu'elle était sortie, un seul regard lui avait suffi pour comprendre que quelque chose venait de se passer entre eux.

Elle s'était aussitôt résignée. De nature peu combative, elle ne s'était pas lancée dans une compétition avec Elia pour reconquérir Valeri. La plaie ne s'était pas encore cicatrisée, mais Katia essayait tant bien que mal de séparer dans son âme son amour frustré et son amitié pour Elia. Au fond, elle ressentait même pour son amie quelque chose qui ressemblait à de la pitié : une vie solitaire, sans centre d'intérêt, sans cause à défendre… Dans ces conditions, une histoire d'amour ne pouvait que prendre des proportions énormes et remplir sa vie, ses pensées, ses sentiments. Et la moindre contrariété, la plus infime menace sur ce bonheur devenait un véritable drame, quand elle n'était pas vécue comme une catastrophe majeure.

Moi, pensait Katia, *j'aurai d'autres hommes intéressants et intelligents. Mais Elia... Où en trouverait-elle ? Elle n'a pas de contacts, pas de relations. Tout ce qu'elle peut espérer, ce sont des coureurs de dot, comme ce Marat, le nouveau riche que lui avaient trouvé ses parents...*

Katia ayant fini par calmer son amie, elles papotèrent jusqu'à onze heures. En rentrant chez elle, la future mariée remarqua des papiers qui dépassaient de la boîte à lettres. Au milieu de quelques journaux publicitaires, il y avait une enveloppe blanche sans aucune inscription. Elle la tourna quelques instants dans ses mains en se demandant ce que cela pouvait bien être et si elle devait l'ouvrir ou la donner à sa mère. Elle opta pour la première solution et déchira le rabat d'un geste décidé. L'enveloppe contenait une feuille pliée en quatre. Un message y était écrit, en gros caractères d'imprimerie :

NE LE FAIS PAS
TU LE REGRETTERAS

2

Le timbre insistant de la porte surprit Anastasia sous la douche. Liocha alla ouvrir. C'était Dacha, leur future belle-sœur. Elle pénétra en trombe dans l'appartement. À son huitième mois de grossesse, elle avait préféré troquer la traditionnelle robe de mariée contre un ensemble en soie blanc cassé. Un pantalon large et un chemisier flou dissimulaient son ventre. Avec son visage sympathique, ses cheveux mi-longs tirant sur le miel et ses grands yeux bleus, elle ressemblait plus à une charmante petite rondelette qu'à une future mère.

– J'en étais sûre ! lança-t-elle sans même un bonjour. Encore en train de roupiller. Pour Nastia, je veux bien : c'est une marmotte. Mais toi, Liocha ?

– Quoi, moi ? lui répliqua Tchistiakov, surpris par cette entrée en matière. Il n'est que huit heures et la cérémonie est prévue à dix.

– Mais il faut le temps de s'habiller, de se maquiller, d'acheter des fleurs... Sacha vient nous prendre dans une heure et vous en êtes encore à flâner en pyjama !

– Mais calme-toi ! lui ordonna Tchistiakov avec un large sourire pour faire passer l'injonction. On y arrivera. Nous avons l'habitude. Et ne te fais pas de bile, c'est mauvais pour la santé. La tienne et celle de ta progéniture.

– Et ta fiancée ? lui renvoya Dacha, un rien pincée.

– Sous la douche. Elle se réveille.

– Est-ce que ses habits sont prêts ?

La question finit de désarçonner Tchistiakov.

– Je ne sais pas. Je ne lui ai pas demandé.

– J'en étais sûre ! Elle n'a même pas vérifié s'il manquait des boutons, ou s'il y avait besoin d'un coup de fer. Va préparer le petit déjeuner. Je m'occupe de l'habillement.

Tchistiakov passa docilement dans la cuisine et fit chauffer le café pendant que Dacha continuait à parler toute seule et à s'interrompre en poussant force soupirs et exclamations.

– Bon Dieu ! Mais qu'est-ce qu'elle a fait du chemisier que je lui avais dit de mettre ? Il était quelque part par là... Et naturellement, il faut repasser la jupe... Ce n'est pas une mariée ! C'est une erreur ambulante ! Au moins, est-ce qu'il y a un fer à repasser dans cette baraque ?

Lorsque Anastasia sortit de la salle de bains, elle resta figée devant le résultat de l'impétueuse activité de sa future belle-sœur. Tous ses vêtements gisaient pêle-mêle sur le canapé et les fauteuils tandis que Dacha, à genoux par terre au milieu de la pièce, repassait une jupe noire posée sur une couverture.

– Tu t'es transformée en statue de sel ou quoi ? lui demanda Dacha sans se retourner. Va vite prendre ton café et occupe-toi de ta figure.

– Tu crois que c'est la peine ? demanda Anastasia d'une petite voix.

Elle détestait se maquiller, même si elle reconnaissait qu'un peu de cosmétique correctement appliqué la rendait beaucoup plus attrayante.

– Et puis quoi encore ! « Tu crois que c'est la peine » ! Tu ne vas pas commencer à marchander : souviens-toi de notre pacte. J'étais d'accord pour que tu t'habilles comme d'ordinaire à la seule condition que tu t'arranges un peu.

Dacha finit par jeter un regard à Anastasia et poussa un soupir contrarié en la voyant plantée là, pieds nus et enveloppée dans une grande serviette de bain.

– Nastia, je t'en prie, grouille-toi, ou nous allons être en retard.

Joignant le geste à la parole, elle se remit à son repassage avec un acharnement redoublé.

Les efforts de la jeune femme ne furent pas vains. Lorsque Alexandre Kamenski appuya sur la sonnette à neuf heures tapantes, Anastasia avait déjà bu deux tasses de café, enfilé son tailleur noir dûment repassé sur son chemisier blanc et finissait de se maquiller devant le miroir de la salle de bains.

– Nastia ! cria son frère depuis le vestibule. Il y a une lettre pour toi.

– C'est quoi ?

– J'en sais rien. Elle était glissée entre le battant et le chambranle. Et il n'y a rien d'indiqué sur l'enveloppe.

Anastasia délaissa poudre, Rimmel et rouge à lèvres pour aller au-devant de son frère. Ils s'embrassèrent avant de se contempler réciproquement d'un air taquin.

– Alors ? lui demanda la jeune femme. Suis-je convenable ?

– Et comment ! Et moi, de quoi j'ai l'air ?

D'ordinaire grand, maigre et laid, Alexandre ressemblait ce matin-là à un superman sorti tout droit d'un film d'Hollywood. Était-ce dû à son costume taillé sur mesure par un bon faiseur ou à l'expression de son visage ? Anastasia n'aurait su le dire, mais tout dans l'apparence de son frère semblait crier : « J'ai de la chance. Je peux faire n'importe quoi. Je parviens toujours à mes fins et personne ne peut m'en empêcher ! »

– Tu es beau comme un dieu ! Donne la lettre, ajouta-t-elle en la lui arrachant des mains.

Elle ouvrit l'enveloppe d'un geste rapide et en retira une feuille pliée en quatre. Le message, en gros caractères d'imprimerie, était bref :

NE LE FAIS PAS
TU LE REGRETTERAS

Malgré les efforts qu'elle fit pour se maîtriser, le sang reflua soudain de son visage et ses mains furent saisies d'un tremblement incoercible.

– Qu'y a-t-il ? s'inquiéta Alexandre en voyant la pâleur subite de sa sœur. Quelque chose de mauvais ?

– Ne t'inquiète pas. Des bêtises sans importance, lui répondit-elle en s'efforçant de refouler son émotion.

– Tu es sûre ?

– Mais oui ! Tout va bien. Ça n'a aucun rapport avec le mariage. Dacha et Liocha sont dans la cuisine. Rejoins-les, s'il te plaît, et occupe-les cinq minutes. J'ai un coup de fil à passer.

Alexandre obtempéra, quoique vaguement mal à l'aise. Lorsque des exclamations et des plaisanteries lui parvinrent de l'autre côté de la porte, Anastasia s'empara du combiné et composa le numéro du juge d'instruction Olchanski.

– Konstantin Mikhaïlovitch, lui dit-elle rapidement. Artioukhine doit être vraiment très effrayé : il m'a fait parvenir une lettre de menaces. Je ne dois pas parler de ma rencontre d'hier avec lui et sa maîtresse sous peine de le regretter.

– Tu as touché la lettre ?

– Rien qu'avec mes ongles et seulement le bord. Devant les lettres anonymes, j'ai les réflexes d'un chien de Pavlov.

– Où es-tu ?

– Chez moi. Mais nous partons dans dix minutes.

– Où ça ?

– D'abord au bureau de l'état civil de Sokolniki. Nous devons y être à dix heures. Ensuite, à midi, à celui du quartier d'Ismaïlovo. Puis, vers deux heures, nous déjeunons tous dans le centre, au Métropole.

– Je serai à Sokolniki à dix heures pour prendre la lettre. Et ne t'en fais pas trop. Si tu l'as vraiment convaincu que tu ne ferais rien avant lundi, il n'entreprendra rien non plus. Et ça me laisse le temps de l'avoir. Quel salaud, ce bonhomme !

Sur cette exclamation, Olchanski raccrocha. À demi rassurée, Anastasia retourna dans la salle de bains pour finir de se maquiller. De la cuisine lui parvenaient les voix animées d'Alexandre et de Dacha qui se chamaillaient à propos des fleurs qu'il fallait encore acheter. Liocha ne semblait pas prendre part à la discussion. En tout cas, elle ne l'entendait pas.

Elle finissait d'étaler un peu de fond de teint sur ses pommettes de manière à souligner l'ovale de son visage lorsque son frère la rejoignit.

– Alors, c'est arrangé ? demanda-t-il.

– Plus ou moins, lui répondit-elle sans détacher son regard de son reflet dans le miroir. Une Moskvitch bleue nous attendra à Sokolniki, près du bureau de l'état civil. Essaie de te garer à proximité. D'accord ?

– Entendu. C'est quoi cette bagnole ?

– Elle appartient à un juge d'instruction du parquet de la ville. Je vais lui remettre cette lettre. Autant que les experts travaillent dessus pendant que je convole en justes noces.

Alexandre se plaça derrière elle de manière à capter son regard, même seulement dans le miroir.

– Nastia, j'aimerais te poser une question qui manque peut-être de tact. Mais je voudrais que tu me répondes sincèrement. Tu dis la vérité ou tu te tais.

– D'accord. Vas-y, maugréa-t-elle en rehaussant ses lèvres d'un rouge foncé.

– Est-ce que tu regrettes de te marier ? Regrettes-tu d'être obligée de te rendre au bureau de l'état civil au lieu de pouvoir porter cette lettre à tes experts et de te lancer tout de suite à la poursuite du type qui te menace ? Avoue que ce serait beaucoup plus intéressant que de te marier. J'ai pas raison ?

Elle revissa lentement le bâtonnet doré et, sans se retourner, rendit à Alexandre son regard dans le miroir. Ils avaient pratiquement les mêmes yeux : très clairs, transparents, presque incolores. Des sourcils et des cils d'un blond blanchâtre, le nez droit et fin, les joues très creuses sous des pommettes saillantes : le frère et la sœur se ressemblaient de manière frappante, à la seule différence qu'Anastasia semblait simplement quelconque alors qu'Alexandre était tout sauf beau garçon.

– Pourquoi as-tu décidé que quelqu'un me menaçait ? lui demanda-t-elle prudemment.

– Parce que les lettres étaient assez grosses. J'ai pu lire le message par simple transparence. Alors ? J'attends ta réponse.

– Je préfère me taire.

– Merci.

– De quoi ?

– De ne pas m'avoir menti.

Il prit Anastasia par les épaules et la fit se retourner pour la serrer contre lui. Bien que la jeune femme fût son aînée de sept ans, il se comportait toujours en grand frère avec elle, comme s'il devait la protéger et s'occuper d'elle.

– Je t'aime fort, Nastia, murmura-t-il en posant un baiser sur ses cheveux clairs. Merci pour tout. Sans toi, je ne serais pas aussi heureux aujourd'hui. Je n'aurais rien compris à Dacha et je l'aurais laissée tomber, comme celles qui l'ont précédée…

Anastasia s'écarta en caressant fugacement la joue de son frère.

– Sacha, ce n'est pas le moment d'avoir des conversations sérieuses. C'est un jour de fête, alors laisse tomber ce ton grave ! Viens, il faut y aller. Je suis sûre que Dacha ne tient plus en place.

Mais Alexandre ne bougea pas. Son regard semblait perdu dans le vide.

– Qu'est-ce qu'il y a, Sacha ? À quoi penses-tu ?

– Nastia, je sais que tu as des problèmes. Si tu ne veux pas m'en parler, je comprendrai. Mais n'oublie pas que tu peux toujours compter sur moi, quoi qu'il arrive. Je t'aiderai de mon mieux. Plus même. Entendu ?

– Merci, mon Sacha. Je suis très touchée. Vraiment…

Une lueur attendrie traversa les yeux de la jeune femme. Pour ne pas verser dans la guimauve, elle sourit fermement et poussa Alexandre devant elle.

– Allez ! Bouge-toi ! On nous attend !

Le trajet jusqu'à Sokolniki, où le mariage d'Alexandre Kamenski et de Daria Soundieva devait être enregistré, ne fut pas très long, même si les deux voitures s'arrêtèrent à plusieurs reprises près des marchés et des stations de métro pour permettre à Dacha d'explorer les étals des marchands de fleurs. Le temps était radieux et les rues, peu fréquentées à cette heure encore matinale, inondées de soleil. Sacha avait insisté pour qu'Anastasia monte avec lui tandis que Liocha emmènerait Dacha en arguant que les fiancés ne devaient pas arriver ensemble. Anastasia avait protesté pour la forme, en sachant bien que cela ne servirait à rien.

Ils se garèrent près du bureau de l'état civil à dix heures moins dix. La Moskvitch bleue d'Olchanski les attendait déjà, comme une parente pauvre entre une Saab dernier modèle et une grosse Mercedes.

Olchanski resta immobile dans sa voiture, impassible, comme s'il n'avait pas remarqué l'arrivée d'Anastasia.

C'était d'ailleurs le cas. Lorsqu'elle tapota la vitre avec l'articulation de l'index, il tressaillit et écarquilla les yeux en se tournant vers elle. Il ouvrit sa portière et fit mine de se lever, mais se borna à poser un pied par terre.

– Mon Dieu, Kamenskaïa ! Je ne t'avais pas reconnue ! Est-ce bien toi ?

– Bien sûr que non ! se moqua la jeune femme. Je me trouve actuellement à la Petrovka. Vous me prenez pour une autre, citoyen !

Elle lui tendit le petit sac en plastique où elle avait soigneusement glissé la lettre. Olchanski le lui prit et le posa sur le siège à côté de lui. Lorsqu'il se retourna, il tenait à la main une rose bordeaux qu'il tendit à la jeune femme.

– Tiens ! Il paraît qu'elle vient de Hollande. Elle ne sent pas beaucoup, mais elle tient longtemps.

– Merci, Konstantin Mikhaïlovitch. C'est trop gentil.

– Non, c'est à moi de te remercier. J'ai appelé Zoubov. Il va s'occuper de la lettre dès que je la lui apporterai. C'est-à-dire tout de suite. Si ça t'intéresse, passe-moi un coup de fil ce soir : je te donnerai les résultats.

Zoubov était l'expert préféré d'Anastasia. Il avait dû maugréer et ronchonner à l'idée de sacrifier son samedi, mais sous ses airs bougons se dissimulaient un cœur d'or et un talent professionnel largement supérieur à la moyenne.

Le regard d'Olchanski se fixa quelque part derrière Anastasia.

– C'est qui cette princesse enceinte ? Ton témoin ?

– Non, c'est la fiancée de mon frère. Elle se marie ici. Mon mariage aura lieu tout à l'heure, à Ismaïlovo.

– Ben dis donc ! Et ton Liocha, c'est lequel ?

– Le rouquin.

– Donc, ton frère, c'est le blond. D'ailleurs, je ne sais pas pourquoi je te demande ça. Vous vous ressemblez comme deux gouttes d'eau... Bon ! Je dois y aller. Je te souhaite… tout le bien possible. Excuse-moi, je ne suis pas très éloquent, mais tu sais bien que je t'apprécie, que je te respecte et que, en d'autres termes, je t'aime bien. Beaucoup de bonheur, Kamenskaïa !

– Au revoir, Konstantin Mikhaïlovitch, lui répondit-elle en repoussant la portière après avoir vérifié que le magistrat avait bien rentré son pied à l'intérieur. Je vous appellerai ce soir.

Visiblement, Alexandre avait bien préparé les choses. Ils étaient attendus. L'une des collaboratrices de la directrice les accueillit à l'entrée, tout sourires, comme s'ils étaient des agents du ministère en tournée d'inspection. Elle prit leurs documents d'identité et proposa à Dacha et à son témoin d'aller se « poudrer le nez » dans la pièce *ad hoc*.

– La cérémonie d'enregistrement aura lieu dans trois minutes. Vous avez peut-être besoin de quelque chose ?

Anastasia ne put se retenir.

– Est-il possible de prendre un café ?

Ces paroles attirèrent l'attention d'une femme corpulente, bien mise et bien coiffée, qui passait dans le couloir. Elle semblait arborer comme une marque de son importance la griffe prestigieuse qui ornait la monture de ses lunettes.

– Pardonnez mon intrusion, dit-elle. Seriez-vous le témoin d'Alexandre Pavlovitch ?

– C'est presque ça, lui répondit Anastasia dans un sourire. Je suis le témoin de sa fiancée.

– Vous êtes donc Anastasia Pavlovna, sa sœur, constata la femme visiblement habituée à commander.

– C'est exact…

– Ne soyez pas surprise. Alexandre Pavlovitch m'a prévenue. Il m'a également dit que vous aussi, vous vous mariiez aujourd'hui. Je suis Dina Borissovna, la directrice de cet établissement.

Les trois femmes échangèrent les salutations d'usage. Lorsque ce fut fait, Dina Borissovna écarta le bras pour leur montrer le chemin :

– En fait, je vous attendais, reprit-elle. Voulez-vous passer dans mon bureau ?

Les deux futures mariées la suivirent le long du couloir. Dacha, vaguement mal à l'aise, promenait un regard incertain – « Qu'est-ce qu'elle nous veut ? » – alternativement sur la directrice et sur son témoin. Quant à Anastasia, ne voyant ni son frère ni son fiancé, elle commençait à se demander pourquoi elle s'était laissé embarquer dans cette galère.

Dans le bureau de la directrice cinq fauteuils confortables étaient disposés autour d'une table basse ornée d'un grand vase de roses. Une bouteille de mousseux dans un seau à glace et une boîte de chocolats ouverte y attendaient les invités.

– Je vous en prie, asseyez-vous.

Pendant que ses deux invitées s'exécutaient, Dina Borissovna se dirigea vers un coin de la pièce. Anastasia reconnut instantanément le glouglou d'un liquide qu'on verse tandis qu'une bonne odeur se répandait dans l'air. L'instant d'après, la directrice posait une tasse de café fumant sur la petite table.

– Alexandre Pavlovitch m'a dit que vous êtes une grande amatrice de café. Comme je partage ce vice, j'ai toujours une cafetière toute prête.

Anastasia se demanda si c'était vrai et jusqu'à quel point son frère avait suborné la dame. Son léger doute fut rapidement levé.

– Après la cérémonie, poursuivit-elle, vous reviendrez ici pour célébrer dignement ce grand événement… Tout est à votre service !

Elle fit un large geste de la main pour désigner le vin pétillant et les chocolats.

Sacha a dû lui graisser royalement la patte pour qu'elle rampe devant nous comme ça ! se dit Anastasia. *Elle a même pris soin de retenir nos prénoms patronymiques ! Il est tout simplement grandiose, le petit frère. Il n'a pas oublié le café !*

Elle commençait à comprendre que, pour Alexandre, organiser une « fête » signifiait veiller aux moindres détails pour satisfaire entièrement ses invités.

Elle eut à peine le temps de finir son café avant que les deux hommes reparaissent, introduits par une employée. Avec une simultanéité presque parfaite, la directrice poussa la porte qui reliait son bureau à la salle de cérémonie :

– Alexandre Pavlovitch, nous pouvons commencer, annonça-t-elle en invitant aussi la fiancée et les témoins à passer à côté.

À l'approche de l'instant fatidique, Dacha perdit soudain tous ses moyens. Il lui semblait impossible de prendre son bouquet. Si elle le tenait normalement, les roses lui couvraient le visage et, lorsqu'elle le retournait, elles traînaient presque par terre. Sans compter que, dans le mouvement, les épines s'accrochaient à son chemisier. L'énervement et l'émotion lui firent monter les larmes aux yeux. Dina Borissovna vola à son secours et lui retira péremptoirement les fleurs des mains.

– Ne vous inquiétez pas, la rassura-t-elle. Nous allons arranger ça.

Avec sa main libre, elle ajusta le col et les plis de son chemisier, puis elle lui demanda de plier le bras et y disposa le bouquet.

– Voilà ! dit-elle. Tout est arrangé. Rien d'accroché ? Rien qui tombe ? Parfait ! Allons-y.

Ils entrèrent solennellement dans la grande salle où un petit groupe de musiciens – un quatuor à cordes – attaqua un air de circonstance. Avec des airs de paparazzi harcelant une vedette, un photographe entreprit de les mitrailler sous toutes les coutures.

Pendant la cérémonie, Anastasia ne se sentit pas dans son assiette. Elle s'efforçait d'afficher un air de circonstance et faisait mine de regarder et d'écouter comme il le fallait, mais elle avait l'esprit ailleurs. Elle se disait que, dans peu de temps, elle se tiendrait bêtement au milieu d'une salle semblable, les bras encombrés par un bouquet piquant, tandis qu'un clone de cette directrice grassouillette marmonnerait des paroles convenues sur la responsabilité des époux, leurs obligations réciproques, respect, assistance, etc., etc. Et après, il faudrait échanger les alliances, s'embrasser, s'approcher de la table pour signer les registres. Et tout cela en faisant bien attention à faciliter le travail du photographe. Elle réprima un frisson. Si elle l'avait su, elle aurait réfléchi à deux fois avant d'accepter ce mariage. Après tout, Liocha et elle avaient vécu ensemble pendant quinze ans sans être enregistrés comme mari et femme et ils ne s'en étaient pas portés plus mal.

Lorsque ce fut enfin son tour de signer le registre, elle poussa un soupir de soulagement. Elle embrassa la mariée et se débarrassa avec joie du bouquet qu'elle tenait dans les mains depuis le début de la cérémonie en le lui remettant, comme le voulait la tradition. Puis ce fut au tour de Liocha Tchistiakov de rajouter des roses mais, lorsqu'il se rendit compte que la pauvre Dacha ne pouvait même plus regarder devant elle sous l'avalanche de fleurs, il fut pris de remords et lui prit tous ses bouquets. Pendant ce temps, Dina Borissovna poussait tout le monde vers son bureau. Anastasia suivit le mouvement et s'affala dans l'un des fauteuils avec le sentiment d'être arrivée à bout d'une corvée.

– Eh bien, Alexandre Pavlovitch, est-ce que la cérémonie était conforme à vos souhaits ? s'enquit la directrice avec une expression de satisfaction qui montrait bien qu'elle ne doutait pas de la réponse.

– Merci beaucoup, Dina Borissovna. C'était de l'excellent travail. Mais... Asseyez-vous. Prenez un verre.

Alexandre Kamenski usurpait le rôle de maître des lieux avec un plaisir évident, remplissant les verres et faisant le service. Lui-même et Tchistiakov, qui conduisaient, trempèrent à peine leurs lèvres dans le mousseux. Dacha les imita : depuis le début de sa grossesse, elle évitait de boire. Anastasia, elle, vida sa flûte et la tendit presque aussitôt à son frère qui la lui remplit en écarquillant les yeux. Le vin, doré et pétillant – du « champagne soviétique » –, lui semblait merveilleux. Elle se dit que ça ne venait sans doute pas vraiment de la qualité réelle du mousseux, mais bien plutôt de son propre état d'esprit. Elle se demanda ce qui la rendait nerveuse à ce point. Son mariage ? Ou cette fichue lettre anonyme ?

De Sokolniki à Ismaïlovo, ils repartirent comme ils étaient venus : en couples séparés.

Dans la voiture de son frère, Anastasia fit rouler sa question sept fois dans sa bouche avant de se décider à la poser :

– Sacha, tu crois qu'il serait possible d'enregistrer le mariage en évitant toutes ces cérémonies ?

– Je ne sais pas. Pourquoi ? Ça ne t'a pas plu ?

– Franchement, non. Je n'aime pas ce genre de choses. Rester debout au milieu d'une pièce comme une vache dans un pré à écouter tout ce délire... J'ai commencé à me sentir mal pendant qu'on vous mariait et je ne supporterai pas ça une deuxième fois, surtout en y jouant le rôle principal.

Alexandre sembla déçu. Il n'en secoua pas moins vigoureusement la tête.

– Bon, dit-il, je vais voir si je peux arranger ça.

Au bureau de l'état civil, ils se séparèrent. Anastasia et Dacha patientèrent dans le grand hall tandis que les hommes montaient à l'étage pour demander une procédure simplifiée. En arrivant, Kamenski avait bien essayé de faire changer d'avis sa sœur, mais Tchistiakov s'était mis de la partie pour soutenir Anastasia et il s'était vu contraint de céder devant ce qu'il considérait comme des « caprices » de la jeune femme.

– Je vais faire un tour dehors, annonça Anastasia à sa belle-sœur lorsqu'elle en eut assez de rester assise sous les regards des gens qui passaient.

– Pourquoi ?

– J'ai envie d'une cigarette.

– Je t'accompagne ! décida Dacha en faisant mine de se lever.

Anastasia la retint d'un geste.

– Non, ce n'est pas la peine. Reste ici, sinon nos hommes ne vont plus nous retrouver.

Elle s'installa sur le côté du perron et alluma sa cigarette. C'était la première de la journée et, après deux verres de vin, elle fut saisie d'un léger vertige et ses jambes flageolèrent. Mais cela ne dura pas. Elle se sentit tout de suite bien mieux et s'intéressa vaguement aux allées et venues autour d'elle. Un jeune gars bardé d'appareils photo et de cartouchières de pellicules descendit d'une Jigouli jaune citron.

– Vous n'avez pas besoin d'un photographe ? lui demanda-t-il en passant près d'elle.

– Non, merci, lui répondit-elle en souriant.

Il continua son chemin et s'engouffra dans le hall. Anastasia le suivit du regard et le vit s'approcher de Dacha, sans doute pour lui poser la même question. Elle nota qu'il avait l'air un peu plus âgé de près que de loin. Dacha secoua négativement la tête et le photographe poursuivit sa route d'un pas rapide.

Lorsqu'elle revint auprès de sa belle-sœur, celle-ci trépignait d'impatience.

– Qu'est-ce qu'ils sont longs ! Où sont-ils passés ?

– Pourquoi es-tu si pressée ? lui demanda Anastasia, philosophe. Nous avons des sièges, personne ne nous fait déguerpir, il fait chaud, il ne pleut pas. Qu'est-ce que tu veux de mieux ?

– Ça alors ! Mais... Tu n'es pas impatiente de te marier ? s'écria Dacha, visiblement surprise par une telle réaction.

– En fait, pour être franche, ça m'est plutôt égal, lui avoua Anastasia. Nous sommes ensemble depuis quinze ans, Liocha et moi, ce n'est pas cette formalité qui va changer quoi que ce soit entre nous.

– Tout de même... Vous allez vivre ensemble.

– Qui t'a dit une bêtise pareille ? Liocha n'a aucune raison de quitter Joukovski. Il habite à cinq minutes à pied de son travail. Il continuera à venir chez moi pour le week-end et, parfois, au milieu de la semaine.

Dacha ne voulait pas se rendre : pour elle, le mariage était l'événement le plus important et le plus précieux de la vie et elle n'arrivait même pas à concevoir qu'il pouvait en aller autrement pour les autres.

– Ce n'est pas possible que tu penses ainsi...

Le retour de Kamenski et de Tchistiakov interrompit ce qui s'annonçait comme une longue tirade moralisatrice.

– Tout va bien, les filles, leur annonça Alexandre. J'ai pu m'arranger, mais il faudra attendre une petite demi-heure : il y a deux couples avant nous. J'ai obtenu que la cérémonie soit réduite au strict minimum : remise de l'acte de mariage et des livrets d'identité avec les tampons idoines, signature du registre et... *bye*. On m'a promis que cela ne prendrait que deux minutes.

– Et l'échange des alliances ? s'indigna Dacha.

– On le fera au restaurant ou ici dans le hall, lui répondit Anastasia avec un enthousiasme feint.

– Mais, Nastia ! Tu es folle ! Vraiment...

La jeune femme était tellement déçue que des larmes lui montèrent aux yeux. Elle n'avait que vingt ans, Alexandre Kamenski était son premier amour, elle était enceinte de lui et considérait son mariage comme l'acte fondateur de son existence d'adulte. Elle ne parvenait pas à comprendre comment Anastasia et Alexeï pouvaient envisager le leur avec autant de désinvolture.

Tandis que Kamenski s'efforçait de changer de sujet de conversation, Anastasia prétexta une nouvelle envie de fumer pour retourner sur le perron. Le photographe qui lui avait proposé ses services quelques instants plus tôt s'y tenait, attendant d'éventuels insouciants qui auraient oublié d'immortaliser cet instant décisif de leur existence. Il lança à la jeune femme un sourire avenant.

– Vous n'avez pas changé d'avis ? Mes prix sont modérés et la qualité garantie.

– Non, merci. Je crois que mon beau-frère a déjà tout prévu. De toute façon, je ne tiens pas à être photographiée.

Le photographe haussa les sourcils, étonné.

– Mais pourquoi ? Une femme comme vous devrait aimer se faire prendre en photo.

– Et pourquoi ça ?

– Vous êtes très photogénique. Quel que soit l'angle de la prise, vous serez toujours bien. Vous pourriez être un modèle professionnel.

– Je suis bien persuadée du contraire. Inutile de me flatter grossièrement. Ça me met sur mes gardes et m'irrite.

– Je ne comprends pas...

Il prit un air outré qui finit d'agacer Anastasia.

– Vous me débitez des compliments qui n'ont aucun rapport avec la réalité dans le seul but de me faire mordre à l'hameçon. Vous voyez parfaitement que je ne suis pas belle et que je ne le serai jamais.

Le photographe la regarda et hocha pensivement la tête tandis qu'un éclair de pitié lui traversait le regard :

– Mais qu'est-ce qui vous prend ? Comment une si jolie femme peut-elle avoir de tels complexes ? Vous en souffrez depuis votre enfance ?

Anastasia se sentit rougir. Elle savait exactement à quoi s'en tenir sur son apparence physique et n'en ressentait pas la moindre gêne, mais l'idée qu'un parfait étranger pouvait en débattre l'insupportait.

– Écoutez, fit le photographe avec un geste accommodant. Je vais prendre un simple Polaroid. Il sera prêt en deux minutes et vous verrez bien par vous-même. Ne vous inquiétez pas, vous n'aurez rien à payer. Ce n'est qu'une simple démonstration.

– Qu'est-ce que vous cherchez à démontrer ? lui demanda Anastasia en ravalant l'animosité qu'elle sentait monter en elle.

– Simplement que je ne cherche pas à vous tromper. Pour nous départager, rien de mieux qu'une simple photo sans aucune préparation. Si le cliché n'est pas réussi, je ferai mon *mea culpa*.

– D'accord, allez-y, accepta-t-elle sans enthousiasme.

Après tout, elle n'en était qu'à la moitié de sa cigarette.

– Voilà ce que nous allons faire. Je prépare mon appareil et je me tourne. De votre côté, vous adoptez la pose qui vous plaira. Quand vous serez prête, il vous suffira de compter à haute voix jusqu'à trois. À ce moment, je me retournerai et je prendrai la photo. Ça vous va ?

– Si vous voulez, dit-elle avec indifférence.

Le photographe se retourna en tripotant un de ses appareils. Pendant qu'il chargeait le Polaroid, les pensées d'Anastasia revinrent sur Artioukhine, l'homme dont elle avait découvert le faux alibi et qui lui avait envoyé la lettre de menaces. Elle ne se souvint du photographe qu'au moment où le filtre de sa cigarette commença à brûler.

– Un… deux… trois…, compta-t-elle rapidement.

Le photographe se retourna et se figea un court instant avant d'appuyer sur le déclencheur.

– Voilà ! Dites, vous avez mis longtemps à vous préparer, constata-t-il en manipulant encore l'appareil.

– À vrai dire, je pensais à autre chose, lui répondit-elle sans chercher à lui mentir.

– À quoi, si ce n'est pas indiscret ?

Elle faillit lui répondre vertement, mais se rendit compte qu'il s'efforçait seulement d'entretenir la conversation en chronométrant le développement du Polaroid.

– Je réfléchissais, tout simplement, lui répondit-elle, un peu radoucie.

– Vous venez au mariage d'une amie ?

– Non, c'est moi qui me marie.

– Sans blague ?

– Je ne vois pas ce qu'il y a d'extraordinaire à ça.

– Comment ? Une fiancée en tailleur noir qui sort pour fumer un clope et bavarde avec un inconnu au lieu de mourir d'émotion et d'exaltation au bras de son futur époux ? Je n'arrive pas à y croire !

– Personne ne vous y oblige. Alors, cette photo ?

– Encore quelques secondes ! Ce n'est peut-être pas la première fois que vous vous mariez ? Dans ce cas, je comprends votre calme. Vous savez dans quoi vous vous fourrez…

Et il partit d'un grand rire communicatif qui parvint à tirer un sourire franc à la jeune femme.

– Voilà, c'est prêt ! s'écria-t-il en lui tendant le carré de papier brillant. Alors ? Qui avait raison ?

Anastasia regarda le cliché et n'en crut pas ses yeux. Était-ce vraiment elle, cette jeune femme élégante en tailleur sombre ? Elle avait l'impression de contempler une inconnue au visage d'une beauté classique, bien qu'un peu froid, les pommettes hautes, la bouche bien ourlée, et le regard pensif. Elle savait bien qu'elle avait perdu une demi-heure à se maquiller, mais elle était tellement habituée à ne pas payer de mine qu'elle se sentait insignifiante même lorsque les autres la voyaient autrement.

– J'avoue ma défaite. Je suppose que vous allez me mettre à l'amende.

– Je me contenterai de vos excuses.

– C'est vrai, reconnut-elle sincèrement. J'ai été grossière et je vous prie d'accepter mes plus plates excuses.

Elle se demandait ce qu'elle pouvait ajouter d'autre lorsque Dacha la tira d'embarras : elle lui faisait de grands signes depuis le hall. Leur tour était venu.

– Il faut que j'y aille, dit-elle avec un sourire non feint.

Elle lui tendit la photo qu'il refusa d'un signe de tête.

– Gardez-la. En souvenir.

Elle rejoignit les autres. Tchistiakov la prit par le bras pour la pousser dans le couloir.

– C'est là, dit-il en désignant du menton une série de portes identifiées par des plaques numérotées. La neuf.

Dans le bureau où ils entrèrent, deux jeunes femmes sympathiques remplissaient les actes de mariage et tamponnaient les livrets d'identité. L'une d'elles s'éclipsa par une porte latérale pour revenir presque aussitôt avec un énorme registre.

– Signez vite, leur dit-elle un peu essoufflée. Je dois ramener le livre tout de suite. La cérémonie suivante ne peut pas commencer sans.

Anastasia, Alexeï et leurs deux témoins signèrent, permettant à la jeune femme de repartir au galop.

– Voulez-vous prendre le nom de votre époux ? demanda sa collègue à Anastasia en levant sa plume de dessus l'acte qu'elle complétait.

– Non.

– Entendu. Je marque que les noms des époux demeurent Tchistiakov et Kamenskaïa.

Un hurlement de panique les fit sursauter. Ils se regardèrent tous, indécis. L'écho en rebondissait encore dans les couloirs lorsqu'un tumulte de voix éclata à proximité.

– Dacha, ne bouge pas ! Reste là ! cria Anastasia en se précipitant hors de la pièce.

Kamenski et Tchistiakov lui emboîtèrent le pas. Dans le hall, un attroupement de futurs époux en blanc et noir s'était formé devant la porte des toilettes. Anastasia sortit sa carte professionnelle de son sac à main et la brandit au-dessus de la foule.

– Laissez passer ! Milice ! S'il vous plaît, écartez-vous.

Elle se fraya rapidement un passage. Là, devant les lavabos, une jolie femme en robe de mariée gisait par terre, le bustier maculé par une tache de sang qui s'élargissait. Ses yeux étaient grands ouverts, mais fixes et éteints. Elle était morte pratiquement sur le coup, d'une balle en plein cœur.

Un jeune homme en costume sombre se tenait à genoux à côté d'elle. Son visage était blanc, mais inexpressif, comme un masque. Anastasia vit aussitôt qu'il était en état de choc, incapable d'envisager et encore moins d'accepter ce qui venait de se produire.

Elle se tourna vers les gens qui se massaient dans son dos et tenta de les repousser en écartant les bras.

– Dégagez, dégagez ! Ne restez pas là !

En se soulevant sur la pointe des pieds, elle chercha du regard son mari et son frère. Lorsqu'elle les vit, elle leur lança de loin :

– Sacha ! Liocha ! Surveillez les issues ! Personne ne doit sortir. Et faites en sorte que Dacha ne vienne pas jusqu'ici.

À cet instant, elle fut aveuglée par un flash. Sur sa gauche, le photographe avec qui elle avait parlé sur le perron venait de saisir toute la scène. Ce geste inspirant d'autres personnes équipées d'appareils, presque aussitôt cinq ou six flashes crépitèrent.

– Arrêtez ça ! cria Anastasia.

Bien que péremptoire, son ton ne fut pas assez intimidant. Tout près d'elle un nouvel éclair illumina la scène. Elle tendit le bras et repoussa brutalement l'appareil.

– Arrêtez ! insista-t-elle. Si vous continuez, je ferai confisquer les pellicules.

L'idée de perdre irrémédiablement les souvenirs inoubliables du moment le plus important de leur vie fut suffisamment dissuasive. Lorsque tout le monde se fut calmé, elle se tourna vers le photographe.

– Vous, vous venez ici.

L'homme se faufila jusqu'à elle et chuchota avec excitation :

– Écoutez, laissez-moi prendre des photos. Je suis journaliste.

– Comment ça ?

Il fouilla dans l'une de ses poches et en sortit une carte de presse.

– Je travaille pour *Les Nouvelles du crime* et j'arrondis mes fins de mois en faisant des photos de mariage. Laissez-moi photographier la scène du meurtre.

– Entendu, mais à condition que vous m'aidiez.

– Tout ce que vous voudrez.

– Pouvez-vous prendre des photos de tout et de tout le monde ? Les meubles, l'intérieur, la disposition des pièces, l'entrée principale, l'entrée de service, mais surtout les gens. Si le criminel n'a pas réussi à s'enfuir, il est toujours ici…

– Vous savez, j'ai eu à peu près la même idée, avoua le photographe avant de s'interrompre.

– Et alors ?

– Eh bien, j'ai commencé à mitrailler dès que j'ai entendu les cris… J'ai des automatismes dans de telles situations…

– Et combien de photos avez-vous prises ?
– Trois pellicules.
– Dites donc ! Vous travaillez vite !
– Vous en avez eu la preuve, lui renvoya-t-il, tout sourire. Je continue ?
– Allez-y ! Vous vous appelez bien Anton Chevtsov, n'est-ce pas ?
– C'est exact, dit-il, étonné. Comment le savez-vous ?
– Vous m'avez montré votre carte.
– Mais vous ne l'avez même pas regardée !
– Détrompez-vous. J'y ai vu ce qui m'intéressait.
– Et vous ? Comment vous appelez-vous ?
– Anastasia Kamenskaïa. S'il vous plaît, Anton, faites votre travail.

Le photographe se remit à mitrailler sans prêter attention aux cris d'indignation derrière son dos.

La directrice du bureau fendit la foule. C'était une femme très jeune aux cheveux décolorés à l'eau oxygénée et qui ressemblait à une bichonne ayant grand besoin d'un toilettage. Toute pâle et horrifiée, elle n'arrêtait pas de répéter « Mon Dieu ! Mon Dieu ! » en se tordant les mains.

– Avez-vous appelé la milice ? lui demanda Anastasia.
– La milice ? Non, marmonna la directrice.
– Alors, allez-y ! Qu'attendez-vous ? D'ailleurs, non ! se ravisa-t-elle. Prenez ma place et veillez à ce que personne ne s'approche du cadavre. Il vaut mieux laisser le fiancé comme il est. Vous avez compris ?
– Ou-oui, bégaya la bichonne.
– Où y a-t-il un téléphone ?
– Dans mon bureau… Dans le hall, à droite… Il y a une plaque sur la porte.

Anastasia traversa le hall à toute vitesse et jeta un œil sur le perron pour s'assurer que Tchistiakov montait la garde. Il était bien là et s'expliquait avec un jeune couple qui voulait entrer avec ses invités.

Dans le bureau de la directrice, elle décrocha le combiné du téléphone et composa un numéro.

– Lieutenant-colonel Koudine, officier de service. Je vous écoute, dit une voix de basse à l'autre bout du fil.

– Salut, Vassia ! Kamenskaïa à l'appareil.

– Je te reconnais bien là : zélée même le week-end.

– Vassia, j'ai un cadavre sur les bras.

Le professionnalisme de Koudine prit aussitôt le dessus.

– Quel genre ?

– Meurtre. Décès par balles.

– Quelle adresse ?... Dans un bureau de l'état civil ? Où vont-ils chercher tout ça ? Attends une seconde...

Elle entendit la voix de Koudine s'éloigner du combiné pour parler dans le micro du haut-parleur interne : « Équipe de service ! Équipe de service ! Une urgence au bureau de l'état civil d'Ismaïlovo. Meurtre par balles. »

L'officier reprit le combiné :

– Eh ! Ce n'est pas aujourd'hui que tu te maries ?

– Si, si, Vassia, c'est aujourd'hui. Il y a à peine cinq minutes.

– Nastia, dis-moi que ce n'est pas vrai ! Tu ne peux même pas te marier sans un macchabée !

– C'est mon sombre destin... Vassia, peux-tu appeler Iouri Korotkov sur la ligne intérieure ? Il doit être là : il a l'habitude de travailler le samedi.

Elle entendit le bruit d'un combiné qu'on décroche et le cliquetis du cadran qui tourne.

– Korotkov ? Ici Koudine. Ta copine veut te parler... Comment ça « laquelle » ? Anastasia... Non, je te jure, je me fous pas de toi. Elle est en ligne. Elle appelle de l'extérieur[1]... Je vais lui demander...

1. Les standards téléphoniques ne sont pas encore très répandus dans les administrations russes. Généralement, chaque fonctionnaire possède sa pro-

Anastasia entendit Koudine se rapprocher, puis s'adresser à elle :

– Nastia, il demande ce que tu veux.

– Qu'il vienne avec l'équipe de service.

– Iouri ? Elle a besoin de toi. Elle a un macchab sur les bras… Non… L'équipe n'est pas encore partie… Alors, descends vite…

Il y eut un court silence et le « clic » d'un combiné qu'on raccroche.

– C'est bon, Nastia ! Il arrive. As-tu besoin d'autre chose ? Ne te gêne pas. Aujourd'hui, nous sommes tous prêts à nous plier en quatre pour toi. Notre cadeau de mariage.

– Alors, envoie-moi Oleg Zoubov ! C'est possible ?

– Ah, là, t'en demandes trop ! J'ai encore envie de vivre, des enfants à charge… Ce matin, le parquet est venu le chercher alors qu'il terminait une garde de vingt-quatre heures. Il était sur le point de rentrer chez lui. Si tu avais entendu ses jurons !

– Entendu, Vassia. J'attends tes gars. Je te rappelle s'il y a un problème.

– À ton service.

Elle raccrocha et sortit de la pièce pour rejoindre Tchistiakov sur le perron. Son mari défendait vaillamment l'entrée contre la foule des couples et des invités qui continuaient d'affluer, mais la situation devenait critique. Apostrophes et cris fusaient de toutes parts. Anastasia vit que le moment était proche où un excité se frayerait un passage en bousculant son Liocha.

Devant l'imprévu, il est possible de remettre à plus tard presque tous les événements de la vie : réunions, spec-

---

pre ligne. Le réseau intérieur est indépendant, ce qui implique l'utilisation de plusieurs postes. Plus on monte dans la hiérarchie et plus le nombre d'appareils dont on dispose est important (une ligne intérieure, une ou plusieurs lignes extérieures, sans oublier les réseaux spéciaux et les lignes interministérielles et gouvernementales). (N.d.T.)

tacles, sorties... Mais comment reporter un mariage ? Les couples ont envoyé des invitations, prévu un banquet, pris des billets pour partir en voyage de noces... Mais, plus important encore, ils se sont préparés psychologiquement à franchir un cap décisif de leur vie et l'état d'esprit particulier dans lequel ils se trouvent ce jour-là ne peut être ni reporté ni annulé.

Consciente de tout cela, elle fit quelques pas résolus en avant et leva les bras pour ramener un peu de silence.

– Votre attention, s'il vous plaît ! cria-t-elle.

La foule se tut d'autant plus vite qu'elle attendait des explications.

– Un terrible accident vient de se produire. L'accès est provisoirement interdit en attendant les médecins et la milice. Cela implique que vous allez être obligés de patienter deux ou trois heures. Mais ne vous inquiétez pas : ceux d'entre vous qui ne peuvent pas attendre bénéficieront d'une procédure simplifiée. Dans quelques minutes, les employés de l'état civil vont installer des tables sur ce perron pour reprendre le travail et enregistrer les mariages. Ceux qui souhaitent une cérémonie complète devront simplement s'armer de patience. Veuillez accepter toutes nos excuses.

La foule s'anima de nouveau, mais sans colère cette fois : les gens commentaient la situation en spéculant sur ce qui avait bien pu se produire. Un couple s'approcha d'Anastasia.

– Nous sommes médecins, dit l'homme aux cheveux grisonnants mais encore jeune. Si vous avez besoin d'aide...

– Quelle spécialité ?

– Je suis psychiatre, mais ma femme est chirurgienne : elle peut s'occuper des blessures.

– Parfait, j'ai justement besoin d'un psy. Suivez-moi.

Le couple lui emboîta le pas. Ils traversèrent rapidement le hall et fendirent l'attroupement devant les toilettes. Le fiancé de la jeune femme assassinée était toujours à genoux près du cadavre et se balançait d'avant et d'arrière en se couvrant le visage à deux mains. Le psychiatre comprit aussitôt la situation.

– Il est en état de choc. Puis-je l'approcher ?

– Ce n'est pas souhaitable. Il peut y avoir des traces par terre. Le mieux serait qu'il ne bouge pas. Mais je veux que vous restiez là de manière à pouvoir agir dès l'arrivée de l'équipe technique de la milice. Je ne voudrais pas qu'il se mette à se cogner la tête contre les murs ou des trucs de ce genre…

– Entendu ! Il serait prudent de prévoir un calmant. Il faudrait envoyer quelqu'un à la pharmacie. Si nécessaire, je lui ferai une piqûre. Est-ce qu'il y a une seringue ici ?

– J'en doute, mais le légiste devrait en avoir une.

– Très bien.

Il plongea la main dans la poche intérieure de sa veste et en sortit un petit ordonnancier. Il remplit vite une feuille et la tendit à Anastasia qui retourna aussitôt sur le perron où elle s'adressa à la foule.

– Nous avons besoin d'un médicament. Quelqu'un pourrait-il se rendre à une pharmacie ?

Les volontaires ne se bousculèrent pas. Un jeune homme visiblement originaire du Caucase finit par s'approcher d'elle.

– Oï, c'est pas des hommes, mais des chacals, dit-il avec l'accent traînant du Sud. Personne ne veut t'aider ! Si c'est pas malheureux, tout de même. Donne-moi l'ordonnance, sœurette !

– Vous êtes là pour vous marier ? demanda Anastasia prête à le faire passer avant tout le monde pour lui exprimer sa reconnaissance.

– Non, sœurette, je passais et me suis arrêté en voyant l'attroupement. Par curiosité. Qu'est-ce qui se passe ? Quelqu'un a eu un malaise ?

– Hélas, c'est bien pire, petit frère : on a assassiné une fiancée.

– Oï ! s'écria le Caucasien en roulant de grands yeux horrifiés. Je me dépêche !

Il dévala les marches et grimpa dans sa voiture garée non loin de là. Le démarrage de son moteur fut couvert par le hurlement d'une sirène de police. Le groupe opérationnel arrivait.

3

Iouri Korotkov regardait Anastasia avec compassion. Le visage de sa collègue était tendu, concentré et n'évoquait en rien celui d'une jeune femme épanouie le jour de son mariage.

– Tu parles d'une déveine ! s'écria-t-il lorsqu'elle termina son récit.

– Pour moi, ce n'est pas grave, dit-elle. Je suis en vie et en bonne santé. J'ai même réussi à me marier ! Mais cette pauvre femme…

La journée était radieuse. On se serait cru en juin ou en juillet. Des airs de musique, des bribes de discours et le brouhaha des félicitations entraient par les fenêtres : le personnel officiait sur le perron où se déroulaient des cérémonies quelque peu improvisées. À l'intérieur, l'équipe technique s'efforçait de réunir des indices pendant que les agents opérationnels recueillaient les déclarations des nombreuses personnes présentes. C'était là le principal problème : il n'y avait qu'une poignée d'enquêteurs pour plus de cinquante témoins.

– Iouri, il faut que j'y aille, dit timidement Anastasia en consultant sa montre. La famille nous attend au restaurant.

– Parce que tu te crois indispensable ? la charria Korotkov. Vas-y vite et ne te fais pas de bile…

Devant le visage grave d'Anastasia, il se ravisa :

– Dis donc, toi ! s'écria-t-il. Tu ne serais pas en train de me cacher quelque chose ?

Elle soupira.

– Tu te souviens de l'affaire Petritchets ?

– L'histoire de viol dont tu t'es occupée ? Bien sûr.

– Le suspect principal était un certain Artioukhine.

– Quelqu'un avait confirmé son alibi, non ?

– C'est bien là le problème. J'ai appris hier, tout à fait par hasard, que la fille qui a déclaré l'avoir vu dans la rue à l'autre bout de la ville n'est autre que sa maîtresse de longue date.

Korotkov présentait un avantage sur la plupart de ses collègues : il pigeait toujours à demi-mot.

– Évidemment, tu t'es dépêchée de dire à Artioukhine que tu savais...

– Oui, mais je ne pouvais pas faire autrement ! Je l'ai rencontré dans la rue avec sa maîtresse. Mais je lui ai fait croire que je n'informerais le juge d'instruction que lundi, après le week-end. Or ce matin, j'ai reçu une lettre anonyme qui disait : « Ne le fais pas. Tu le regretteras. »

– Et tu l'as fait...

– Oui... En fait, je l'avais déjà fait : j'ai prévenu Kostia Olchanski dans les dix minutes qui ont suivi la rencontre d'hier soir.

– Bon, mais ça, il ne pouvait pas le savoir.

– Le problème, c'est que j'ai vu Kostia ce matin à dix heures, devant le bureau de l'état civil de Sokolniki. Artioukhine ou quelqu'un d'autre a pu me suivre.

– Qu'est-ce que tu avais besoin de voir Olchanski ?

– Pour lui remettre la lettre anonyme. Il fallait bien la faire examiner par les experts !

Korotkov leva les yeux au ciel.

– Tu es vraiment une crétine, Nastia ! Tu n'as pas pensé que tu t'exposais.

– Maintenant, je le comprends.

– Comment ça, « maintenant » ?

– Je veux dire, mon petit Iouri, que Liocha et moi devions être le dixième couple à convoler ce matin. Mais en arrivant, nous avons demandé une procédure simplifiée pour renoncer ainsi à la cérémonie officielle. Ce qui fait que le onzième couple de la journée a pris notre place. Or la victime, c'est justement cette fiancée-là. Elle a été tuée juste avant de pénétrer dans la salle d'honneur.

– Crotte !

Korotkov se leva et fit quelques pas pour se dégourdir les jambes. Puis il s'approcha d'Anastasia et se dressa de toute sa taille devant elle en lui jetant un regard noir.

– J'adore ta logique, dit-il enfin d'un ton sévère. Après une conclusion si optimiste, comment peux-tu avoir envie d'aller au restaurant ? T'es sûre d'avoir toute ta tête ? Si cette jeune femme a été assassinée par erreur à ta place, qu'est-ce qui te garantit qu'il n'y aura pas de deuxième tentative ?

– Inutile de m'effrayer. Je le suis déjà assez ! Si mon hypothèse est juste, cela signifie que l'assassin n'était pas Artioukhine : il me connaît et ne se serait pas trompé de cible. Donc, il a engagé quelqu'un qui ne m'a jamais vue. De deux choses l'une : ou bien il est parvenu à s'enfuir tout de suite après l'assassinat et il ignore qu'il s'est trompé, ou bien il est encore ici puisque j'ai fait boucler toutes les issues dans les deux ou trois minutes qui ont suivi la découverte du cadavre. Dans ce cas, il est au courant de son erreur, mais il ne peut plus rien faire, ni partir, ni téléphoner à Artioukhine. D'une manière ou d'une autre, je peux me rendre au restaurant sans risque.

– Je ne sais pas, Nastia, dit Korotkov en dodelinant de la tête. Moi, je ne le ferais pas.

– En temps ordinaire, moi non plus, mais c'est le jour de mon mariage, nos parents nous attendent au restaurant et je n'ai pas vu ma mère depuis des mois. Elle est arrivée hier de Stockholm et je ne suis même pas allée l'accueillir à l'aéroport !

– À quelle heure êtes-vous attendus ?

– À quatorze heures. Et il est moins vingt.

– Entendu, vas-y, trancha Korotkov. On ne peut jamais avoir le dernier mot avec toi.

Il écarta sa veste et lui montra son arme de service rangée dans un holster sous l'aisselle.

– Je voudrais que tu prennes ça ! Juste au cas…

– Tu es fou ? Et s'il arrivait quelque chose ? Comment pourrons-nous justifier que tu m'aies donné ton arme et que je l'ai prise ?

– D'accord, mais s'il arrivait quelque chose et que tu n'aies pas de quoi te défendre ? Foutus pour foutus, prends-la. Je me sentirai mieux.

– Bon, d'accord ! accepta-t-elle de mauvaise grâce. Attends une seconde.

Elle parcourut le hall des yeux à la recherche des siens. Elle aperçut Liocha par la porte ouverte d'un bureau voisin. Il était en pleine discussion avec le juge d'instruction arrivé avec l'équipe opérationnelle. Alexandre n'était pas en vue. Quant à Dacha, elle était assise sur un banc du hall, près d'un palmier artificiel, triste et oubliée de tous. Anastasia eut un élan de compassion pour la jeune femme qui avait tant rêvé de cette journée et qui se retrouvait toute seule dans un coin à observer le remue-ménage de la milice autour d'un cadavre.

– Dacha ! lança-t-elle. Je peux te voir une minute ?

La jeune femme se leva et s'approcha lentement d'Anastasia et de Korotkov. Ses traits tirés et ses yeux cernés indiquaient sans l'ombre d'un doute qu'elle était au bord de l'épuisement nerveux. Il est vrai qu'une telle mésaventure au huitième mois de grossesse aurait eu raison de femmes bien plus fortes que la frêle Dacha.

– Nous allons partir tout de suite. Avant, j'ai besoin que tu nous caches aux yeux des autres. Tourne-toi et mets-toi devant nous.

Dacha obéit docilement. En lançant des regards furtifs autour d'elle, comme une voleuse, Anastasia ouvrit son sac à main et Korotkov y glissa son Makarov qu'il venait de dégainer avec la rapidité des agents spéciaux surentraînés des feuilletons télévisés.

Dès que ce fut fait, Anastasia posa la main sur l'épaule de Dacha qui se retourna.

– Nous pouvons partir. Où est Sacha ?

– Un homme l'a emmené.

– Quel homme ?

– Petit, avec des moustaches et une chemise à carreaux.

– C'est Saïenko, l'expert, précisa Korotkov. Ne vous inquiétez pas, précisa-t-il aux deux femmes. Je vais vous les retrouver, vos maris !

Dès qu'il se fut éloigné, Dacha se haussa sur la pointe des pieds vers l'oreille d'Anastasia pour lui demander tout doucement :

– Qu'est-ce qu'il t'a donné ?

– Chut ! lui répondit sa belle-sœur dans un sourire et en plaçant son index tout droit devant ses lèvres.

Korotkov se précipita d'abord vers le bureau où le juge d'instruction interrogeait Tchistiakov.

– Salut, Mikhalytch ! Laisse partir ton témoin. Son repas de noces est en train de refroidir.

Devant l'hésitation du magistrat, il ajouta :

– C'est le mari de notre Nastia. C'est une garantie suffisante de le retrouver, non ?

Le juge d'instruction hocha la tête, mais à contrecœur. Tchistiakov lança un regard reconnaissant à Korotkov qu'il rejoignit dans le hall. Mais déjà celui-ci s'éloignait en criant :

– Expert Saïenko ! Expert Saïenko !

Un maître-chien, berger allemand collé à sa botte, apparut dans l'entrée de service à l'autre bout du hall et lui fit un grand geste du bras.

– Il est là !

Quelques secondes plus tard, Korotkov était de retour en compagnie d'Alexandre Kamenski.

Devant les voitures, Anastasia se trouva confrontée à un autre problème : maintenant qu'ils étaient mariés, plus rien n'empêchait les couples légitimes de monter dans la même voiture. Elle n'avait rien contre le fait de se laisser conduire par Liocha, mais ne tenait pas du tout à laisser Alexandre tout seul avec Dacha : son frère était au courant de la lettre anonyme et avait dû tirer sur le meurtre les mêmes conclusions qu'elle. Autant lui éviter la tentation d'en faire part à Dacha. À quoi bon l'inquiéter inutilement ?

– Maintenant que nous sommes..., commença sa belle-sœur en marchant résolument vers la voiture d'Alexandre.

Anastasia n'eut pas besoin d'en entendre plus pour comprendre ce qu'elle allait dire.

– Ne brisons pas la tradition, la coupa-t-elle. Autant conserver les mêmes places une troisième fois. Dieu aime la trinité...

Dacha grimpa docilement avec Tchistiakov tandis qu'Anastasia s'installait à côté de son frère.

Ils roulèrent quelques minutes dans un silence de plus en plus pesant. Finalement, ce fut Alexandre qui le rompit :

– Nastia, tu ne crois pas que...

– Eh si, je crois ! Mais je t'en prie, Sacha, ça doit rester entre toi et moi. Ce matin tu as promis de m'aider. C'est le moment de le faire.

– Que veux-tu ?

– D'abord, que tu te taises. Liocha et Dacha ne doivent rien savoir. Je ne tiens pas à les rendre malades de peur. Ensuite, tu surveilles nos arrières. Il est possible qu'une voiture nous suive. Si c'est le cas, je veux le savoir. Troisièmement… Non, il n'y a pas de troisièmement. Pas besoin.

– Si ! Vas-y ! Je suis prêt à tout ! s'écria-t-il en se tournant vers elle et la fixant trop longuement à son goût.

– Bon, d'accord, dit-elle, mais regarde la route !

– Alors ? insista-t-il en reprenant une conduite normale.

– Troisièmement, souviens-toi que j'ai un pistolet dans mon sac et que je ne pourrai sans doute pas l'utiliser.

– Pourquoi ?

Elle haussa les épaules.

– Je ne sais pas : par trouille, par manque de présence d'esprit. Je n'ai pas l'habitude des armes à feu…

– Et tu veux que je l'utilise ?

La réponse fut péremptoire :

– En aucun cas ! Simplement, souviens-toi que je l'ai. Et s'il se passe quelque chose, veille à ce que personne ne m'arrache mon sac ou que je ne l'oublie pas quelque part. Dieu sait ce qui peut arriver dans la panique. Et puis un sac à main avec une arme à l'intérieur constitue une matraque assez redoutable. Je ne saurais probablement pas m'en servir, mais toi, si.

En arrivant en vue du restaurant, ils aperçurent leurs parents qui devisaient gaiement près de l'entrée jouxtant celle de l'hôtel Métropole. Anastasia sauta littéralement de voiture pour se jeter au cou de sa mère qu'elle n'avait pas revue depuis de longs mois.

– Maman !

– Bonjour, ma fille ! Félicitations !

Elles s'embrassèrent affectueusement, puis Nadejda Rostislavovna repoussa doucement sa fille en regardant autour d'elle.

– Liocha ! lança-t-elle. Viens ici une minute.

Tchistiakov s'approcha et elle se hissa sur la pointe des pieds pour l'attraper gentiment par l'oreille.

– Bravo, Liocha ! Tu es vraiment un génie d'être arrivé à persuader Nastia. J'ai toujours su que tu y parviendrais. Félicitations !

Pendant ces minutes consacrées aux étreintes et aux vœux, Anastasia jeta des regards curieux à Pavel Ivanovitch, son vrai père, qu'elle ne voyait que très rarement. Il semblait tout à fait à l'aise en présence de son ex-femme. Alexandre avait raison : le temps efface tout !

En passant dans la salle, Anastasia attrapa Dacha par le bras :

– Essayons de faire bonne figure. Il est inutile d'inquiéter inutilement tout le monde. D'accord ?

Dacha leva vers elle un regard fatigué et hocha la tête sans mot dire.

Anastasia s'assit en face de son beau-père, le second mari de sa mère, qui remarqua tout de suite sa pâleur et son air tendu. Leonid Petrovitch observa sa belle-fille un bon moment, puis finit par sortir ostensiblement de sa poche un paquet de cigarettes et lui fit signe de le suivre.

Ils passèrent dans le hall d'entrée de l'hôtel Métropole et s'installèrent dans des fauteuils pour fumer tranquillement.

– Allons, fillette ! Raconte-moi tout ! Et ne me dis pas qu'il n'est rien arrivé.

– Il y a eu un meurtre au bureau de l'état civil. Une jeune femme sur le point de se marier. Nous avons dû attendre l'arrivée des enquêteurs. C'est la raison de notre retard.

– Ça, c'est ce que croit ton mari. À moi, tu me dis la vérité !

– Mais, papa, je te donne ma parole…

– Nastia, ma fille, tu n'arriveras pas à me faire prendre des vessies pour des lanternes. Tu sais très bien que je lis en toi comme dans un livre ouvert…

– Alors, tu me donnes ta parole que tu ne diras rien à maman !

– Je ne donnerai rien du tout, se récria-t-il. Je suis un vieux limier et j'en ai vu de toutes les couleurs. Et même si je ne suis plus bon qu'à enseigner à de jeunes recrues qui croient tout savoir, je décide encore de mon plein gré ce que je dois dire et à qui. Et ce n'est pas une gamine qui va me poser ses conditions !

– Je ne suis plus une gamine, mais une femme mariée qui vient de fonder sa propre famille, le corrigea Anastasia avec un sourire.

– Pour ton Liocha, tu es peut-être une épouse, mais pour moi, tu restes une fillette en robe plissée avec des couettes. Vas-y ! Raconte !

– Comme tu veux... Il y a un type qui me menace et il est normal que je sois nerveuse. Mais ce sont les risques du métier. Ça m'est déjà arrivé plusieurs fois.

– C'est tout ? Quel rapport avec le meurtre du bureau des mariages ?

– Aucun. Ça n'a strictement aucun rapport. Ne te mets pas de telles idées en tête, papa.

– C'est donc lié, constata Leonid Petrovitch. Tu parles trop. C'est suspect. Je te l'ai déjà dit plusieurs fois : plus il y a de mots superflus et plus ça sonne faux. As-tu besoin d'aide ?

– Pas pour le moment. Mais ne dis rien à maman, d'accord ?

– Tu sais ce qu'on dit des vieux singes et des grimaces, lui répondit-il en écrasant son mégot dans un cendrier. Allez, viens ! Rejoignons les autres. Au fait, faut-il que tu retournes là-bas ?

– Pas forcément. La curiosité me ronge, bien sûr, mais ils peuvent se passer de moi. Après tout, je suis en vacances...

C'était dit sur un tel ton que son beau-père soupira.

– Cette fois, c'est à toi-même que tu racontes des sornettes. Depuis que nous sommes là, tu as lorgné la cabine téléphonique au moins une dizaine de fois. Tu veux un jeton ?

– Non, merci. J'en ai.

– Va vite passer ton coup de fil. Il faut retrouver les autres. Ça ne se fait pas de quitter la table aussi longtemps.

En se levant, Anastasia l'embrassa sur la joue et s'en alla composer le numéro de la directrice du bureau de l'état civil.

– Quoi de neuf ? demanda-t-elle sans préambule lorsqu'on lui eut passé Korotkov.

– Rien, lui annonça-t-il d'une voix lasse. On n'a pas retrouvé l'arme du crime. En ce moment, nous vérifions d'éventuels rapports entre les personnes présentes et Artioukhine. Bref, c'est pénible. Il y a beaucoup de monde et on ne peut pas retenir tous ces gens : ils ont tous une fête prévue quelque part et rouspètent à juste titre. On va être obligé de les laisser partir. J'ai autorisé ce photographe, Chevtsov, à aller développer ses photos. Il nous les a promises pour ce soir. Elles nous donneront peut-être une piste.

– Y a-t-il des personnes qui n'ont pas de raison valable d'être là ?

– Non. Il n'y a que des couples dont le mariage était prévu aujourd'hui, leurs familles, leurs témoins et leurs invités Tout est clair de ce point de vue-là. Aucun suspect.

– Il a donc eu le temps de s'enfuir.

– C'est la conclusion qu'on peut tirer, approuva Korotkov d'une voix morne. Et ta fête à toi ?

– Je n'arrive pas à avaler le moindre morceau. Bon, à plus...

Elle regagna la salle au moment où Dacha et Alexandre s'embrassaient pour la énième fois. Elle fut accueillie par le regard interrogateur de Tchistiakov.

– Quoi de neuf ? lui demanda-t-il en répétant involontairement la question qu'elle avait posée à Korotkov.

– Pardon ?

– Tu es bien sortie pour téléphoner, n'est-ce pas ?

– Comment le sais-tu ?

– Comme si je ne te connaissais pas ! s'exclama son mari avec un sourire moqueur. Nastia, je ne souffre d'aucun complexe et le dévouement professionnel ne me gêne pas le moins du monde. C'est sans doute pour ça que je t'aime tellement.

– Eh bien moi, je t'aime pour autre chose.

– Et pour quoi, si ce n'est pas indiscret…

– Parce que tu me connais bien et ne te fâches pas contre moi ! Buvons !

– Pas question. Je conduis.

– Alors borne-toi à tremper tes lèvres. Je vais porter un toast.

Anastasia se leva d'un air déterminé, son verre à la main.

– Puis-je dire quelques mots ? Ceux qui me connaissent depuis longtemps se demandent sans doute pourquoi nous avons décidé de nous marier, Alexeï et moi. Je vais donc vous l'expliquer pour qu'il n'y ait pas de malentendus. Il se trouve que pendant toutes ces années, je ne m'étais pas rendu compte à quel point je l'aimais. Je pensais que c'était simplement un homme très bon à qui j'étais très attachée. Et ce n'est que tout récemment que mes yeux se sont dessillés, que j'ai compris à quel point il est unique et combien je l'aime. C'est pourquoi je me suis dépêchée de l'entraîner au bureau de l'état civil avant qu'il change d'avis ! Voilà !

– Quoi « voilà » ? s'écria Pavel Ivanovitch, son père naturel, à l'autre bout de la table. On ne dit pas « voilà », on dit : « Vivent les mariés ! »

– Vivent les mariés ! reprit tout le monde en chœur.

Noir et blanc, blanc et noir. Fiancés et fiancées, futures épouses et futurs époux... Dieu de miséricorde, comme je vous hais tous !

Je hais tous les noirs parce que le noir, c'est le mal...

Je hais tous les blancs parce qu'ils ne veulent pas de moi...

Je vais me mettre en noir et je vous observerai, vous autres en blanc, qui grouillez au loin. Et jamais vous ne pourrez m'approcher...

Car vous n'avez pas voulu de moi...

Il n'était que sept heures lorsqu'ils rentrèrent à la maison. Anastasia se précipita dans la salle de bains pour enlever son tailleur et s'emmitoufler dans sa vieille robe de chambre confortable. Elle n'aimait pas s'habiller, ni porter des chaussures à hauts talons. Elle n'était à l'aise qu'en jean, pull et baskets.

Pendant le trajet du retour, elle avait pensé qu'en se retrouvant à la maison, dans son environnement familier, la tension de la journée se relâcherait, mais ce n'était pas le cas. Elle n'arrivait même pas à se concentrer sur les tâches domestiques les plus simples. Avaient-ils assez mangé ou fallait-il préparer quelque chose à dîner ? Il était d'usage de recevoir les proches le lendemain du mariage, mais elle n'en avait aucune envie. Pouvait-elle déroger à la tradition ? Et ce fichu programme de télévision, où était-il passé ?

Pour rajouter à son malaise, elle se disait qu'elle devait passer un coup de fil, mais ne parvenait pas à se rappeler à qui et pourquoi. Au restaurant, au milieu des siens, elle s'était tellement efforcée de faire bonne figure pour n'inquiéter personne qu'elle avait réussi à maîtriser sa trouille. Mais là, brusquement elle se rendait compte qu'elle était morte de peur. Elle devait se résoudre à en parler à Alexeï : si Artioukhine tramait autre chose contre elle, son mari pourrait aussi recevoir de mauvais coups.

D'un autre côté, il n'y avait aucune certitude qu'Artioukhine soit mêlé au meurtre du bureau de l'état civil. Et si ce n'était qu'une monstrueuse coïncidence ? Comment en être sûre ?

Ces réflexions la ramenèrent au coup de fil qu'elle devait donner : Olchanski avait promis de l'informer des résultats de l'expertise de la lettre anonyme.

– Un coup pour rien, lui dit-il tout de go. Il y a bien des empreintes sur cette satanée lettre, mais pas celles d'Artioukhine. Je l'ai tout de même fait placer en garde à vue, notre bonhomme.

– Ce sont les empreintes de qui, alors ? lui demanda-t-elle bêtement.

– D'un inconnu. Korotkov m'a tenu au courant de tes mésaventures. Évidemment, nous allons prendre les empreintes de tous ceux qui se trouvaient là-bas, mais ça va prendre du temps.

– Et Artioukhine ? Que dit-il ?

– Qu'est-ce que tu veux qu'il dise ? Il nie tout en bloc, bien entendu. Mais ne t'inquiète pas, il ne s'en tirera pas comme ça. J'ai toujours pensé qu'il était coupable du viol, mais je ne pouvais rien faire à cause de son alibi en béton. Maintenant, j'ai les mains libres. Et en plus, j'ai la nette impression qu'il est lié à un trafic de drogue.

– À quel moment avez-vous procédé à son arrestation ?

– Vers deux heures de l'après-midi.

Les informations d'Olchanski n'étaient pas de nature à la soulager et ne firent qu'amplifier son cafard. Elle eut soudain envie d'un verre et passa dans la cuisine où son mari s'était installé pour travailler un peu. Elle le trouva entouré de papiers couverts d'équations et de bouquins aux titres abstrus.

– Liocha, tu ne veux pas boire quelque chose ? J'ai envie d'être pompette.

Tchistiakov leva sur elle un regard surpris.

– Mais, Nastia, qu'est-ce qui t'arrive ?

– Rien. J'ai envie de faire la fête, c'est tout.

– Allons, cet événement t'a complètement bouleversée. C'est de repos que tu as besoin et pas de « faire la fête » !

– Eh ! Tu oublies que nous venons de nous marier ! C'est une date historique ! Range tes bouquins et sors le mousseux.

– Mais tu n'aimes pas ça ! lui fit-il remarquer avec un sourire, puis il ramassa ses documents.

– On n'a rien d'autre.

– Comment ça ? Et ton Martini adoré ?

– D'où le sors-tu ?

– Comment ? Du magasin. Je ne le fabrique pas moi-même !

Elle se jeta au cou de son mari et se pressa contre lui :

– Liocha, je t'adore !

Après deux verres de Martini, elle se sentit mieux. Ses extrémités se réchauffèrent et son visage reprit des couleurs. La boule au fond de sa gorge disparut et elle respira plus facilement.

– Liocha, qu'allons-nous faire demain ? s'enquit-elle en se renversant mollement sur le canapé et en étirant les jambes.

– Dormir et nous rendormir. Jusqu'à satiété. Après, on verra.

– Ça, c'est une vie ! Faire la grasse matinée, puis partir en promenade. Nous marcherons jusqu'à en avoir mal aux pieds, puis nous rentrerons déjeuner et nous nous mettrons un peu au travail. Je te laisserai l'ordinateur.

– Tu comptes te remettre à la machine à écrire ?

– Je ne vais pas me mettre tout de suite à la traduction. Je vais d'abord lire le livre du début à la fin pour rentrer dans le style de l'auteur et comprendre ce qu'il veut dire. Je ne commencerai à rédiger qu'après. Et puis, si je ne lis pas le livre d'abord, la curiosité m'empêche de travailler. J'ai toujours envie de m'arrêter de taper le texte russe pour m'étendre et lire la suite.

– Puisque tu parles de cela, Nastia, je voudrais te rappeler que notre mariage suppose un budget commun. Tu ne l'as pas oublié ?

– Je n'y pensais même plus, avoua-t-elle.

– Tu as tort. Comme je gagne correctement ma vie, je ne vois pas pourquoi tu continuerais à faire des traductions. Convenons que ce sera la dernière.

– Ne te fâche pas, Liocha, mais je ne suis pas d'accord. Primo, c'est comme ça que j'ai l'habitude de passer mes congés. Deusio, j'aime ça. Et ça me permet de ne pas perdre mes connaissances en langues. Tertio, je déteste demander de l'argent. Je préfère avoir mes rentrées.

– Nastia, ton indépendance prend des formes offensantes.

Malgré son sourire, ses yeux s'assombrirent et Anastasia comprit qu'il était fâché. Elle s'efforçait de trouver quelque chose de gentil à lui dire pour atténuer la contrariété lorsque le téléphone sonna.

C'était Korotkov.

– Nastia, tu es sobre ? lui demanda-t-il d'une voix bizarre.

– Quelle question ! plaisanta-t-elle. M'as-tu déjà vue avec seulement un coup dans le nez ?

– Non, mais on ne se marie pas tous les jours. As-tu l'esprit clair ou je te laisse te reposer ?

– Clair comme des cristaux de silicone ! Il y a du nouveau ?

– Et comment ! T'es assise ?

– Non.

– Alors, tu ferais mieux de t'asseoir.

Ce n'était qu'une figure de style, mais Anastasia obtempéra. Elle tira le fil du téléphone jusqu'à un fauteuil et s'installa confortablement.

– Vas-y. Je t'écoute.

– Une autre mariée a été assassinée ce matin à dix heures, au bureau de l'état civil du quartier de Kountsevo !

– Comment ça ?

– Tu as bien entendu. Nous avons sur les bras deux meurtres identiques. Nous n'avons appris cette autre histoire que très tard parce que les responsables du bureau n'ont pas appelé la Petrovka, mais le commissariat du district. La milice du coin a commencé l'enquête avant de nous informer. Tu es toujours assise ?

– Toujours, répondit Anastasia, abasourdie.

– Eh bien, figure-toi que l'une des jeunes femmes qui devaient se marier aujourd'hui à Kountsevo a trouvé une lettre anonyme dans sa boîte aux lettres. Tu devines le contenu ?

– Ce n'est pas possible, chuchota-t-elle d'une voix rauque qu'elle tenta d'éclaircir en toussotant. Tu me charries !

– Pas du tout. Laisse tomber ton Artioukhine. Il n'a rien à voir dans cette histoire. C'est autre chose et sans doute bien plus grave. Tu comprends ?

– Non, Iouri, je ne comprends pas. Deux lettres identiques et deux meurtres identiques ? Mais les mortes sont des filles qui n'ont pas reçu les lettres. C'est impossible. Ça n'a ni queue ni tête.

– Tu te contredis, ma vieille, lui fit remarquer Korotkov. Tu n'arrêtes pas de nous seriner qu'il ne faut pas utiliser ces mots dans notre métier et que, dans la vie, tout est possible.

– Tu as raison. Dans la vie, tout est possible, répéta-t-elle pensivement. Mais tout a aussi une explication. Le problème, c'est de la trouver.

– Voilà. Et c'est là que tu interviens.

– Et Chevtsov, le photographe ? Il a développé ses photos ?

– Oui. Tu veux les voir ?

– Et comment !

– Quand ?

– Tu peux me faire une petite visite demain matin ?

– Je peux. À condition que ton mari frais émoulu ne fasse pas de moi la troisième victime de cette affaire.

– Tu en réchapperas. Passe vers onze heures.

– Entendu, mais j'ai l'impression de me transformer en kamikaze…

Anastasia raccrocha et resta toute pensive dans son fauteuil. Expliquer un meurtre par l'erreur d'un criminel qui croit tirer sur quelqu'un d'autre est toujours possible. Mais deux ? Deux erreurs le même jour, c'est au moins une de trop. Cela ressemblait plutôt à un habile camouflage. Dans ce cas, il fallait en conclure qu'au moins l'une des deux victimes était justement celle que visait l'assassin, tout le reste n'étant qu'un montage destiné à brouiller les pistes. Mais un montage qui avait exigé beaucoup de préparatifs et de gros efforts.

Non, Nastia ! se dit-elle. *Tu vas trop vite. Et si c'étaient quand même des erreurs ? Peut-on leur trouver une explication ? Dans ce cas, il devrait y avoir un lien entre moi et la jeune femme qui a reçu la même lettre.*

Plongée dans ses pensées, elle ne remarqua pas Tchistiakov qui la contemplait depuis le seuil de la pièce.

– Qu'est-ce qu'il y a ? lui demanda-t-il.

– Un autre meurtre dans un autre bureau de l'état civil. Liocha, ton cerveau fonctionne ?

– Il est branché. Transmets les données…

– Mais avant, promets-moi de rester calme.

– Je ferai de mon mieux.

– Suppose qu'on ait voulu m'assassiner à la place de cette jeune femme. Penses-tu que le criminel ait pu se tromper et la prendre pour moi ?

– Nastia, tu me fais peur. D'où tiens-tu cette idée saugrenue ?

– Peu importe. Réponds-moi. À ton avis, y a-t-il quelque chose de commun entre la femme assassinée et moi ? Toi seul peux répondre. Moi, je ne me vois pas de l'extérieur. Je ne peux pas juger.

– Je ne comprends pas...

– Bon, je vais être claire. Ce matin, j'ai reçu une lettre de menaces et je considère qu'elle a été écrite par une personne qui me connaît personnellement. Je n'ai pas vu cet homme au bureau de l'état civil, mais cela ne signifie rien car je n'ai pas fait très attention et il pouvait se dissimuler. Toutefois, si c'était lui qui avait tiré, il ne se serait pas trompé car il me connaît : nous nous sommes encore vus hier soir. Par conséquent, à supposer qu'il soit bien derrière tout ça, il a dû engager un tueur en lui expliquant à quoi je ressemble. D'où ma question : pouvait-on nous confondre, la victime et moi, à partir d'une description verbale ?

– Pas du tout ! se récria Tchistiakov. Vous n'aviez rien en commun, à part peut-être la couleur des cheveux. Mais je crois que tu oublies une chose importante...

– Laquelle ?

– Aujourd'hui, il aurait été difficile de te reconnaître à partir d'une simple description. As-tu encore ce Polaroid que tu m'as montré ?

Elle fouilla dans son sac et retrouva la photo que Chevtsov avait prise sur le perron.

– Tu m'as dit toi-même que tu ne t'étais pas reconnue, poursuivit son mari. La femme que tu vois là n'a rien à voir avec l'image quotidienne que tu vois dans le miroir, n'est-ce pas ? Est-ce que quelqu'un aurait pu te reconnaître à partir d'une description verbale ?

– Eh merde ! jura-t-elle avec dépit. J'aurais dû y penser moi-même. Donc, on peut supposer que le tueur n'est pas arrivé à me reconnaître et qu'il s'est renseigné sur l'heure à laquelle devait se dérouler notre cérémonie. Et voilà ! C'est tout simple.

– Qu'est-ce qui est simple, Anastasia ? Que quelqu'un veuille t'assassiner ? Mais qu'est-ce que tu racontes ? s'écria Tchistiakov sans dissimuler son inquiétude.

– C'est une des hypothèses. Mais n'aie pas peur. L'homme qui pourrait avoir une raison de me tuer est déjà derrière les barreaux. À condition que ce soit lui, bien sûr.

– Il y a d'autres possibilités ?

– Autant que tu veux. Par exemple, l'une des victimes était la personne réellement visée, l'autre assassinat et les lettres de menaces n'étant que des leurres pour détourner les soupçons. Ou bien il y a réellement eu une erreur et la cible est l'une de nous quatre, mais pas celles qui sont mortes. Il est aussi possible qu'il n'y ait eu aucune erreur : on voulait réellement tuer ces deux femmes et les lettres de menaces étaient destinées à couvrir ou à faciliter d'une manière ou d'une autre le travail du meurtrier. Comme une sorte de spectacle.

– Plutôt cruel, ce spectacle. Et qui implique une grande préparation et beaucoup d'efforts.

– Oui. Et pour tout mettre au point l'assassin devait avoir ses entrées dans les bureaux de l'état civil… C'est l'une des pistes. Il faut enquêter sur les familles de ces jeunes femmes et chercher dans leur entourage qui pouvait être aussi bien renseigné. À moins que…

– À moins que quoi ?

– C'est peut-être un maniaque, un *serial killer* en puissance qui s'est mis en tête de tuer des jeunes mariées le jour de leurs noces. Dans ce cas, nous ne trouverons rien en étudiant l'entourage des victimes.

– Si tu veux mon avis, dit sentencieusement Tchistiakov, je préfère l'hypothèse du maniaque.

– Pourquoi ?

– Parce que s'il ne s'intéresse qu'aux femmes qui se marient, tu n'es plus menacée.

– Non, mon chéri, tu as tort ! Dans ce cas, la tragédie peut se répéter à n'importe quel moment. Il n'y a rien de pire qu'un assassin fou parce qu'il est imprévisible. Tu comprends ? Je préfère encore qu'il me poursuive.

Cette dernière phrase fit sortir Tchistiakov de ses gonds.

– Non, Nastia, c'est toi qui as tort ! Moi, je vois autre chose. Je ne veux pas devenir veuf. Tu m'entends ? Je ne veux pas !

– Arrête de crier. Tu t'es marié en connaissance de cause. Je ne t'ai pas pris en traître. Tu sais très bien que mon métier comporte des risques…

– Je ne crie pas, je…

Il fit brusquement demi-tour et quitta la pièce en claquant la porte. Anastasia poussa un soupir chagriné et contempla la photographie qu'elle tenait encore dans ses mains.

Alors ma fille ? Tu l'as eu ton mariage, hein ? Ce n'est pas pour rien qu'on dit qu'il ne faut jamais se marier en mai. Et encore moins le treize. La journée est mal partie depuis le début. Depuis cette fichue lettre. Tout est allé de travers. Et pour finir en beauté : une querelle avec Liocha. C'est gai, il n'y a pas à dire…

Elia Bartocz ne s'était pas mariée. À cause du meurtre au bureau de l'état civil, la cérémonie avait été remise. *La* cérémonie ? Non, *sa* cérémonie à elle. Celle qui ne s'appelait toujours pas Elia Tourbine sanglotait dans sa chambre. Dans la salle à manger, son fiancé, Valeri, était assis devant son assiette vide, renfrogné, déprimé, face à ceux qui auraient dû être ses beaux-parents. Aucun des trois ne se décidait à toucher les nombreux plats qui couvraient la table, même si Tamila Bartocz avait servi à son mari quelques morceaux de viande bien appétissants.

– Allons ! Ce n'est pas bien terrible, dit-elle à Valeri en faisant semblant de lui remonter le moral. Après tout, si vos sentiments sont assez forts, vous pouvez bien attendre encore un peu. Vous vous marierez le mois prochain.

En fait, elle avait du mal à dissimuler sa satisfaction. Elle était parvenue à gagner du temps et justement, avec du temps, elle ne doutait pas qu'Elia finirait par changer d'avis. Dès que la nouvelle du meurtre avait soufflé un vent de panique sur le bureau de l'état civil de Kountsevo, elle s'était lancée dans un travail de sape qui n'avait pas tardé à porter ses fruits.

– Comment pouvez-vous envisager de vous marier alors qu'il y a un cadavre dans la pièce à côté ? Cela va attirer le malheur sur votre union. Il vaut mieux repousser la cérémonie.

Devant l'indécision des fiancés, elle prit son mari à témoin :

– Pista chéri, n'es-tu pas de mon avis ?

Malgré toute la peine qu'il ressentait pour sa fille, Istvan Bartocz était d'accord avec son épouse. Il n'avait rien contre Tourbine qu'il considérait comme un garçon très bien… mais pas comme le mari qu'il souhaitait pour sa fille. En fait, il voulait un homme d'affaires, quelqu'un qui aurait pu travailler en confiance avec lui et faire fructifier sa société, « Danube bleu ». Or, Valeri n'était qu'un rat de bibliothèque qui passerait sa vie dans une modeste université avec un salaire de misère, insuffisant pour assurer à Elia un train de vie confortable. Au lieu d'augmenter la fortune familiale, il la dépenserait !

De plus, les affaires de Bartocz avaient pris une telle ampleur internationale – « Danube bleu » était sur le point de commercialiser un accessoire médical particulièrement innovant – qu'elles étaient difficilement gérables depuis Moscou. Il était prévu que la famille s'installe en Californie au début de l'année suivante. Or Valeri n'envisageait pas d'interrompre sa thèse et d'abandonner sa mère malade. S'ils se mariaient, Elia resterait en Russie et l'idée de voir éclater sa petite famille ne plaisait pas du tout à Bartocz. Il appuya donc sa femme, eut une conversation « d'homme à homme » avec Valeri et parvint à le convaincre de repousser le mariage, arguant que le souvenir de ce jour, censé être le plus beau de leur vie, serait entaché par le cadavre de cette pauvre femme assassinée.

De retour dans l'appartement, Elia s'était précipité dans sa chambre pour fondre en larmes tandis que Tamila, Istvan et Valeri s'installaient machinalement autour de la table dressée.

– Il me semble que tu ferais mieux de rentrer chez toi, finit par décider Tamila comme le jeune homme gardait le silence. Elia est très affectée. Donne-lui le temps de se calmer.

– Il me semble que je devrais rester à côté d'elle, répondit Valeri d'une voix mal assurée tellement Tamila, autoritaire et dure, l'intimidait.

– Je connais ma fille mieux que toi : dans cet état, elle ne supporte personne et prend mal tout ce qu'on peut lui dire. Tu la verras demain, quand elle sera calmée. Tu sais bien que la nuit porte conseil.

– Mais, Tamila Chalvovna, cette lettre bizarre qu'Elia a reçue…

– Qu'est-ce qui te fait penser qu'elle lui était adressée ? Je crois qu'elle était plutôt destinée à Istvan. Dans les affaires, on ne se fait pas que des amis. C'est sans doute un concurrent qui veut l'intimider. Allez ! Rentre chez toi, Valeri ! Nous sommes tous fatigués et il faut qu'on se repose un peu.

L'insistance avec laquelle Tamila chassait Valeri Tourbine mit Bartocz mal à l'aise. Le jeune homme se leva et se dirigea vers la porte sans mot dire. Lorsqu'il se retourna, avant de sortir, son regard était chargé d'une telle haine que les deux époux tressaillirent intérieurement.

Après son départ, les Bartocz entreprirent de débarrasser la table et de ranger les plats restés intacts.

– Tu ne sais vraiment pas qui est l'auteur de cette lettre ? demanda Bartocz à sa femme, en hongrois pour éviter qu'Elia comprenne ce qu'ils se disaient.

– Et comment le saurais-je, Pista ? lui répondit Tamila dans la même langue et sans dissimuler un sourire de triomphe.

– Tu ne trouves pas ça bizarre ? Cette lettre est arrivée à point nommé, n'est-ce pas ?

– Tout va bien, Pista, crois-moi. Elia viendra en Californie avec nous. Elle épousera Marat. Ou, mieux encore, nous lui trouverons un mari comme il faut là-bas. Qu'est-ce qu'il peut lui donner, ce Valeri ? En quoi peut-il nous être utile ? Sans compter sa vieille mère malade dont il nous faudrait nous occuper…

– Tamila, tu es cruelle. Elia l'aime. Je sais que tu as raison, mais…

– Ah, Pista ! Tu ne vas pas t'y mettre, toi aussi ! Arrête, je t'en supplie !

Elle posa une pile d'assiettes, s'approcha de son mari et se pressa contre lui en lui passant les bras autour du cou.

– Qu'est-ce qu'Elia comprend à l'amour, tu veux me dire ? Elle ne se rend pas compte que leur relation est purement physique. En ce moment, elle est frustrée parce qu'ils ne peuvent se retrouver qu'une ou deux fois par semaine, qu'elle a l'impression qu'il n'y a rien de meilleur au monde et qu'elle n'en a pas assez. Tout ce qu'elle espère du mariage, c'est pouvoir passer sa vie au lit avec lui. Mais tu sais bien qu'au bout d'un mois, elle aura envie d'autre chose. Et puis, je ne tiens pas à la laisser seule ici…

– Oui, oui, je suis d'accord. Mais il y a une chose qui m'inquiète…

– Quoi donc ?

– Tami, je ne peux chasser l'idée que cette lettre et ce… malheur, au bureau des mariages…

Tamila recula et regarda son mari avec inquiétude.

– Qu'est-ce que tu veux dire ? Tu me soupçonnes ? Tu penses que c'est moi qui ai écrit cette lettre ?

– Tami…

– Salaud ! Comment oses-tu penser une chose pareille ? Tu vas peut-être m'accuser d'avoir assassiné cette pauvre fille ? Tu es un monstre !

Elle esquissa le geste de lui donner une gifle, mais Bartocz l'esquiva aisément, lui saisit adroitement le bras et le lui retourna derrière le dos. Tamila se mordit la lèvre de douleur et furieuse, regarda son mari droit dans les yeux. Elle resta ainsi une fraction de seconde, puis ses traits s'adoucirent. Certes, Tamila Bartocz était autoritaire et ne supportait pas la contradiction, mais son mari, lui, était un vrai dur. Derrière les manières civiles et la bonne éducation européenne qu'il tenait de son diplomate de père se dissimulait un homme qui – par défi envers sa famille – avait fréquenté dans sa jeunesse le milieu moscovite où il avait fait son véritable apprentissage de la vie. C'était justement ça qui avait séduit la jeune Tamila : ce bel homme raffiné et discret qui se comportait comme une brute au lit et lui disait des cochonneries avec un inimitable accent magyar lui avait fait perdre la tête.

Et là, tandis qu'il lui tordait le bras, elle lut au fond de ses yeux que non seulement il la soupçonnait, mais encore qu'il n'était pas mécontent de la tournure qu'avaient prise les événements…

Brusquement, elle vit son expression changer. La main qui lui serrait l'avant-bras se relâcha pour se poser doucement sur sa hanche et l'attirer vers lui. Puis il lui souffla à l'oreille :

– Embrasse-moi. Elia nous regarde.

Tamila se retourna. Sa fille se tenait sur le seuil, le visage gonflé de larmes et les yeux éteints.

– Qu'est-ce qu'il y a, maman ? Je t'ai entendue crier…

L'indécision de Tamila ne dura qu'une fraction de seconde. L'engueulade s'était déroulée en hongrois et Elia, qui considérait toute forme d'étude comme une perte de temps, n'avait rien compris.

– Ce n'est rien, lui répondit sa mère. J'ai appelé ta grand-mère pour lui annoncer la mauvaise nouvelle. La ligne était mauvaise et j'ai dû crier. Pour ne pas me lancer dans des explications compliquées, je lui ai dit que Valeri s'était cassé une jambe et que le mariage était repoussé…

Cette dernière phrase eut pour effet de raviver le chagrin de la jeune fille. Elle renifla, hoqueta, tenta vainement de retenir ses larmes, puis elle refondit en sanglots et fit rapidement demi-tour pour regagner sa chambre.

4

Le dimanche matin, Anastasia se réveilla avec l'arrière-goût désagréable de la querelle de la veille. Une froideur inédite s'était installée entre elle et son mari. Quel beau début à la vie de famille alors qu'ils se connaissaient depuis vingt ans et ne se disputaient pour ainsi dire jamais !

L'absurdité de la situation lui apparaissait si clairement qu'à sa deuxième tasse de café et sa troisième cigarette, elle n'y tint plus.

– Liocha, dit-elle, toute penaude. Excuse-moi, s'il te plaît. Je n'ai pas bien réagi, hier. J'avais tort. Tu me pardonnes ?

– À ton avis ?

Tchistiakov soupira avec un soulagement visible. Il n'était pas non plus du genre à apprécier les querelles idiotes et les situations fausses.

– Cela dit, j'aimerais bien que tu comprennes que je sais très bien où tu travailles, que je connais les risques que tu cours et que je ne peux pas faire autrement que de m'inquiéter pour toi. Tu vas pouvoir retenir tout ça ?

– À ton avis ? répéta-t-elle avec une grimace qu'il lui rendit en lui tirant la langue.

Lorsque Korotkov arriva, une dizaine de minutes plus tard, avec un épais paquet de photos, le jeune couple avait déjà oublié la dispute. Anton Chevtsov, le photographe, avait bien travaillé ; les enquêteurs disposaient de portraits de toutes les personnes présentes au bureau de l'état civil au moment du meurtre.

– Cinquante-quatre photos pour cinquante-quatre personnes, dit-il. Le compte y est.

Anastasia les prit et les examina attentivement, une à une.

– Évidemment, j'ai choisi les meilleures, mais si tu en veux d'autres, nous n'avons que l'embarras du choix. Chevtsov a bien dû en prendre deux ou trois cents…

Devant l'air soucieux d'Anastasia, Korotkov laissa sa phrase en suspens.

– À quoi penses-tu ? lui demanda-t-il au bout de quelques secondes.

– Il y a quelque chose qui ne va pas, mais je n'arrive pas à savoir quoi…

Soudain, elle posa le paquet de photos sur la table basse devant le canapé et l'étala comme un jeu de cartes.

– C'est bien ça ! s'écria-t-elle. Chevtsov ne s'est pas pris en photo lui-même…

– C'est vrai, reconnut Korotkov. Et alors ?

– Et alors, il devrait y avoir cinquante-trois portraits et non cinquante-quatre.

– Je ne te… Eh ben, merde alors ! Tu as raison !

– Bien sûr que j'ai raison ! Dans ce tas, il y a forcément la photo de quelqu'un que vous n'avez pas interrogé hier. Je ne comprends pas ! Vous n'avez pas identifié toutes ces personnes ?

Le ton d'Anastasia était tellement comminatoire que Korotkov se sentit obligé de se défendre :

– Et comment l'aurions-nous fait ? Je ne les ai eues qu'hier soir. Personne d'autre ne les a encore vues. Au cas où tu l'aurais oublié, aujourd'hui, c'est dimanche !

– C'est bon, c'est bon ! Pardonne-moi ! dit-elle en se radoucissant. Il ne nous reste plus qu'à nous mettre au travail. Tu as la liste des personnes présentes ?

Il sortit de sa poche un feuillet plié en quatre.

– Ça va être coton de mettre un nom sur chaque photo, objecta-t-il. Nous étions au moins cinq à prendre les dépositions, hier. Je n'ai pas vu tout le monde !

– Oui, mais tu te souviens sans doute de tous les visages. En procédant par élimination, nous devrions y arriver, même s'il nous sera effectivement impossible de mettre un nom sur chacun.

Ils s'installèrent devant les photos. Anastasia sépara les hommes des femmes et compta les deux tas :

– Vingt-cinq hommes et vingt-neuf femmes, annonça-t-elle.

En s'aidant machinalement de ses doigts, Korotkov fit de même avec les noms inscrits sur la feuille de papier.

– Je n'ai que vingt-huit femmes !

– Nous savons donc ce que nous cherchons.

Ils laissèrent les hommes de côté et examinèrent les photos restantes une à une, en les comparant avec la liste. Lorsqu'ils étaient sûrs d'une identité, ils inscrivaient le nom au dos du cliché et le cochaient sur la liste. Chaque arrière-plan fourmillait d'indices permettant de situer chaque personne par rapport à son entourage : époux, épouses, invités, témoins du mariage, personnel de l'état civil. Au bout d'une heure de travail, ils avaient retrouvé vingt-deux noms. Quant aux femmes restantes, Korotkov était certain d'avoir aperçu six d'entre elles. La septième lui était totalement inconnue. La photo montrait une femme d'une cinquantaine d'années, le visage sec, les traits tirés comme si elle était épuisée, et le regard curieusement tendu.

En la regardant, Anastasia ressentit une impression de vague malaise. Cela tenait sans doute au cadre de la photo : la femme avait été surprise devant une fenêtre du bureau de l'état civil et l'on voyait, sur le rebord, un bac de fleurs aux corolles largement épanouies qui créaient un contraste saisissant avec sa mine lugubre.

– Je t'assure que je ne me rappelle pas l'avoir vue, dit-il.

Anastasia était tout aussi certaine de ne pas l'avoir croisée. Sans doute était-elle entrée au moment où ils réglaient les formalités du mariage et signaient le registre.

Elle alla montrer la photo à Tchistiakov qui, fidèle à ses habitudes, travaillait dans la cuisine. Mais elle revint bredouille.

– Liocha ne l'a pas vue non plus, dit-elle. En tout cas, elle était là au moment où on a trouvé le cadavre : Chevtsov a commencé à mitrailler tout le monde dès qu'il a entendu les premiers cris. Elle a dû sortir avant qu'on bloque les issues.

– Je vais demander qu'on montre cette photo à toutes les personnes présentes. Il y aura bien quelqu'un qui se souviendra. Elle est sans doute venue avec un des couples.

– C'est peut-être une employée...

Korotkov secoua vigoureusement la tête :

– Non, ils étaient tous là. J'ai vérifié. C'était sans doute une invitée. À moins que ce soit notre assassin.

– N'allons pas trop vite en besogne. Elle a pu partir pour tout un tas de raisons légitimes : sortir prendre l'air parce qu'elle se sentait mal, téléphoner pour prévenir quelqu'un qu'il y avait eu un malheur, aller chercher une trousse médicale dans sa voiture... Que sais-je encore ? Une fois dehors, elle n'a pas pu rentrer parce que les issues étaient fermées...

– Oui, mais elle aurait pu s'expliquer, lui objecta Korotkov. On l'aurait laissée passer...

– Elle a peut-être eu peur. Ou bien elle s'était brouillée avec quelqu'un de son groupe et a envoyé promener tout le monde... En tout cas, il faut la retrouver. Même si elle n'a rien à voir avec le meurtre, elle a pu apercevoir ou entendre quelque chose.

– Ne t'inquiète pas, je ferai le nécessaire. Je vais tout de suite à la Petrovka. Il faut faire des copies de cette photo et les passer à l'équipe opérationnelle. Ensuite, si j'ai le temps, j'irai à Kountsevo. Il faut interroger la fille qui a reçu la même lettre anonyme que toi.

– Oui, la clé de l'affaire est certainement là. Si Artioukhine n'est pas à l'origine de ces menaces, c'est au mariage que la lettre faisait allusion. Or comme je vois mal qui dans mon entourage peut avoir intérêt à faire capoter mon mariage avec Liocha, il faut forcément chercher du côté de cette fille… Comment elle s'appelle, déjà ?

– Elia Bartocz.

– Elle est hongroise ?

– Non. C'est son père. Un homme d'affaires, fils d'un diplomate.

Anastasia poussa un grand soupir :

– Il ne manquait plus que ça !

Au téléphone, la voix d'Anton Chevtsov n'évoquait pas du tout celle du jeune homme pétillant d'énergie qui l'avait persuadée de se laisser photographier sur le perron du bureau de l'état civil. Il parlait d'une voix à peine audible, en avalant ses mots, avec de longues pauses.

– Que vous arrive-t-il, Anton ? lui demanda Anastasia. Vous êtes malade ?

– Oui, je me sens patraque… C'est le cœur… Cela m'arrive de temps en temps.

– Eh bien, dites donc ! Ça ne doit pas être drôle, à votre âge, dit-elle, compatissante.

– À qui le dites-vous ! Et c'est comme ça depuis mon enfance… Je peux courir, sauter, passer des nuits blanches… Mais quand ça me prend… Je me sens faible et essoufflé. Une fois, il m'a fallu quarante minutes pour me traîner jusqu'à la cuisine et me faire un peu de thé.

– Je sais de quoi vous parlez. Il m'est arrivé de me trouver dans le même état… Bon, je vous laisse ! Reposez-vous et revenez-nous en pleine forme !

– Pourquoi m'appeliez-vous ?

– Je m'intéresse à une de vos photos, mais ça peut attendre.

– Laquelle ?

– Celle d'une femme qui semble avoir eu le temps de quitter le bureau avant l'arrivée de la milice. Son nom ne figure pas sur les listes des témoins. Vous vous souvenez peut-être d'un détail quelconque à son sujet.

– Je voudrais bien vous aider, mais je n'ai plus ces photos… (Anastasia l'entendait respirer avec difficulté.) Je n'ai fait qu'un seul jeu… Pour aller plus vite… Je l'ai donné à votre collègue, Iouri… Vous allez vous occuper de l'enquête ?

– Pas vraiment. Voyez-vous, je suis en congé. Mais je suivrai l'affaire. Comme détective amateur… Je suis trop curieuse pour ne pas m'intéresser à ces meurtres…

– Ces meurtres ? (Il semblait sur le point de perdre haleine et prit deux ou trois inspirations avant de poursuivre.) Il y en a eu plusieurs ?

– Deux. Une autre jeune mariée a été assassinée deux heures avant la nôtre dans un autre bureau de l'état civil, à Kountsevo. C'est pour ça que cette inconnue me semble importante. J'aimerais bien savoir si quelqu'un l'a vue là-bas.

– Vous voulez le négatif ? Je l'ai laissé au labo du journal… Mais je peux…

– Ne vous inquiétez pas, Anton. C'est très gentil à vous, mais Iouri s'est déjà chargé de faire des copies. Excusez-moi pour le dérangement et soignez-vous bien.

Comme il l'avait pressenti, Korotkov mit pas mal de temps à obtenir des copies du cliché un dimanche et à organiser leur diffusion à toutes les personnes concernées par l'enquête. Il était dix-huit heures passées lorsqu'il quitta la Petrovka et il n'avait aucune envie d'aller interroger des témoins à l'autre bout de Moscou. Il aspirait au calme et à un peu de repos.

Ce ne fut que le lendemain en début d'après-midi, après une matinée consacrée à la réunion traditionnelle du service et au remplissage d'une tonne de paperasse « hyperurgente », qu'il prit le chemin des quartiers ouest de la capitale.

Elia Bartocz était absente et Tamila, sa mère, le reçut avec une froideur calculée. Elle portait un tailleur élégant et strict et tout dans son attitude laissait entendre qu'elle était très occupée et qu'il avait bien de la chance qu'elle daigne répondre à ses questions. Elle se préparait du thé et eut néanmoins la courtoisie de lui en proposer.

– Je ne crois pas qu'il faille prêter une attention particulière à cette lettre idiote, lui expliqua-t-elle en tournant lentement une petite cuillère dans sa tasse d'Earl Grey fumant. Il me semble que ces menaces concernent mon mari plutôt que ma fille.

– Vous êtes bien certaine que personne ne voulait empêcher le mariage d'Elia ?

– Mais bien sûr ! s'écria-t-elle avec le sourire indulgent qu'on réserve aux enfants qui ont dit une grosse bêtise. Personne ne s'intéresse au mariage d'Elia !

– Un amoureux éconduit ?

– Elia n'a plus fréquenté de garçon depuis sa rencontre avec Valeri.

– Et avant ?

– Rien de sérieux. Elle a rompu avec le dernier de ses soupirants il y a bien longtemps.

– Tamila Chalvovna, dit-il, quelque chose m'intrigue : je lis dans mon rapport que le témoin de mariage de votre fille devait être une de vos nièces…

– Quel mal y a-t-il à cela ?

– Aucun, bien sûr ! Disons seulement que c'est pour le moins… inhabituel. Généralement, les futures mariées font appel à leur meilleure amie, leur copine d'enfance, celle avec qui elles partagent leurs petits secrets…

Tandis qu'il prononçait ces mots, Korotkov eut l'impression qu'un léger nuage de contrariété passait sur le visage impassible de Tamila.

– Voyez-vous, le coupa-t-elle, toutes les copines de classe d'Elia ont depuis longtemps fait leur vie. Certaines font des études supérieures, d'autres travaillent, la plupart se sont mariées. Elia n'entretient plus de relations avec elles. Ou, pour être franche, elles n'entretiennent plus de relations avec Elia. Comprenez… Une fille de famille aisée qui ne fait rien de sérieux et donne l'impression de se laisser vivre alors qu'elles sont obligées de bosser… ça les irrite.

– Si je comprends bien, votre fille n'a pas une seule amie ? Tamila Chalvovna, j'ai du mal à le croire.

– Eh bien… Il y a Katia, précisa-t-elle après une courte pause.

– Katia ?

– Golovanova. Elle habite à côté. Elles allaient ensemble à l'école…

– Elles se sont brouillées ?

– Pas du tout ! Qu'est-ce qui vous fait penser ça ?

– Elle n'était pas au mariage. Pourquoi ? Elia ne l'a pas invitée ?

Tamila haussa les épaules comme pour bien marquer l'incongruité de la question.

– Bien sûr que si ! Mais je crois qu'elle devait passer un examen très important…

Korotkov secoua la tête en accompagnant ce mouvement d'un geste de la main censé vouloir dire que tout cela était sans importance et qu'il fallait revenir à la question principale.

– Quelle a été la réaction de votre fille lorsqu'elle a trouvé cette lettre ?

– La réaction... (Tamila haussa de nouveau les épaules.) Elle m'a semblé très surprise.

– Surprise ? Seulement ça ? Elle n'a pas manifesté d'inquiétude ou de peur ?

– Non, elle ne m'a pas paru effrayée...

– Où se trouve-t-elle en ce moment ?

– À la campagne, avec son père. Elle avait besoin de se changer les idées.

– Valeri Tourbine est avec eux ?

– Non, ils sont seuls.

– Quand rentrent-ils ? Il faut que je parle à votre fille.

– Ce soir, sans doute...

Blanc et noir... Noir et blanc...

Le monde entier tient en ces deux couleurs. Ils n'ont pas voulu que je m'aligne avec les blancs. J'ai dû m'humilier en les suppliant, mais ils ont rejeté ma candidature, brutalement, impitoyablement, avec une moue de dédain. Ils me disaient que seuls les meilleurs et les plus dignes pouvaient être avec les blancs. Les plus blancs.

Et moi ?

N'étais-je pas d'une blancheur immaculée ? Avais-je la moindre tache ? Pourquoi n'ont-ils pas voulu de moi ?

Je sais pourquoi.

Parce qu'ils ne sont blancs qu'en apparence. En réalité, leurs âmes sont noires, et leurs mains, et leurs pensées... En réalité, ils ne veulent pas de blancs, ils veulent des noirs qui savent se déguiser en blanc. Et moi, j'en suis incapable.

Mais je sais faire autre chose. Je sais réunir le noir et le blanc. On dit que ce mélange donne du gris. C'est faux. Ce n'est pas le gris qui les réunit. C'est le rouge.

La couleur du sang. La couleur de la mort. Devant le rouge, les blancs et les noirs sont égaux car on ne peut fuir le rouge. Le rouge les rend tous égaux.

Rouge sur blanc. Des mariées mortes.

Ensuite viendra le rouge sur du noir...

Lorsque Ekaterina Golovanova rentra chez elle, Korotkov l'attendait patiemment sur un banc, près de l'entrée de son immeuble. En sortant de chez les Bartocz, il était monté chez elle. Sa mère lui avait expliqué qu'elle était en cours, qu'elle fréquentait la fac de philosophie et qu'elle rentrerait vers vingt heures. Elle lui avait également montré une photo, de sorte qu'il la reconnut dès qu'il la vit. Entre-temps, il avait passé quelques coups de fil et glané des informations plutôt intéressantes.

Il se leva et s'avança à sa rencontre.

– Bonsoir, Katia, dit-il.

La jeune femme s'arrêta et le regarda avec curiosité. Elle avait le même âge qu'Elia, mais semblait plus âgée et ne possédait ni sa grâce ni sa vivacité. Et son regard était triste et trop sérieux.

– Je m'appelle Korotkov, dit-il, Iouri Viktorovitch. Je travaille à la brigade criminelle. Je peux vous parler ?

Un peu effrayée, Golovanova eut une réaction de recul.

– J'ai fait quelque chose de mal ?

– Mais non, pas du tout, lui dit le policier avec autant de bienveillance que possible. Il s'agit de votre amie Elia. Vous êtes au courant de... l'accident au bureau de l'état civil ?

– Oui, mais je n'ai rien compris à ce qui s'est passé.

– Je vais vous l'expliquer. Asseyons-nous. À moins que vous ne vouliez faire quelques pas...

La jeune femme réfléchit une fraction de seconde et changea son sac de main.

– Je marcherais bien un peu, lui répondit-elle, indécise, mais mon sac est très lourd… Des bouquins…

– Je vais le porter. Laissez-moi faire…

En saisissant le sac, il étouffa un gémissement de surprise. La jeune Katia n'avait pas précisément l'air d'une faible femme, mais son sac semblait peser un quintal. Il le porta néanmoins comme si de rien n'était.

– Et votre examen ? Ça s'est bien passé ? lui demanda-t-il par politesse.

– Quel examen ?

– Vous n'aviez pas un examen samedi ?

– Mais non ! D'où tenez-vous ça ? Nous n'avons jamais cours le samedi.

– Excusez-moi, j'ai dû faire erreur. Et où étiez-vous samedi dernier ?

Golovanova ne répondit pas et cela lui déplut. Elle marchait en silence en poussant du pied un emballage de carton vide qui avait dû contenir un jus de fruits quelconque.

Au bout de vingt ou trente secondes, un temps interminable, il se rappela à son bon souvenir.

– J'attends, Katia, dit-il. Où étiez-vous samedi ?

– À la maison. Pourquoi cette question ?

– Et que faisiez-vous ?

– Iouri Viktorovitch, se rebella-t-elle soudain, vous avez dit vouloir me parler d'Elia et au lieu de ça, vous vous intéressez à mes faits et gestes. Quel rapport votre question a-t-elle avec cette histoire de meurtre ?

– Je veux simplement comprendre pourquoi vous n'étiez pas présente au mariage. J'aimerais savoir quelles affaires urgentes vous retenaient chez vous. Après tout, Elia est une amie intime. Vous a-t-elle invitée ?

Elle hocha la tête en silence et continua de pousser la petite boîte en carton devant elle.

– Pourquoi n'y êtes-vous pas allée ?

– Je n'en avais pas envie.

– Katia, s'il vous plaît, ne m'obligez pas à vous arracher les réponses. Il s'agit d'une affaire criminelle et je rassemble les informations qui permettront de l'élucider. Vous êtes adulte et intelligente et j'ai besoin de votre aide.

Elle eut un petit sourire forcé.

– Merci du compliment. Mais il est souvent préférable d'être une petite idiote qu'une adulte intelligente.

– Que voulez-vous dire ? Pourquoi serait-ce préférable ?

– On y gagne plus.

– Arrêtez donc de parler par énigmes ! s'énerva-t-il.

Golovanova se renfrogna. Son silence fut encore plus long que la fois précédente. Korotkov était sur le point de perdre patience lorsqu'elle se décida.

– Je suis restée à la maison parce que je ne voulais pas assister à la cérémonie. Ça vous suffit ?

– Non, Katia ! J'aimerais savoir pourquoi.

– Parce que je n'aime pas ses parents. Ils sont hautains et suffisants. Je me sens mal avec eux. Ça vous semble une bonne raison ?

– Dites-moi, le fiancé d'Elia est-il à votre goût ?

Elle haussa les épaules.

– C'est un fiancé comme un autre. Pourquoi devrait-il me plaire ? L'important est qu'il plaise à sa future femme.

– Vous sentez-vous bien en sa compagnie, ou bien est-il du même genre que les parents de votre copine ?

– Je ne sens rien de particulier en sa compagnie. Pour tout vous dire, je ne partage pas sa compagnie.

– Comment ça ? Vous ne le connaissez pas ?

– Bien sûr que si !

– Et quel genre d'homme est-il, à votre avis ?

Elle leva les yeux au ciel.

– Et si vous demandiez à Elia ? Après tout, elle le connaît mieux que moi.

– Ne vous inquiétez pas, je lui demanderai, dit-il, mais j'aimerais avoir votre avis.

– Je n'en ai pas. S'il vous plaît, Iouri Viktorovitch, parlons d'Elia et non de son fiancé.

– Vous n'aimez pas parler de lui, conclut l'enquêteur.

– Mais non, qu'allez-vous chercher là ? Simplement, je sais tout sur Elia et presque rien sur Valeri.

– Katia, votre amie, vous a-t-elle parlé de la lettre qu'elle a reçue ?

– La lettre anonyme ? Oui, je suis au courant.

– Vous a-t-elle semblé affectée par cet événement ? Effrayée ?

– Bien sûr.

– Au point de penser à renoncer à son mariage avec Valeri Tourbine ?

– L'important, c'est qu'elle était bien au bureau des mariages le lendemain...

– Je ne vous parle pas du lendemain, la coupa Korotkov. A-t-elle envisagé de ne pas se marier en recevant la lettre de menaces vendredi soir ?

– Je ne sais pas. Elle ne m'a pas appelée après l'avoir reçue. Je n'ai appris cet épisode qu'hier. Mais je pense que sa chère maman a dû mettre l'incident à profit pour compléter son travail de sape. Tamila Bartocz n'aime pas Tourbine et tente par tous les moyens de dissuader sa fille de se marier avec lui.

– Qu'est-ce qu'elle a contre lui ?

– Je n'en sais rien. C'est à elle qu'il faut le demander. Je sais seulement qu'Elia était très malheureuse parce que sa mère ne l'approuvait pas.

– Si je comprends bien, elle était très malheureuse, mais pas au point de renoncer.

– Elle est très amoureuse, lui expliqua Golovanova. Au point de se passer de l'approbation maternelle.

– À votre avis, Katia, qui a bien pu écrire cette lettre ?

– Je ne sais pas.

– Même pas le moindre soupçon ? insista-t-il avec une petite pointe de perfidie au fond de la voix.

– Eh bien… Je pense que Tamila en serait capable.

– Cette supposition se fonde sur l'intuition ou sur des faits ?

– Rien de concret. Mais je crois Tamila capable de marcher sur des cadavres pour parvenir à ses fins.

– Quelles fins ?

– Vous m'embêtez avec toutes vos questions qui s'enchaînent les unes aux autres comme une vis sans fin !

– Répondez-moi tout de même une dernière fois : de quelles fins parlez-vous ?

– Mais je n'en sais rien ! Elle ne veut peut-être pas que Valeri entre dans la famille. Vous savez, les riches se protègent toujours contre les intrus, surtout quand ils sont sans le sou. Et puis, il n'y a pas plus snob que Tamila et Istvan…

Elle sait que Valeri est sans le sou alors qu'elle prétend le connaître à peine ! Bizarre ! se dit Korotkov. *Et puis, elle répète trop souvent « je ne sais pas » alors qu'elle devrait savoir. Après tout, elle connaît les Bartocz depuis des années. Une drôle de fille, cette Katia.*

Anastasia se rejeta en arrière sur le dossier de son fauteuil en pensant pour la énième fois combien son congé transformait ses impressions habituelles. C'étaient les mêmes murs, la même fenêtre, la même table surmontée du même téléphone, le même coffre dans un coin, et pourtant elle avait la sensation bizarre d'être une intruse entrée par effraction dans son propre bureau.

Bien entendu, elle n'avait pas pu résister à la tentation et Tchistiakov s'était borné à émettre un petit ricanement lorsque, en début d'après-midi, n'y tenant plus, elle lui avait timidement annoncé qu'elle allait faire un saut à la Petrovka.

– Vas-y ! J'en profiterai pour travailler un peu sur ton ordinateur. Je vois bien que tu trépignes sur place depuis ce matin. De toute façon, ils ne vont pas te laisser tranquille. Sans toi, Korotkov est un vrai manchot.

Curieusement ce ne fut pas son mari, mais son patron qui émit le plus de réserves.

– Nastia ! Mais qu'est-ce que tu fais là ? s'écria le colonel Gordeïev en la voyant dans le couloir. Tu dois apprendre à te débrancher. On ne peut pas être sur la brèche vingt-quatre heures sur vingt-quatre et trois cent soixante-cinq jours par an…

Anastasia manqua de lui répondre, mais préféra éviter un affrontement dont elle n'était pas sûre de sortir victorieuse. De toute manière, elle avait autre chose à penser.

Il y avait donc eu deux meurtres identiques commis à deux heures d'intervalle et dans deux quartiers situés à l'opposé l'un de l'autre. Dans les deux cas, les victimes avaient été tuées avec un pistolet automatique TT 7.62 dans les toilettes d'un bureau de l'état civil. L'arme était certainement munie d'un silencieux car personne n'avait entendu de détonation. Le criminel avait tiré à une distance comprise entre un mètre trente et un mètre cinquante, au moment où chacune de ses victimes se trouvait seule aux toilettes. Cela impliquait qu'il était parvenu à entrer et à sortir sans se faire remarquer. Autrement dit, c'était sans doute une femme. Un homme entrant dans les toilettes dames se serait fait automatiquement remarquer. Il aurait donc dû poireauter longtemps avant d'être sûr qu'il était seul… Et pendant tout ce temps, la victime l'aurait attendu bien sagement ? Non ! L'assassin était vraisemblablement une femme. Il fallait donc établir d'urgence l'identité de cette inconnue d'un certain âge que Chevtsov avait prise en photo. Mikhaïl Dotsenko s'en occupait. Il était allé montrer le portrait au personnel du bureau de l'état civil de Kountsevo. Ça donnerait peut-être quelque chose.

Un détail lui revenant en mémoire, elle relut encore une fois les procès-verbaux. D'après la position des deux cadavres, le coup de feu mortel avait pu être tiré depuis la porte. Les plans qui accompagnaient les rapports étaient identiques : les deux bureaux de l'état civil avaient été construits selon un plan standard. Les toilettes pour hommes et pour femmes se trouvaient de part et d'autre d'une pièce assez vaste qui servait de fumoir.

Dans ce cas, imaginons... La victime sort des toilettes et se cogne dans quelqu'un qui vient à sa rencontre. Elle a peur et recule. L'assassin s'avance jusqu'au seuil et tire. Est-ce possible ? se demanda Anastasia en son for intérieur. *Tout à fait, ma fille. Il suffit qu'il n'y ait personne dans le fumoir. Mais dans ce cas, l'assassin peut très bien être un homme !*

Elle sentit soudain qu'elle tenait quelque chose : qu'est-ce qui avait bien pu pousser les deux jeunes femmes à reculer ? Si elles avaient vu une femme se diriger vers elles, elles n'auraient eu aucune raison d'avoir peur. Mais un homme en revanche...

Fausse piste ! se dit-elle. *Cela n'a évidemment rien à voir avec le sexe du meurtrier ! C'est le pistolet qui les a poussées à reculer. Un pistolet est toujours intimidant, qu'il se trouve dans la main d'un homme ou d'une femme... Bref, retour à la case départ.*

Restaient les lettres de menaces. À supposer que le mobile de l'assassin soit d'empêcher à tout prix l'un des deux mariages, disons celui d'Elia Bartocz et de Valeri Tourbine, il envoie d'abord une lettre en espérant que cela suffira, puis, si ce n'est pas le cas, il commet un meurtre dans le bureau de l'état civil, ce qui a pour conséquence d'entraver le déroulement normal des mariages. Puis, pour brouiller les pistes, il choisit un bureau à l'autre bout de la ville et tue une seconde femme...

– Non ! s'écria-t-elle, à haute voix cette fois. Tout était planifié depuis le début puisqu'il y a eu non seulement deux meurtres, mais deux lettres !

Deux conclusions s'imposaient. Un : l'enjeu devait être énorme pour qu'on entreprenne des actions aussi monstrueuses et bien préparées. Deux : les victimes n'avaient aucun lien avec l'affaire. Le choix du meurtrier s'était fait au hasard. Le seul tort des deux jeunes femmes avait été de se trouver aux toilettes au mauvais moment.

Mais pourquoi ai-je reçu la même lettre ? Pourquoi moi ? Et si c'était mon mariage qu'on avait voulu empêcher ?

Elle sut aussitôt qu'elle faisait fausse route. Personne n'avait intérêt à contrarier son mariage avec Liocha. Elle n'avait éconduit aucun amoureux et Tchistiakov n'avait abandonné aucune femme. Quant aux enjeux matériels ou financiers, ils étaient inexistants. Donc, elle n'intervenait que comme camouflage. Si les menaces avaient suffi à faire renoncer Elia Bartocz à son mariage, Anastasia n'aurait jamais connu son existence et aurait fini par considérer sa lettre anonyme comme une mauvaise blague avant de l'oublier définitivement. Mais si des mesures extrêmes étaient nécessaires pour empêcher cette union, alors la seconde lettre et le second meurtre avaient pour but d'embrouiller l'instruction. Il fallait vraiment être tordu pour concevoir un tel plan : tuer deux jeunes femmes pour empêcher le mariage d'une troisième !

S'il y avait eu un sondage pour désigner l'enquêteur le plus sympathique de toute la brigade criminelle de Moscou, il est certain que Mikhaïl Dotsenko, « Micha » pour les amis (et ils étaient nombreux), l'aurait emporté haut la main : toutes les femmes auraient voté pour lui et, on le sait bien, les femmes sont majoritaires dans la société.

Ses yeux noirs faisaient des ravages et la jeune employée du bureau de l'état civil de Kountsevo à qui il montrait la photo de l'inconnue n'y semblait pas insensible.

– Je crois bien l'avoir vue, dit-elle.

Elle n'était pas très sûre, mais après une vingtaine de réponses négatives, c'était encourageant.

– C'était quand ?

– Je ne peux pas dire. En fait, je n'en sais rien.

– Tâchez de vous rappeler. C'est très important. Je vais vous aider.

– Je me demande bien comment ! s'exclama la jeune femme avec un sourire sceptique.

Permettre aux témoins de retrouver leurs souvenirs était une technique que Dotsenko maîtrisait parfaitement. C'était même sa spécialité.

– Qu'est-ce que vous avez reconnu sur la photo ? Le visage ? Les yeux ? La coiffure ? Sa robe, peut-être ?

– Je n'en sais rien. Honnêtement, je garde seulement en mémoire une réflexion que je me suis faite. En la voyant, je me suis demandé : « Qu'est-ce qu'elle fait ici, celle-là ? »

– Intéressant ! Qu'est-ce qui vous a fait penser ça ?

– Aucune idée.

Dotsenko hocha pensivement la tête, puis ses lèvres ébauchèrent un « bon » muet, comme s'il venait de prendre une décision.

– Essayons d'aborder le problème différemment. Lorsque vous voyez arriver un jeune couple, que pensez-vous ?

– Qu'ils viennent déposer une demande de mariage. Ou de divorce. Ça se voit tout de suite à leur attitude.

– Et un homme âgé, tout seul ?

– Sans doute a-t-il besoin d'un acte de décès de sa femme ou d'un de ses proches. On joue aux devinettes ?

– Pourquoi pas ? C'est amusant ! s'écria l'enquêteur avec son sourire le plus désarmant. Et si c'est une très vieille femme qui vient vous voir, à quoi pensez-vous ?

– Je me dis qu'elle a perdu un acte important et qu'elle vient en chercher une copie. Elle ne va tout de même pas déposer une demande de mariage ou enregistrer un nouveau-né !

Ils rirent à l'unisson.

– Donc, cette femme vous a marquée parce que vous ne deviniez pas la raison de sa présence ici, c'est ça ?

– Sans doute.

– Peut-être venait-elle chercher un acte de décès ?

– Je ne pense pas... Elle avait l'air...

Elle se tut, cherchant ses mots.

– Quel air ?

– Eh bien... En tout cas, pas celui de quelqu'un qui vient de perdre un proche. Les actes de décès ne sont délivrés qu'à la famille proche. Généralement, ces gens ont des visages marqués...

– Et le visage de cette femme ?

– Il était de pierre. Indifférent. Comme tourné vers l'intérieur d'elle-même. Elle n'affichait ni douleur ni joie... Vous n'y avez peut-être pas pensé, mais un bureau de l'état civil est une organisation très particulière. Tout y est lié aux grands événements de la vie, gais ou tristes : les naissances, les mariages, les divorces, les décès... C'est pourquoi il est très rare que ceux qui viennent nous voir présentent des visages indifférents. Je ne sais pas si vous me suivez...

– Si, si. Parfaitement...

Son regard se porta sur Dotsenko comme si elle voulait se persuader qu'il était sincère, puis elle revint à la photo.

– Dans ce cas, il n'y a rien à expliquer. Quand je l'ai vue, elle avait exactement cet air-là. Regardez vous-même…

La jeune employée avait raison. Le visage de la femme était bizarrement tendu, comme figé. Dans sa carrière de flic, Dotsenko avait déjà rencontré de telles expressions : chez des personnes atteintes de troubles mentaux.

Anastasia s'apprêtait à rentrer chez elle lorsque le téléphone sonna. C'était Iouri Korotkov.

– Tu es encore là ? Je pensais te trouver chez toi, mais Liocha m'a détrompé. Le boulot pour toi, c'est une vraie drogue dure : tu peux pas t'en passer.

– Eh oui, mais l'avantage, c'est que je ne crains pas l'overdose. Rassure-toi, je m'apprêtais à partir. Il est quand même neuf heures.

– On se retrouve en chemin ? J'ai envie d'échanger des impressions.

Ils se donnèrent rendez-vous dans le métro, à la station « Kourskaïa ». Lorsque Anastasia arriva, Korotkov était déjà sur le quai. Il se dirigea tout de suite vers elle et la fit remonter dans la rame d'où elle venait de descendre.

– Je t'accompagne jusqu'à ton quartier.

Il y avait pas mal de monde dans la voiture, mais ils trouvèrent deux places assises.

– Je t'écoute, dit-elle.

– Je viens d'avoir une conversation très intéressante avec une certaine Katia Golovanova, la plus proche amie d'Elia Bartocz… la seule, en fait. Or non seulement Elia ne lui a pas demandé d'être son témoin, mais elle n'est même pas allée au mariage. Je voulais savoir pourquoi.

– Et alors ? Qu'est-ce que ça a donné ?

– Un cocktail de bobards et de francs mensonges.

– Mélange détonant ! s'écria la jeune femme avec un petit rire. Raconte.

– Voilà. Cette Katia fait semblant de connaître à peine Valeri Tourbine alors qu'ils font leurs études dans la même fac. J'ai téléphoné au secrétariat ; elle participe à un séminaire où il est intervenant. Il est clair qu'Elia n'a pas rencontré son futur mari dans un tram ou une file d'attente, mais par l'intermédiaire de Katia.

– Comment s'est-elle défendue ?

– Je ne lui ai pas dit ce que je savais. Je préfère qu'elle s'enfonce encore un peu. Elle m'a aussi expliqué qu'il est plus avantageux d'être petite et idiote qu'adulte et intelligente. Qu'est-ce que tu dis de ça ?

– Tu penses qu'elle fait allusion à Elia Bartocz ?

– J'en suis sûr.

– Et comment a-t-elle expliqué son absence au mariage ?

– Là, elle n'a pas tout à fait menti, même si elle n'a pas dit toute la vérité. Elle n'aime pas les parents d'Elia et préfère éviter de se trouver en leur présence. Elle a eu des mots très durs à l'égard de la mère de sa copine. Selon elle, Tamila Bartocz serait prête à marcher sur des cadavres s'il le fallait. Elle croit que c'est elle qui a écrit la lettre de menaces.

– Qui ça ? La mère ?

– Évidemment, la mère ! D'après Katia, elle déteste Valeri Tourbine.

– Si c'est le cas, elle aurait eu tout le temps de dissuader sa fille. Pourquoi ne s'est-elle pas opposée au mariage ?

– Parce que nos deux tourtereaux ont tout fait en cachette et sans demander l'avis de personne. Elia Bartocz avait tellement envie d'épouser Tourbine que, craignant l'opposition de sa mère, elle l'a mise devant le fait accompli : elle n'a annoncé la chose à ses parents qu'après avoir enregistré sa demande au bureau de l'état civil, quinze jours avant la cérémonie officielle.

– Je comprends, dit pensivement Anastasia.

– Attends, c'est pas tout. Devine ce que j'ai appris au bureau de l'état civil ? Qu'à l'origine, le mariage était prévu pour treize heures trente, mais que Tamila Bartocz s'est présentée une dizaine de jours avant la cérémonie – c'est-à-dire très peu de temps après avoir appris la nouvelle – pour demander à changer l'heure. Elle a fait des pieds et des mains pour que le mariage de sa fille soit célébré en premier, dès l'ouverture du bureau, à dix heures. Qu'est-ce que tu penses de ça ?

– Rien de bon, Iouri, rien de bon ! Il y a encore très peu de monde à dix heures. C'est l'heure idéale pour commettre un crime.

– Je suis de ton avis. Mais il faut trancher : quelle piste suivons-nous en premier ? Celle de la mère d'Elia ou celle de cette inconnue dont nous n'avons que la photo ? À qui donnons-nous la préférence ?

Anastasia ne semblait pas disposée à trancher tout de suite.

– Et cette fille bizarre ? Cette… Katia ? insista-t-elle.

– Tu crois ? lui demanda Korotkov, dubitatif.

– Il n'y a rien à croire. Visiblement, elle connaît Tourbine mieux qu'elle ne le dit. Si tu y ajoutes son refus de se rendre au mariage, tu obtiens l'image classique de la jalousie. Tourbine lui a préféré Elia, jolie mais stupide, et riche, qui plus est. Fâcheux.

– Il y a trop de femmes dans cette histoire. Et si nous ajoutions un homme, pour équilibrer ?

– Tu songes à qui ?

– À Istvan Bartocz, le père d'Elia.

Anastasia regarda son collègue avec une étincelle d'intérêt au fond des yeux.

– Tu as quelque chose sur lui ? Il déteste Tourbine, lui aussi ?

– Ça, je l'ignore. En revanche, Katia n'aime pas beaucoup cet homme. Pour elle, les deux parents d'Elia ne sont que des snobs qui ne permettront jamais à quelqu'un sans le sou de pénétrer dans leur clan…

– Je pense à un truc ! s'écria soudain Anastasia. Parmi tous ces gens tellement sympathiques, il faut trouver qui a des accointances dans les bureaux de l'état civil. La personne qui m'a envoyé la lettre anonyme savait non seulement que j'allais me marier, mais en plus l'heure exacte de la cérémonie. Pour que son plan tienne debout, le meurtrier a dû tout minuter, ce qui implique l'accès à des informations que le commun des mortels ne peut pas obtenir. Tu me suis ?

« Station Chtchelkovskaïa. Terminus, grinça une voix désagréable dans les haut-parleurs. Tous les voyageurs sont priés de descendre des voitures. »

Ils se dirigèrent vers l'escalier mécanique qui les conduisit en surface, près des arrêts d'autobus. La nuit tombait à peine et le couchant se teintait de rose et d'orange.

– Que c'est agréable ! s'écria-t-elle. Il fait bon, c'est bientôt l'été.

Elle respira profondément, comme si elle se trouvait au cœur de la campagne et non au milieu des vapeurs de gasoil et d'essence à faible degré d'octane des bus et des camions qui passaient.

– Je n'aime pas le froid, ajouta-t-elle rêveusement. Je suis tout le temps gelée, même quand je me couvre jusqu'aux oreilles. Je suis faite pour vivre dans un endroit où règne un éternel printemps avec vingt-deux degrés toute l'année.

– Va t'installer sous les tropiques, lui conseilla Korotkov, caustique. Tu peux te le permettre ! Tu n'es pas l'épouse d'un savant de renom ?

– Non, dit-elle, il fait trop chaud sous les tropiques. Et la moiteur ! J'étouffe quand il fait lourd. J'ai une mauvaise circulation.

– Je te trouve bien capricieuse… Tiens, voilà ton bus qui arrive.

Il regarda Anastasia grimper dans le véhicule au milieu de la bousculade habituelle des passagers énervés qui n'aspiraient qu'à rentrer chez eux le plus vite possible. Puis il lui fit un petit signe de la main en guise d'au revoir et retourna vers le métro.

Anastasia ouvrit la porte de son appartement et pénétra dans le vestibule en marchant sur des œufs. Elle s'attendait à devoir affronter un Liocha furieux d'être resté seul toute la journée au lieu de profiter de leur lune de miel, mais son mari ne semblait pas fâché. Assis dans la cuisine, il faisait une patience et l'accueillit avec un clin d'œil complice. Elle comprit alors qu'il était stupide de parler de lune de miel après quinze ans d'intimité.

Sur la cuisinière, deux poêles couvertes chauffaient à feu doux et des odeurs appétissantes assaillirent ses narines.

– Ça sent bon ! s'écria-t-elle joyeusement en allongeant le bras pour soulever un couvercle.

Avec l'agilité d'un caméléon tirant la langue pour attraper un insecte, Tchistiakov lui donna une petite tape sur les doigts.

– On ne s'approche pas avant de s'être lavé les mains, lui dit-il comme on gronde un enfant pas sage. Ici, on ne sert pas les curieux !

– Et qui sert-on ?

– Les bonnes filles qui restent à la maison à laver les chemises de leurs maris.

– Donc, si je comprends bien, il ne me reste plus qu'à mourir de faim. Je suis trop vieille pour me transformer en épouse modèle. Il y a un dicton ukrainien qui dit : « Les yeux voient ce que les mains achètent. » Tu savais à quoi t'attendre, tu n'avais qu'à pas m'épouser.

– Comment ça ? Mais tu ne te rends pas compte que j'ai mis au point le crime parfait : pendant des années, j'ai cultivé en toi l'habitude de ne pas faire la cuisine. Puis, lorsque tu es devenue entièrement dépendante de mes talents culinaires, je t'épouse et je cesse de te nourrir. Tu meurs de faim et tout ça est à moi ! (Il désigna d'un geste ample l'appartement tout entier.) Ainsi, légalement enregistré à Moscou[1], je peux installer ici une jeune épouse modèle. Et je laisse à mes parents mon appartement de Joukovski. Alors ? Ce n'est pas bien combiné, tout ça ?

Tout en l'écoutant, Anastasia souleva rapidement l'un des couvercles et, avec l'extrémité de deux doigts pour ne pas se tacher ou se brûler, prit dans la poêle un morceau de viande bien moelleuse.

– Eh ! Tu triches ! Repose ça tout de suite !

– T'op ta'd ! grasseya-t-elle, la bouche pleine. Ne compte pas m'enterrer si vite !

Tchistiakov éclata de rire, mélangea ses cartes avec l'habileté d'un professionnel et commença une autre partie.

– Va te laver les mains, petite voleuse ! On va dîner tout de suite.

Cette fois, elle obéit. Dans la salle de bains, elle se déshabilla et enfila sa robe de chambre. Lorsqu'elle revint à la cuisine, le jeu de cartes avait disparu et la table était dressée. Tchistiakov avait préparé un sauté de veau et des beignets de chou-fleur qu'Anastasia adorait. Elle finit son assiette en un tournemain, comme si elle était à jeun depuis une semaine.

– Encore ? lui demanda son mari en écarquillant comiquement les yeux devant l'assiette vide.

1. Les habitants de Moscou sont soumis à une autorisation de résidence délivrée par les autorités municipales et que seules peuvent obtenir, en pratique, les personnes qui travaillent à Moscou ou se marient avec des Moscovites. (N.d.T.)

– Oh non ! gémit-elle. Je connais bien tes intentions. Ce n'est pas de faim que tu veux me tuer, mais d'indigestion. Tu me gaves comme une oie. Dans un an, je ne pourrai plus passer la porte tellement j'aurai grossi.

Pendant qu'elle se faisait un café turc, Tchistiakov lui raconta sa journée.

– J'ai bien travaillé, dit-il. J'ai pu écrire un chapitre entier de mon nouveau traité. Et toi ? Quoi de neuf à la Petrovka ?

– Rien de particulier, dit-elle en soupirant. J'ai surtout lu des rapports et rassemblé des idées. En tout cas, je peux te dire que personne ne me menace. La lettre m'a été adressée pour détourner les soupçons d'une autre affaire.

Elle se versa enfin son café et eut à peine le temps d'en boire deux gorgées que le téléphone sonnait. C'était Nikolaï Selouïanov, l'un de ses collègues à la Petrovka.

– Mauvaise nouvelle ! lui annonça-t-il, tout de go. Le labo des *Nouvelles du crime*, le journal de Chevtsov, a été cambriolé…

Anastasia se doutait de la suite, mais elle demanda tout de même :

– Et qu'est-ce qui a disparu ?

– On ne sait pas trop. Pas l'équipement en tout cas. Sans doute des négatifs et des photos. Tout est sens dessus dessous et, comme il n'y a aucun registre des entrées et des sorties, une chienne n'y retrouverait pas ses petits. Il faut convoquer tous les photographes pour qu'ils vérifient leurs affaires.

– Il faut d'abord appeler Chevtsov. Si ses négatifs sont là, tu pourras passer l'affaire au service de Grigorian. Dans le cas contraire, nous nous en occuperons nous-mêmes.

– Dieu ! Quelle pensée agile ! se moqua gentiment Selouïanov. Imagine-toi que je l'ai déjà appelé, ton Chevtsov. Il est malade. Il marche à peine. Comment je fais ? Je le porte dans mes bras ou j'appelle une ambulance ? Ah ! Si ça n'avait tenu qu'à lui, il serait déjà sur place. Il insistait pour venir. J'ai dû l'engueuler pour l'en dissuader. Tu imagines s'il nous faisait un infarctus !

– Kolia, réfléchis un peu ! Tu n'as pas besoin de Chevtsov. Il suffit d'envoyer quelqu'un qui a vu les photos.

– Eh, l'intelligente ! la railla son collègue. Pourquoi tu crois que je t'appelle ? À part Chevtsov, il n'y a que toi et Korotkov qui les ayez toutes vues. Et comme je n'arrive pas à mettre la main sur Korotkov, devine la suite…

– Non, Kolia ! Liocha va me tuer. Je l'ai déjà plaqué toute la journée alors que nous sommes tous les deux en congé et mariés depuis deux jours. Trouve Korotkov, je t'en supplie !

– Et où je vais le trouver ? S'il rentre chez lui dans une heure, il sera minuit. Et sa femme est un ogre. Rien à voir avec ton agneau de Tchistiakov ! Nastia, ou tu viens tout de suite ou on attend demain.

– Je vais en parler à Liocha.

Elle couvrit le micro de sa main et tourna vers son mari un regard tout penaud. Tchistiakov, impassible, buvait son thé en grignotant une tranche de cake.

– Liocha, ça t'embête si on va quelque part ?

– Tous les deux ? lui demanda-t-il après avoir dégluti sa bouchée.

– Oui, tous les deux. On a cambriolé le labo photo du journal où travaille Chevtsov. Il faut vérifier d'urgence si les négatifs des photos qu'il a prises après le meurtre ont disparu.

– Et il ne peut pas y aller lui-même.

– Il est malade du cœur et à part Korotkov et nous, personne n'a vu ces clichés…

– Quand il faut y aller…, conclut calmement son mari. Et ce n'est pas la peine de me présenter à tes collègues comme un tyran domestique !

– Merci, mon soleil ! s'écria-t-elle, soulagée.

Quarante minutes plus tard, ils pénétraient dans la rédaction des *Nouvelles du crime*. Au bout d'une heure de recherches, il n'y eut plus le moindre doute : les négatifs d'Anton Chevtsov avaient bel et bien disparu.

5

Les deux meurtres étant clairement liés, les enquêteurs de la milice de Kountsevo et ceux de la brigade criminelle furent réunis en un groupe opérationnel et se partagèrent le travail : les uns partaient de l'hypothèse que la personne réellement visée était Galina Kartachova, la femme assassinée à Ismaïlovo, les autres que c'était Svetlana Jouk, la victime de Kountsevo.

Les deux femmes furent enterrées le même jour, le 17 mai. Une surveillance policière discrète autour des cérémonies funèbres n'apporta aucun élément nouveau, à part la certitude que même l'être le plus inoffensif pouvait être la cible de la malveillance de personnes qu'il ne soupçonnait même pas. Mêlés aux deux cortèges, les enquêteurs s'étaient efforcés de retenir les bribes de conversations qu'ils entendaient.

– Si cette pauvre Galina n'avait pas quitté Igor, rien de tout cela ne serait arrivé…

– Je savais bien que rien de bon ne sortirait de cette union…

– La petite Svetlana n'aurait pas dû écouter ses parents. Ils voulaient à tout prix que le mariage ait lieu en mai. Je leur avais dit d'attendre l'automne…

– Je suis sûre que c'est Edik… J'ai toujours su qu'il n'avait pas renoncé. Il ne s'est pas avoué battu lorsqu'elle l'a quitté…

La tâche suivante des enquêteurs allait être de retrouver ces Igor, ces Edik et de comprendre en quoi rien de bon n'aurait pu sortir de ces unions… Un travail long et minutieux dont personne ne pouvait établir à l'avance s'il serait réellement utile.

L'accueil que Veronika Matveïevna Tourbina, la mère de Valeri Tourbine, fit à Korotkov fut plutôt froid. Elle l'invita sèchement à entrer et s'installa en face de lui et le transperça de regards luisants d'animosité.

– Je suis très contente que ce mariage n'ait pas eu lieu, lui déclara-t-elle sans détourner les yeux.

– Puis-je vous demander pourquoi, Veronika Matveïevna ? Vous n'aimez pas Elia ?

– Je n'ai rien contre elle. C'est une jeune femme sympathique. Mais mon fils n'est pas encore mûr pour le mariage. Il ne pourra pas être un bon mari tant qu'il ne sera pas en mesure de subvenir aux besoins du ménage.

L'étonnement de Korotkov fut d'autant plus sincère qu'il s'était marié lui-même alors qu'il sortait à peine de l'Académie de la milice, à vingt et un ans.

– Mais votre fils a vingt-sept ans ! s'écria-t-il. C'est trop jeune pour fonder une famille ?

La réaction de la vieille femme à cette remarque innocente le sidéra. Elle détourna les yeux et sembla se replier sur elle-même. Visiblement, quelque chose dans ses paroles avait blessé son interlocutrice, mais il était incapable de déterminer quoi. Il pensa subitement que cette femme était peut-être un peu trop âgée pour être la mère d'un jeune homme de vingt-sept ans. Elle en avait soixante-dix. Cela signifiait qu'elle avait accouché à quarante-trois ans, ce qui était plutôt rare, surtout dans l'Union soviétique de la fin des années soixante. À moins que…

– Valeri est-il votre fils unique ? lui demanda-t-il.

Veronika Tourbina pâlit et ses lèvres, colorées de rouge sombre, semblèrent presque noires sur sa peau livide.

– Êtes-vous venu pour me parler du mariage qui n'a pas eu lieu ou pour m'interroger sur ma famille ?

Sa voix pincée était censée remettre l'enquêteur à sa place, mais son timbre trop élevé disait la tension et la crainte qu'elle éprouvait.

– Je me disais simplement que votre attitude négative à l'égard du mariage de Valeri est peut-être liée au fait que vos autres enfants ne sont pas heureux en ménage. Je me trompe ?

– Totalement, lui répliqua-t-elle sèchement. Valeri est mon fils unique.

– Parlez-moi de son père…

Korotkov sentit aussitôt qu'il avait touché un point particulièrement sensible. Le visage de la vieille femme se déforma jusqu'à devenir méconnaissable, elle entrelaça ses doigts avec une telle force que ses articulations blanchirent et un éclair de haine s'alluma dans ses petits yeux sombres.

– J'ai d'autant moins l'intention de parler avec vous de l'homme qui a été le père de Valeri qu'il n'est plus depuis longtemps de ce monde.

Korotkov avait l'impression de se heurter à un mur et une certaine nervosité le gagnait. La mère de Tourbine avait quelque chose à cacher, c'était certain. En revanche, il n'était pas sûr que cela eût un rapport avec les meurtres et il se demanda s'il valait réellement la peine de s'obstiner à lui tirer les vers du nez.

Il parcourut la pièce des yeux en s'efforçant de saisir dans l'ambiance et le mobilier des détails qui lui auraient permis de relancer la conversation sur un terrain plus constructif. Il suffisait d'un regard pour se rendre compte que les occupants de l'appartement étaient de condition modeste. Le mobilier se réduisait au strict indispensable.

La bibliothèque était imposante, mais les livres dataient tous de l'époque où les prix étaient bas et où, pour se les procurer, les heures de queue comptaient plus que l'argent : il ne voyait aucune de ces éditions nouvelles aux couvertures clinquantes et aux titres dorés. Un vieux téléviseur noir et blanc était posé sur le rebord de la fenêtre avec, en guise d'antenne, un long fil de fer qui grimpait le long du mur.

À court d'idées, Korotkov sortit un mouchoir de sa poche et entreprit de se frotter la main en affichant une moue de mécontentement.

– C'est incroyable comme on peut se salir ! dit-il. Je ne sais pas ce que j'ai touché avant de venir ici, mais je suis tout poisseux. Vous permettez que je me lave les mains ? finit-il par demander avec un petit sourire gêné.

Il se leva sans laisser à son hôtesse le temps de répondre. Veronika Tourbina le conduisit en silence jusqu'à la salle de bains. Korotkov ouvrit le robinet et se savonna avec un soin exagéré tout en examinant subrepticement les lieux : le miroir fêlé au-dessus du lavabo, un rasoir à lames bon marché de marque Iskra, que l'on trouvait, si ses souvenirs étaient bons, au début de la perestroïka une dizaine d'années plus tôt. Valeri devait alors avoir autour de dix-sept ans. C'était sans doute son premier rasoir et il s'en servait encore ! Pour le reste, le carrelage mural était tombé par endroits et l'émail de la baignoire se trouvait en piteux état.

– Ça fait longtemps que vous occupez cet appartement ? demanda-t-il nonchalamment en s'essuyant les mains avec une serviette rendue rêche par de nombreuses lessives.

– Un peu plus d'un an.

– Et avant ?

– Nous habitions le Bosquet Marino.

Bizarre ! se dit Korotkov. *Le Bosquet Marino est un bon quartier, à deux pas de l'avenue de la Paix, bien desservi et avec de nombreux commerces. Pourquoi ont-ils déménagé pour venir s'installer dans un immeuble délabré sans ascenseur, au diable vauvert, au milieu d'un quartier industriel où l'air est pollué*[1] *?*

Pendant une bonne demi-heure, il s'efforça de trouver un sujet de conversation qui lui aurait permis de faire parler la vieille femme, mais se heurta chaque fois à un mur de réactions hostiles.

– Votre fils a-t-il fixé la nouvelle date de son mariage ? lui demanda-t-il en partant.

– Ce mariage n'aura jamais lieu ! s'écria-t-elle avec un regard malveillant.

– Que voulez-vous dire ?

– Rien de plus que ce que vous entendez ! Moi vivante, mon fils n'épousera pas cette femme. Je l'en empêcherai ! Et j'espère qu'il respectera ma volonté après ma mort.

Soudain, Korotkov perdit patience. Jusque-là, il s'était senti paralysé par l'idée de parler rudement à une vieille dame. Mais les silences de Veronika Tourbina et son dernier aveu en faisaient une suspecte en puissance. Et là, les questions d'âge et de respect n'entraient plus en ligne de compte : après tout, deux jeunes femmes étaient mortes et il devait faire son travail !

– Veronika Matveïevna, s'écria-t-il brutalement en lui faisant face de toute sa taille, vous ne comprenez apparemment pas le sérieux de la situation. Deux meurtres ont été commis et les premiers résultats de l'enquête nous

1. Si la réponse semble évidente à un Occidental, elle ne l'est pas dans le contexte moscovite. Pendant la période soviétique, les appartements étaient attribués arbitrairement par les autorités : les locataires habitaient là où on les installait, que le quartier leur plût ou non. Après l'effondrement de l'URSS, la propriété de la plupart des appartements a été cédée à leurs occupants. La ville de Moscou a conservé certains immeubles, mais les locataires ont été maintenus dans les lieux avec des loyers très raisonnables. D'où l'absurdité apparente de quitter un bon quartier pour un mauvais. (N.d.T.)

conduisent à penser que le but de l'assassin était d'empêcher le mariage de votre fils. Toute personne hostile à cette union devient donc suspecte. Alors, cessez votre petit jeu et répondez à mes questions. Je veux savoir pourquoi vous ne voulez pas que votre fils épouse Elia Bartocz et si c'est vous qui avez écrit les lettres de menaces. Est-ce clair ?

Pendant sa tirade, il avait fait quelques pas jusqu'à la pièce principale, forçant la vieille femme à reculer devant lui. Le visage gris comme de la cendre, elle battit piteusement en retraite jusqu'à rencontrer un mur où elle s'adossa. Ses mains tremblaient.

– Vous n'avez pas le droit, souffla-t-elle d'un ton geignard. Je suis une vieille femme malade et vous faites irruption dans mon appartement pour me faire parler de sujets que je ne veux pas aborder. Vous abusez de votre jeunesse et de votre force. Je ne veux plus vous parler.

Elle se retourna brusquement et s'enfuit dans sa chambre dont elle claqua la porte derrière elle.

Korotkov se retrouva seul. Il ne s'attendait pas à une telle réaction, mais son désarroi ne dura que quelques secondes. Il s'approcha du battant de la porte.

– Veronika Matveïevna, dit-il d'une voix forte. Je m'en vais. Je regrette beaucoup que notre conversation ne se soit pas bien déroulée, mais vous en portez l'entière responsabilité. Peut-être notre prochaine rencontre sera-t-elle plus réussie. Car nous nous reverrons. Ici ou à la Petrovka, si vous préférez.

Il ouvrit la porte palière en faisant suffisamment de bruit pour être entendu depuis la chambre. Une fois dans la rue, il parcourut des yeux les environs à la recherche de deux choses qui lui étaient indispensables : une cabine téléphonique et un endroit discret d'où il pourrait surveiller l'entrée de l'immeuble.

Le téléphone ne fut pas bien difficile à trouver. À la brigade criminelle, on lui promit de chercher rapidement la raison du déménagement des Tourbine. En revanche, les lieux ne se prêtaient pas vraiment à une surveillance discrète. Il finit par s'apercevoir qu'un petit square avec des bancs s'ouvrait derrière un rideau d'arbres. De là, il avait une vue en biais sur l'immeuble, mais il ne risquait pas d'attirer l'attention.

Il n'avait jamais rencontré un suspect comme Veronika Tourbina et n'avait pas la moindre idée de ce que pouvaient être les réactions d'une vieille femme de soixante-dix ans. Il lui était donc difficile de faire des prévisions et il se prépara à une longue attente. Mais il savait que, tôt ou tard, il se passerait quelque chose.

À l'inverse de sa sœur, Alexandre Kamenski se levait tôt. « Les affaires n'attendent pas », disait-il. Il était donc habitué à entendre le téléphone sonner à huit heures et demie du matin. Ce qui le surprit, en revanche, ce fut l'identité de son correspondant.

– Nastia ! s'écria-t-il. Tu es tombée du lit ?

– Sacha, arrête tes sarcasmes, le prévint-elle tout de suite. Je travaille sur ces affaires de meurtre.

Cette information étant censée tout expliquer, Alexandre comprit que sa sœur n'était pas d'humeur à entendre parler d'autre chose, surtout pas de la traduction qu'elle devait faire, ni des vacances qu'elle aurait dû prendre.

– Bien, bien, camarade *maïor* ! dit-il en plaisantant quand même. En quoi veux-tu que je t'aide ?

– Connais-tu une entreprise qui porte le nom poétique de « Danube bleu » et son directeur, un certain Istvan Bartocz ?

Kamenski prit très au sérieux la question de sa sœur.

– Bien sûr que je connais la société « Danube bleu » ! lui répondit-il. Quant à Bartocz, je l'ai rencontré à plusieurs reprises pour diverses questions bancaires. Dis-moi ce qui te tracasse et j'essaierai de t'obtenir les renseignements qui t'intéressent.

Elle ne se fit pas prier et, lorsque Kamenski arriva à son bureau de la banque Véga, une heure et demie plus tard, il était investi d'une mission de confiance.

Contrairement à ses habitudes, il commença par lire le courrier « non urgent » : informations publicitaires, invitations à des réunions et cocktails et autres papiers multicolores. Il ne tarda pas à trouver ce dont il avait besoin. Parmi la dizaine d'invitations, la société Intermed priait Alexandre Kamenski, vice-président de la banque d'affaires Véga, de visiter une exposition du matériel médical qu'elle distribuait. La société « Danube bleu » figurait parmi la dizaine de fabricants cités sur le carton. Cela signifiait qu'elle aurait un stand et que ses représentants seraient là.

Il fit alors une chose à laquelle il ne s'était pas encore tout à fait habitué : il composa son propre numéro de téléphone et ressentit une impression incomparable de plénitude en appelant non pas simplement Dacha, mais *sa* femme. La mère de son futur enfant.

– Dis-moi, ma Dacha, je ne te réveille pas ?

– Pas du tout. J'ai même eu le temps de prendre un bain et de m'habiller.

– Tout se passe bien ? Tu n'es pas trop fatiguée ?

Bien que sa femme lui répétât toujours de ne pas se faire de souci, il ne pouvait s'en empêcher.

– Mais non ! le rassura-t-elle. Mais j'aimerais bien que tu sois là.

– Justement. Je dois visiter une expo de matériel médical. Ça te dirait de m'accompagner ? Comme tu seras bientôt obligée de rester un peu à l'hôpital, j'ai pensé que nous pourrions voir des choses utiles pour ton séjour.

– Eh, Sacha ! C'est un accouchement, pas une opération à cœur ouvert ! Je vais juste passer quelques jours à la maternité. Ce n'est pas une maladie, mais une situation normale pour les femmes.

– Ne discute pas, Dacha. Je veux que tu aies le meilleur, même seulement pour quelques jours. De toute manière, je dois voir ce matériel pour décider d'éventuels investissements. J'aurai besoin de tes conseils. Prépare-toi. Je passerai te prendre en début d'après-midi.

À l'entrée de l'exposition, après avoir franchi le barrage des inévitables gorilles de la sécurité en treillis, rangers et béret de parachutiste, ils furent accueillis par l'un des responsables de la société Intermed. Soigné, sûr de lui, bien de sa personne, il portait une veste framboise sur une chemise impeccable avec une jolie cravate assortie. Le tout donnait une impression très occidentale.

Kamenski se présenta et lui tendit sa carte de visite.

– C'est gentil d'être venu, lui répondit l'homme avec un sourire commercial et en lorgnant vers le ventre rebondi de Dacha. Excusez-moi, mais... est-ce que la dame compte vous accompagner ? Peut-être préférera-t-elle vous attendre en prenant un verre dans la salle de repos...

– Je vous présente Daria Kamenskaïa, ma femme et ma principale conseillère. Nous allons visiter l'exposition ensemble.

Dacha rougit d'un air coupable avant d'afficher son plus joli sourire et de plisser comiquement le nez en guise d'excuse, ce qui fit naître une lueur de sympathie et d'amusement dans les yeux du responsable. Il les orienta vers les stands en leur promettant de les retrouver plus tard.

Les Kamenski se promenèrent lentement d'une salle à l'autre en s'arrêtant devant chaque stand pour examiner avec une attention pointilleuse des bouillottes aux formes inimaginables, des bassins en plastique, des tissus bactéricides, des draps et des couvertures qui absorbaient l'humidité et des dizaines d'autres merveilles technologiques aussi bizarres qu'étonnantes attendant l'hypothétique investisseur capable de les transformer en or, ou plutôt en billets verts.

Kamenski sembla particulièrement fasciné par la production d'un fabricant de meubles spéciaux, très légers et modulables, montés sur roulettes qui se bloquaient par simple pression d'une manette. La personne alitée pouvait ainsi disposer à sa guise d'une table de travail, d'un secrétaire, d'une étagère, d'un support de télévision et même d'un guéridon pour jouer aux cartes.

– Voilà ! C'est ce bidule que je vais t'acheter ! s'écria Kamenski en montrant du doigt une table à langer mobile pour mères alitées.

– Mais Sacha chéri, je ne compte pas rester couchée longtemps après l'accouchement…

– Dacha, nous devons être prévoyants, trancha-t-il d'un ton sérieux. Tout peut arriver. Achetons cette table ! Je suis sûr qu'elle nous sera utile.

– Dis plutôt que ce machin te plaît ! se moqua-t-elle gentiment.

Ils finirent par arriver au stand de « Danube bleu », l'entreprise de Bartocz. En fait, la gamme exposée n'était pas très étendue, mais Kamenski comprit qu'elle recelait un important potentiel financier. Les techniciens de Bartocz avaient mis au point une toile biologiquement active qui permettait de limiter deux des principaux problèmes propres aux patients alités ayant perdu toute mobilité : le refroidissement et les escarres. Si ses qualités étaient prouvées, ce tissu ferait un malheur car tous les hôpitaux, toutes les cliniques et même les particuliers devant s'occuper à domicile de personnes paralysées voudraient se le procurer. Et cela, dans le monde entier. L'homme d'affaires se réveilla en Kamenski : la production de « Danube bleu » pouvait générer des retours sur investissement considérables. Mais le détective amateur au service de sa criminologue de sœur ne s'endormit pas pour autant. Désormais, il avait deux raisons plutôt qu'une de contacter les représentants de cette société.

À l'encontre du Prophète, il partait à la rencontre de la montagne, lorsqu'il vit que celle-ci s'avançait vers lui. La jeune femme qui s'approchait était charmante et portait un badge « Danube bleu » sur son tailleur de soie verte.

– Monsieur Kamenski ? Je m'appelle Tatiana. Je suis très heureuse de rencontrer un responsable de la banque Véga. Je suis persuadée que nous pouvons faire des affaires ensemble. Permettez-moi d'offrir un petit souvenir à votre épouse.

Joignant le geste à la parole, elle tendit à Dacha un petit paquet joliment enrubanné sorti d'on ne sait où.

– Nous nous connaissons ? s'étonna Kamenski, certain qu'il voyait cette femme pour la première fois.

Elle laissa de côté son sourire officiel pour arborer un petit air malicieux.

– Vous avez raison, nous ne nous sommes jamais rencontrés, mais j'ai mes astuces. J'ai été prévenue de votre présence ici dès votre arrivée.

Le banquier suivit son regard vers un téléphone mobile posé sur une petite table basse entourée de fauteuils, dans un coin du stand.

– On vous appelle chaque fois que se présente un client sérieux ?

– Évidemment. C'est le meilleur moyen de ne pas perdre de bonnes occasions. Mon entreprise espère attirer des investisseurs solides et cela exclut tout dilettantisme. Vous ne trouvez pas ?

– Et comment ! s'écria Kamenski avec une expression à la fois déterminée et volontairement comique qui fit glousser les deux femmes.

Devant son effet réussi, il rit lui-même de bon cœur.

Tatiana les entraîna vers les fauteuils. S'emparant de son téléphone mobile, elle commanda du café et des boissons.

– Comment va M. Bartocz ? demanda Kamenski sur le ton de la conversation lorsqu'elle eut coupé la communication d'un petit geste du pouce.

– Vous le connaissez ?

– Le monde des affaires est petit. Il m'arrive de rencontrer Istvan.

L'utilisation du prénom suggérait une plus grande intimité qu'il ne le disait et Kamenski constata que Tatiana mordait à l'hameçon. Il la ferra aussitôt.

– La dernière fois que nous nous sommes vus, il était question du mariage de sa fille Elia, reprit-il en mentant. J'espère que tout s'est bien passé.

N'ayant aucune raison de se méfier d'un gros investisseur potentiel et qui semblait si bien connaître son patron, la jeune femme, en bonne commerciale, saisit la perche qui lui était tendue pour créer la complicité qui, dit-on, est censée faciliter la vente.

– Oh ! Vous n'êtes pas au courant ? Le mariage a été remis. (Elle fit une courte pause et se pencha légèrement en avant pour ménager le suspense et renforcer l'intimité.) Une affaire terrible : il y a eu un meurtre au bureau de l'état civil de Kountsevo juste avant la cérémonie.

Dacha pâlit soudain. Elle n'était pas au courant du deuxième meurtre et manqua d'interrompre la jeune femme pour préciser que l'assassinat n'avait pas eu lieu à Kountsevo, mais à Ismaïlovo. Un regard inquiet de son mari l'en dissuada à temps.

– Un meurtre ? répéta-t-il en feignant l'ignorance pour bien indiquer à sa femme que la conversation n'était pas aussi innocente qu'elle en avait l'air.

– Quelle horreur ! s'écria Dacha pour donner le change et montrer qu'elle avait saisi le message.

– Oui, en effet ! dit Tatiana qui n'avait rien remarqué de leur manège. Les cris, les pleurs, la milice : pas moyen de célébrer un mariage dans ces conditions…

Elle fut interrompue par une jeune serveuse qui leur apportait les boissons commandées et les posa sur la table basse, devant eux. Tout en se servant son jus d'orange, Kamenski décida que le moment était venu de passer à la deuxième phase de sa mission.

– En tout cas, à toute chose malheur est bon, dit-il. J'en connais un qui ne doit pas être mécontent que le mariage ne se soit pas fait…

En lui demandant de poser ce genre de question, Anastasia comptait recueillir des informations ou des ragots sur les Bartocz. Mais Tatiana l'orienta vers une piste qui n'était pas du tout prévue.

– Vous êtes au courant pour Marat Latychev ?

C'était une affirmation plus qu'une question et Kamenski, à demi dissimulé derrière son verre dont il buvait une gorgée, lança à Tatiana un regard entendu. Il se souvenait d'avoir rencontré ce Latychev lors d'une entrevue avec Bartocz quelque temps auparavant. Ils s'étaient aussi croisés deux ou trois fois à des cocktails ou des réceptions. Sûr de lui et l'allure prospère, il donnait l'impression d'être assez habile pour faire de l'argent, assez vil pour obtenir ce qu'il voulait par n'importe quel moyen et assez rusé pour ne pas trop le montrer. Mais que venait-il faire dans cette histoire ?

– C'est vrai que le report du mariage lui donne quelque espoir. Mais, à mon avis, ce n'est que partie remise : ils vont fixer une nouvelle date. En tout cas, je ne me fais pas trop de souci pour lui. C'est plutôt banal que le conjoint que l'on convoite se marie avec un autre… À ma connaissance, on n'en meurt pas, ajouta-t-elle avec un grand sourire, comme si elle racontait une histoire drôle.

Pour Kamenski, tout était clair.

– Ce qui m'étonne, c'est que généralement lorsqu'on laisse tomber un parti comme Marat Latychev, c'est pour quelqu'un d'encore plus riche, ou d'encore plus beau.

Or, d'après ce que j'ai cru comprendre, ce n'est pas vraiment le cas…

Tatiana saisissait parfaitement cette logique qui était sans doute la sienne et le regarda avec sympathie.

– Oh ! Vous savez, les histoires d'amour…

Dacha jugea que le moment était venu de placer son grain de sel. Elle comprenait bien que son mari jouait avec cette Tatiana, sans doute pour lui tirer les vers du nez au profit d'Anastasia. Elle ignorait tout du second meurtre, de Latychev, de Bartocz et de sa fille Elia, mais elle savait qu'elle pouvait aider son Sacha :

– Moi non plus, je ne comprends pas, s'écria-t-elle en levant les bras au ciel. Marat est un bel homme et un bon parti. N'importe quelle femme serait heureuse de l'épouser !

Elle n'avait jamais vu ce Marat, mais si Kamenski avait jugé utile de préciser que son rival aurait dû être « encore plus riche » ou « encore plus beau », elle ne risquait rien à insister sur ces points.

Tatiana, qui ne perdait pas de vue l'utilité commerciale de la conversation, jugea utile d'abonder dans son sens.

– Vous savez, on dit que se marier en mai porte malheur. Peut-être que tout n'est pas perdu pour Marat…

– Je ne crois pas à ces superstitions, dit résolument Dacha qui, au grand soulagement de son époux, prenait l'initiative de cette conversation typiquement féminine. Sacha et moi, nous nous sommes mariés le 13 mai et je suis certaine que nous allons vivre heureux et que nous mourrons le même jour, comme disent les contes de fées !

– Le 13 mai ! s'écria la jeune femme en écarquillant les yeux. Ça alors ! C'est justement le jour du mariage raté d'Elia Bartocz. Quelle coïncidence !

Kamenski posa sur sa femme un regard plein de fierté : il ne doutait pas une seconde qu'elle avait fait exprès de donner le jour de leur mariage pour provoquer cette réaction de la fille. Parmi les rares choses qui font naître un courant de sympathie entre des gens inconnus, les coïncidences occupent une bonne place. Une véritable amitié peut naître entre deux voisins qui se rencontrent loin de chez eux alors qu'ils se croisaient précédemment tous les matins sans se saluer. Ou entre deux personnes qui apprennent par hasard qu'elles ont fait leurs études dans le même établissement, passé leurs vacances au même endroit ou qu'elles sont nées le même jour.

– Entre nous, poursuivit Dacha en baissant la voix pour renforcer l'impression de confidence, je n'ai jamais réussi à comprendre le jeu des parents… Ils étaient pour ou contre ce mariage ?

– C'est que les choses se sont faites tellement vite ! ajouta Kamenski.

Il semblait aux anges et cela encourageait Dacha. Elle ne connaissait pas les gens dont elle parlait, mais les situations se ressemblent toutes. Elle n'avait peur que d'une seule chose : s'emmêler dans les noms et les prénoms.

– Contre, bien sûr ! Qui voudrait d'un petit intello prétentieux et fauché ? En fait, les Bartocz étaient acquis à Marat. Il plaisait beaucoup à Tamila. L'année dernière, elle lui a même demandé d'accompagner Elia en vacances au lac Balaton, chez la mère d'Istvan. Il est vrai qu'Elia, malgré ses origines, ne parle pas un mot de hongrois alors que Marat le maîtrise parfaitement… Marat était aux anges, il fait la cour à Elia depuis qu'elle a quitté l'école. Il fallait les voir aux cocktails, lorsque Elia accompagnait son père : Marat ne la lâchait pas d'une semelle…

Tamila, Elia, Istvan… Mon Dieu ! Quels noms ! se dit Dacha. *Il ne faut surtout pas s'emmêler les pinceaux… Elia, c'est la fille. Istvan, c'est évidemment le père. Quant à Tamila, ce doit être la mère…*

– Ça a dû être un véritable déchirement pour lui d'apprendre qu'elle allait épouser quelqu'un d'autre…

– Pensez-vous ! s'écria Tatiana. Marat est un vrai coureur. Sentimentalement, il n'a pas tardé à s'en remettre. En revanche, il était furieux d'avoir loupé l'occasion d'entrer dans la famille : il serait devenu en même temps le gendre et le bras droit du patron. Sans compter que les Bartocz sont une valeur sûre : leur fortune remonte à l'arrière-grand-père d'Istvan et, depuis cent ans, ils n'ont pas arrêté de la faire fructifier. Comme leurs avoirs étaient judicieusement placés en Europe occidentale et aux États-Unis, ils n'ont même pas eu à souffrir de l'instauration du socialisme en Hongrie. Et ils ont des contacts d'affaires dans le monde entier, à la différence des nouveaux riches actuels qui n'ont rien vu à part la Turquie, la Grèce et Chypre.

Ma parole, elle me fait l'article ! s'écria Kamenski intérieurement. L'habile Tatiana avait trouvé le moyen d'orienter la conversation dans le sens qui l'intéressait. Derrière son papotage en apparence futile, celui qui savait écouter comprenait que « Danube bleu » était une entreprise solide, propriété d'un homme dont la famille était dans les affaires depuis un siècle et qui possédait, en conséquence, ce vernis et ce savoir-faire qui était de règle chez les Occidentaux et particulièrement prisé sur le territoire de l'ex-URSS et des anciennes démocraties populaires. Si elle avait dit la même chose dans le cadre d'une négociation d'affaires, des investisseurs potentiels auraient simplement cru qu'elle leur faisait l'article. Alors que là, elle passait pour une jeune femme un peu bavarde qui, sans se rendre compte, livrait des informations utiles. Quelqu'un de moins madré que Kamenski se serait frotté les mains de l'aubaine. Il serait même reparti persuadé qu'il était parvenu à faire parler Tatiana grâce à sa propre habileté. Conclusion, la fille était peut-être une excellente professionnelle, mais il était probable que son entreprise s'était attaché les services d'un très bon psychologue. Et c'était de bon augure pour les futures relations entre la banque Véga et l'entreprise de Bartocz.

– Allons, mesdames, il est temps de revenir aux affaires, dit-il en les rappelant à l'ordre. Je suis certain que ma banque serait très intéressée par une prise de participation dans l'entreprise de M. Bartocz. Me serait-il possible d'avoir les spécifications techniques de votre tissu ainsi que les données relatives au lancement de la production ?

Tatiana redevint immédiatement sérieuse tandis qu'elle ouvrait un ordinateur portable. Elle se mit rapidement à pianoter pendant que Kamenski lui dictait soigneusement les points sur lesquels il espérait des éclaircissements avant de soumettre l'affaire au conseil de la banque. Au bout de quelques minutes, Dacha les laissa à leur discussion technique et, satisfaite de son travail en aveugle, se promena lentement de stand en stand.

Les Kamenski quittèrent l'exposition à quinze heures. Une heure plus tard, Anastasia téléphonait à son collègue Nikolaï Selouïanov.

– Je vous signale un nouveau suspect. Un certain Marat Latychev, directeur commercial de la société « Danube bleu ». Il avait une excellente raison de s'opposer au mariage d'Elia Bartocz avec Tourbine : il voulait épouser la jeune femme... ou plutôt la fortune de son patron.

– D'où tu tiens ça ?

– Ce ne sont pas tes oignons, le rabroua-t-elle en riant. Mais le renseignement est exact. Où est Korotkov ?

– Il est parti interroger la mère de Tourbine ce matin et depuis, plus de trace.

– Comment ça « plus de trace » ?

– T'en fais pas. C'est une façon de parler. En sortant de chez la vieille, il m'a appelé. Il voulait savoir quand et combien de fois les Tourbine avaient déménagé. Je lui ai promis qu'il aurait ses infos en moins de deux heures. Le délai est écoulé depuis quarante-cinq minutes et il ne m'a toujours pas rappelé. Il est peut-être chez sa Loussia.

Loussia Semionova travaillait également dans la milice, mais dans un autre service. Depuis qu'il l'avait rencontrée, trois ans plus tôt, Korotkov, dont la vie sentimentale était passablement agitée et qui tombait amoureux tous les quinze jours, s'était rangé. Sans doute était-ce dû au fait que Loussia, ancienne juge d'instruction, le comprenait, lui et les impératifs de son travail, mieux qu'aucune autre femme avant elle. En tout cas, Korotkov aimait sa Loussia. Mais pas au point de laisser tomber une enquête sans rien dire à personne.

– Au milieu de la journée ? Ce n'est pas son genre. Tu sais bien qu'il est toujours réglo quand il s'agit de boulot.

En fait, comme Loussia avait non seulement deux fils mais aussi un mari, il arrivait que Korotkov et elle n'aient pas d'autre solution, s'ils voulaient se voir, que de voler quelques heures de service, mais il prévenait toujours quelqu'un qui pourrait le couvrir. Généralement, c'était Anastasia : lorsque leur patron commun, le colonel Gordeïev, voulait impérativement le voir, elle lui répondait qu'il était allé à tel ou tel endroit et qu'il serait de retour dans une heure. Puis elle contactait Korotkov au numéro qu'il lui avait préalablement laissé en lui disant : « Le compte à rebours a commencé. Il te reste cinquante-neuf minutes. » Il fallait donc rejeter l'hypothèse d'une escapade amoureuse : quelqu'un du service aurait été au courant.

– En tout cas, dis-lui de m'appeler dès qu'il donnera de ses nouvelles, lui demanda Anastasia.

– Entendu, je transmets, promit Selouïanov.

– Et sur le cambriolage des *Nouvelles du crime* ?

– Rien de nouveau. Tous les photographes fouillent dans leurs boîtes pour voir s'il leur manque des négatifs.

– Ça ne donnera rien, lui prédit-elle. Je suis persuadée que seuls les négatifs de Chevtsov ont disparu. Nous avons un criminel bien dégourdi.

– Mais pas très malin. Il nous reste les photos, même s'il a volé les négatifs. Et puis, c'est *notre* criminel à nous, pas à toi : n'oublie pas que tu es en congé. Comme Koudine n'arrête pas de le répéter, tu ne peux même pas te marier comme un être normal, sans un macchabée !

– Ah non ! C'est vous qui avez insisté pour que je me marie ! s'insurgea-t-elle. Vous m'avez cassé les oreilles pendant des semaines et maintenant vous me faites des reproches. Et la bonne femme de la photo, vous avez lancé un avis de recherche ?

– Et comment ! On nous a déjà signalé une vingtaine de pistes, mais elles ne menaient nulle part. Je pense à une chose, poursuivit Selouïanov avec une petite intonation rusée. Pourquoi ne nous servirions-nous pas des *Nouvelles du crime* ? Ils pourraient publier la photo et l'avis de recherche.

– Mais Kolia, c'est une excellente idée, ça... Surtout que nous avons maintenant les meilleures relations avec eux.

– Justement... Tu pourrais t'en charger ?

– Pourquoi moi ? Tu viens de me dire que j'étais en congé !

– C'est-à-dire... Hier soir, lorsque nous cherchions les négatifs de Chevtsov, j'ai remarqué que le rédacteur en chef adjoint te dévorait des yeux... Je suis sûr qu'il ne pourra rien te refuser...

– Inutile de me faire le coup, Kolia. Dis plutôt que tu n'as pas envie d'appeler.

– Non, tu te trompes : je n'ai pas envie de demander un service. Mais pour toi, c'est plus simple. Tu peux le faire par l'intermédiaire de ton copain Chevtsov. Tu es d'accord ?

– Bien obligée...

Rien qu'à sa voix, on sentait bien qu'Anton Chevtsov allait mieux. Il semblait plus alerte et respirait sans effort. Il accepta bien volontiers d'appeler son rédacteur en chef et de s'entendre avec lui sur la publication de la photo et de l'avis de recherche.

– Cela ne devrait poser aucun problème, dit-il. En fin de compte, c'est tout à fait dans l'esprit de la revue de donner un coup de main à la milice. Je vous rappelle dès que j'aurai sa réponse.

Une demi-heure plus tard, le téléphone sonnait.

– C'est d'accord, annonça-t-il joyeusement. La rédaction fera ce que vous voulez. En revanche, nous avons une faveur à vous demander.

– Je vous écoute.

– Le rédacteur en chef voudrait publier une interview de vous sur les événements du bureau de l'état civil.

– Impossible ! C'est couvert par le secret de l'instruction.

– Non, Anastasia. Ce n'est pas en qualité d'enquêtrice à la Criminelle qu'il veut vous interviewer, mais comme simple témoin. On ne mentionnera même pas votre profession.

– Vous étiez là, vous aussi. Vous pouvez en parler vous-même.

– Ce n'est pas possible : aucun journal ne publie des interviews de ses propres journalistes. Ça ne se fait pas. Et même si c'était le cas, on ne pourrait pas me verser d'honoraires. Or la question des honoraires est un point important du marché.

– Je n'ai pas besoin qu'on me paye ! s'offusqua-t-elle.

– Excusez-moi, Anastasia, mais le problème est ailleurs : techniquement, la revue ne peut publier la photo et l'avis de recherche que comme publicité et cela implique qu'on établisse une facture. Pour ne pas compliquer les choses avec la Petrovka, le rédacteur en chef a pensé que le plus simple était d'arranger un jeu d'écritures. Nous vous rémunérons pour votre interview et vous réglez la facture de publicité établie pour la même somme.

– C'est complètement tordu ! Pourquoi êtes-vous si vénaux ? Vous ne pouvez pas simplement nous aider à résoudre un meurtre ?

– Il y a des règles comptables à respecter. Et puis l'administration fiscale n'acceptera jamais de croire à la philanthropie d'une entreprise commerciale.

– Je n'ai donc pas le choix...

– Ne vous inquiétez pas. Je reprends le travail demain. Je passerai vous voir bientôt avec un de nos journalistes. Il vous posera quelques questions pendant que je vous prendrai en photo. Il n'y en aura pas pour longtemps.

La filature de Veronika Tourbina obligea Korotkov à changer d'autobus une troisième fois. Il avait attendu une quarantaine de minutes sur le banc, derrière le rideau d'arbres, avant de la voir sortir. Il lui avait emboîté le pas en prenant bien garde à ne pas entrer dans son champ de vision et n'avait pas la moindre idée de l'endroit où elle allait. Elle suivait un itinéraire long et compliqué, mais qu'elle connaissait visiblement très bien car elle n'hésita pas une seule fois. Ils arrivaient à Lioubertsy et Korotkov se demanda pourquoi elle n'avait pas pris directement le train de banlieue plutôt que des bus bondés, avec des détours interminables.

L'immeuble où elle finit par pénétrer, après un trajet de près de deux heures, se dressait parmi ses semblables, tous aussi délabrés les uns que les autres, au milieu d'une cité populaire qui ne payait vraiment pas de mine. Korotkov attendit deux ou trois minutes avant d'y entrer à son tour. Une odeur aigre de chats, d'urine et d'alcool régurgité lui fit plisser le nez. Les murs, qui n'avaient pas été repeints depuis la construction de l'immeuble sous Khrouchtchev, étaient recouverts de plusieurs couches de graffitis et de dessins obscènes donnant une assez bonne idée du niveau et de la qualité des locataires. Tout en parcourant prudemment les étages et tendant l'oreille pour essayer de déterminer où était passée Tourbina, Korotkov imagina les conclusions qu'un ethnologue du futur tirerait sur la société de la fin du XXe siècle en découvrant de telles peintures rupestres dans un tas de gravats. Il regarda attentivement chaque porte. La plupart, à en juger par le nombre impressionnant de sonnettes qui s'alignaient à côté d'elles, s'ouvraient sur des appartements communautaires. Parvenu au sixième étage sans avoir découvert le moindre indice du passage de la vieille femme, il redescendit. Une fois dans la rue, il se dirigea d'un pas alerte vers le commissariat de quartier.

6

Les yeux remplis de haine, Veronika Tourbina fixait le visage rouge et bouffi de l'homme qui lui faisait face. Il était bien plus jeune qu'elle, même s'il faisait dix ans de plus que son âge à cause des ravages de l'alcool et de sa très mauvaise dentition.

– Tu les as ? lui demanda-t-il d'une voix de ténor asthmatique et sans détacher le regard du sac de la femme.

– Mais oui ! répondit-elle avec agacement. J'espère que tu vas bientôt crever. J'en ai plus qu'assez.

L'homme fit une grimace et y alla d'un « pfff » qui projeta une volée de postillons de sa bouche édentée. Une gouttelette s'abattit sur la robe de la vieille femme. Elle l'essuya avec une aversion marquée.

– Tu joues les dégoûtées, mais je t'ai quand même fait un beau fils, pas vrai ? Tu ne disais pas non quand je t'ai baisée…

– Ferme-la ! lui ordonna-t-elle brutalement. Dis-moi plutôt où tu étais samedi dernier.

– Pourquoi ? Tu es venue me voir et je n'étais pas là ? Je n'ai pas bougé. J'ai peut-être passé un moment avec des copains dans le petit bois. Sinon, tu sais bien que je ne bouge jamais.

– Comment te croire, Pacha ? lui demanda la vieille femme avec une lassitude soudaine. Cela fait des années que tu noies ta cervelle et ta conscience dans la boisson. Dis-moi franchement : c'est toi qui l'as fait ?

– Fait quoi ? De quoi tu parles ?

Son étonnement semblait sincère.

– Es-tu allé à Moscou samedi ?

– Qu'est-ce que t'as à m'emmerder ? Non, je ne suis pas allé à Moscou ! Là ! Tu es contente ?

Cette fois, les postillons s'abattirent en pluie serrée, mais sur la table.

– Mais j'y pense, ajouta-t-il. C'est bien samedi que Valeri se mariait, non ?

– Justement, il ne s'est pas marié. Grâce à Dieu !

– Et pourquoi ? Sa fiancée s'est enfuie au dernier moment ?

– Ce n'est pas ton affaire. Je te dis juste une chose : je préfère que Valeri n'ait pas d'enfants plutôt que de faire des monstres comme toi !

– Gna-gna-gna ! l'imita-t-il en geignant d'une voix répugnante. Tu fais bien la difficile ! Je t'ai pourtant fait un beau gosse. Tes petits-enfants ne seraient pas pires ! Tu crois peut-être que tu étais une beauté ? Ou une lumière ? Personne ne voulait d'une vieille fille de quarante-deux ans avec une gueule de guenon et les jambes arquées. Moi, j'avais vingt ans de moins et une bonne santé. Valeri tient de moi, pas de toi. C'est pas pour rien qu'une si belle fille s'intéresse à lui !

– Comment ? s'écria Tourbina d'une voix encore plus rauque. Comment sais-tu à quoi elle ressemble, cette fille ?

– Parce que je l'ai vue ! lui répondit l'homme avec un sourire insolent, en découvrant les chicots qui lui restaient. Elle a un de ces culs ! Et des nichons ! Je me la ferais bien !

– Pacha ! Tu m'as promis… Je fais tout ce que tu demandes, je t'apporte du fric, mais ne touche pas à Valeri !

– On dirait un disque rayé ! Pas touche, pas touche ! C'est aussi mon fils, non ? Je le toucherai si je veux. Et arrête de me donner des ordres, vieille pourriture. Il faut que je prépare mes vieux jours. Tu vas bientôt crever et qui c'est qui prendra soin de moi, à part mon propre fils ?

En se renversant sur sa vieille chaise branlante, il la fixa d'un air hautain. Elle lui rendit son regard avec amertume en se souvenant de ce jour malheureux où... Et en pensant à tout ce qu'elle était obligée de faire pour que Valeri n'apprenne pas le genre d'individu qu'était son père. Elle se saignait aux quatre veines en refusant à son fils l'indispensable pour donner de l'argent à cette loque criminelle, avec la hantise perpétuelle qu'un jour, il se présente devant Valeri en lui disant : « Viens embrasser ton père ! » Or il avait vu Elia. Savait-il que la jeune femme était l'héritière d'une riche famille ? Peut-être pas encore, mais dès qu'il le saurait, elle était certaine qu'il perdrait toute retenue. Il ne lâcherait jamais une si belle proie !

– Allez ! dit-il. File-moi la thune et casse-toi.

Elle obtempéra et sortit de son sac quelques gros billets. Mais elle ne se leva pas pour partir.

– Qu'est-ce qu'il y a ? Tu veux autre chose ?

Tourbina lui répliqua avec une brusquerie inattendue :

– Je veux..., ne plus jamais revoir ta sale gueule puante.

Au lieu de se fâcher, il s'esclaffa :

– Et ta gueule à toi ? Tu t'es regardée ? Ne t'en fais pas : tu seras bientôt débarrassée de moi. Quand tu crèveras, ce qui ne saurait tarder ! Tiens, je te préparerai moi-même pour ton dernier voyage. En souvenir. Je n'ai pas oublié comment nous avons fait ça...

– Mieux vaudrait que tu oublies mon nom et mon adresse, salaud ! Parasite ! Tu as sucé tout mon sang et empoisonné toute ma vie ! Mon Dieu, ai-je mérité une telle punition ?

Des larmes lui montèrent aux yeux et elle ne chercha même pas à les cacher. Oui, elle souhaitait mourir ! Mais, en même temps, elle avait peur de la mort. Car son fils était sa joie, son bonheur, sa fierté. Et il ne survivrait pas à un coup pareil !

Le commissariat de quartier était dirigé par un jeune capitaine sympathique prénommé Nikolaï, aux cils presque blancs et au sourire de gamin. Korotkov le connaissait pour avoir donné une série de conférences devant sa promotion à l'académie de la milice quelques années plus tôt. Le jeune cadet lui avait plu. Contrairement à beaucoup de ses camarades qui choisissaient cette voie parce qu'elle leur semblait plus facile, ou qu'il fallait bien faire quelque chose, il prenait à cœur son futur métier.

Il était absent lorsque Korotkov se présenta au commissariat et, pendant près d'une heure, l'enquêteur attendit patiemment son retour. Dès qu'il le vit, il lui sauta pratiquement sur le râble.

– Kolia, j'ai besoin de renseignements sur les habitants de cet immeuble, lui lança-t-il en abrégeant les entrées en matière et en lui tendant le morceau de papier où il avait noté l'adresse.

– Sur *tous* les habitants ? demanda Nikolaï en écarquillant les yeux. La plupart des apparts sont communautaires. Il y a un monde fou là-dedans.

– Une femme y est entrée il y a une heure, à peu près. Une certaine Tourbina, Veronika Matveïevna. Je veux savoir où elle est allée. Ce nom te dit quelque chose ?

– Tourbina, répéta pensivement le jeune flic. Non, c'est la première fois que je l'entends. Il faudrait faire le tour des logements.

Il ouvrit son coffre pour en retirer la chemise qui contenait la liste des habitants de l'immeuble et la tendit à Korotkov. Aucun nom n'attira son attention.

– Le plus simple est de faire une ronde sous un prétexte quelconque. Étant donné la promiscuité, on saura très vite qui a reçu une visite aujourd'hui. J'y vais. Tu m'accompagnes ?

Korotkov secoua le menton.

– Vaut mieux pas. Tourbina me connaît. Prends quelqu'un d'autre. D'accord ?

– Entendu. À quoi elle ressemble ?

– Soixante-dix ans, petite, maigre, cheveux gris en chignon, robe bleue et manteau de demi-saison couleur poil de souris.

Korotkov attendit au commissariat pendant que le jeune capitaine et l'un de ses hommes partaient raconter aux locataires une histoire déchirante sur une jeune femme victime d'une agression et dont l'assaillant aurait été vu en train de pénétrer dans l'immeuble.

Il revint au bout d'une heure.

– Ta vieille au manteau gris, annonça-t-il à Korotkov, est allée rendre visite à un certain Pavel Smitienko, dit Pacha-demi-litre, un alcoolique invétéré qui a déjà fait deux fois de la prison pour des délits divers.

Ils interrogèrent le service des documents d'identité, mais ne trouvèrent rien sur les liens entre Smitienko et la vieille femme.

– Qu'est-ce que tu as sur ce type ?

Nikolaï consulta sa fiche.

– Un ivrogne, condamné pour conduite asociale et autres méfaits sous l'ancien régime. Il ne travaille pas et boit comme un trou.

– Alors, d'où tire-t-il ses revenus ? Même s'il boit du tord-boyaux frelaté, il faut bien qu'il le paye, non ?

– Bonne question ! dit Nikolaï, amusé. Dans le bon vieux temps, quand on pouvait condamner les gens pour parasitisme, on avait le droit de savoir d'où venait leur argent. Maintenant, ce n'est plus un délit de ne pas travailler et de vivre aux crochets de la société !

– Ne me parle pas de ce qui est licite ou non. En tant que grand manitou des flics du quartier, tu dois connaître les faits et gestes de tout le monde sur ton territoire.

– N'exagère pas, Viktor ! s'indigna le capitaine. Avec les effectifs que j'ai, c'est tout juste si j'arrive à résoudre les disputes familiales. Et avec les bandes criminelles qui rackettent le moindre kiosque, j'ai pratiquement droit à un règlement de comptes par jour. Ce Smitienko est un gars inoffensif. Il boit, mais il ne fait de mal à personne.

– Kolia, comment peux-tu savoir s'il est inoffensif puisque tu ne t'occupes pas de lui ? le taquina Korotkov.

– Pas de plaintes le concernant, donc pas de nuisance, lui répondit le jeune capitaine en souriant.

– Dommage qu'on ne t'ait pas flanqué une bonne taloche à l'Académie ! s'écria le flic de la Criminelle, mi-figue mi-raisin. Je crois à la vertu souveraine des coups pour faire rentrer les principes élémentaires. Rappelle-toi une chose : ce sont ceux dont on n'entend pas parler qui sont les plus dangereux ! Bon, je te laisse. À plus...

Il était tard le soir lorsqu'il regagna son bureau de la Petrovka. À part le personnel de permanence, il n'y avait plus personne dans le service, mais une note l'attendait sur sa table de travail au sujet des déménagements de Veronika Tourbina. De sa naissance à l'âge de soixante ans, elle avait habité dans le même appartement, puis, au cours des dix dernières années, elle avait changé quatre fois de domicile. Et, à chaque fois, le nouveau logement était plus exigu et moins confortable que le précédent. C'était curieux.

En voyant Marat Latychev, l'enquêteur Selouïanov se dit que sa collègue Anastasia ne lui avait pas menti : grand, beau gosse et chanceux en affaires, il était indiscutablement ce qu'on appelait un beau parti. Divorcé et donc libre, sans doute était-il l'objet des attaques matrimoniales d'un régiment de jeunes femmes esseulées, mais le flic avait du mal à aborder le sujet, car son interlocuteur était le genre d'homme à considérer que l'argent constitue un rempart suffisant contre les indésirables.

L'entretien avait commencé d'une manière assez caractéristique :

– Avant de répondre à vos questions, l'avait prévenu Latychev d'un air hautain, je veux savoir pourquoi et de quel droit vous me les posez.

– J'enquête sur un meurtre commis samedi dernier, juste avant le mariage de la fille de votre patron, Istvan Bartocz.

– En quoi suis-je concerné par cette lamentable histoire ?

Selouïanov s'était armé de patience.

– Voyez-vous, lui avait-il dit, nous pensons que quelqu'un a voulu empêcher ce mariage. Comme vous connaissez bien Bartocz, sa fille et son entourage, vous me semblez particulièrement bien placé pour nous aider à faire la lumière sur cette affaire.

– Vous aider ? Puis-je me permettre de vous demander de quelle manière ?

– Nous aimerions savoir, par exemple, si Elia Bartocz avait des soupirants qui auraient pu s'opposer au mariage. Ou peut-être Istvan Bartocz a-t-il des ennemis qui, pour une raison quelconque, auraient pu lui faire peur et lui donner un avertissement en le menaçant de s'en prendre à sa famille ? Pensez-vous que ce soit possible ?

– C'est du pur délire ! Ce serait une forme d'avertissement bien tordue. Et puis, vous croyez que le mariage d'Elia dérange quelqu'un ?

– C'est à vous que je pose cette question…

– Non, franchement, je ne crois pas pouvoir vous être utile.

– Vraiment ? lui avait répondu l'enquêteur avec une moue sceptique. Essayons quand même. Par exemple, savez-vous pourquoi Bartocz a refusé de signer le contrat avec la société turque Naza ?

– Le rapport ?

– C'est à moi d'en juger. Répondez-moi, s'il vous plaît.

– Non, mon vieux ! Vous travaillez à la Criminelle, pas pour le fisc ou la répression des crimes économiques. Je ne vois aucune raison de vous livrer des secrets commerciaux !

– Les détails ne m'intéressent pas, lui avait renvoyé Selouïanov, débonnaire. Tout ce que j'attends de vous, c'est que vous me donniez une raison globale, dans le genre : leurs conditions ne vous arrangeaient pas.

– Eh bien, il me semble que vous avez répondu vous-même à votre question : leurs conditions ne nous arrangeaient pas.

– La société Naza a-t-elle changé ses conditions initiales ?

– Qu'est-ce qui vous fait croire ça ?

– Je ne crois rien. Je vous pose simplement la question.

– Je ne comprends pas, lui avait répondu Latychev en sortant un paquet de cigarettes. Ces suppositions ne mènent nulle part.

– Si mes informations sont bonnes, les négociations entre votre entreprise et Naza ont commencé en janvier. Les choses avançaient bien lorsque, fin avril, tout a été arrêté. Pourquoi ?

– Je n'ai pas le droit…

– Je sais ! Je sais ! s'était écrié Selouïanov en levant la main. Secret commercial… Moi, je me dis que si les conditions de Naza étaient inacceptables dès le début, pourquoi perdre trois mois à discuter ?

– Moi, je me demande ce que vous entendez aux affaires. Si tout était clair dès le début, il n'y aurait pas besoin de négocier. En tout cas, je ne vois pas le rapport avec cette affaire de meurtre qui est censée vous amener ici.

– Il n'y a sans doute aucun rapport, lui avait répondu l'enquêteur dans un haussement d'épaules. Mais je veux simplement en être sûr. Si les événements étaient liés, je serais un bien mauvais flic d'avoir négligé cette piste.

– Non, je vous assure, il ne peut y avoir aucun rapport.

– Bon ! Admettons... (Selouïanov avait baissé la tête pour consulter son calepin.) Il y a ici autre chose. Les services des douanes ont délivré à votre société dix-huit autorisations d'exportation en 1993, vingt et une en 1994, et aucune cette année, en cinq mois d'activité. Vous pouvez m'expliquer cette anomalie ?

Arrivé à ce point de l'entretien, Latychev avait tiré une bouffée de sa cigarette et exhalé un nuage de fumée, comme un rideau de camouflage.

– Je n'ai aucun commentaire à faire, lui avait-il dit sèchement. Je commettrais une faute grave en dévoilant la stratégie de ma société au premier venu.

Bigre ! pensa alors Selouïanov. *Qu'est-ce que ça nous réserve s'il traite de « premier venu » un flic de la brigade criminelle qui enquête sur une affaire de meurtres ?*

– Vous considérez donc qu'il s'agit bien d'une question de stratégie commerciale ? insista-t-il.

– Ce que je considère ne vous regarde pas...

– Mais vous êtes bien le directeur commercial de « Danube bleu »...

– Et alors ?

– J'ai comme l'impression que votre société est en train de réduire ses activités en Russie pour plier bagage à l'étranger. Vous niez ?

– Je n'ai rien à nier. Vous pensez ce que vous voulez. Et même si vous aviez raison, il n'y aurait rien d'illégal là-dedans.

– Pouvez-vous me dire où vous vous trouviez samedi dernier ?

– Chez moi !

La rapidité de la réponse ne plut pas du tout à l'enquêteur.

– Quelqu'un peut-il le confirmer ?

– Bien sûr. J'étais en compagnie d'une très bonne amie.

Un alibi fourni par une femme ? Cela déplut encore plus à Selouïanov qui savait trop bien comment ça se passait.

– J'ai entendu dire que vous aviez fait la cour à Elia Bartocz. Est-ce vrai ?

– C'est vrai. C'est une très jolie fille... Dites, ça ne tombe pas sous le coup de la loi, au moins ? ajouta-t-il avec sarcasme. Et puis, c'était il y a plusieurs mois...

– Le temps ne change rien. Donc, vous lui avez fait la cour.

– Je viens de vous le dire.

– Vous aviez l'intention de l'épouser ?

– Qui vous a dit ça ?

– C'est une simple question. Alors ?

Derrière son voile de fumée, Latychev leva les yeux au ciel, exaspéré.

– Je n'ai jamais eu l'intention de l'épouser. J'ai dragué une jolie fille et c'est tout.

– Mais c'est tout de même la fille de votre patron, lui rappela Selouïanov avec un sourire complice. Vous auriez conjugué l'utile et l'agréable en vous mariant avec elle...

Latychev pinça les lèvres.

– Si vous n'étiez pas un flic en service, je prendrais cette insinuation pour une insulte et vous enverrais mon poing dans la figure. Mais puisque vous l'êtes, je suppose qu'il n'y a rien de personnel dans votre remarque. Je vous répète que l'idée d'épouser Elia ne m'a même pas effleuré. Je ne m'encombrerais pas d'une fille comme elle malgré toute la fortune du papa !

– Je crois que Tamila Chalvovna ne voit pas les choses de la même manière.

– J'imagine très bien de quelle manière elle peut les voir : c'est une mère qui cherche à caser sa fille... Ça ne m'intéresse pas.

– Et ce qu'en pensait Elia, ça ne vous intéresse pas non plus ?

Latychev soupira, mais il avait perdu beaucoup de son assurance.

– Écoutez, finit-il par dire lentement. Je vois très bien où vous voulez en venir, mais ce qui s'est passé entre Elia et moi n'a strictement aucun rapport avec l'assassinat du bureau de l'état civil.

– Vous savez donc qu'elle est persuadée que vous vouliez l'épouser ?

– Je ne sais pas ce qu'elle s'est imaginé, mais cela n'a rien à voir avec mes intentions réelles.

– Vous avez oublié que vous lui avez fait une demande en mariage ? Une demande qu'elle a acceptée, d'ailleurs !

– Je crois que cette jeune coquette s'est fait des idées…

– Et la bague ? C'est une idée, ça aussi ?

– Quelle bague ?

– Celle que vous lui avez offerte pendant vos vacances au lac Balaton. J'ignorais qu'Elia Bartocz avait le don de matérialiser ses idées…

– Écoutez, mon vieux. Dispensez-moi de vos sarcasmes. Pour le reste, vous créez des problèmes là où il n'y en a pas. Oui, nous sommes allés ensemble chez sa grand-mère au lac Balaton. Oui, nous avons passé toutes nos nuits ensemble et oui, je lui ai offert une bague. Et alors ? Je suis un homme normal et bien élevé. Si la fille couche avec moi, je trouve que la moindre des galanteries est de lui faire des cadeaux.

– Des cadeaux aussi chers ? Une bague avec trois diamants ?

Latychev retrouva aussitôt son arrogance.

– Chers ? Parlez pour vous, mon vieux ! Je crois que vous avez gardé une mentalité de Soviétique. Par rapport à mes revenus, cette bague était tout à fait abordable.

D'ailleurs, je n'allais tout de même pas offrir un bijou de quatre sous à une fille comme Elia…

– Vous n'avez donc pas souffert lorsque cette jeune femme a décidé d'épouser quelqu'un d'autre ?

– Pas le moins du monde !

– Bien. Je vais tout de même me permettre de noter le nom de cette amie avec qui vous êtes resté samedi dernier.

– Je vous en prie. Il s'agit d'Olga Emeliantseva. Elle travaille au service publicité de notre société.

Blanc et noir, noir et blanc…

Depuis mon enfance, mon cerveau ne reconnaît que ces deux notions. Oui ou non. Bon ou mauvais. Bien ou mal. Blanc et noir. Pas de gris, pas de demi-tons, pas de circonstances atténuantes, pas d'atermoiements. Jamais de « peut-être ».

J'ai cinq ans. Mes parents parlent fort, comme s'ils se chamaillaient. Papa traite maman de « pétasse » et j'enregistre aussitôt ce nouveau mot, si facile à prononcer.

– Pétasse ! Maman est une pétasse ! Maman est une pétasse ! chantonné-je avec joie et fierté d'avoir si vite assimilé le mot qui roule aisément dans la bouche.

Mes parents se taisent, oubliant leur querelle, et toute leur attention se porte sur moi.

– C'est un mot très grossier, me gronde maman. Il ne faut pas dire ça ! C'est vilain !

– Alors, papa est vilain ?

– Vois-tu, mon lapin, me dit papa (mais il ne me regarde pas, il regarde maman), il y a des situations où… Bref, les choses ne sont pas si simples… On ne peut jamais dire à coup sûr…

Mais à cinq ans, je ne veux pas d'un monde inconstant et imprévisible où « on ne peut jamais dire à coup sûr ».

Je veux des certitudes. La certitude que maman et papa seront toujours là, que j'aurai toujours mon petit lit douillet et mon ours en peluche près de mon oreiller, et un conte le soir avant de m'endormir, et du jus de pomme le matin, et les gâteaux de mamie, le samedi. Je veux avoir la certitude que si je me brosse les dents tous les jours, si je dis « merci » et « s'il vous plaît », si j'obéis aux grandes personnes, on me fera des compliments pour ma bonne conduite, alors que si je fais des caprices ou casse quelque chose, on me punira. Mais s'il existe des « on ne peut pas dire à coup sûr », peut-être qu'on me punira si je me conduis bien ? Mon cerveau de cinq ans n'arrive pas à résoudre ce problème...

Huit ans... Mes parents m'emmènent au cinéma. Le film raconte l'histoire d'un criminel qui s'enfuit de prison. Dehors, il sauve une petite fille de la mort et périt lui-même. Je vois maman essuyer discrètement des larmes, mais je ne comprends pas ce qui l'a émue à ce point.

– Mam', tu as eu pitié de lui ? lui demandé-je, une fois dehors, dans la douceur d'une soirée de printemps embaumée d'arbres en fleurs.

– Bien sûr, mon chou !

– Mais c'est un criminel ! m'écrié-je, indigné. Il s'est enfui de prison. Pourquoi le regretter ! Il est mort, bien fait pour lui !

Mais papa reprend son refrain habituel.

– Vois-tu, mon lapin, les choses ne sont pas si simples. Il n'y a pas de gens tout à fait bons ou tout à fait mauvais. Bien sûr que c'est un criminel, mais il a quand même sauvé cette petite fille. C'est donc un homme bon. On ne peut jamais être sûr...

Non ! Ces explications ne sont pas pour moi. J'aime les choses claires. Je ne veux pas me perdre dans le monde des adultes.

Je veux savoir avec précision qui est bon et qui est mauvais.

Je veux savoir ce qu'on peut faire et ce qui est interdit, ce qui me vaudra des éloges et ce qui entraînera des punitions. Cette connaissance ne m'est pas seulement nécessaire, elle m'est indispensable. Je la cueille par bribes en posant à mes parents des milliers des questions, mais ils ne comprennent pas toujours ce que je demande et s'entêtent à me répondre que tout n'est pas simple, qu'il y a des situations où...

À quoi bon les écouter ? Autant se faire une idée du monde sans leur aide. J'aime les livres et les films qui racontent des histoires de criminels et de flics, d'espions et d'agents du contre-espionnage, de Gardes rouges et de Gardes blancs. Au moins eux sont clairs. On sait qui sont les bons et qui sont les méchants. Les demi-teintes m'inquiètent. L'incertitude m'effraie. L'ambiguïté me fait horreur. Je les hais !

À onze ans, une voiture me renverse. On m'emmène à l'hôpital avec une commotion cérébrale. Pour la première fois de ma vie, je n'ai pas droit au bisou de maman le soir et à mon verre de jus de pomme le matin. Moi qui pensais que ce serait toujours ainsi. Et j'enquiquine les médecins avec ma sempiternelle question : « Quand est-ce que je rentre à la maison ? » Je veux bien patienter tant qu'il faudra, mais je veux avoir une date exacte, un butoir. Dans l'incertitude qui m'entoure, j'ai besoin d'une certitude.

– Vois-tu, mon enfant, me dit un médecin avec une petite barbe et des lunettes. Il faut tenir compte de beaucoup d'éléments...

Le même discours ! Toujours le même discours ! Je deviens dingue. Mes crises d'hystérie finissent par donner un résultat positif : pour se débarrasser de moi, les médecins acceptent de me renvoyer à la maison en m'enjoignant de garder le lit et en faisant promettre à maman de me surveiller et de bien me donner les médicaments.

C'est bien d'être chez soi. Je retrouve ma chambre, mon lit, papa, maman et mes livres préférés. Je veux guérir vite et je promets de faire tout ce que les médecins demandent : rester au lit, rideaux tirés, dans la pénombre, me lever aussi peu que possible, ne pas lire, ne pas regarder la télé et prendre mes médicaments six fois par jour. Mais, à onze ans, comment puis-je rester au lit toute la journée ? Ce n'est pas possible. Dès que mes parents partent au travail, j'ouvre les rideaux et je lis. L'après-midi, mes camarades de classe viennent me voir. Je saute du lit et m'amuse avec eux. Mais je n'oublie jamais de prendre mes cachets. C'est la seule chose que je respecte totalement. À la fin de la journée, la tête me tourne et j'ai souvent des nausées, mais je le cache à ma mère. Quand elle revient du travail et qu'elle me demande comment je vais, je lui réponds que tout va bien alors que ce n'est pas vrai, que je me sens de plus en plus mal. Je mens parce que je ne veux pas retourner à l'hôpital.

Un jour, mes mensonges finissent par être découverts : maman rentre un peu plus tôt que d'habitude et me trouve en train de vomir, à genoux devant la cuvette des toilettes. Elle veut tout de suite appeler une ambulance, mais je sanglote en la suppliant de ne rien faire. J'ai une crise de nerfs, mes sanglots m'étouffent et je perds conscience. Maman a pitié de moi. Elle prend un congé pour rester à la maison avec moi et me soigner comme il faut. Sous sa surveillance, je ne commets plus d'écarts et, au bout de quelques semaines, je me sens mieux.

Beaucoup de temps s'est écoulé depuis cette époque. Aujourd'hui, seuls le printemps et l'automne me rappellent ma commotion cérébrale. Je me sens mal en novembre et en avril avec de terribles maux de tête qui se répercutent sur mon humeur. Je m'irrite facilement, j'enrage pour des riens et après, je me sens mal : je pleure longtemps en m'apitoyant sur mon sort. Mais ça finit par passer.

L'enquêteur Nikolaï Selouïanov ne faisait pas confiance aux femmes. Il ne croyait pas aux alibis qu'elles fournissaient, surtout si c'étaient les épouses ou les petites amies des suspects. Il se méfiait d'elles d'une manière presque maladive et personne ne pouvait le faire changer d'avis depuis que sa femme l'avait quitté pour un autre en emmenant leurs deux enfants à Voronej. Il avait mal vécu son divorce et être séparé de ses gosses lui était insupportable. Dès qu'il le pouvait, il faisait des voyages éclairs pour aller les voir en province. À son retour, il prenait des cuites mémorables et restait déprimé deux ou trois jours avant de retrouver son apparence ordinaire de plaisantin bon vivant. En fait, il était l'un des flics les plus expérimentés et efficaces du service, mis à part qu'il se méfiait des femmes.

Voilà pourquoi, lorsque Marat Latychev lui annonça qu'Olga Emeliantseva confirmerait qu'il était bien resté chez lui le jour des meurtres, il ne le crut pas une seconde. En sortant de chez le directeur commercial, il passa à la réception et se fit indiquer où il pouvait trouver cette Olga. Puisqu'il était sur place, son premier mouvement fut d'aller vérifier l'alibi tout de suite. Mais lorsqu'il vit la jeune femme raccrocher son combiné téléphonique, il changea d'avis. Deux pensées se bousculèrent dans son cerveau. La première fut : « Trop jolie pour être honnête. » La seconde : « C'est Latychev qui vient de l'appeler. » Il était désormais certain que cette Olga serait prête à affirmer qu'ils étaient sur la lune le samedi en question. L'interroger simplement ne suffirait pas. Il allait falloir se montrer plus subtil.

Pour vérifier ou réfuter les alibis auxquels il ne croyait pas, Selouïanov utilisait des méthodes bien à lui et qui n'étaient pas toujours du goût de son chef, le colonel Gordeïev. Mais ce dernier avait beau lui faire des remontrances et lui passer des savons, il ne renonçait pas pour autant à ses petits trucs tordus qui lui semblaient bien innocents. Après tout, seul le résultat comptait et la satisfaction de confondre un coupable valait bien une ou deux engueulades pendant l'enquête.

En sortant des bureaux de « Danube bleu », il avait déjà imaginé un plan pour déterminer si Olga Emeliantseva avait vraiment passé son samedi avec Latychev. Tout ce dont il avait besoin, c'était d'un bon photographe et il pensa tout de suite à Anton Chevtsov qu'il avait eu à plusieurs reprises au bout du fil et avec qui il avait sympathisé. Comme il ne répondait pas à son domicile, il l'appela à la rédaction des *Nouvelles du crime*.

– Tu vas mieux, à ce que j'entends ?

– Oui, j'ai repris le boulot. J'avais juste besoin d'un peu de repos.

– Dis-moi, Anton, est-ce que tu pourrais me rendre un service ?

– Si c'est dans mes cordes…

– Voilà, il s'agit de suivre discrètement une jeune femme que je te montrerai et de prendre quelques photos d'elle. Ça ne te dérange pas ?

– Pas le moins du monde ! répondit le photographe. Dis-moi juste quand et où.

Selouïanov savait que Chevtsov ne laisserait pas échapper une occasion de se mettre dans les petits papiers des flics de la Criminelle. S'il parvenait à en convaincre un ou deux de l'informer avant tout le monde des crimes importants qui étaient commis, il n'aurait plus besoin d'arrondir ses fins de mois en faisant des photos de mariage.

– Autre chose : tu t'y connais en montage photo ?

– Quelle question ! Évidemment…

Ils se donnèrent rendez-vous un quart d'heure avant la fermeture des bureaux, non loin des locaux de la société « Danube bleu ». Les deux hommes attendirent la sortie des employés. Lorsque la jolie Olga se montra, Selouïanov donna une bourrade sur l'épaule du photographe.

– C'est elle ! À toi de jouer !

Chevtsov la suivit jusqu'à son domicile. En chemin, il prit une dizaine de clichés : dans la rue, à l'arrêt du trolley, dans un magasin, au milieu d'une rue, près de l'entrée de son immeuble. C'était une belle fille, mais pas très photogénique, aussi Chevtsov s'efforça-t-il de trouver des angles qui la mettaient en valeur. Une prise lui sembla particulièrement réussie : la jeune femme achetait des bananes à un marchand des quatre-saisons et il parvint à saisir le moment où elle tendait la main pour prendre la monnaie. Sans doute pensait-elle que le vendeur avait l'intention de la tromper car son visage était tendu et concentré, comme si elle se livrait à un rapide calcul mental.

Le soir même, Chevtsov apporta les négatifs chez Selouïanov, comme convenu. Le flic avait aménagé un petit labo photo dans un débarras à côté de la cuisine en faisant passer une conduite d'eau à travers le mur. Chevtsov poussa un petit sifflement admiratif en inspectant l'équipement simple mais performant et bien entretenu.

– Il faut bien se débrouiller ! dit Selouïanov, modeste. Tu veux manger un morceau ou on attaque tout de suite ?

– Commençons par développer le film, on pourra faire une pause avant de passer aux montages. À propos, à quoi vont-ils servir ?

– À mettre un peu de pression sur un suspect. Sans ruse, impossible d'obtenir des résultats. Seule notre Nastia parvient à résoudre des énigmes sans prendre de libertés avec le code. Je me demande comment elle fait.

– Nastia ? Tu veux parler de Kamenskaïa ?

– C'est ça.

– Et pourquoi elle y arrive et pas toi ? Qu'a-t-elle de particulier ?

– Je n'en sais rien, dit Selouïanov, les yeux rêveurs. Je crois simplement que c'est une bonne actrice. Elle sait dire la vérité comme si elle mentait, alors on ne la croit pas. En fait, elle obtient ainsi le même résultat que nous autres en mentant, mais on ne peut rien lui reprocher.

– Attends, je ne pige pas.

– C'est pourtant simple. Imagine que tu rentres le soir à la maison. Ta femme te demande : « Tu as eu le temps de déjeuner ? » En réalité, tu as passé une partie de la journée chez une bonne copine qui t'a fait un déjeuner somptueux, mais tu fais mine de détourner les yeux et tu bégayes : « Hein ? Quoi ? Oui, bien sûr… J'ai très bien déjeuné. Ne t'inquiète pas ! » Il n'en faut pas plus pour que ta chère et tendre soit sûre et certaine que tu as couru toute la journée sans prendre une minute pour déjeuner. En d'autres termes, tu lui as menti tout en disant la vérité. Pigé, cette fois ?

– Astucieux ! s'écria Chevtsov. Et toi, pourquoi tu n'y arrives pas ?

– Je n'en sais rien. Je ne dois pas être très doué pour ça. Et puis, je pense lentement alors que Nastia saisit la situation en un clin d'œil. Moi, ce n'est que longtemps après la bataille que je comprends ce que j'aurais dû dire, ou faire… En revanche, j'ai mes petites ruses…

Les photos d'Emeliantseva étaient très réussies, mais Chevtsov ne le sut qu'au moment où Selouïanov lui expliqua quels montages il souhaitait avoir en lui montrant un jeu de négatifs. Le but était d'obtenir deux ou trois clichés donnant l'impression que la jeune femme avait rencontré des hommes qui lui avaient remis des petits paquets. Dans cette optique, le cliché où elle tendait la main pour prendre la monnaie était particulièrement bienvenu. En plus, le flic lui demanda de s'arranger pour donner l'impression qu'elle portait des vêtements différents des siens.

– À quoi tout ça va-t-il te servir ? Quelle idée as-tu derrière la tête ? Tu sais que même un examen superficiel révélera le trucage ?

– Je veux juste mettre un peu la pression sur un témoin. Dans notre métier, il y a une règle incontournable : sans mentir, on n'obtient pas la vérité. Tu veux un café pendant que la pellicule se développe ?

– Non. Du thé, si c'est possible. Le café m'est interdit.

– Dommage pour toi. De quoi souffres-tu ?

– D'une ischémie du cœur.

– Sans blague ? s'étonna Selouïanov. À ton âge ?

– L'âge n'a rien à voir. Je souffre de ce truc depuis mon enfance. Mais ne me regarde pas comme ça ! s'écria le photographe avec bonne humeur. Je ne suis pas un invalide. J'ai même fait mes deux ans de service militaire. Il m'arrive d'avoir des crises de temps en temps, mais elles passent après deux ou trois jours de repos. Ce n'est pas mortel.

Selouïanov fit infuser du thé, coupa du pain, prit dans le frigo une plaquette de beurre et un morceau de saucisson, puis ouvrit un placard pour en sortir une bouteille de cognac arménien. Incertain, il regarda son invité.

– Tu y as droit ?

– Non, pas d'alcool. Mais tu peux boire. Ça ne me dérange pas.

– Tu es sûr ? Sinon je vais me sentir mal à l'aise. Boire tout seul pendant que tu me regardes…

Mais c'était dit pour la forme. En fait, le flic était visiblement soulagé. Il prit un verre et se versa une bonne rasade de cognac.

– Ne t'inquiète pas. Je passe mon temps à regarder les gens boire, s'amuser, danser, draguer les filles… J'ai l'habitude.

– Et toi ? Ceinture ?

– Je me ménage, avoua Chevtsov. En revanche, je ne peux pas m'empêcher de fumer. Là, je n'y peux rien. Mais je renonce pratiquement à tout le reste. Je veux vivre longtemps.

– Tu as bien raison ! l'approuva Selouïanov en levant son verre. À ta santé.

Il but d'un trait le liquide doré. En reposant son verre, il surprit un regard bizarre de Chevtsov.

– Tu désapprouves ? Tu penses que je vais devenir alcoolique ?

Son invité haussa les épaules et trempa ses lèvres avec précaution dans sa tasse de thé fumante.

– Tu vis seul ? lui demanda-t-il au lieu de répondre.

– Eh oui ! Ma femme n'a pas supporté les difficultés de la vie de flic...

Il se remplit un deuxième verre qu'il but également cul sec.

– Et toi ? Tu n'es pas marié ?

– Pas encore, dit Chevtsov en souriant.

– Tu y penses ?

– Pas pour le moment.

– Et qu'est-ce que tu attends ?

– Je crée la base matérielle, plaisanta le photographe en se souvenant de ses cours de marxisme-léninisme à l'école. J'économise. Je ne tiens pas à laisser une veuve avec un ou plusieurs gosses sans leur assurer un avenir décent, au moins pendant quelque temps.

– Qu'est-ce que vous avez tous à vous enterrer avant l'heure ? s'écria le flic en avalant un troisième verre. Tu vivras peut-être jusqu'à soixante-dix ans...

– Peut-être, reconnut Chevtsov. Mais peut-être pas. Je ne pourrai me marier que lorsque je serai tranquille pour ma famille. Tu me trouves sans doute bizarre, mais les gens qui doivent vivre avec une maladie comme la mienne ont une psychologie bien à eux. Les gens en bonne santé ne peuvent pas comprendre.

– Bon ! Pas la peine de te fâcher. Ni de me lancer ces regards désapprobateurs. Je ne boirai plus ce soir. Trois petits verres, c'est ma norme. Impossible de me coucher sans les avoir bus. Pour te rassurer, je vais même ranger la bouteille.

Sous l'effet de l'alcool, son visage semblait moins dur, son teint était devenu plus rose et ses yeux brillaient. Un peu mal à l'aise, il jugea préférable de changer de sujet.

– À propos du cambriolage à la rédaction, qu'est-ce qui vous a pris de mettre des serrures qu'un enfant pourrait ouvrir ?

– Mais il n'y a rien à voler dans ce fichu labo ! Les photos et les pellicules ? Ça n'a aucune valeur et il n'y a rien d'autre. Tu imagines des photographes professionnels laisser leur matériel ? Tu sais, nous tenons à nos appareils comme à la prunelle de nos yeux. Nous les choisissons, nous les achetons, nous les bichonnons... Nous allons jusqu'à les réparer nous-mêmes si besoin est. En fait, nous ne nous en séparons jamais : qui sait si on ne va pas tomber sur la photo du siècle au coin d'une rue ? Quant au reste, n'importe qui peut passer et prendre ce qu'il veut. Rien ne l'empêche.

– Que voilà une belle organisation ! s'écria Selouïanov en tapant la table du plat de ses deux mains.

– Mais il n'y a rien de secret...

– Et pourtant, il y a bien eu un vol. Finalement, qu'est-ce qui manque, à part tes photos ?

– Un vieux reportage sur la fête annuelle du journal *Moskovski Komsomolets* de l'année dernière et quelques clichés plus récents sur la cérémonie de remise de médailles qui a eu lieu la semaine dernière à la Petrovka. C'est peut-être ça que cherchait le voleur : tous vos chefs y figurent. Qu'en penses-tu ?

– Tout est possible, Anton. Tout est possible… (Il regarda sa montre.) Allez ! Il est temps de se remettre au boulot.

Ils travaillèrent une petite heure. Au bout du compte, Selouïanov disposa de trois prises d'Olga Emeliantseva en compagnie de deux hommes à la mine patibulaire qui semblaient lui tendre de petites enveloppes. La jeune femme les prenait avec un sourire tendu et apeuré.

La sonnerie lointaine d'un téléphone parvint à Veronika Tourbina dans l'escalier de son immeuble. Elle devina immédiatement que c'était chez elle et grimpa la dernière volée de marches avec une rapidité peu commune chez les personnes de son âge, tout en cherchant ses clés au fond de son sac.

Lorsqu'elle ouvrit enfin la porte et décrocha le combiné, elle avait compté seize sonneries, mais son correspondant n'avait pas renoncé. En vieillissant, elle avait remarqué que ceux qui l'appelaient lui laissaient de plus en plus de temps pour répondre, comme si elle devenait impotente. Au début, ça l'avait énervée, puis elle avait fini par s'en faire une raison. Sans compter que c'était parfois bien utile.

Elle reconnut immédiatement la voix agréable de son interlocuteur.

– Bonsoir, Veronika Matveïevna, dit-il. Je ne vous dérange pas ?

– Pas du tout, Marat. Bonsoir.

– Comment vous portez-vous ?

– Doucettement. Un homme de la brigade criminelle est passé me voir.

– Moi aussi. On m'a interrogé sur ce que j'ai fait samedi.

– Que leur avez-vous dit ?

– Que j'étais resté chez moi avec Olga. On vous a demandé la même chose ?

– Non. Qui irait soupçonner une vieille femme ? D'ailleurs, je n'ai rien fait. Toi, tu es dans une position plus délicate.

– C'est juste, reconnut Latychev avec un petit rire forcé. Il ne reste plus qu'à espérer que tout aille bien. Nous avons peut-être encore une chance de parvenir à nos fins malgré tout. À part ça, quelles sont les nouvelles ?

– Je crois que Valeri et Elia ont décidé de passer le week-end à la datcha.

– Très bonne nouvelle ! s'écria Latychev.

– Je ne vois pas ce qui te réjouit.

– S'ils vont à la datcha, j'irai, moi aussi. Je vais leur gâcher tout le plaisir. Vous ne m'en voudrez pas si j'humilie un peu votre fils devant sa fiancée bien-aimée ? Deux semaines ne nous ont pas suffi pour parvenir à nos fins, mais nous avons plus de temps maintenant. Et n'oubliez pas que je suis votre débiteur, quelle que soit la tournure que prendra cette affaire.

– Merci, Marat, soupira la vieille femme.

– Mais non. C'est à moi de vous remercier.

Tourbina se déshabilla sans se presser, passa une robe d'intérieur et commença à se faire à dîner. Pour Valeri, c'était déjà prêt : deux côtelettes de porc grillées et des pommes sautées. Il n'aurait plus qu'à les réchauffer lorsqu'il rentrerait. Quant à elle, elle se contenterait de pâtes de mauvaise qualité avec un peu de margarine et de sucre. Comme il revenait tard, il lui était facile de se priver en donnant le change. Elle s'arrangeait toujours pour lui faire croire qu'elle mangeait la même chose que lui, vers sept ou huit heures. En fait, elle se privait depuis des années pour lui permettre de manger normalement.

– Ah ! Fasse Dieu que tout ça finisse ! s'écria-t-elle à haute voix en versant ses vermicelles d'un jaune sale dans une casserole d'eau bouillante.

Lorsque tout serait terminé, Marat lui donnerait de l'argent. Beaucoup d'argent. Suffisamment en tout cas pour se débarrasser de ce maudit Pacha et tenir la maison avec un minimum de décence. Elle en avait assez de cette misère.

7

Depuis qu'elle était en âge de mener sa barque toute seule, Olga Emeliantseva n'avait eu affaire à la milice qu'en deux occasions : pour recevoir son livret d'identité et pour enregistrer son lieu de résidence. Elle ressentit donc une curiosité mêlée d'appréhension lorsque le petit flic plutôt dégarni se présenta chez elle sans prévenir. En tout cas, elle ne fit pas le rapprochement avec le rapide coup de fil que Marat Latychev lui avait passé deux jours plus tôt.

« Y a un type qui sort de mon bureau, lui avait-il soufflé. Il va sans doute passer te voir. Dis-lui que tu es restée chez moi samedi. »

Le « type » n'était pas venu et la demande de son amant lui était sortie de l'esprit.

En faisant entrer l'enquêteur, elle se félicita une nouvelle fois de toujours garder son appartement correctement rangé et de ne jamais traîner en robe de chambre, décoiffée et négligée. Elle avait pris ces habitudes depuis que Latychev faisait la cour à la fille du patron. Comme il ne pouvait jamais prévoir quand il trouverait un moment pour faire un saut chez sa maîtresse, ses visites s'étaient faites irrégulières et inattendues. Olga, qui était vraiment amoureuse de Marat et espérait que leur liaison se poursuivrait malgré tout, s'était donné pour règle d'être toujours prête, à tout instant du jour et de la nuit.

Le flic, Nikolaï Selouïanov, lui demanda très poliment si elle voulait bien répondre à quelques questions. Olga le fit passer dans le salon et lui proposa son meilleur fauteuil. Selouïanov posa à peine ses fesses sur le bord du siège, comme s'il était particulièrement gêné de déranger son hôtesse. Puis il sortit de la poche intérieure de sa veste une petite enveloppe dont il extirpa trois photos.

– Pouvez-vous me dire qui sont ces personnes ? demanda-t-il à Olga en étalant les clichés sur la table basse devant elle.

La jeune femme regarda attentivement les clichés. Elle eut un sursaut en se reconnaissant.

– Mais... ce n'est pas possible ! s'écria-t-elle.

Le premier moment de surprise passé, elle se rasséréna. Cette femme lui ressemblait comme une sœur jumelle, mais ce n'était pas elle. Elle était trop mal fagotée. Olga n'avait jamais eu de tels vêtements. Pas son style.

– Vous semblez étonnée, dit Selouïanov, perfide.

– C'est-à-dire... Cette femme me ressemble beaucoup, mais ce n'est pas moi.

– Allons, Olga Dmitrievna. C'est bien vous qu'on a photographiée. Pouvez-vous me dire qui sont ces hommes ?

– Mais je les vois pour la première fois ! s'indigna-t-elle.

Le flic prit un petit air peiné.

– Vous savez, mentir ne sert qu'à aggraver les choses. Il vaut mieux reconnaître les faits, je vous assure.

– Quels faits ?

– Simplement qu'au cours de la journée du 13 mai dernier, vous avez rencontré deux dealers de drogue patentés. Et nous avons tout lieu de penser que vous les aidez dans leurs activités criminelles. (Il pointa le doigt sur l'une des photos.) Regardez : cet homme est Valentin Kirioukhine, condamné à trois reprises. Il vous passe une enveloppe contenant vraisemblablement de l'héroïne.

Deux heures plus tard, vous livrez la drogue à un autre criminel, un certain Fedote. Vous ne pouvez pas nier. Toutes les preuves sont devant vous.

– Mais ce n'est pas moi !

Elle criait presque.

– Comment ça, ce n'est pas vous ?

Selouïanov s'empara d'une des photos et compara ce qu'il voyait avec le visage de son hôtesse en plissant le coin des yeux, comme un véritable policier des frontières.

– Je regrette, conclut-il, mais c'est bien votre visage !

– Non ! Cette femme me ressemble beaucoup, mais ce n'est pas moi. Je vous donne ma parole que je vois ces hommes pour la première fois !

Elle hurlait presque, en proie à la panique. Cette fois, Selouïanov ne répondit pas.

Inutile d'en rajouter, se dit-il. *Il faut simplement lui donner le temps de réfléchir et lui permettre de trouver la porte de sortie.*

Elle interpréta le silence du flic comme le signe qu'un doute s'était insinué dans son esprit.

– C'est une monstrueuse erreur, reprit-elle, un peu plus calmement. D'ailleurs… Je ne mets pas ce genre de vêtements. Regardez ! Venez avec moi !

Elle se leva d'un bond et l'entraîna jusqu'à une armoire qu'elle ouvrit d'un geste brusque.

– Vous voyez bien que je n'ai pas les vêtements qu'elle porte !

Selouïanov s'approcha et fit mine de s'intéresser à sa garde-robe.

– Vous voyez bien ! répéta-t-elle.

Cette fois, elle ne criait plus. Sa voix était chevrotante et des larmes apparurent dans ses yeux.

– Vous voulez dire que nous nous sommes trompés ? dit Selouïanov d'une voix incertaine. Pourtant la ressemblance est frappante !

– Cette femme me ressemble peut-être de visage. Je reconnais qu'elle a la même coiffure, mais ce n'est pas moi, lui répliqua Olga en s'animant. Elle n'a pas du tout mon style.

– Le style, c'est du bla-bla ! lui dit-il froidement. Mon style, pas mon style… Ce n'est pas une preuve. Vous avez très bien pu vous débarrasser de ces vêtements. Et puis, elle vous ressemble comme deux gouttes d'eau. Aussi, je suis enclin à croire que c'est bien vous. Olga Dmitrievna, je vais vous proposer un marché : si vous m'aidez à coincer ces criminels, je m'engage à ne pas vous poursuivre pour complicité. Êtes-vous d'accord ?

– Mais je ne peux pas ! cria-t-elle avant de fondre en sanglots. Ce n'est pas moi, hoqueta-t-elle. Pas moi ! Vous comprenez ?

L'enquêteur prit un air peiné et lui tapota doucement l'épaule.

– Calmez-vous ! Allez, calmez-vous ! S'il y a une embrouille, on le saura vite. Êtes-vous allée au parc Gorki samedi dernier 13 mai ?

– Non ! dit-elle en reniflant. Ça fait cent ans que je n'y ai pas mis les pieds. Que voulez-vous que j'aille faire là-bas ?

– Dans ce cas, où étiez-vous ?

– Je suis restée chez moi jusqu'à onze heures. Ensuite, je suis descendue faire mon marché… J'ai acheté des légumes et de la viande et je suis remontée préparer le déjeuner. J'avais des invités.

– Attendez ! Procédons par ordre. Est-ce que quelqu'un peut confirmer que vous êtes restée chez vous jusqu'à onze heures ? Y avait-il quelqu'un avec vous ?

La question la démonta.

– Non, j'étais seule, lui répondit-elle en réprimant un sanglot.

– Quelqu'un vous a-t-il passé un coup de fil ?

– Oui ! dit-elle joyeusement. Maman m'a appelée. Nous avons discuté un bon quart d'heure. Et puis mon amie... Celle que j'avais invitée avec son mari. Elle voulait savoir s'ils devaient apporter quelque chose.

– À quelle heure vous ont-elles appelée ?

– Maman, peu de temps après mon réveil, à neuf heures. Ania, un peu plus tard. Je suis descendue faire mes courses juste après.

– Ce devait donc être vers dix heures et demie ?

– Oui, par là.

– Et au marché, quelqu'un vous a vue ?

– Bien sûr. Vous savez, c'est à côté, à trois minutes à pied. J'y croise souvent des voisins de mon immeuble. Samedi... (Elle plissa le front en s'efforçant de faire remonter les souvenirs, mais son visage s'éclaircit rapidement.) Oui ! J'ai rencontré le couple du cinquième... Les Fiodorov. Ils achetaient des fraises. Je m'en souviens parce qu'elles étaient hors de prix, mais ils en ont tout de même pris trois kilos. Je leur ai demandé en plaisantant s'ils comptaient faire du marché noir. Ils m'ont expliqué que leur fils fêtait son anniversaire et qu'il avait invité une dizaine de copains. Des fraises à la crème, c'était plus original qu'un gâteau d'anniversaire et guère plus cher.

– Vous êtes sûre qu'ils pourront confirmer ? lui demanda Selouïanov de son air le plus professionnel.

– Oh oui ! Ils n'ont pas pu oublier notre rencontre. Ils m'ont même offert une poignée de fraises.

– Nous vérifierons. Que pouvez-vous vous rappeler encore ? D'autres témoins ? À qui avez-vous parlé ?

Olga Emeliantseva fronça encore les sourcils pour reconstituer son itinéraire.

– Je suis passée au supermarché pour acheter de la mayonnaise et des condiments. La caissière ne pouvait pas me rendre la monnaie de cinquante mille roubles et j'ai dû attendre cinq minutes qu'elle rassemble assez de petites coupures avec d'autres clients. Elle n'arrêtait pas de pester contre les gens qui payaient avec des gros billets. Par contre, je ne sais pas si elle se souviendra de moi…

– Quel supermarché et quelle caissière ?

Pendant plus d'une heure, Emeliantseva énuméra ainsi les personnes qu'elle avait rencontrées le samedi en question. Selouïanov hochait silencieusement la tête en écoutant ses réponses, prenant quelques notes sur son calepin avant de la relancer par une autre question. Il constatait avec satisfaction que même si Latychev lui avait demandé de dire qu'elle était avec lui, cela lui était sorti de l'esprit. Et puis, qui va aller donner des alibis aux autres quand il en a besoin lui-même ?

– Bon, bon, Olga Dmitrievna, dit-il enfin. Nous allons procéder à des vérifications. Je commence à vous croire. Il est possible que nos services vous aient prise pour une autre à cause d'une ressemblance phénoménale. Certains disent que chacun a son sosie sur terre. C'est peut-être vrai, après tout. Pour nous aider dans notre tâche, vous serait-il possible de coucher par écrit vos faits et gestes du 13 mai en notant l'identité, l'adresse et, si possible, le numéro de téléphone des personnes qui peuvent confirmer vos dires ?

Une demi-heure plus tard, Selouïanov quittait l'appartement avec deux feuilles de papier pliées en quatre dans sa poche. Plus que suffisant pour confondre Marat Latychev. Avisant une cabine téléphonique, il passa un coup de fil au directeur commercial de « Danube bleu » et le convoqua le lendemain matin à la Petrovka. Après avoir raccroché, il consulta son agenda pour retrouver le numéro de l'un de ses amis, au commissariat du quartier de Kountsevo. Il avait le témoignage d'Emeliantseva, mais il valait mieux disposer d'autres munitions.

La datcha des Bartocz était située près de Peredelkino, sur la route de Kiev, au sud-ouest de la capitale. Latychev connaissait bien le chemin et conduisait sans même y penser, ruminant sa fureur et son désarroi.

Quelle conne ! grommelait-il. *Pourquoi m'a-t-elle trahi ! Elle n'a vraiment pas de cervelle !*

La veille, en lui demandant de passer à la brigade criminelle, Selouïanov lui avait fait croire qu'il voulait enregistrer sa déposition : simple routine. Il avait donc franchi les grilles de la Petrovka le cœur serein, pestant seulement contre le temps qu'il allait perdre. Lorsqu'il avait vu l'air réjoui et le regard triomphant de Selouïanov, il avait tout de suite compris qu'il s'était trompé.

– Dites, vous m'avez raconté n'importe quoi, l'autre jour, lui avait lancé le flic de but en blanc. J'aimerais que vous me disiez où vous étiez samedi dernier le 13 mai.

– Mais… Je vous l'ai dit : chez moi. Je n'ai pas bougé.

– Le problème, c'est que la jeune femme qui était censée confirmer vos dires ne l'a pas fait. Regardez, lisez vous-même.

Il lui avait tendu les deux feuilles rédigées par Olga Emeliantseva. Latychev les avait parcourues rapidement en s'efforçant de masquer son agacement.

Quelle idiote ! Elle a oublié ! À moins qu'elle ne se venge à cause d'Elia…

Mais c'était injuste : il avait déjà remarqué, à des signes imperceptibles, qu'un autre homme fréquentait son appartement. Peut-être même plusieurs. Tout y était toujours nickel, comme si elle venait de recevoir de la visite, ou en attendait. Et elle, toujours sur son trente et un. Lui avait-il fait le moindre reproche ? Il ne s'était jamais laissé emporter et avait pris la chose avec philosophie. Après tout, il ne lui avait rien promis et ils étaient à égalité : chacun était libre. Alors… Pourquoi lui avait-elle joué ce sale tour ?

Qu'est-ce que je dois faire maintenant ? Me repentir ou inventer autre chose ?

Il avait choisi la première solution.

– C'est vrai ! avait-il avoué d'un air contrit. Olga n'était pas avec moi. En fait, j'étais seul chez moi. J'ai inventé cette histoire parce que je pensais que vous ne me croiriez pas.

– Et pourquoi voulez-vous qu'on vous croie alors que nous avons tout lieu de penser que vous vous trouviez près du bureau de l'état civil de Kountsevo ?

– Pas du tout. Je suis resté chez moi.

– Alors, pouvez-vous m'expliquer pourquoi on y a vu votre voiture ?

Il avait blêmi.

Ce n'est pas possible ! se dit-il. *Je me suis garé à bonne distance du bureau de l'état civil. Qui a bien pu me voir ? À part les Bartocz, je ne connais personne dans le quartier. Ou bien, il bluffe ?*

– Qu'est-ce qui vous fait croire que c'était ma voiture ? À tous les coups, quelqu'un s'est trompé.

Il avait essayé de parler posément, pour donner le change, mais il n'était pas sûr de bien y parvenir.

– Non, Marat Alexandrovitch, il n'y a pas d'erreur. Il se trouve qu'une automobile du même modèle et de même couleur que la vôtre a été volée non loin de là. L'un des miliciens du quartier a aperçu votre voiture et, pensant que la plaque minéralogique avait pu être changée ou maquillée, il a appelé le central. On lui a répondu que la Ford verte immatriculée N 308 MK existait bien et qu'elle était enregistrée au nom de Latychev, Marat Alexandrovitch. Ce n'était donc pas le véhicule volé. Voici le rapport.

Il lui avait tendu une feuille dactylographiée avec le tampon du commissariat de Kountsevo.

Latychev avait eu la sensation que le sol se dérobait sous ses pieds. S'il disait la vérité, il lui faudrait admettre qu'il connaissait la mère de Tourbine, ce qui créerait des complications sans fin. Veronika Tourbina lui avait demandé de l'emmener au mariage de son fils, où elle n'avait pas été invitée. Elle ne lui avait pas dit pourquoi les Bartocz et son propre fils avaient jugé bon de l'exclure, ni pourquoi elle souhaitait y aller quand même, mais il savait que leurs intérêts coïncidaient. Peut-être avait-elle trouvé un moyen d'empêcher le mariage. Il s'était dit qu'il ne risquait rien à tenter le coup. Ce n'est que plus tard qu'il avait appris cette histoire de meurtre. Tourbina prétendait qu'elle n'y était pour rien, mais comment la croire ? S'il avouait qu'il était avec elle, il serait accusé de complicité. Non, il devait trouver autre chose.

– Eh bien, oui ! J'y étais ! avait-il avoué en prenant son courage à deux mains. Qu'est-ce que ça change ?

– C'est à vous de répondre à cette question, lui avait rétorqué Selouïanov. Pourquoi ne pas l'avoir dit tout de suite ? Et pourquoi y avoir mêlé cette pauvre Emeliantseva ? Vous auriez pu avoir pitié d'elle et ne pas l'obliger à mentir d'une manière aussi absurde. Comme s'il ne nous était pas possible de vérifier ses dires !

Il avait eu un petit sourire encourageant.

– Puisque nous sommes enfin sur la bonne route, j'aimerais savoir ce que vous faisiez à Kountsevo le jour du meurtre.

Latychev avait soupiré, puis s'était concentré. Il donnait l'impression de réfléchir à la meilleure manière de présenter la chose. En fait, il s'efforçait d'entrer dans le rôle de l'amoureux éconduit qui souffre mille morts loin de sa belle.

– Vous ne pouvez pas comprendre, avait-il fini par dire avec un air de reproche. Est-ce qu'une femme à qui vous teniez vous a déjà abandonné ?

Le visage de Selouïanov s'était fermé instantanément. Il était tout de même arrivé à afficher un petit sourire forcé.

– Oui, j'ai vécu ça. Et alors ?

– Et alors ? Vous vous êtes résigné ? Vous êtes sorti sans rien dire de la vie de cette femme ? Vous n'avez pas espéré au fond de vous-même qu'elle changerait d'avis et vous reviendrait ?

– Je voudrais du concret, s'il vous plaît !

Ces questions le mettant mal à l'aise, il avait ajouté :

– C'est de vous que nous parlons, pas de moi.

– Justement ! Moi, je n'ai pas perdu espoir. J'ai cru jusqu'à la dernière minute qu'Elia se raviserait et reviendrait vers moi. Même le jour de la cérémonie, j'ai continué à espérer. Voilà pourquoi je me suis rendu à Kountsevo. En les voyant descendre de voiture et entrer dans le bureau de l'état civil, je n'arrivais toujours pas à croire que c'était fini. Je voulais attendre jusqu'à la dernière minute, jusqu'au moment où je les verrais ressortir mari et femme. Je me disais que tant que je n'aurais pas vu ça, il me resterait toujours une petite chance. Voilà, c'est tout.

– Et pourquoi ne pas m'avoir expliqué ça tout de suite ? Pourquoi avoir joué les indifférents ?

– Et vous ? Vous auriez raconté une chose pareille ? C'est de la guimauve, tout ça. Ce n'est pas digne d'un homme.

– Ça, c'est vous qui le dites. Un dernier point : est-ce que vous avez dit à votre amie Emeliantseva où vous êtes allé le 13 mai ?

– Pourquoi lui en aurais-je parlé ?

– Vous avez bien dû lui expliquer votre demande bizarre…

– Quelle demande ? s'étonna Latychev.

– Celle de vous fournir un alibi. Que lui avez-vous dit ?

– Je ne lui ai donné aucune explication, avait-il répondu avec détachement. Je lui ai demandé, c'est tout.

– Et ça lui a suffi ?

– Parfaitement. Olga me fait confiance…

Sa mésaventure à la Petrovka l'avait laissé bien amer. Il savait que Selouïanov n'avait pas mordu à sa comédie d'amoureux éploré, même s'il avait fait semblant de compatir en opinant du bonnet. Une seule chose lui semblait positive : il était impossible de prouver quoi que ce soit. Certes, il avait menti au départ et demandé à Olga de lui fournir un faux alibi, mais en faisant amende honorable, il avait reconnu les faits sans s'entêter. Quant à ses motivations, personne ne pouvait savoir s'il mentait ou non.

Tout en ressassant sa déconvenue, il arriva à destination. Il dépassa la petite allée asphaltée qui menait à l'entrée principale de la propriété, roula encore sur quelques centaines de mètres et tourna à droite pour prendre un petit chemin de terre qui conduisait à une entrée secondaire, près du lac. Il arrêta la voiture devant la haute palissade qui barrait le passage et la porte métallique qui s'y ouvrait. Elle était munie d'une solide serrure dont il avait la clé. Il sortit de la Ford, la ferma soigneusement et pénétra dans la propriété. De l'autre côté de la palissade, le chemin était bordé d'épais framboisiers et, tout en marchant, il inspira profondément l'air chargé d'arômes. Le parc était immense et il le connaissait bien. C'était à la fin de l'été précédent qu'il y était venu pour la dernière fois, avant l'apparition de cet étudiant à la con. Il revenait de Hongrie avec Elia et son entrée dans le clan Bartocz se profilait sérieusement à l'horizon. Il se rappela avoir contemplé avec d'autres yeux – des yeux de futur propriétaire – ce même parc et la grande villa en brique qui se dressait derrière les arbres.

En réalité, il n'aimait pas Elia. Elle était jolie, certes, mais trop abondante de partout. En plus, c'était une véritable gourde : impossible d'avoir une vraie conversation avec elle. Quelle différence avec Olga, avec qui il pouvait parler pendant des heures après lui avoir fait l'amour !

Le problème était qu'Olga ne détenait pas le mot magique censé ouvrir la caverne au trésor. Ce mot, seule Elia pouvait le prononcer et c'était un simple « oui » au bureau de l'état civil.

Latychev était entré à la société « Danube bleu » au plus bas de l'échelle. Pour gagner sa vie et financer ses études, il avait accepté un poste d'homme de ménage : il passait le soir pour nettoyer les bureaux et faisait les courses qu'on lui demandait le matin, avant le début des cours. Bartocz avait vite remarqué ce jeune garçon débrouillard et lui avait proposé de le former. Latychev n'avait pas hésité. Il s'était inscrit aux cours du soir de la fac de manière à trouver un emploi à plein temps dans la journée. Il savait qu'en travaillant à « Danube bleu », il allait acquérir des connaissances pratiques qui vaudraient largement ses études théoriques, mais il se disait qu'à capacités égales, un diplômé aurait toujours l'avantage sur un autodidacte.

Les deux années suivantes avaient passé comme dans un rêve. Dans la journée, chez Bartocz, il assimilait les rouages de l'économie réelle, observait le travail des comptables, apprenait comment tenir les livres et dresser des bilans, étudiait l'art de négocier avec les banquiers, la manière de présenter les choses aux clients… Bref, comment exploiter correctement une idée commerciale pour la transformer en espèces sonnantes et trébuchantes. Le soir, ses cours théoriques lui semblaient nettement moins passionnants, complètement coupés de la réalité et, pour tout dire, en totale contradiction avec l'expérience qu'il vivait journellement. Mais il était suffisamment malin pour ne pas chercher à imposer sa vision et régurgitait fidèlement, lors des examens, toutes les inepties que les professeurs l'avaient forcé à avaler. Toutefois, lorsqu'il obtint enfin son diplôme, il était beaucoup moins affirmatif quant à son utilité.

Bartocz prit rapidement l'habitude de charger son apprenti de missions d'abord insignifiantes, puis de plus en plus sérieuses. Latychev, lui, idolâtrait son patron qu'il considérait comme son maître et pensait sincèrement que sa vie était définitivement liée à « Danube bleu ».

Ce fut à la fin de ses études que Tamila commença réellement à s'intéresser à lui. Elle passait souvent voir son mari au bureau, et connaissait bien le personnel, même si elle se comportait avec une froideur hautaine qui indisposait tout le monde. Latychev avait remarqué à deux ou trois reprises en la croisant qu'elle lui rendait son salut moins sèchement que par le passé. C'était imperceptible, mais elle avait une lueur dans le regard qui ne trompait pas. C'était devenu manifeste le soir où il avait organisé un pot avec ses collègues de travail pour fêter son diplôme. Tamila, qui se trouvait là « par hasard », semblait aussi glaciale que d'ordinaire. Au moment de trinquer, elle avait levé son verre avec un sourire condescendant. Mais lorsque Latychev avait croisé son regard, ce qu'il y avait lu était torride et sans équivoque. Il l'avait appelée le lendemain sous prétexte de la remercier de sa présence. Elle l'avait coupé d'un simple mot : « Viens ! »

Il avait fait ce qu'elle attendait de lui avec suffisamment de virtuosité et de délicatesse pour la satisfaire et lui donner envie de recommencer. Depuis lors, ils se voyaient régulièrement, mais pas très souvent : jamais plus d'une fois par mois. Tamila savait se tenir.

« Tu serais un mari idéal pour Elia », lui avait-elle dit lors de l'une de leurs rencontres. Il avait pris ça pour un compliment un peu douteux, mais en la voyant revenir plusieurs fois à la charge, il avait fini par comprendre qu'elle parlait sérieusement. Analysant la situation, il s'était d'abord dit qu'elle cherchait simplement un moyen de le garder près d'elle, mais il avait fini par comprendre qu'elle était moins guidée par ses désirs que par la volonté de placer sa fille entre de bonnes mains.

Elle ne se faisait aucune illusion sur l'intelligence d'Elia et craignait par-dessus tout de la voir s'enticher d'un raté quelconque ou d'attirer des vautours qui ne penseraient qu'à son argent. En raison de l'abondance du gibier depuis qu'il était enfin devenu possible de faire fortune en Russie, l'espèce des hommes prêts à tout pour mettre le grappin sur de riches héritières n'était pas vraiment menacée. Finalement, c'était exactement ce qui s'était produit. Certes, elle était tombée sur un raté. Du moins en apparence, car il pouvait très bien révéler sa vraie nature après le mariage.

Latychev savait qu'il portait indirectement la responsabilité de la situation. S'il n'avait pas tergiversé au retour du lac Balaton et avait tout de suite entraîné Elia au bureau de l'état civil, rien de tout cela ne serait arrivé. Il faut dire qu'à l'époque, il croyait dur comme fer que Bartocz ne pouvait pas se passer de lui et que le temps était de son côté. Elia portant la bague de fiançailles qu'il lui avait offerte, il pensait qu'elle lui était acquise. À quoi bon se presser d'épouser une fille qu'il n'aimait pas alors qu'en restant son fiancé, il avait tous les avantages et aucun inconvénient ? Il avait malheureusement compris un peu tard ce qu'impliquait le départ de Bartocz pour les États-Unis. S'il installait son entreprise là-bas, il aurait certainement besoin d'un bras droit américain, rompu au monde des affaires occidental. Certes, Latychev dirigerait la compagnie à Moscou, mais ce ne serait plus qu'une simple succursale. D'ailleurs, survivrait-elle longtemps à la délocalisation du siège social ? Rien n'était moins sûr. En fait, il n'avait pas le choix : soit il partait aux États-Unis en qualité de gendre et il pourrait alors continuer à occuper une place importante dans la société, soit il ne partait pas du tout et il serait obligé de recommencer de zéro. S'il était capable de gérer une entreprise et de la faire fructifier, il ne possédait pas assez de fonds propres pour monter une affaire digne de ce nom. De plus, il avait une fâcheuse tendance à craquer des sommes considérables au jeu, ce qui mettait régulièrement en danger ses capacités financières. Il avait beau se raisonner, se dire qu'il n'allait jouer que mille dollars, c'était plus fort que lui : dès qu'il mettait les pieds dans une salle de jeu, il entrait dans une sorte de transe qui lui faisait oublier toutes les règles de prudence et perdre jusqu'à dix ou vingt fois sa mise initiale. Évidemment, il lui arrivait de gagner aussi gros qu'il perdait, mais beaucoup plus rarement. Au total, le bilan était largement négatif. Heureusement, son travail lui permettait de reconstituer rapidement son fonds de roulement et de continuer à se permettre ce passe-temps dispendieux.

Autre sujet d'inquiétude : l'attitude de Tamila à son égard avait imperceptiblement évolué. Elle qui, avant le voyage au lac Balaton, le pressait tant d'épouser sa fille s'accommodait soudain très bien de ses atermoiements. Il nota que ce changement était intervenu au moment où la décision de transférer les activités de la société outre-Atlantique avait été prise. Tant que l'avenir de « Danube bleu » se situait en Russie, il constituait indéniablement le gendre idéal : bien de sa personne, brillant, efficace. Depuis qu'il était question de Californie, Tamila avait réfléchi : à quoi bon s'encombrer d'un Russe alors qu'Elia pouvait entrer de plain-pied dans la société américaine en épousant un riche homme d'affaires, un brillant avocat ou un espoir de la politique promis à un brillant avenir à Washington ?

Cette double menace le poussa à brusquer les choses, mais lorsqu'il voulut parler à Elia pour qu'elle fixe leur date de mariage, c'était trop tard : elle avait décidé d'épouser Valeri. Qui aurait pu penser qu'une simple visite à la fac avec une amie lui réserverait une surprise aussi désagréable ? En tout cas, l'apprenti philosophe était fort : ils avaient si bien caché leur jeu que même Tamila avait été prise au dépourvu. Le premier moment de fureur passé, elle avait vite retrouvé son sang-froid et s'était précipitée chez Latychev.

– Ce type a bien calculé son coup, lui avait-elle dit. Il sait que nous n'avons aucun moyen légal d'empêcher le mariage et qu'il est impossible de faire changer d'avis Elia en si peu de temps. Il lui a tellement monté la tête que tout ce que je pourrais dire contre lui ne servirait qu'à la rendre encore plus amoureuse. La seule solution, c'est de les faire divorcer le plus vite possible. Pour cela, j'ai besoin de ton aide.

Latychev avait eu le bon goût de retenir une remarque acerbe dans le genre : « Lorsque tu as besoin de moi, je redeviens un gendre acceptable ! » L'occasion était trop belle : il ne doutait pas qu'avec l'aide de Tamila, ils parviendraient à brouiller les jeunes époux. Et alors, il pourrait épouser Elia. Tamila aurait trop peur de la voir s'amouracher de quelqu'un d'autre pour s'y opposer. Il était sûr qu'elle se bornerait à lui proposer un marché du genre : une place au soleil aux États-Unis avec beaucoup d'argent à la clé contre un divorce rapide une fois là-bas. Évidemment, il accepterait. Ou ferait semblant. Sur place, il verrait bien où serait son intérêt.

L'incident du bureau de l'état civil était donc arrivé fort à propos : désormais, Latychev et Tamila – sans oublier la mère de Valeri – disposaient de quelques semaines, le temps qu'une nouvelle date soit fixée, pour brouiller les deux jeunes gens.

C'est tout à fait faisable, se dit Latychev en s'approchant de la maison. *À condition, évidemment, qu'Elia ne tombe pas enceinte !*

Il chassa aussitôt cette idée dérangeante. Il jugeait toujours inutile de se tourmenter pour des choses contre lesquelles il ne pouvait rien. La seule manière d'empêcher une grossesse était de rester avec Elia vingt-quatre heures sur vingt-quatre, ce qui était rigoureusement impossible.

Dès qu'il fut en vue de la datcha, il aperçut les deux tourtereaux qui prenaient le thé sur la véranda. Ceux-ci ne le virent pas tout de suite dissimulé qu'il était par le feuillage et il en profita pour surprendre leur intimité pendant quelques instants. Elia virevoltait autour de Tourbine en jouant les maîtresses de maison, lui versant du thé et lui préparant des tartines. Lui se laissait dorloter en affichant un air enamouré et attendri.

Le salaud ! Il cache bien son jeu ! Et cette crétine qui gobe tout !

Ravalant sa rage, il se composa un sourire de circonstance et quitta la protection du feuillage pour s'engager à découvert.

L'effet de son apparition fut immédiat : les visages des deux jeunes gens se fermèrent. Celui de Tourbine refléta la surprise et la consternation ; Latychev le vit murmurer une question qu'il n'entendit pas mais qu'il lut sur ses lèvres :

– Qu'est-ce qu'il fout là, celui-là ?

Elia, qui semblait considérer sa présence comme une chose naturelle mais inopportune, se contenta de soupirer quelque chose dans le genre : « Oh ! La barbe ! »

En grimpant les trois marches de la véranda, il leur lança gaiement :

– Salut, les amoureux ! Vous allez bien ?

Un silence consterné lui répondit. Il fit comme si sa présence dans les lieux était tout à fait normale et s'approcha de la table.

– Elia, tu as fait du thé ? Quelle bonne idée ! J'en prendrais bien une tasse.

Par simple réflexe, Elia fit mine de se diriger vers la cuisine, mais il la retint.

– Ne te dérange pas. J'y vais moi-même.

Il revint au bout de trente secondes avec une tasse et une petite cuillère. Il les posa sur la table et, pendant qu'Elia faisait le service, il s'assit en face de Tourbine.

Tout dans son attitude tendait à démontrer qu'il connaissait très bien la datcha et s'y trouvait comme chez lui. D'ailleurs, pour bien montrer qu'il n'était pas là par effraction, il s'amusait à faire tourner son trousseau de clés autour de son index. Il ne le remit dans sa poche que lorsqu'il fut bien certain que Tourbine avait saisi le message.

Elia ne savait pas quelle attitude adopter. Elle portait une longue jupe légère et largement fendue sur les côtés et un débardeur en soie généreusement échancré. L'ensemble était destiné à suggérer et émoustiller plutôt qu'à dissimuler et Latychev glissait des regards amusés tantôt sur ses cuisses rondes qui apparaissaient au moindre de ses mouvements, tantôt sur le décolleté qui s'ouvrait grand chaque fois qu'elle se penchait, même un rien. Dès qu'elle s'en aperçut, elle arrêta de s'agiter et s'assit en rougissant, prenant bien soin de fermer les fentes de sa jupe. Tourbine semblait sur le point d'éclater.

Sans se départir de sa bonne humeur apparente, Latychev attira à lui la tasse fumante et saisit sa petite cuillère.

– Elia, mon chou, peux-tu me passer le sucre, s'il te plaît ? dit-il.

Elle lui tendit le sucrier qu'il saisit d'une main tandis que, de l'autre, il s'emparait du bout des doigts de la jeune femme.

– Qu'est-ce que tu as fait de la bague ? s'écria-t-il d'un air surpris en gardant la petite main dans sa grande paume.

– La bague ? balbutia-t-elle en le regardant d'un air de reproche.

– Voyons, Elia ! Tu crois que quelqu'un ignore encore notre liaison ? lui demanda-t-il avec un sourire malicieux en ignorant Tourbine. Il n'y a aucune raison pour que tu ne portes plus cette bague. Tu l'aimais tellement…

Latychev était conscient de se comporter en parfait salaud, mais il ne pouvait pas faire autrement. Les enjeux étaient trop importants : il luttait pour son avenir et cela valait bien d'humilier un peu cette fille stupide qui manquait d'à-propos et de repartie pour le remettre à sa place. Olga, elle, aurait très bien su répondre de sa voix chaude et calme : « J'ai porté ta bague tant que tu me plaisais. Maintenant, j'aime quelqu'un d'autre, nous ne sommes plus ensemble et la bague ne représente plus rien pour moi. As-tu quelque chose à y redire ? » Contre cet argument, tout ce qu'il aurait pu faire aurait été de ravaler sa morgue et de partir. Mais la pauvre Elia était incapable d'une telle réplique.

– Vous vous rendez compte, fit-il en se tournant vers Tourbine, cette grande bêtasse a dû s'imaginer que vous vous fâcheriez si elle portait cette bague ! Comme si vous pensiez qu'elle n'a connu personne avant vous !

– Tout ça ne m'intéresse pas, lui répondit le fiancé sèchement. Elia va devenir ma femme et je n'ai aucune raison d'être contrarié par des histoires anciennes.

– Ah ! Tu vois ? s'écria triomphalement Latychev en se tournant vers la jeune femme dont il tenait toujours la main. Ton copain est un type bien. Le passé doit toujours être source de savoir et non pas d'acrimonie. N'ai-je pas raison ?

– Et quel savoir peut-on tirer de votre ancienne intimité avec Elia ? lui demanda Tourbine, condescendant.

Pan ! Dans le mille ! pensa Latychev. *Ces intellectuels sont comme des chiens : il suffit de leur jeter un os et ils ne peuvent pas s'abstenir de le ronger !*

– Eh bien, par exemple, je pourrais vous donner quelques trucs sur ses goûts : les cadeaux qu'elle aime, les lieux qu'elle apprécie… Cela vous permettrait d'éviter quelques erreurs que j'ai commises…

– Par exemple ?

Comme un boxeur pendant le round d'observation, Tourbine s'efforçait de ne pas se découvrir. Mais il était trop tard : Latychev avait tout loisir d'entraîner la conversation sur un sujet qui lui était défavorable.

Il fit mine de réfléchir à une anecdote amusante.

– Tenez… Un jour, j'ai emmené Elia dans une boutique Balenciaga où elle a passé plusieurs heures à essayer des robes et des accessoires pour finalement ne rien choisir. En fait, j'ai su plus tard qu'elle n'aimait pas Balenciaga. Elle ne m'en avait rien dit pour ne pas me contrarier. Elle préfère Versace.

– La belle affaire…, commença Tourbine.

Il laissa la phrase en suspens en s'apercevant que la belle tirade ironique qu'il s'apprêtait à prononcer sur la futilité des grandes marques ne lui ferait marquer aucun point dans sa joute verbale contre Latychev. Là, le jury qui déterminerait le vainqueur ne se composait pas d'intellectuels qui méprisaient tous ces nouveaux riches. Quant à sa mère, elle détestait tous les signes apparents de richesse et préférait, comme elle disait, le solide au clinquant.

Pour Elia, en revanche, tout cela comptait encore, même si elle prétendait le contraire : le sourire qu'elle affichait en écoutant son ex-amant évoquer ce souvenir le prouvait sans le moindre doute. Plutôt que de répondre sur ce terrain, il valait mieux ne rien dire et attendre que Latychev fasse une erreur.

– En fait, reprit celui-ci, notre petite Elia ne porte pas de tailleurs stricts et élégants parce que ses fesses rondes sont serrées dans les jupes droites et que sa belle poitrine perd tout son charme enserrée dans une veste. N'est-ce pas, mon chou ?

Elle soupira pour bien manifester que la conversation prenait une tournure qui l'ennuyait et tenta de retirer sa main, mais Latychev la retint. Il poursuivit, sur le ton de la confidence à l'adresse de son rival :

– Notre Elia préfère un style libre et sexy qui met en valeur son corps et en facilite l'accès.

L'allusion fit s'empourprer la jeune femme.

– Eh bien, mon chou ! Pas la peine de rougir. C'est tout à fait normal d'aimer le sexe à ton âge. Il ne faut pas en avoir honte. J'espère que ton copain parvient à te satisfaire.

C'était délibérément que Latychev traitait Tourbine de *copain*. En bon professionnel de la vente, il montrait ainsi à Elia qu'il ne voyait pas l'étudiant comme un concurrent réel, mais comme une passade, un intermède. Elle avait eu envie de goûter autre chose, comme un consommateur qui essaye un nouveau produit, mais finit par revenir à une valeur sûre. Ce simple mot lui permettait de suggérer qu'il n'y avait pas eu de rupture dans leurs relations, mais une simple pause et, surtout, qu'il ne lui en tenait pas rigueur. Il ne devait la culpabiliser en aucun cas. Elle était trop jeune et stupide pour faire la part des choses et s'éloignerait de lui si elle se sentait coupable à son égard.

– Marat, je t'en prie ! Arrête ! s'écria-t-elle, les yeux embués de larmes.

Elle tenta encore de se dégager et cette fois il la laissa faire.

– Pourquoi ? lui répondit-il, en feignant l'étonnement. Je veux seulement ton bonheur. Il est normal que j'évite des erreurs à ton ami.

Elle se recroquevilla sur son siège, ce qui eut pour effet d'ouvrir sa jupe et de révéler l'une de ses cuisses, mais elle ne s'en aperçut même pas.

– En voyage, Elia n'aime descendre que dans des hôtels de luxe, reprit Latychev. Vous devez en tenir compte. Ne prenez pas de pension complète, seulement le petit déjeuner, mais avec un buffet à volonté. Elle a un appétit de loup le matin… pour peu que vous ayez fait des efforts la nuit d'avant… Et j'espère que vous en ferez.

Il accompagna ces mots d'un clin d'œil complice. Tourbine semblait sur le point d'éclater, mais se maîtrisa.

– Il lui faut beaucoup de fruits et un plat solide, poursuivit-il. C'est obligatoire. Elle aime quelque chose de consistant le matin. Des *tortellini*, par exemple.

Une ombre de perplexité parcourut le visage de Tourbine et Latychev nota avec satisfaction qu'il n'avait pas compris.

Tu te demandes ce que c'est, hein, salaud ? Tu es trop fier pour avouer ton ignorance. Tu dois t'imaginer qu'il s'agit d'un truc extraordinaire et hors de prix alors que ce ne sont que des pâtes ! Attends, ce n'est pas fini !

– J'ai parlé de *tortellini*, mais ce pourrait aussi bien être des *gnocchi*. Ne répétez pas l'erreur que j'ai commise au début : choisissez des formes compactes, pas des trucs longs et fins qui glissent de la fourchette. Pour le déjeuner, privilégiez les restaurants de poisson. Elle adore ça, mais évitez les sauces épicées et les coquillages, surtout les huîtres : elle y est allergique. En revanche, elle adore la langouste et le homard. Quant aux truites, surtout pas celles d'élevage. Elia trouve que celles pêchées en rivière ont meilleur goût.

– Arrête, Marat ! Je t'en prie ! le supplia la jeune femme en paraissant se replier encore plus sur elle-même.

Elle s'aperçut alors que sa jupe bâillait et changea de position pour en coincer les pans entre son siège et ses cuisses. Puis elle regarda Tourbine avec reproche, l'obligeant à réagir alors qu'il savait très bien où la conversation allait mener.

– Nous n'avons pas l'intention de vivre dans des hôtels de luxe, ni de fréquenter les restaurants de poisson, dit-il enfin. Vous pouvez donc garder vos conseils pour vous.

Latychev joua la surprise.

– Comment cela, vous n'avez pas l'intention ? Mais alors, qu'allez-vous faire ?

– Nous vivrons comme nous l'avons toujours fait.

– Vous parlez pour vous, là, n'est-ce pas ? Je n'ai pas l'impression qu'Elia et vous ayez vraiment vécu de la même manière. Vous allez vous élever jusqu'à elle ou la rabaisser jusqu'à vous ? Sans doute aurez-vous à cœur de lui conserver le train de vie dont elle bénéficie depuis son enfance.

– Tu es fou, Marat ! s'écria Elia. D'où veux-tu qu'il prenne des sommes pareilles ! Valeri est un scientifique, pas un commerçant. Lui et sa mère vivent uniquement de sa bourse de thésard et d'une pension de retraite.

– Ah bon ? s'étonna Latychev comme s'il faisait la découverte du siècle. Mais alors, poursuivit-il d'un air faussement attristé, comment comptez-vous faire ? Elia, je peux t'aider à trouver un travail.

Elle lui jeta un regard noir.

– À quoi rime ce numéro, Marat ? Cesse de dire des horreurs. Mes parents nous aideront.

– Tes parents ? Et d'où tiens-tu cela, ma colombe ? Tu crois qu'ils vont continuer à t'entretenir uniquement parce qu'ils l'ont fait jusqu'ici ? Je crois que tu te trompes.

– Comment ça ? s'indigna-t-elle. Il est normal que les parents aident leurs enfants… Et même leurs petits-enfants. C'est comme ça chez tous mes amis !

– Comme si tu ne connaissais pas tes parents ! Ils sont de culture européenne et non des anciens Sovs, comme tous tes copains. En Occident, on ne connaît pas la promiscuité des générations qui s'entassent dans des logements exigus. Lorsque des jeunes gens se marient, ils ne restent pas chez leurs parents à vivre à leurs crochets : ils s'installent ailleurs pour construire leur propre famille. C'est comme ça !

Derrière son ton pédagogique, Latychev buvait du petit-lait.

– Mais… mais…, balbutia la jeune femme sans parvenir à trouver ses mots. Ils m'ont… m'ont toujours…

– Eh oui ! Jusqu'ici, ils t'ont nourrie, habillée, assuré des études – du moins essayé de le faire – et envoyée en vacances. Mais à partir du moment où tu te maries, c'est différent. D'ailleurs, tu le sais très bien ! Nos vacances au lac Balaton ? J'aurais été en dessous de tout si j'avais laissé tes parents payer quoi que ce soit. C'est logique : si je t'aime et veux t'emmener en vacances dans des lieux prestigieux, ou fonder une famille avec toi, c'est à moi d'assumer, pas à tes parents.

– Tu dis ça pour m'embêter, s'obstina Elia. Papa continuera à me donner de l'argent. Arrête de nous faire peur !

– Mais, ma colombe, je n'ai nullement l'intention de te faire peur. Je t'explique simplement la situation. Ton copain vit d'une certaine manière et il y est habitué. Mais toi ? Au cours des dernières années, as-tu fait des courses comme n'importe qui ? Attention, je ne parle pas des magasins de luxe. Es-tu entrée rien qu'une seule fois dans un magasin d'alimentation ? As-tu acheté le moindre objet d'utilisation courante ? Ou la moindre denrée alimentaire, ne serait-ce que ces bâtonnets de surimi d'importation que tu aimes tant grignoter en regardant la télé ? Au fait, tu sais combien ils coûtent ? Douze mille roubles le paquet. Et tu en dévores deux chaque soirée. À vingt-quatre mille roubles par jour, tu boufferas en dix jours les revenus mensuels de ton copain et de sa mère. Et ça juste pour un en-cas, même pas pour un vrai repas ! Tu crois que tu pourras vivre comme ça ?

Tourbine vit que les arguments de son adversaire portaient. Il lui fallait intervenir à tout prix, même si la conversation tournait à son désavantage. Une petite défaite vaut toujours mieux qu'une grosse déroute.

– Écoutez, Marat. C'est tout de même à nous de décider tout seuls de notre mode de vie. Entre quat'z'yeux. On peut très bien vivre sans surimi.

– Évidemment qu'on peut se passer de surimi, lui concéda Latychev, débonnaire. On peut aussi porter de vieilles fripes, prendre le métro et passer les vacances chez une vieille tante, dans un bled paumé avec les chiottes dans la cour, sans eau chaude et sans téléphone. Tout est possible. Mais pourquoi le faire si ce n'est pas inévitable ? Pourquoi Elia devrait-elle changer ses habitudes et un mode de vie auquel elle est habituée depuis son enfance ? Au nom de quel principe ? Elia, tu sais que je commence à me faire vieux et que je suis un peu bête : peux-tu m'expliquer ce qui justifie une telle décision ?

– Nous nous aimons, dit Tourbine en voyant bien que la jeune femme se sentait perdue et incapable de trouver la moindre réponse sensée pour mettre un terme aux railleries de son rival. L'amour justifie tous les sacrifices ! ajouta-t-il avec emphase.

– Ah ! Mais je suis d'accord ! À cent pour cent ! Je veux simplement qu'Elia me dise en quoi le sentiment qu'elle a pour vous aujourd'hui est différent de celui qu'elle ressentait pour moi une seconde et demie avant de vous connaître ? (Il se tourna vers la jeune femme et lui demanda, comme s'il parlait à une petite fille :) Elia, sois gentille, peux-tu m'expliquer ce que tu éprouves à son égard et que tu n'as pas ressenti pour moi ?

– Arrêtez de vous moquer d'elle, enfin ! s'emporta Tourbine. Vous voyez bien qu'elle est incapable de vous répondre. D'ailleurs personne ne peut répondre à une telle question. Si quelqu'un parvenait à formuler cette différence et à donner une description universelle de l'amour, on lui donnerait le prix Nobel.

– Ah ! C'est le philosophe qui parle ? lui renvoya Latychev sans se départir de sa bonne humeur. Eh bien, parlons de philosophie puisque les finances vous répugnent et que vous estimez possible de vivre toute une vie d'amour et d'eau fraîche !

– Ce n'est pas ce que j'ai dit !

– C'est tout comme ! Allez, je vous pose la question à vous puisque Elia ne peut rien dire : il y a bien en vous quelque chose qui justifie tant de sacrifices de sa part. Répondez sans fausse modestie.

Voyant le piège, Tourbine préféra garder le silence.

– Vous la comprenez peut-être mieux que les autres ? proposa Latychev. Peut-être appartient-elle à ces natures compliquées et incomprises qui cherchent pendant des années quelqu'un capable de déchiffrer leur âme et qui vous a trouvé, vous ? À moins qu'elle n'admire en vous un philosophe de génie qui va ouvrir de nouvelles voies dans sa discipline ? Excusez-moi, Valeri, mais je ne crois pas que notre Elia, qui ne lit pas, puisse apprécier votre travail à sa juste valeur.

Tourbine lui jeta un regard condescendant.

– Vous essayez de diviser un concept indivisible, dit-il. Croyez-en mon expérience, c'est une occupation sans aucune perspective !

– C'est bien ce que je dis. L'ensemble de ce qui attire Elia en vous se résume à une seule chose, lui répliqua-t-il sans se départir de son sourire moqueur. À votre place, je ne serais pas très heureux qu'une jeune femme ne prête aucune attention à mon cerveau pour ne voir en moi qu'un mâle avec une grosse queue bien dure !

– Arrêtez, Marat ! cria Tourbine en se levant à moitié de son siège comme s'il s'apprêtait à sauter à la gorge de son adversaire. Vous dépassez les bornes !

Mais Latychev savait qu'il ne risquait rien : l'étudiant se contrôlait très bien et n'était pas du tout disposé à initier une bagarre. Simplement, il ne pouvait pas se laisser insulter sans réagir. L'homme d'affaires se contenta de hausser les épaules et de le regarder avec indulgence.

– Valeri, croyez-moi, reprit-il. Vous trouverez sans mal tout un tas de femmes capables de vous aimer pour votre intelligence et votre talent et non pas seulement à cause du plaisir sexuel que vous leur procurerez.

Tourbine pinça les lèvres et détourna ostensiblement le regard comme s'il ne voulait plus écouter. Blottie sur sa chaise, Elia regardait successivement les deux hommes, incapable de trouver une idée qui lui aurait permis d'interrompre la joute.

Ayant pris possession du champ de bataille, Latychev n'entendait pas s'arrêter avant d'avoir vidé tout son sac.

– Allons ! Regardez la vérité en face. Vous n'ignorez pas que le sexe est à l'origine de quatre-vingts pour cent des mariages, mais qu'il n'en cimente pas un seul. Au bout de quelques mois, un an au plus, le lit perd son attrait. Si, entre-temps, les époux n'ont pas construit une complicité fondée sur des intérêts communs, ils se retrouvent comme des cons, sans rien à se dire. Et ce mariage-là ne sera sauvé ni par des orgasmes à répétition ni par une bite de dimensions olympiques… Qu'en sera-t-il de votre couple dans un an ?

– Marat, lui répondit un Tourbine excédé mais qui tentait de rester civil. Je voudrais savoir où vous voulez en venir. Vous arrivez ici, vous insultez Elia, vous m'entraînez dans un débat insensé sur l'amour et le mariage… Vous voulez qu'Elia me laisse tomber pour vous épouser ?

– Exactement. C'est très précisément ce que je veux et je ne m'en cache pas. Je ne veux qu'une seule chose : qu'Elia ait la possibilité de choisir. Qu'elle puisse comparer ces deux hommes qui l'aiment en jetant sur eux un regard plus ou moins impartial et qu'elle tranche. D'un côté, un homme sans doute très bien, mais dont elle n'obtiendra que du plaisir sexuel, de très bonne qualité, je n'en doute pas. De l'autre, quelqu'un qui lui préservera tout ce à quoi elle est habituée : voyages, vêtements, restaurants et qui garantira son oisiveté, car elle ne sera pas forcée de travailler. Sans doute est-il moins imaginatif et performant au lit, mais il suffira de quelques mois pour qu'elle comprenne que non seulement ce n'est pas le principal, mais que finalement, ce n'est même pas très important.

– Le genre d'arguments qu'affectionnent les impuissants, lui asséna Tourbine avec un petit rire. Toujours nier la valeur des qualités qu'on ne possède pas. Vous avez trouvé ça tout seul ou vous l'avez lu quelque part ?

Excellent ! se dit Latychev. *Il est enfin passé aux insultes. Ça va aller vite, maintenant. C'est le sexe, son point faible. Pas étonnant que Tamila ne soit parvenue à rien en deux semaines. C'est le seul sujet qu'elle ne pouvait pas se permettre d'aborder devant lui !*

– Vous vous contredisez, remarqua-t-il calmement. C'est l'homme qui ne sait que baiser qui nie la valeur de tout le reste. Les seuls qui soient sûrs que le sexe est le plus important, ce sont de misérables ratés qui n'ont rien su faire d'autre dans leur vie. Ils se consolent en pensant qu'ils sont des génies au lit et que le reste ne compte pas. Mais je ne vous apprendrai pas, à vous qui avez fait de longues études, que les capacités sexuelles sont données à l'homme par la nature, comme les yeux bleus ou le nez droit. On ne peut pas en tirer de mérite. Le mérite vient de ce qu'on a su créer, inventer, réaliser... Et de ce point de vue-là, j'ai de quoi être fier. Et vous ?

Sans lui laisser le temps de répondre, il se tourna vers Elia qui était figée comme un lapin devant un boa. Elle comprenait très bien ce qui se passait, même si certains éléments lui échappaient, mais sa faible intelligence ne lui permettait pas de déterminer qui avait raison. Latychev savait comment faire pencher la balance.

– Elia, la décision est difficile et douloureuse et je n'exige pas une réponse tout de suite. Je te demande simplement de réfléchir, de peser le pour et le contre. Notre relation a duré plus d'un an alors que tu ne le connais que depuis quelques semaines. Moi, mes revenus peuvent t'assurer une existence normale. Lui... Tu te souviens de ton indigestion de pêches au lac Balaton ?

Elle opina d'un geste imperceptible du menton.

– Tu trouvais ces pêches tellement bonnes que tu en as mangé des kilos. Ensuite, tu as eu mal au ventre et tu t'es juré de ne plus en manger de ta vie. Tu me suis ?

Cette fois, elle hocha la tête comme une bonne élève à qui le professeur explique un théorème de maths.

– Vous êtes un salaud ! explosa Tourbine. Vous savez qu'elle est influençable et vous en profitez ! Foutez le camp d'ici !

– Vous n'avez pas à m'ordonner quoi que ce soit. Vous n'êtes encore qu'un invité, comme moi !

Il regarda la jeune femme.

– Elia, tu veux que je parte ?

Elle lui fit un « oui » indistinct et mouillé. Ses yeux étaient pleins de larmes, mais elle ne semblait pas s'en apercevoir et fixait un point invisible entre les deux hommes.

– Bien. Je m'en vais, dit-il. Ton copain m'a traité d'impuissant et de salaud et ça veut dire qu'il ne va pas tarder à te traiter de pétasse et de crétine. Un homme qui a le juron facile parvient difficilement à se contrôler. Une dernière chose : la nature finit par reprendre tout ce qu'elle donne. Lorsque l'attrait sexuel de ton copain faiblira, qu'est-ce qu'il te restera ? Rien. La misère et l'ennui. Avec moi, la vie sera comme avant car ce qu'un homme construit reste acquis pour des siècles.

Il se leva sans se presser. Une fois debout, il prit sa tasse et finit son thé en observant discrètement les deux amants. Elia avait l'air abattu et Tourbine malveillant. Il était temps de les laisser seuls. Ils ne tarderaient pas à entamer une longue discussion.

Si ce petit con se montre grossier envers moi, Elia se souviendra de mes paroles et le lui reprochera. Et s'il tente de la prendre par la finesse et l'intelligence, elle ne saisira rien à ses arguments.

Latychev était bien placé pour savoir que la jeune femme ne comprenait que des phrases simples et des mots usuels. Il l'avait remarqué depuis très longtemps.

8

Nikolaï Selouïanov reconnaissait volontiers qu'il vivait dans un capharnaüm, mais ça lui était égal. Après son divorce, il avait gardé l'appartement familial, même si celui-ci était trop grand pour lui. Comme sa femme l'avait quitté pour un gros bonnet de l'administration de Voronej et qu'elle s'était installée chez lui avec les enfants, il était resté dans le trois-pièces, mais ne se servait vraiment que d'une chambre et de la cuisine. À l'époque soviétique, l'Oupravdom, l'administration du logement, n'aurait pas manqué de l'exiler dans un petit studio, mais depuis la privatisation des logements, cela ne se produisait plus. Cette profusion d'espace était du goût de Iouri Korotkov qui vivait dans un deux-pièces avec sa femme – avec laquelle il ne s'entendait pas –, son adolescent de fils et sa belle-mère hémiplégique. Dès qu'il le pouvait, il rendait visite à son ami Selouïanov et, après quelques heures passées dans le calme de son logement plus que spacieux, respirait mieux et reprenait des forces.

Korotkov était un homme doux et patient qui détestait les querelles familiales. Mais lorsque sa femme Lala, qui s'emportait pour des broutilles, lui faisait une scène, il attendait avec une joie profonde le moment où elle aurait suffisamment monté le ton pour qu'il puisse ficher le camp en claquant la porte. Il trottinait alors joyeusement jusqu'au métro et, cinquante minutes plus tard, sonnait chez son collègue et lui demandait de l'héberger pour la nuit. Il aimait ces pièces en désordre, avec des moutons de poussière qui roulaient sous les pieds au moindre courant d'air et le papier peint décollé par endroits : là au moins il pouvait se reposer vraiment. Nulle part ailleurs, il ne dormait aussi profondément. Selouïanov vivait avec les fenêtres ouvertes dès la fin des grands froids alors que, chez Korotkov, l'air était toujours confiné. Lala n'ouvrait un vasistas que quelques minutes par jour, de peur que sa mère ne prenne froid. À cela s'ajoutait l'odeur sempiternelle des médicaments, de l'urine et du linge humide séchant un peu partout, caractéristique des maisons où habitent des grabataires. Dans cette atmosphère, il dormait mal et se levait toujours de méchante humeur, avec la tête lourde et une folle envie de prendre l'air.

Ce jour-là, il avait eu de la chance. Comme tous les samedis, il était sur le point de partir au boulot lorsque sa femme avait été prise d'une crise de suspicion caractérisée, ce qui lui arrivait assez régulièrement. En fait, elle faisait preuve d'une obstination étonnante. Depuis quatre ans, son mari n'avait pas passé un seul samedi à la maison mais, chaque fois qu'il se préparait, elle suivait ses mouvements d'un regard désapprobateur en lui demandant ce qu'il comptait faire et pourquoi il partait. Il lui répondait sans s'énerver en tournant la situation à la plaisanterie. Le plus souvent, elle se contentait de se draper dans sa dignité pour lui lancer un commentaire perfide dans le genre « Amuse-toi bien ! ». Mais parfois aussi, elle lui faisait une véritable scène avec cris, reproches et pleurs. Plus le niveau sonore était fort, plus les récriminations de Lala étaient outrées et plus Korotkov pouvait se permettre d'afficher son indignation pour finir par conclure :

– Tu ne seras heureuse que le jour où je mourrai. Ne t'inquiète pas, tu vas pouvoir te reposer de moi. Ce soir, je dormirai au bureau. Ou peut-être chez Kolia. Il faudra bien que tu comprennes un jour qu'on ne peut pas maltraiter les gens en permanence !

Ce jour-là, son sac en bandoulière, il s'était dépêché de prendre la porte avant qu'elle se calme.

En arrivant à la Petrovka vers onze heures, il trouva son copain Selouïanov en plein interrogatoire de Marat Latychev. À la tête des deux hommes – modestie triomphante pour le flic, énervement accablé pour le suspect –, il comprit que tout se passait bien. Il décida de s'occuper un peu de la jeune Katia Golovanova, la prétendue « meilleure amie » d'Elia Bartocz, dont le comportement ne lui plaisait pas du tout. Bien sûr, elle n'avait certainement pas commis les meurtres, mais elle pouvait en être l'instigatrice. Si c'était le cas, il fallait se demander qui étaient ses complices : les parents d'Elia ? La mère de Tourbine ? Latychev, l'amant abandonné ?

Il s'intéressa aussi à Veronika Tourbina. C'était bizarre. Après avoir vécu au même endroit pendant soixante ans, une fièvre subite de déménagements et de changements semblait s'être emparée d'elle. Évidemment, le samedi n'était pas le meilleur jour pour travailler. Beaucoup de services étaient fermés et la saison des datchas s'étant ouverte avec les premiers beaux jours, il était difficile de trouver les gens chez eux. Korotkov put néanmoins réunir suffisamment d'éléments pour s'estimer satisfait.

En fin d'après-midi, il retrouva Selouïanov à mi-chemin du domicile de ce dernier. C'était un peu une tradition, entre eux : lorsque Korotkov passait la nuit chez son ami, ils convenaient de se rejoindre non loin d'un supermarché où ils faisaient leurs courses pour la soirée. Selouïanov fournissait le gîte et Korotkov s'occupait du couvert. Malgré tous ses efforts, le premier était un piètre cordon-bleu et, après quelques efforts émérites, il avait fini par capituler et laisser son invité prendre le pouvoir dans la cuisine.

Diplomate, Korotkov avait tourné la chose de telle manière que son ami ne puisse en prendre ombrage, même s'il n'était pas dupe.

– Tu sais que j'adore cuisiner, mais à la maison, c'est impossible. Lala ne veut pas. Et elle fait une bouffe innommable. Oh ! Elle sait faire la cuisine, simplement comme nous vivons à quatre sur nos deux salaires, nous sommes obligés de faire attention aux dépenses. Remarque, avec le même budget, je me débrouillerais autrement. Je crois qu'elle le fait exprès pour me rabaisser. À la moindre réflexion, elle me balance : « T'as qu'à gagner autant qu'Ivanov ou que Petrov et tu pourras me donner des ordres sur la manière de te nourrir ! »

Korotkov avait d'autant plus le sentiment d'une énorme injustice qu'il ne se considérait pas coupable de la situation. Il avait tout fait pour réussir, mais la vie avait changé les règles du jeu en milieu de partie. Vingt ans plus tôt, lorsqu'il avait fini ses études de droit, la voie royale consistait à entrer dans la milice ou au KGB. Ceux qui se spécialisaient dans le droit civil ou financier étaient voués à la vie monotone et ennuyeuse du juriste dans une entreprise d'État et à régler des problèmes de contentieux pour un salaire médiocre.

– À l'époque, on ne pouvait même pas imaginer que les choses changeraient à ce point, que tous ces économistes, chefs comptables et spécialistes du droit civil que nous méprisions deviendraient les maîtres de l'économie de marché et gagneraient des millions, alors que nous, l'élite et la fierté du régime, nous resterions sur les bas-côtés et qu'on finirait par nous chier dessus ! Bref, Kolia, si tu me permets de dormir chez toi de temps en temps, je te ferai la cuisine. Et tu vas te régaler !

Selouïanov n'avait pas protesté. Ça l'arrangeait bien.

Au supermarché, Korotkov acheta en petites quantités

une profusion de sauces, de condiments et de légumes dont son ami n'avait jamais entendu parler et que, *a fortiori*, il ignorait comment cuisiner.

– Qu'est-ce qui sent comme ça dans ton sac ? demanda timidement Selouïanov en salivant tandis qu'ils marchaient d'un pas rapide vers son domicile.

Sa petite taille l'obligeait à lever la tête vers le visage du robuste Korotkov qui se sentait d'autant plus en position de force.

– Je ne te le dirai pas !

– Tu es vraiment un sadique, Korotkov ! Tu sais que je peux tout supporter sauf la curiosité insatisfaite. Dis-moi ce qui sent comme ça ! De l'ail mariné ?

– Non.

– De l'oignon sauvage ?

– N'insiste pas, Kolia ! Laisse-moi tranquille !

Ne parvenant pas à garder son sérieux, il éclata de rire.

– Tu le sauras dans une heure, ajouta-t-il comme ils arrivaient en vue de l'immeuble.

– Tu es malade ? Dans une heure, je serai mort de faim et de curiosité !

– Allons, n'exagère pas ! Si tu es sage, je t'autoriserai à rester dans la cuisine pour assister au travail du maître.

Une fois dans l'appartement, ils s'installèrent tout de suite dans la cuisine. Korotkov passa un tablier et entreprit d'éplucher et de nettoyer les légumes. Selouïanov, lui, étala sur la table plusieurs feuilles couvertes de notes et se mit à lui raconter ses aventures avec Latychev et sa copine Emeliantseva.

– Bref, conclut-il, Latychev a reconnu qu'il se trouvait près du bureau de l'état civil de Kountsevo au moment du meurtre.

– Est-ce que ça fait de lui un assassin pour autant ? demanda Korotkov en écrasant une larme provoquée par l'oignon qu'il hachait menu.

– Justement non. En réalité, nous n'avons rien contre lui. Personne n'a signalé la présence de quelqu'un qui lui ressemble à l'intérieur du bureau. D'ailleurs, si nous savons qu'il se trouvait à Kountsevo à dix heures, rien ne nous permet d'affirmer qu'il était aussi à Ismaïlovo deux heures plus tard. Le juge d'instruction est du même avis. Faute d'éléments probants, il a refusé d'ordonner une perquisition chez Latychev pour chercher le pistolet.

– Il a raison. Si le pistolet est encore chez lui au bout d'une semaine, il est peu probable qu'il s'en débarrasse et on pourra toujours le trouver plus tard. En revanche, s'il n'y est plus, une perquisition est inutile. Si on résout cette affaire, ce sera avec le cerveau, pas avec les muscles. Trop de gens voulaient faire échouer le mariage d'Elia Bartocz et ça multiplie les combinaisons. Latychev a reconnu sa présence sur les lieux, mais les autres ont peut-être simplement eu la chance que personne ne les voie. La petite Golovanova ou la vieille Tourbina. Ou encore la mère Bartocz. Imagine un peu le scénario : c'est la mère qui a fait le coup, elle tue la pauvre fille et sort des toilettes comme si de rien n'était. Dans le couloir, elle croise Golovanova, par exemple, et lui remet discrètement le pistolet. Celle-ci quitte le bureau et rejoint Latychev qui la ramène chez elle en voiture. Ni vus ni connus. Et ce n'est là qu'une des possibilités. Si on commençait à perquisitionner, il faudrait le faire chez tout le monde. L'autre solution est de rester discret et d'agir en cachette.

– C'est exactement ce que m'a conseillé le juge d'instruction, dit Selouïanov. Et chercher les liens entre les suspects et les bureaux de l'état civil, comme nous l'a dit Nastia. J'ai commencé avec Latychev, mais je n'ai rien trouvé. Et toi ? Du nouveau ?

– Je me suis occupé de Veronika Tourbina, dit Korotkov avec un profond soupir. Déconcertante, cette femme. Elle est née en 1925. Son père était un architecte devenu célèbre après la révolution et qui a traversé sans encombre la période stalinienne. En d'autres termes, elle a grandi dans une famille privilégiée. Elle a fait des études de médecine et s'est spécialisée en oto-rhino-laryngologie. Elle ne s'est jamais mariée. Son père est mort en 1956 et sa mère en 1963. Des relations haut placées lui ont permis de rester seule dans un grand appartement bourré de livres, de tableaux et d'antiquités. En 1968, elle a mis au monde son fils, Valeri. Personne ne sait qui est le père. Elle avait deux amies intimes qui devaient être au courant, mais elles sont mortes toutes les deux, la première il y a quatre ans, la seconde l'année dernière. Ses anciens voisins et collègues de travail ne sont au courant de rien. Jusqu'en 1985, elle a vécu avec son fils et soudain, sans raison apparente, elle s'est mise à déménager. Et chaque fois son nouvel appartement est plus petit et plus moche que le précédent.

– Échanges avec supplément[1] ?

– Ça m'en a tout l'air, acquiesça Korotkov. Une question se pose : pourquoi avait-elle besoin d'argent ? Si on prend en compte que Valeri avait dix-sept ans lors du premier déménagement, on peut en déduire que l'argent était destiné à un gros pot-de-vin. Pour éviter au garçon le service militaire...

Selouïanov demeura pensif.

– Attends, dit-il après quelques secondes. Ça ne colle pas. En 1985, elle avait déjà soixante ans. Tu sais bien que les fils uniques de mères âgées sont dispensés de service.

– Zut alors ! s'écria Korotkov, dépité. J'avais complètement oublié ! Bon, recommençons depuis le début...

1. L'une des rares manières de déménager, en URSS, était l'échange d'appartements entre locataires. Si la valeur des logements n'était pas égale, la partie avantagée versait à l'autre, sous la table, une compensation monétaire : le « supplément ». (N.d.T.)

Pourquoi avait-elle besoin d'une grosse somme d'argent en 1985 ?

– Qui te dit qu'elle avait besoin d'argent ? Elle voulait peut-être disparaître pour échapper à quelqu'un. Tu connais l'adresse de son premier déménagement ?

Les mains occupées aux fourneaux, Korotkov pointa le menton vers sa veste accrochée dans le vestibule.

– Dans la poche intérieure. C'est toi-même qui m'as donné la liste il y a deux jours.

Selouïanov retrouva tout de suite le document établi par le service de l'enregistrement et revint dans la cuisine en le lisant.

– Ça n'a pas de sens, dit-il en guise de commentaire. Elle a passé soixante ans dans le même immeuble et elle déménage dans une rue voisine !

Korotkov laissa tomber la cuillère en bois dont il se servait pour remuer le contenu d'une poêle et fixa son ami du regard.

– Tu en es sûr ?

– Certain. Trois minutes à pied en marchant normalement. Si tu ne me crois pas, je peux te montrer.

Korotkov n'avait aucune raison de ne pas le croire. Selouïanov connaissait Moscou comme sa poche. Côté topologie urbaine, on pouvait se fier à lui.

– Elle ne se cachait donc pas, marmonna pensivement Korotkov en grignotant des morceaux d'oignon collés au bois de la cuillère. Elle a fait ça pour de l'argent. Mais pas pour éviter l'armée à son fils. Quelles sont les autres possibilités ? Valeri s'est peut-être mis en mauvaise posture et elle a eu besoin d'argent pour soudoyer un juge d'instruction, ou indemniser des victimes…

L'enquêteur interrompit ses réflexions à voix haute, le temps de se livrer à une manipulation qui demandait de la concentration : la préparation d'une marinade. Ne disposant pas de verre gradué, il devait mesurer les ingrédients à vue d'œil et éviter tout papotage. Conscient de la gravité de l'opération, son ami respecta un silence religieux.

Korotkov, le bout de la langue entre les lèvres, termina sa préparation et y versa la viande préalablement découpée en cubes. Puis il regarda l'heure.

– Le bœuf à la Tadjik doit mariner pendant quarante-cinq minutes exactement, annonça-t-il. Mais notre premier plat sera prêt dans dix minutes.

– Et c'est quoi ? demanda Selouïanov qui n'en pouvait plus d'attendre.

– Une julienne aux dix légumes. N'aie pas peur, ajouta-t-il devant l'air indécis de son ami. Ça te plaira. C'est très bon… Pour revenir à la vieille Tourbina, indépendamment de la question des sous, son comportement est pour le moins étrange. D'abord, elle ne veut pas que son fils épouse Elena Bartocz. Pour quelle raison ? Mystère. Ensuite, elle fricote avec un repris de justice alcoolique, un certain Pavel Smitienko. Elle lui a rendu visite à Lioubertsy, au diable vauvert, pour des raisons qui m'échappent.

– Avec qui ? s'écria soudain un Selouïanov tellement excité qu'il en fit tomber les cendres de sa cigarette dans un verre d'eau minérale au lieu du cendrier.

– Smitienko, Pavel.

– Pacha-demi-litre ?

– Oui, tu le connais ?

– Et comment ! Et toi aussi. Où donc est ta mémoire, Iouri ? Je sais que ça remonte loin, mais tu dois bien t'en souvenir. En 1980… Nous avons enquêté sur son affaire…

– Oh, merde !

Korotkov s'affaissa lourdement sur une chaise en s'essuyant les mains à son tablier.

– C'est le même ?

– Des Pacha Smitienko ayant eu maille à partir avec la justice ne doivent pas courir les rues.

– Comment ai-je pu oublier son nom ?! Eh oui, je me souviens, maintenant. Pavel Smitienko. Mon Dieu, quelle saloperie ! (Il prit un air dégoûté.) J'ai envie de vomir rien que d'y penser... Mais qu'est-ce qu'une femme comme Tourbina, médecin à la retraite et fille d'un grand architecte du régime, peut bien faire avec un type pareil ?

– Un contrat ? suggéra Selouïanov. Elle lui a demandé d'empêcher le mariage de son fils ?

– Possible. Mais je ne comprends pas. Pourquoi ne veut-elle pas que Valeri Tourbine épouse Elia Bartocz ? Remarque, si ce Smitienko boit toujours autant, ce sera l'affaire de deux minutes de lui tirer les vers du nez. Demain matin, je vais lui offrir de la vodka jusqu'à plus soif !

– Je t'accompagne, décida Selouïanov.

– Pourquoi ? Je peux le faire tout seul. Ce n'est pas bien difficile.

– Je meurs de curiosité ! Et j'ai envie de revoir la gueule de ce salaud.

– Entendu, dit Korotkov. Nous irons ensemble.

En dînant, ils ouvrirent une bouteille d'un demi-litre de vodka. Korotkov en but à peine un tiers. Selouïanov se chargea du reste. Puis ils restèrent longtemps dans la cuisine, à discuter comme s'ils ne se voyaient pas tous les jours au bureau. Selouïanov souffrait de l'absence de ses enfants et parlait avec ressentiment de la traîtrise de sa femme. Korotkov se plaignait de ne pas pouvoir abandonner Lala en la laissant seule avec leur fils et sa mère hémiplégique. D'ailleurs, sa Loussia était dans le même cas que lui, avec deux enfants encore jeunes. Ils avaient décidé d'attendre qu'ils grandissent pour divorcer de leurs conjoints respectifs et vivre enfin ensemble. Et la conversation revint sur cette affaire embrouillée de double meurtre.

– C'est dommage que Nastia soit en congé ! finit par s'écrier Selouïanov. Elle nous aurait démêlé tout cela en un rien de temps !

Contre toute attente, ce dimanche qu'Anastasia prévoyait lent et paresseux se transforma en une journée très tendue. Tout commença par un coup de fil de sa mère, Nadejda Rostislavovna. Quand elle séjournait à Moscou, elle habitait tout naturellement avec son mari, Leonid Petrovitch, le beau-père d'Anastasia. Même si, à cause du long séjour du professeur Kamenskaïa en Suède, leurs relations étaient devenues plus amicales que conjugales, le couple avait toujours plaisir à se retrouver. Ils avaient invité à déjeuner Anastasia et son mari et Nadejda appelait pour changer leurs plans : Leonid Petrovitch avait dû se rendre de toute urgence à l'Institut de droit où il enseignait la criminologie. L'un des directeurs venait de mourir d'une crise cardiaque et l'établissement devait bien faire quelque chose pour l'enterrement et la cérémonie funèbre qui aurait lieu le lendemain. En raison du dimanche et de la saison des datchas, le beau-père d'Anastasia était l'une des rares bonnes poires qu'on avait pu trouver.

– Nastia chérie, comme papa part maintenant et qu'il ne sera sans doute pas de retour avant ce soir, nous allons nous débrouiller autrement, dit Nadejda d'un ton résolu. Il va me déposer chez toi et repassera me chercher quand il aura fini. Ça nous laissera le temps de papoter toutes les deux. Et puis, vous viendrez déjeuner mardi ou mercredi.

– Entendu, maman.

La visite impromptue de sa mère signifiait que sa matinée de traduction était foutue. Il fallait qu'elle fasse le ménage, passe l'aspirateur, range les vêtements épars et mette un peu d'ordre. En plus de faire des courses et de préparer le déjeuner. Anastasia en fut contrariée, mais l'idée de refuser la visite de sa mère ne lui vint même pas à l'esprit.

Elle se débarrassait péniblement de la corvée du

ménage lorsque le téléphone sonna une deuxième fois. C'était Anton Chevtsov.

– Anastasia Pavlovna, dit-il, excusez-moi de vous déranger un dimanche, mais le chef nous a joué un sale tour.

– Qu'est-ce qu'il y a ?

– Eh bien voilà. Il a publié la photo de la femme que vous recherchez dans le dernier numéro. Le seul problème, c'est qu'il a fait mousser l'affaire en promettant un reportage sur le « crime sanglant » qui justifie l'avis de recherche.

– D'un point de vue commercial, c'est très raisonnable, reconnut Anastasia. Et où est le problème ?

– C'est-à-dire que... pour être publiée à temps, l'interview doit être faite aujourd'hui.

– L'interview ?

– Celle que vous nous avez promise en échange de la publication de la photo et de l'avis de recherche. Je comprends que vous ayez d'autres projets, mais...

– Vous êtes pire qu'une rage de dents, soupira-t-elle. Bon, d'accord. Simplement, je ne peux pas bouger de chez moi...

– Aucune importance ! Nous passerons chez vous. Il vous suffit de nous dire à quelle heure.

– Vers quinze heures, ça ira ?

– Nous y serons à quinze heures tapantes, promit Chevtsov, joyeusement.

Tout en pestant contre son incapacité à dire non, Anastasia se remit à ses travaux domestiques et passa énergiquement l'aspirateur. Sa mère, puis les journalistes ! Qu'avaient-ils donc à tous lui tomber sur le paletot le même jour ? Et un dimanche, en plus !

Hélas, il était écrit que ce jour serait celui des enquiquineurs. Elle venait à peine de ranger l'aspirateur et s'apprêtait à s'installer tranquillement dans la cuisine pour boire un café et avaler une tartine quand la sonnerie de la porte fit peser une brutale menace sur ce projet.

De son pas flegmatique, Liocha alla ouvrir.

– Ma Dacha ! s'écria-t-il. Ce n'est pas un bébé qui est dans ton ventre, mais un aérostat. On dirait que tu vas t'envoler !

Pendant qu'elle les entendait s'embrasser, Anastasia se demanda si Dacha goûtait vraiment la plaisanterie. À la décharge de son mari, elle devait reconnaître qu'il avait du mal à imaginer, lui qui était la maigreur incarnée (ses copains le surnommaient « sac d'os » depuis son enfance), comment on pouvait bouger, marcher ou même courir avec un ventre pareil.

– Tu es venue seule ? lui demanda Anastasia en l'embrassant. Où est passé mon bandit de frère ?

– Il est en bas. Il ferme la voiture.

– Ah bon ? dit Anastasia en la regardant d'un air soupçonneux.

Depuis le temps que son frère lui cassait les oreilles avec la fermeture centralisée par télécommande, elle avait fini par saisir que l'opération ne prenait qu'un millième de seconde. Que manigançait-il donc ?

Quelques instants plus tard, ses soupçons se trouvèrent confirmés : Alexandre Kamenski pénétra dans l'appartement en sueur, tout essoufflé et pliant sous le poids d'une énorme caisse.

– Qu'est-ce que c'est ? s'écria Tchistiakov avec une pointe d'appréhension dans la voix. Ça pèse au moins un demi-quintal !

– Des fruits et du poisson frais qui nageait encore dans la Caspienne la nuit dernière, lui répondit Kamenski, tout fier. Un ami m'a envoyé ça de Bakou. Il voulait le faire la semaine dernière pour le mariage, mais il n'a pas pu en raison d'un incident à l'aéroport. Il m'a appelé hier pour me demander d'en prendre livraison. J'ai bien tenté de l'en dissuader, mais il n'a rien voulu entendre.

Il m'a dit que les fruits et le poisson, c'est bon pour Dacha.

– C'est tout à fait vrai, dit Anastasia avec un petit rire. C'est très bon pour les femmes enceintes. Mais pourquoi tu nous apportes tout ça, à nous ?

– Et qu'est-ce que je pouvais faire d'autre ? Il y a cinq caisses comme celle-ci. J'en ai déjà apporté une à mes parents et une autre à ceux de Dacha. En comptant la tienne et celle que nous allons garder, il nous en reste une sur les bras !

– La belle affaire, dit Tchistiakov. Vous mangerez un peu plus, c'est tout.

– Pas si simple, objecta Kamenski. On ne peut pas conserver tout ça très longtemps. Les fruits sont déjà mûrs et je ne crois pas possible de congeler le poisson. Il a traîné trop longtemps dans la chaleur. Ça nous laisse deux jours, trois au maximum, pour les bouffer. Il faut très vite trouver une famille d'accueil pour cette pauvre caisse orpheline.

– Tu peux toujours la caser chez mes parents, mais il faudra la porter jusqu'à Joukovski.

– Pas de problème, je m'en charge.

Anastasia s'approcha de son frère pour lui faire un bisou sur le nez.

– Sacha, lui dit-elle, tu n'es vraiment pas raisonnable. Regarde, tu es en nage. Pourquoi as-tu monté cet énorme poids tout seul ? Liocha aurait pu descendre t'aider. Tu aurais pu te faire un tour de reins !

– Pfff ! souffla-t-il, modeste. J'en ai vu d'autres. J'ai seulement besoin de boire quelque chose de frais avant de reprendre la route.

Anastasia lui apporta un verre d'eau minérale et regarda avec tendresse la pomme d'Adam qui saillait de son cou maigre monter et descendre au rythme de ses gorgées. Brusquement, une idée lui traversa l'esprit.

– Sacha, pourquoi tu ne laisserais pas Dacha avec

nous ? Joukovski n'est pas la porte à côté et ce n'est pas très bon pour elle de rester longtemps assise en voiture à respirer les gaz d'échappement. Nous allons trier les fruits pour déterminer ce qu'il faut manger tout de suite et ce qui peut attendre et papoter entre femmes. Si elle est d'accord, bien sûr…

Tout en prononçant ces paroles, Anastasia fit un clin d'œil discret à Dacha pour lui faire comprendre qu'il ne s'agissait pas de fruits.

– Très bonne idée ! s'écria la jeune femme en battant des mains. Hein, chéri ? Tu n'auras qu'à me prendre au retour.

– Dans ce cas, j'en profite pour passer au garage. Je serai de retour vers dix-sept ou dix-huit heures.

Kamenski n'était pas parti depuis cinq minutes que la sonnette de la porte retentit encore. Nadejda Rostislavovna, somptueuse et mortellement élégante, se tenait sur le seuil. Leonid Petrovitch était derrière elle, un énorme sac à la main.

– Ma fille, je te passe le relais et je m'en vais, dit-il rapidement tandis que sa femme pénétrait dans l'appartement.

Il lui avait suffi de voir une ombre angoissée passer sur le visage d'Anastasia pour comprendre que l'agoraphobie de sa belle-fille venait de se réveiller. Pour elle, il y avait trop de monde dans le petit appartement.

Elle l'embrassa avec reconnaissance, sans dissimuler son soulagement.

– Prends le sac, c'est pour toi.

– Qu'est-ce que c'est ?

– Maman t'a ramené ça de Suède : quelques chiffons et des flacons.

Il déposa un baiser sur la joue de sa belle-fille et s'enfuit vers ses occupations. Anastasia ferma la porte et regarda sa montre. Quatorze heures trente. Chevtsov et le journaliste qui devait l'interviewer n'allaient pas tarder. Si elle ne devenait pas dingue, plus rien ne pourrait l'atteindre jusqu'à la fin de ses jours.

Pendant la demi-heure qui suivit, elle eut le temps d'expliquer la situation à sa mère, de donner des instructions à Dacha, de troquer sa vieille robe de chambre contre des vêtements plus présentables et même de se maquiller un peu.

Comme promis, Chevtsov et son journaliste, un certain Slava Vostroknoutov, se présentèrent à quinze heures précises.

– Je ne tiens vraiment pas à voir ma photo dans les journaux, leur confia Anastasia après les avoir fait entrer. Je vous propose donc d'interviewer plutôt ma belle-sœur, Daria Kamenskaïa. Elle était aussi présente dans le bureau de l'état civil. Anton, vous vous souvenez de Dacha ?

– Et comment ! dit l'intéressé en souriant. Difficile d'oublier une aussi charmante jeune femme...

– Dites plutôt qu'on voit rarement des jeunes femmes se marier au huitième mois de leur grossesse ! s'écria joyeusement Dacha. Mais j'apprécie votre délicatesse !

Après cet échange de politesses, Anastasia reprit les choses en main :

– Elle vous accordera donc l'interview et vous pourrez la photographier comme bon vous semble. Si elle ne peut pas répondre à certaines questions, je la remplacerai, mais vous publierez mes paroles comme si c'étaient les siennes. Je ne veux pas être mentionnée. Entendu ?

À la mine du journaliste, elle voyait bien que ça ne lui convenait pas. Il était venu interroger une enquêtrice de la brigade criminelle et pas une jeune mariée enceinte jusqu'aux yeux. C'est toujours bon d'avoir de telles références dans un CV. Et puis, cela peut s'avérer utile pour convaincre d'autres sources : devant des réticences, on peut toujours jeter d'un ton nonchalant : « J'ai l'habitude de traiter des informations sensibles. Regardez, même les collaborateurs de la Criminelle m'accordent des entretiens. »

Mais la proposition d'Anastasia était à prendre ou à laisser. Et Vostroknoutov n'avait pas le choix : il lui fallait du matériel avant le bouclage.

Chevtsov prit tout de suite quelques photos de Dacha pour ne pas détourner son attention pendant l'interview. Son travail terminé, il fit un petit signe à Anastasia.

– Je vais attendre à côté, dit-il.

Anastasia se borna à hocher la tête.

Lorsqu'il pénétra dans la cuisine, Tchistiakov et Nadejda Rostislavovna papotaient gentiment de tout et de rien, comme une belle-mère et un gendre qui n'ont que peu d'occasions de se voir et donc de rivaliser. Évidemment, comme la conversation roulait autour d'Anastasia, l'entrée du photographe provoqua un silence gêné. Avec un art consommé des relations mondaines, Nadejda changea de sujet comme si de rien n'était, en s'efforçant d'intéresser Chevtsov à son bavardage. Tchistiakov, lui, se débrancha totalement. En fait, il ignorait ce qu'il devait faire. Rester planté là comme une statue ? Préparer le repas ? Engager un dialogue insipide avec un parfait inconnu rencontré par hasard dans des circonstances dramatiques ?

Ne se sentant attiré par aucune de ces trois possibilités, il décida d'opter pour la fuite. Il fit semblant de vaquer à des tâches domestiques tout en souriant et hochant la tête, comme s'il s'intéressait à ce que sa belle-mère et Chevtsov racontaient, ouvrit le frigo et se tapa soudain le front en s'écriant :

– Zut ! J'ai oublié la mayonnaise !

Puis il se lança dans une tirade embrouillée d'où il ressortait qu'il avait besoin de mayonnaise pour préparer le dîner, qu'il connaissait un magasin ouvert le dimanche et qu'il y allait de ce pas, même si ce n'était pas tout près.

Après quoi, le professeur Tchistiakov jeta sa veste sur

ses épaules, fourra un bouquin dans sa poche et quitta l'appartement où trop de monde était déjà entassé.

Avant de commencer l'interview, le journaliste tenta de brancher un petit magnétophone portable, mais Anastasia l'en dissuada d'un signe de tête. Il soupira et leva les yeux au ciel, mais sans rien dire il sortit un bloc de sa sacoche.

– Pour quelle raison vous trouviez-vous dans ce bureau de l'état civil le jour du meurtre ? commença-t-il tout en gribouillant quelques mots.

– J'étais témoin au mariage de Nastia…

– Elle était témoin au mariage de sa belle-sœur, corrigea Anastasia. Inutile de donner des noms. Le lecteur n'a pas à les connaître.

– Et vous vous trouviez dans quel état d'esprit en arrivant sur les lieux ?

– J'étais très heureuse. Je venais de me marier une heure plus tôt. Vous pouvez imaginer ma joie…

– Comment ? s'écria le journaliste, surpris. Vous vous êtes mariée le même jour ?

En bonne hôtesse, Nadejda Rostislavovna proposa du thé à Chevtsov. Elle n'avait pas mis les pieds chez sa fille depuis tellement longtemps qu'elle ne savait plus où celle-ci rangeait les choses. Elle accompagnait donc chacun de ses mouvements de commentaires qui provoquèrent une cascade de fous rires. Elle parvint à trouver la théière, les tasses, les soucoupes, les petites cuillères et même le sucre, mais le thé semblait avoir disparu dans un gouffre spatio-temporel.

– Je suis navrée, Anton, mais j'ai peur de vous avoir fait une fausse promesse, reconnut-elle après avoir ouvert tous les placards et fouillé tous les tiroirs. Impossible de mettre la main sur ce truc.

– Avez-vous bien regardé partout ? dit Chevtsov qui, en la suivant des yeux, avait remarqué au moins cinq endroits où elle n'avait pas eu l'idée de chercher.

– Il me semble. Que diriez-vous de café au lieu de thé ?

– Merci beaucoup, Nadejda Rostislavovna, mais je ne peux pas boire de café.

– Pourquoi ?

– Le médecin me l'interdit. C'est mauvais pour le cœur.

– Mon Dieu ! s'exclama-t-elle. Vous avez des problèmes cardiaques à votre âge ? Ce n'est pas normal que les jeunes soient malades alors que les vieux se sentent en pleine forme. Regardez ! Je me porte comme un charme alors que ma Nastia a des problèmes vasculaires. Et son dos la fait souffrir en permanence. C'est sans doute notre faute : nous avons grandi dans un milieu non pollué, avec une nourriture naturelle et nous vous avons élevés avec de la chimie partout. Nous avons ruiné l'écosystème et empoisonné l'air et l'eau.

– Mais comment Anastasia a-t-elle pu entrer dans la milice si elle est tellement malade ? Avec du piston ?

– Pas du tout. Elle pratique le métier qui correspond à son diplôme. Elle a choisi la milice au moment de la répartition à la fac, en fin d'études. Mon mari a travaillé toute sa vie à la Criminelle et elle a voulu l'imiter…

– Vous voyez…, la coupa Chevtsov, un rien triomphant.

– Mais il n'a rien fait pour la faire nommer. Je vous en donne ma parole. Elle a toujours obtenu ce qu'elle voulait.

– Et la commission médicale ? Pourquoi lui a-t-elle donné son feu vert alors qu'elle souffre du dos ?

– Elle n'a parlé de son traumatisme à personne. Les

médecins ne l'ont pas remarqué. Quand on connaît leur manière de travailler, il n'y a rien d'étonnant.

Chevtsov éclata de rire comme si on venait de lui en raconter une bien bonne.

– Elle a été obligée de mentir pour travailler dans la milice ? s'esclaffa-t-il. Juste retour des choses !

– Elle n'a pas menti, la défendit Nadejda dans un sourire. Elle s'est contentée de ne rien dire. Ce n'est pas la même chose.

– Ça n'a aucune importance... J'y pense : et si vous cherchiez le thé dans cette boîte-là. Je crois que vous n'avez pas regardé...

– Dans celle-ci ? Oh ! Vous avez raison, le voici ! Comment avez-vous deviné ?

– L'intuition.

– Vous êtes bien sûre que personne n'est sorti du bureau de l'état civil après la découverte de la victime ?

– Si quelqu'un est sorti, ce doit être dans les instants qui ont suivi le meurtre parce que ensuite, mon mari et Liocha...

– Mon beau-frère..., la corrigea Anastasia.

– Oui... Mon mari et mon beau-frère ont fermé les portes et n'ont laissé sortir personne.

– Et pourquoi ont-ils décidé de faire ça ? Quelqu'un le leur a suggéré ?

– Nastia.

– Ma belle-sœur, précisa encore Anastasia.

– C'est ça, ma belle-sœur.

– Et comment y a-t-elle pensé ? S'est-elle déjà trouvée dans de telles situations ?

Cette fois, Anastasia se substitua carrément à Dacha :

– Elle a lu beaucoup de polars et savait ce qu'il fallait faire. Écoutez, Slava, je comprends très bien votre désir de mentionner la présence fortuite d'un enquêteur de la

Criminelle sur les lieux et le fait que vous soyez parvenu à établir un contact avec lui, mais je vous demande de laisser tomber. De toute façon, je ne permettrai pas à Dacha de dire un mot de trop.

– Délicieux, votre thé, Nadejda Rostislavovna. Dites-moi… Anastasia a-t-elle manifesté un intérêt pour le droit et la milice dès son enfance ?

– Pas du tout. Elle était très forte en maths et s'intéressait aux langues étrangères. J'ai toujours été persuadée qu'elle suivrait ma voie et deviendrait linguiste. Rien ne laissait prévoir une telle évolution. Remarquez, mon mari et moi, nous ne nous doutions pas non plus que Liocha deviendrait un grand mathématicien. Pourtant, nous le connaissons depuis qu'il a rencontré ma fille en seconde. Nous pensions qu'ils allaient entrer dans la même faculté. Nous nous sommes trompés, comme vous pouvez le voir.

– Elle ne vous a pas demandé conseil avant de s'orienter vers le droit ?

– Bien sûr que si. J'ai essayé de la décourager, mais les arguments de mon mari étaient plus forts que les miens. Pourquoi vous me posez toutes ces questions ?

– C'est intéressant. Votre fille pratique une profession plutôt masculine et semble bien y réussir. C'est un bon sujet pour mon journal.

– Possible, dit Nadejda. Mais pour autant que je connaisse ma fille, elle n'acceptera jamais qu'on fasse un article sur elle.

– Et pourquoi donc ?

– Difficile à expliquer, dit-elle avec un petit rire. Ça tient sans doute à son caractère.

– Elle n'est tout de même pas indifférente à la célébrité ? Personne ne l'est !

– Ne soyez pas aussi catégorique…

– Tout le monde aime être mis en valeur par la presse… Je suis prêt à parier qu'on réussira à la convaincre.

Nadejda eut une moue dubitative :

– Je ne parie jamais, mais vous pouvez toujours essayer. Vous verrez bien.

Vers dix-sept heures, la situation redevint normale. Le journaliste et le photographe plièrent bagage au bout d'une heure et demie de questions. Dès qu'il les vit sortir de l'immeuble et grimper dans la voiture jaune de Chevtsov, Tchistiakov, qui était resté non loin de là à lire sur un banc, remonta chez lui. Dans les cinq minutes qui suivirent, Alexandre Kamenski revint de son périple à Joukovski, satisfait de s'être débarrassé de toutes ses caisses de fruits et de poisson. Il but rapidement un thé pendant que sa femme lui racontait l'interview et ils partirent.

Anastasia resta seule avec son mari et sa mère. Elle n'arrivait pas à se départir de l'impression que celle-ci lui était devenue étrangère. Elle vivait depuis tellement longtemps en Suède que les situations les plus élémentaires de la vie en Russie lui échappaient. Elle ne comprenait pas pourquoi il était préférable de continuer à prendre le métro plutôt que d'aller au travail en voiture. Anastasia dut lui expliquer longuement que la circulation était devenue épouvantable dans le centre de Moscou au cours des dernières années parce que rien n'avait été prévu pour faire face à un accroissement si rapide du nombre des véhicules. Il n'était pas rare de rester bloqué pendant des heures dans les embouteillages. Nadejda ne comprenait pas non plus pourquoi les retards dans le paiement des salaires posaient de tels problèmes.

– Il faut savoir gérer son budget, dit-elle d'un ton moralisateur. Toujours mettre un peu d'argent de côté pour faire face aux imprévus.

– Maman, la question n'est pas là, lui expliqua Anastasia. Le véritable problème est qu'aujourd'hui mon salaire vaut deux cents dollars et que, demain, il n'en vaudra plus que cent quatre-vingt-dix. Le cours du dollar monte et les prix flambent alors que les salaires bougent moins vite [1].

– C'est terrible ! Je n'arrive pas à m'habituer.

Laissant les femmes à leurs problèmes, Tchistiakov décida d'aller préparer le dîner. Nadejda saisit l'occasion pour demander à sa fille en baissant la voix :

– Dis-moi, ce photographe… Tu le connais depuis longtemps ?

– Non. Pourquoi ?

– T'es-tu mal comportée avec lui ?

– Mais non ! Quelle idée ! Pourquoi tu me demandes ça ?

– Il ne t'aime pas.

– Arrête, maman ! Pourquoi devrait-il m'aimer ? Qui suis-je pour lui ? Nous nous sommes rencontrés par hasard au bureau de l'état civil le jour du meurtre. Il arrondit ses fins de mois en faisant des photos de mariage.

– Non, ma chérie, s'obstina sa mère. Il est méchant et il ne t'aime pas.

– Maman, arrête de te faire du cinéma. Qu'est-ce qu'il a fait pour que tu en arrives à cette conclusion ?

– Il a tout de suite décidé que tu avais été pistonnée pour entrer dans la milice !

Anastasia éclata de rire bien qu'elle eût plutôt envie de pleurer.

– Maman, tu vis dans un monde où les gens mènent une vie confortable et aisée et peuvent se permettre d'être bienveillants envers autrui. Ça fait trop longtemps que tu

1. En 1995, l'année où se déroule ce roman, le rouble se dépréciait régulièrement face au dollar alors que 80 % des biens consommés à Moscou (50 % dans le reste du pays) venaient de l'étranger. Libellés en devises fortes, les prix restaient stables, mais le pouvoir d'achat des ménages, en roubles, déclinait régulièrement. (N.d.T.)

as quitté la Russie. Aujourd'hui, il n'y a rien d'indécent à parler de piston. Personne ne se gêne et personne ne se fâche. Nous sommes tous aigris et nous haïssons tous celui ou celle qui s'en sort un peu mieux que les autres. Marcher sur le cadavre de son prochain si on peut en tirer profit est parfaitement banal. Ouvre les yeux, maman ! Regarde comment on vit !

Nadejda resta interdite devant la tirade de sa fille et Anastasia se reprocha d'avoir employé un ton trop brutal.

Comment pourra-t-elle revenir vivre ici, à la fin de son contrat ? se demanda-t-elle. *Tout change si vite ! Elle préférera prolonger son contrat et rester en Suède. Elle sera incapable de vivre avec papa après une telle séparation. Lui qui est la crème des hommes, il va lui sembler trop rude et trop brutal en comparaison de son Suédois, ce charmant M. Kühn qu'elle m'a présenté en Italie*[1].

L'arrivée de Leonid Petrovitch empêcha la tension qui venait de naître entre la mère et la fille de prendre de l'ampleur. Fatigué par sa réunion inopinée et les démarches qu'il avait dû faire en vue des obsèques de son collègue, il déclina l'invitation à dîner d'Anastasia et partit rapidement en poussant devant lui Nadejda qui protestait, mais seulement pour la forme.

En refermant la porte derrière eux, Anastasia ne put retenir un soupir de satisfaction. Tchistiakov, qui savait que le calme et le silence étaient les seules choses auxquelles aspirait sa femme, la prit gentiment par le bras et, sans dire un mot, l'entraîna vers la cuisine et la fit asseoir à table. Ils dînèrent rapidement, puis, pendant qu'il débarrassait, elle fit la vaisselle. Lorsqu'elle rangea la dernière assiette, il était déjà installé à la table de la cuisine avec ses bouquins et ses notes.

Elle passa dans la salle de bains, se déshabilla avec

1. Voir *Le Cauchemar*, le premier roman d'Alexandra Marinina publié aux Éditions du Seuil.

satisfaction et resta un bon quart d'heure sous la douche, espérant que l'eau chaude l'apaiserait. Ce ne fut pas le cas. Lorsqu'elle ferma enfin le robinet, elle se sentait toujours aussi tendue. Enveloppée d'une serviette de bain, elle retourna dans la cuisine et, sans prêter attention à son mari, se versa une bonne rasade de Martini qu'elle but d'un trait sous le regard étonné de Tchistiakov. Puis elle rangea la bouteille, rinça le verre et retourna sous la douche. Au bout de quelques minutes, elle se sentit vraiment mieux. Ses muscles crispés se détendirent et la pression qu'elle ressentait sur sa poitrine se relâcha.

Elle s'essuya et s'emmitoufla dans sa vieille robe de chambre. Puis elle alluma la télévision et passa d'une chaîne à l'autre. Sur la première, un type au visage fatigué par la vie mondaine chantait avec un air blasé : « Mourons gaiement ce soir, jouons à la décadence ! » Sur la deuxième, un feuilleton mexicain déroulait une histoire interminable d'amour et d'argent. Sur la troisième, vingt-deux joueurs couraient derrière un ballon dans un stade bondé. Sur la quatrième, un animateur aux longs cheveux hirsutes faisait le pitre.

D'un geste rageur, elle appuya sur l'interrupteur. L'écran se résuma en un point brillant qui disparut.

Mon Dieu, maman, se dit-elle en dépliant le canapé-lit. *Tu ne peux pas imaginer notre vie. Tu ne peux même pas concevoir ce qui se passe ici. Tu mesures le comportement des gens avec des critères coupés de toute réalité et qui ne conviennent qu'à des héros de contes de fées. Si on montre toutes ces âneries à la télé, c'est parce que ça plaît à la majorité de la population. Il se trouve que les gens aiment ce crétin à cheveux sales qui, moi, me fait gerber avec ses plaisanteries idiotes ! Ils aiment ces clips ridicules avec des chanteurs primitifs qui comptent plus sur leurs piercings que sur leur talent pour réussir ! Ils aiment toute cette publicité pour attardés mentaux qui me donne envie de me suicider ! Maman, nous som-*

mes devenus aigris et abrutis et tu continues à nous juger selon les normes chrétiennes de bien et de mal. Nous ne nous comprendrons peut-être plus jamais, toi et moi. Nous sommes devenues des étrangères.

Elle ôta sa robe de chambre, éteignit la lumière, se glissa entre les draps et se mit à pleurer.

9

Valeri Tourbine raccompagna Elia jusqu'à la porte de l'appartement de ses parents et la regarda droit dans les yeux avec une interrogation muette. Gênée, elle détourna le regard. Il était clair qu'elle ne voulait pas qu'il entre. Il conservait son statut de soupirant alors que sans l'incident stupide au bureau de l'état civil, il serait déjà devenu son mari.

Mais pourquoi fallait-il que ça tombe sur moi ? se dit-il en serrant les poings.

Entre-temps, Elia avait sorti ses clés.

– Je te revois quand ? demanda-t-il en laissant percer son agacement.

– Demain, comme prévu, lui répondit-elle d'une voix éteinte.

– Ça n'a pas l'air d'aller, dit-il en se radoucissant.

– Non, tout va bien !

Il la prit par les épaules et l'attira à lui.

– Je sais que tu souffres à cause de ce que ce sale type a dit hier. Elia, mon amour, je ne suis absolument pas jaloux du passé. Je ne te reprocherai jamais rien, je te le jure. Oublie donc ce salaud…

La réaction d'Elia le laissa sans voix. Elle se dégagea vivement et ouvrit la porte en murmurant :

– Marat avait donc raison…

Resté seul sur le palier, Tourbine balança son poing fermé contre le mur, mais la douleur ne le calma pas. Il se remit à maudire sa déveine. Tout marchait comme sur des roulettes jusqu'à ce que ce meurtre idiot vienne tout gâcher. Sa mère et les parents d'Elia étaient déjà contre lui. Pourquoi fallait-il en plus que ce Latychev vienne s'en mêler ?

– « Marat avait donc raison », répéta-t-il en imitant son ton pleurnichard tandis que les portes de l'ascenseur se refermaient derrière lui.

Évidemment qu'il a raison ! Bordel ! Cent fois, mille fois raison ! pesta-t-il, *in petto*, cette fois.

Pour lui, c'était ça le pire : il aurait pu souscrire à chaque mot de ce richard infatué. C'était d'ailleurs pour cette raison qu'il avait fait si piètre figure : comment aurait-il pu contester efficacement l'expression de la plus simple vérité ?

La première fois qu'il avait couché avec une femme, il ne savait rien et avait peur de tout. Il avait dix-sept ans et elle, dix de plus. Elle s'était montrée patiente et délicate et Tourbine s'était demandé pourquoi elle s'intéressait à lui, un garçon inexpérimenté, alors qu'elle pouvait avoir tous les amants qu'elle voulait.

– Pourquoi ? lui avait-il demandé plus tard. Quel intérêt as-tu bien pu trouver à t'occuper de moi ?

– Tu ne peux pas comprendre, lui avait-elle répondu dans un sourire. Tu as quelque chose... Comment dire ? Il y a comme une onde qui émane de toi... Il suffit de te regarder et... Tu sais, c'est très rare. Généralement, les hommes doivent faire pas mal d'efforts pour susciter le désir chez une femme. Ça ne vient pas tout seul. Alors que toi... C'est difficile à expliquer.

Tourbine n'avait pas bien compris, mais s'était vite rendu compte qu'elle disait vrai. Il n'éprouvait aucune difficulté à séduire les femmes les plus diverses alors que ses amis bataillaient pour des résultats souvent mitigés. Au bout d'un an, il avait accumulé suffisamment d'expérience pour créer son propre système de valeurs à partir du don inné dont il avait pris conscience.

Tourbine avait grandi comme un brave garçon vertueux, entouré de bons livres et sensible aux objets d'art. Sa mère était intelligente et cultivée. Son érudition lui permettait d'expliquer, sans consulter les manuels, n'importe quel sujet, dans n'importe quelle discipline, et cela jusqu'à la terminale. Intellectuellement, elle était pour lui une sorte d'autorité suprême. Jusqu'à son dépucelage, il croyait dur comme fer que la culture, le savoir et le développement de l'intellect étaient les choses les plus importantes dans la vie. Il avait réussi son examen de fin d'études secondaires avec une médaille d'or, la récompense suprême.

C'est alors qu'il avait compris que son don naturel lui permettrait d'atteindre les mêmes objectifs de manière beaucoup plus agréable et moins fatigante. Il songea avec dépit aux boums qu'il avait manquées, aux films qu'il n'avait pas vus, aux copines qu'il n'avait pas embrassées : tous ces sacrifices consentis pour réussir sa scolarité avaient été vains. Il aurait pu sortir, faire la fête, boire de l'alcool en cachette dans les parcs et y étreindre des filles éméchées, jouer aux cartes, sécher l'école... Il aurait pu avoir une enfance normale avec toutes les joies et les bêtises des adolescents car le résultat final aurait été identique. Même s'il avait eu de piètres résultats à l'examen, il aurait tout de même été admis en fac grâce à la secrétaire de la commission d'admission, une jeune activiste du parti qui n'avait pas trente ans. En un quart d'heure de tête-à-tête avec lui dans un escalier de service désaffecté, elle avait eu tout ce qui lui avait manqué en six ans de mariage et l'avait inscrit d'office sur la liste des candidats acceptés sans qu'il le lui demande. À cette occasion, Tourbine avait appris que ce qui comptait vraiment pour une femme, c'était d'atteindre l'orgasme. Le moyen n'avait que peu d'importance.

À la fac, il avait poursuivi sur la lancée de ses études secondaires : brillant étudiant, les mémoires qu'il rédigeait lui valaient les éloges de ses professeurs. Ces derniers, séduits par ses capacités, lui avaient conseillé de se spécialiser en sociologie ou en sciences politiques.

– Avec le système multipartite qui est en train de s'instaurer, lui avaient-ils dit, le régime va vite évoluer et le pays avoir besoin d'analystes, de politologues et de conseillers politiques. Vous auriez un grand avenir dans cette branche.

Mais il préféra choisir la spécialisation étroite qui lui plaisait vraiment. Certes, il avait envie de notoriété et d'argent. Depuis que sa mère avait pris sa retraite, l'argent manquait. Ils avaient été forcés de déménager plusieurs fois pour obtenir ce « supplément » qui leur permettait d'arrondir leurs maigres revenus. La bourse d'État qu'il recevait était la plus importante de toutes, mais son montant n'en était pas moins ridicule en regard de l'évolution du coût de la vie. Et sa mère ne voulait pas qu'il travaille : tout son temps devait être consacré à ses études. La misère lui restait comme un os en travers de la gorge. Il se souvenait avec nostalgie des vieux livres dorés sur tranche de son enfance et des tableaux de maîtres accrochés aux murs. Il savait très bien que tout cela avait été vendu pour le nourrir avec des produits sains du marché, et non pas avec des aliments répugnants, pleins de colorants et de produits chimiques qu'on vendait dans les magasins, et pour lui payer des séjours de trois mois au bord de la mer, en louant un véritable appartement, et non pas une misérable chambre à deux lits dans un endroit surpeuplé où on ne savait même pas où passer et où s'asseoir. Cela coûtait beaucoup d'argent, mais sa mère avait tenu à ce qu'il profite de ses vacances d'été. Le départ était toujours un véritable déménagement : ils emportaient des livres par valises entières, un chevalet pour les cours de peinture qu'elle lui faisait donner, sans oublier une télévision portable et un pick-up avec leurs disques préférés.

Le temps ne lui avait pas fait oublier tous les sacrifices qu'elle avait consentis pour lui. C'était maintenant à lui de lui rendre la pareille et d'illuminer le crépuscule de sa vie. Pour trouver un bon filon, il avait deux conduites possibles.

La première était de se spécialiser en sociologie (qu'il abhorrait) ou en sciences politiques (qui lui donnaient envie de vomir) pour obtenir rapidement une bonne situation et des revenus suffisamment élevés.

La seconde était de poursuivre dans la voie qu'il s'était choisie, qui lui plaisait et où il se sentait capable d'y apporter sa contribution : l'étude des philosophes grecs anciens. Le problème était que ce chemin menait droit à la pauvreté. Dans la Russie qui émergeait difficilement des ruines de l'Union soviétique, personne n'avait besoin d'un spécialiste de Platon ou d'Aristote et, avec un salaire de professeur d'université (c'est-à-dire sans la possibilité d'arrondir ses revenus comme consultant pour des entreprises, des partis politiques, voire le gouvernement), il n'aurait même pas de quoi se payer un costume décent pour assurer ses cours !

S'il avait été un peu moins gâté par sa mère, peut-être aurait-il suivi la première voie. Mais, peu habitué à se priver, il avait choisi ce qui l'intéressait en se disant que ses talents d'amant lui permettraient de se trouver un bon parti. Il s'était aussitôt mis en quête d'une femme riche, ou du moins aisée. Et avait été victime de ses préjugés. Il pensait que ses talents au lit étaient une monnaie d'échange suffisante, que n'importe quelle femme apprécierait d'avoir à demeure un amant ultra-performant. Il s'imaginait pouvoir rencontrer une jeune femme de moins de trente-cinq ans, bien installée dans la vie et qui avait besoin d'un mâle pour le lit et non pour partager des confidences ou l'aider dans les tâches domestiques. En d'autres termes, chacun continuerait à mener sa petite vie et ils ne se retrouveraient que pour remplir leur devoir conjugal. Mais il serait disponible aussi souvent et dans les circonstances qu'elle souhaiterait.

Malheureusement, les femmes qui correspondaient à son idéal ne cherchaient nullement un amant infatigable, mais de l'intimité, de la chaleur humaine, de la tendresse et des enfants. Elles n'avaient pas besoin d'une bête de sexe qui passerait sa vie avec des philosophes grecs anciens plutôt qu'avec elles. Quant à celles qui n'étaient intéressées que par ses prouesses, elles étaient bien plus jeunes et n'avaient pas les moyens de l'entretenir. Le chemin qui lui semblait si prometteur l'avait mené dans une impasse.

Tout lui semblait perdu lorsqu'il avait enfin rencontré Katia Golovanova, une étudiante qui lui ressemblait : elle ne vivait que pour ses études et avait un véritable don pour la philosophie. Il aimait à échanger longuement des idées avec elle. Passionnés d'Aristote, ils passaient des heures entières à discuter en marchant jusque tard le soir. Il la raccompagnait jusqu'à l'entrée de son immeuble et au moment de la quitter, remarquait que l'intérêt qu'elle lui portait n'était pas seulement platonique. En fait, Katia perdait complètement la tête et, s'ils s'étaient rencontrés en été, ils auraient sûrement trouvé un moyen de faire l'amour dans la cage d'escalier entre deux étages. Mais c'était l'hiver et ils portaient trop de vêtements.

Il était sur le point d'abandonner sa thèse sur les Grecs pour s'orienter vers les sciences politiques et envisageait sérieusement d'épouser Katia lorsque tout bascula. Un jour, son amie lui présenta Elia Bartocz, la fille d'un riche homme d'affaires. Fainéante, elle manquait totalement de matière grise, mais avait du tempérament et des besoins urgents en matière sexuelle. Il n'eut aucune difficulté à la séduire. Certes, il voyait bien que Katia souffrait, mais, entre ses sentiments réels et la perspective de sortir de la misère, il n'avait pas hésité.

Ayant trouvé la poule aux œufs d'or, Tourbine entendait mettre tous les atouts de son côté pour ne pas la tuer. Il comprenait très bien que les Bartocz n'avaient aucune envie de l'avoir pour gendre et se montra assez habile pour persuader Elia de préparer leur mariage en cachette. Entre-temps, il ne faisait que des apparitions furtives chez les Bartocz de manière à leur faire croire qu'il n'était qu'un soupirant ordinaire et inoffensif. Il voulait qu'Elia n'informe ses parents qu'après la cérémonie, mais elle ne put se retenir et livra leur secret trop tôt, transformant les deux semaines qui restaient en un véritable enfer. La perspicace Tamila comprit tout de suite la situation qui s'était créée entre sa fille, tendre et gâtée, et l'étudiant fauché habitué à se servir de son magnétisme sexuel. Cynique et caustique, elle les harcela quotidiennement en mettant sa fille en garde contre cette décision précipitée : on ne se marie pas juste parce qu'on a envie de baiser. Valeri Tourbine serra les dents et joua les amoureux transis. Pendant ces quinze jours qui lui semblèrent interminables, il tint bon, supportant la pression de Tamila et soutenant Elia que cette situation rendait dépressive. Une chose le rassurait : Istvan Bartocz ne lui semblait pas franchement hostile. Il ne prenait pas part aux attaques de sa femme et, dans les regards compatissants qu'il lui lançait de temps en temps, Tourbine lisait une certaine compréhension. Il en tirait l'impression que le père de famille voyait la situation avec d'autres yeux que sa femme et qu'il n'abandonnerait pas son futur gendre à un triste sort.

Le coup le plus dur lui vint pourtant de sa propre mère. Pour une raison inconnue, elle ne voulait pas entendre parler de ce mariage. Avait-elle peur de rester seule dans ses vieux jours ? À moins qu'Elia, fainéante et écervelée (tout ce qu'elle haïssait), ne lui plût pas ? Tourbine avait plutôt tendance à penser que, comme toutes les mères trop aimantes et possessives, elle ne trouverait aucune femme digne de son fils.

Le matin du 13 mai, Tourbine se réveilla le cœur léger pour la première fois depuis quinze jours. Il avait réussi ! Il avait tout supporté ! Il ne s'était pas laissé emporter par l'envie de répondre grossièrement à Tamila et de flanquer une taloche à Elia, même si elles le méritaient amplement toutes les deux.

J'ai tout enduré, se disait-il en se préparant pour la cérémonie. *Je n'ai pas perdu ma dignité, j'ai su me contrôler et démontrer à mon futur beau-père ma retenue et mon sang-froid. À moi la sinécure dans son affaire.*

En arrivant au bureau de l'état civil, à dix heures moins dix, il lui semblait avoir des ailes. Tamila avait fait des pieds et des mains pour qu'ils soient les premiers à se marier. Elle avait des réflexes d'aristocrate d'avant la Révolution : patienter avec le commun l'indisposait. Mais elle en avait été pour ses frais et Tourbine avait trouvé cela très amusant : les deux couples suivants, impatients de convoler, étaient déjà arrivés et occupaient le terrain avec leurs invités respectifs. Pendant que les employés, avec leur lenteur coutumière, terminaient de tout préparer pour les cérémonies, Tamila avait poussé les siens dans un coin du hall, loin des deux groupes bruyants. Elle semblait s'être fait une raison et, sur un petit nuage, Tourbine savourait sa victoire.

Mais soudain, tout s'était effondré. Cris, pleurs, ambulance, la milice. Et Tamila qui, perfide, n'avait pas laissé passer l'occasion : tel un serpent, elle s'était mise à siffler qu'il n'était pas possible de célébrer un mariage dans ces conditions, que cela leur porterait malheur, qu'il ne fallait pas lutter contre le destin, etc., etc. Elia mourait d'envie de se marier tout de même, mais avait fini par obéir aux injonctions de sa mère. Une chose est de poser en cachette une demande de mariage, une autre de déclarer à sa mère : « Je vais faire ce que je veux, même si cela ne te plaît pas. »

Bref, tout était à recommencer. Un mois ! Un mois entier à attendre ! À la pression de Tamila et à celle de sa propre mère venait maintenant s'ajouter celle de ce Marat Latychev, l'ancien amant d'Elia qui lorgnait, lui aussi, vers la fortune du père. Tourbine se demandait s'il serait capable de tout supporter, de se maîtriser, de s'abstenir de répondre vertement à Tamila ou à sa mère, de flanquer une paire de claques à cette conne d'Elia, de ne pas en venir aux mains avec Latychev.

Derrière tout cela, un autre sujet d'inquiétude venait d'apparaître. Latychev bluffait-il en prétendant que les Bartocz ne donneraient pas un kopeck à Elia après son mariage ? Avant, Tourbine voyait les choses sous le même angle qu'Elia : les parents s'occupent des enfants jusqu'à la retraite. C'était ainsi que les choses se passaient depuis toujours en Russie. Mais s'il en allait autrement pour les Bartocz… Avait-il lâché la proie pour l'ombre ? Était-ce en vain qu'il avait plaqué Katia en l'offensant mortellement ? Était-ce en vain qu'il se faisait violence à lui-même, en endurant les tirades de Tamila et en essuyant les larmes et la morve d'Elia ?

Faisait-il tout ça pour rien ? Une fois déjà, en comptabilisant les privations et les sacrifices qu'il avait faits dans son enfance, il était arrivé à la conclusion que c'était trop cher payer pour le résultat obtenu et s'était juré de ne plus jamais recommencer. Et s'il était en train de commettre une nouvelle erreur de calcul ?

En cette soirée de dimanche, trois autres hommes se demandaient également s'ils n'avaient pas commis une erreur. Installés sur un banc dans le parc de Sokolniki, ils n'étaient pourtant pas d'humeur à savourer la douceur du printemps.

– Il faut impérativement le retrouver ! s'écria d'une voix de fausset un petit chauve binoclard en chemise à carreaux.

Il ne payait pas de mine, mais ses relations d'affaires, qui étaient nombreuses, l'appréciaient pour son talent à tenir une comptabilité irréprochable et son habileté à soustraire aux impôts les capitaux qui passaient entre ses mains.

– Il faut peut-être engager quelqu'un, suggéra un gros bonhomme qui, la cigarette clouée au coin du bec, aimait l'argent parce qu'il permettait à celui qui en avait d'échapper aux basses besognes.

– Mais qui ? Les enquêteurs privés coûtent très cher et les chasseurs de primes travaillent pour un pourcentage substantiel de la caution. Il faut voir si on ne peut pas forcer quelqu'un à travailler à l'œil…

Le troisième, qui venait de parler, était un bel homme très bronzé, avenant, bien habillé, rasé de frais, les cheveux poivre et sel soigneusement coiffés en arrière, le regard dissimulé par des lunettes de soleil qui ne parvenaient pas vraiment à le faire ressembler à un vacancier en villégiature.

Oui, les trois hommes avaient bien commis une erreur : celle de payer la caution d'un Sergueï Artioukhine qui s'était volatilisé dès sa sortie de préventive.

Le juge d'instruction Olchanski n'avait pas perdu de temps. De retour dans son bureau après qu'Anastasia Kamenskaïa lui avait remis sa lettre anonyme, il avait signé un mandat d'amener contre Artioukhine qu'on soupçonnait de viol et dont l'alibi s'était effondré. La milice l'avait cueilli le soir même, alors qu'il se préparait à prendre la fuite avec sa maîtresse.

Après soixante-douze heures de garde à vue, le juge d'instruction lui avait notifié sa mise en détention préventive et son droit de se faire assister par un avocat. Artioukhine avait fait appel à un as du barreau qui avait aussitôt introduit un recours pour demander une libération sous caution. Deux jours plus tard, le juge, qui était de bonne humeur, rejetait les arguments de l'accusation, acceptait la requête de la défense et fixait la caution à l'équivalent en roubles de cinquante mille dollars. Par l'intermédiaire de l'avocat, Artioukhine avait contacté des « amis » capables de lui avancer la somme et, le lendemain, il était libre. Arrêté le samedi 13 au soir, il était libéré le samedi suivant, à l'aube. Quelques heures plus tard, il quittait Moscou pour une destination inconnue.

Cette fuite était à l'origine de la rencontre des trois hommes dans le parc de Sokolniki.

– Ce salopard me doit dix mille dollars depuis le mois de mars, se lamentait le chauve. C'est avec ça qu'il m'a accroché. Il m'a fait dire par son avocat qu'il était en taule pour une histoire de mœurs, ce qui l'empêchait de conclure une affaire qui allait lui permettre de me rendre mon argent ! Quel crétin je suis ! Pour récupérer dix mille, j'en perds trente de plus !

– Et en plus tu nous as mis dans le pétrin, maugréa le gros. C'est quoi, son histoire de mœurs ?

– Un juge d'instruction qui lui en veut personnellement, expliqua le chauve. Il lui a collé un viol sur le dos. Mais il a un alibi en béton…

– Entendu, Stepan, inutile de nous bourrer le mou. Nous te croyons sur parole, l'interrompit l'arbitre des élégances, en roulant agréablement les « r » à la manière des natifs du Caucase. Tout ce que nous voulons, c'est que tu retrouves ton gars. Parce que si l'État ne nous restitue pas cette putain de caution, c'est toi qui vas nous rembourser nos vingt mille dollars ! Malgré notre amitié et tout et tout.

Le chauve haussa les épaules avec fatalisme. S'il avait eu vingt mille dollars en liquidités, il n'aurait pas sollicité ses deux compères. Évidemment, tout était une question de temps. Il faisait de bonnes affaires et l'argent rentrait facilement. Les deux autres le savaient et lui accorderaient le délai nécessaire. Simplement, s'il ne remettait pas la main sur Artioukhine, il serait de sa poche de dix mille dollars, plus trente mille, plus vingt mille, plus les intérêts des vingt mille !

Quelle poisse ! se dit-il. *Attends un peu que je t'attrape, mon salaud ! Je vais t'apprendre à taper les gens !*

– Je me demande pourquoi le juge a fixé une caution aussi importante, reprit le Caucasien, pensif.

– Généralement, dit le gros, on fixe la caution en fonction de la situation matérielle du prévenu…

– Précisément ! s'exclama le Caucasien. Comment le juge connaissait-il la situation matérielle réelle de ton copain ? Officiellement, il est serrurier, n'est-ce pas ?

– Oui, c'est bien ça.

– Et d'où un simple serrurier pourrait-il bien sortir cinquante mille dollars ? Tu peux m'expliquer ça ?

– Mais ça n'a rien à voir ! protesta Stepan.

– Détrompe-toi, reprit le Caucasien sans élever la voix, mais avec une nuance de menace. Un simple serrurier pincé pour un délit pénal de cet ordre n'aurait jamais eu à payer une caution pareille. À mon avis, ils savent qu'il n'est pas serrurier et qu'il a des revenus d'un autre ordre. Et c'est pour ça qu'ils l'ont pincé, pas pour avoir baisé une pétasse. Tu y as pensé, Stepan ? Et s'il t'avait raconté des bobards ?

– Bon Dieu, Senia ! Pour nous, ça change quoi ? Il faut le retrouver, c'est tout ! Le délit, on s'en fout…

Toute la physionomie du chauve montrait que la seule chose qui comptait pour lui, c'était la perte d'un sacré paquet d'argent.

– Ce que ça change ? s'écria le gros en roulant sa cigarette d'un coin à l'autre de ses lèvres charnues. Tu ne t'es pas demandé d'où il tirait son pognon, ton copain ? Imagine qu'il vende de la came. Si c'est le cas, il viole la convention de partage du territoire. Trofim n'aimera pas ça du tout. Si ton gars n'a personne à part toi pour payer sa caution, ça signifie qu'il n'est pas de la famille. C'est un crétin solitaire. Un de ces zozos qui attirent l'attention et excitent les flics. Tu imagines la réaction de Trofim s'il s'avère que nous avons sorti de taule un franc-tireur qui viole non pas les pouffiasses, mais les règles du milieu ? Combien de temps il nous restera à vivre après ça ?

– Pas plus de deux heures, dit pensivement le Caucasien. Peut-être un peu moins.

– Moi, je dis quarante minutes, trancha le gros en se tournant vers Stepan qui avait blêmi. Au boulot, mon vieux ! Il faut que tu saches ce qu'on reproche vraiment à ton copain et pourquoi le juge a fixé une caution pareille. Tu as toute la journée de demain. Dans vingt-quatre heures, à dix-neuf heures tapantes, on se retrouve ici.

Il se leva avec une légèreté étonnante pour son volume et cria « Aoudra ! » d'une voix de stentor.

Un énorme boudin sur pattes bondit hors des buissons et se précipita vers lui. Le gros se baissa, prit le basset dans ses bras, fit un signe de tête à ses deux compères et se dirigea rapidement vers les grilles du parc. Un caniche couleur pêche accourut au même moment en réponse à un sifflement du Caucasien.

Stepan, petit et chauve, les regarda s'en aller sans prendre la peine de dissimuler son expression angoissée. Un énorme berger allemand vint s'asseoir à côté de lui et, sentant que quelque chose n'allait pas, posa la tête sur sa cuisse. L'homme le caressa quelques secondes, finit par accrocher la laisse au collier et se leva à son tour.

– Allez, Pinia, on rentre ! dit-il.

Du blanc et du noir. Et aussi du rouge... Trois couleurs qui concentrent en elles tout le sens de l'existence terrestre. Trois couleurs qui expriment l'idée suprême. Tout le reste n'est que tromperie inventée pour la consolation des faibles.

Le blanc était pour moi le symbole d'une vie heureuse, bien organisée. Mais vous avez décidé que cette vie n'était pas pour moi. Que je ne convenais pas. C'est vous qui m'avez barré l'accès à la vie blanche. Pourquoi ? Pourquoi est-elle bonne pour vous et pas pour moi ? Pourquoi ?

Je vais exterminer tous les blancs. Je vais vous prouver que vous n'êtes pas meilleurs que moi. Puis je mourrai. Je n'ai pas l'intention de continuer à vivre dans un monde où tout est mensonge, tromperie, faux-semblant. Dans un monde où il n'y a pas de blanc véritable, mais juste du noir camouflé et du rouge. Le rouge du sang et de la mort qui nous rend tous égaux. Mais avant de mourir, je vous montrerai... Je vous montrerai à tous...

Korotkov et Selouïanov sortirent complètement abasourdis de leur rencontre avec le poivrot Pavel Smitienko. Ils comprenaient enfin pourquoi la malheureuse Veronika Tourbine déménageait sans cesse. Et ils devinaient pourquoi elle était tellement opposée au mariage de son fils. Comment aurait-il pu en aller autrement ?

Tout avait commencé pendant l'été caniculaire de 1967. À quarante-deux ans, Veronika Tourbina avait déjà enterré ses parents et vivait seule dans le grand appartement familial. Elle était maître de conférences à l'Institut de médecine et envisageait très sérieusement de se mettre à son doctorat d'État. Il lui semblait que sa vie était planifiée pour le reste de ses jours et que rien ne viendrait jamais troubler sa tranquillité.

La fin du mois de juin était particulièrement chaude et étouffante. Elle essayait de maintenir un courant d'air en gardant les fenêtres ouvertes, mais quand elle était à la maison, elle passait le plus clair de son temps sur le balcon où elle avait installé une vieille table basse et un fauteuil en osier.

Un jour qu'elle y était assise avec un bon livre et une tasse de thé, une odeur désagréable lui chatouilla les narines. Ça venait du balcon voisin. Depuis son internat en hôpital, elle savait reconnaître cette odeur. C'était celle de la mort.

Tourbina alla aussitôt sonner chez les voisins, mais personne ne vint ouvrir. Elle connaissait bien le couple de retraités qui habitait là. La femme était partie depuis quinze jours au Kazakhstan pour rendre visite à leur fille. Le mari, Grigori Filippovitch, était resté à Moscou avec l'intention de s'installer quelques semaines dans la petite datcha qu'ils s'étaient construite dans un village des environs. En tout cas, Tourbina ne l'avait pas croisé dans l'escalier depuis le départ de son épouse.

Inquiète, elle appela la milice. Les deux jeunes sergents qui se présentèrent ne voulaient pas forcer la porte. Ils n'acceptèrent de le faire, et après de longues tergiversations, que lorsqu'elle les conduisit sur son balcon pour leur faire sentir la puanteur.

Grigori Filippovitch était mort depuis une bonne dizaine de jours. Le cadavre se trouvait dans un stade de décomposition avancé : le corps gonflé était devenu vert et noir. L'un des sergents vomit sur place et l'autre se précipita chez Tourbina pour prévenir le commissariat.

– Ils arrivent, marmonna-t-il en se tamponnant le front avec un grand mouchoir d'une propreté douteuse. Comment ça se fait que personne ne se soit inquiété ? Avait-il de la famille ?

– Sa femme est chez leur fille au Kazakhstan. Et lui, je le croyais à sa datcha. Il a dû venir en ville pour acheter des provisions et le cœur a lâché. Par cette chaleur… Il était malade depuis longtemps.

– Quel cauchemar ! soupira le sergent. Que Dieu nous préserve d'une telle mort !

La voiture de la morgue arriva une heure et demie plus tard alors que l'équipe opérationnelle du parquet était déjà repartie. Celle-ci n'était même pas restée cinq minutes : la mort semblait naturelle et le juge d'instruction de service s'était borné à afficher une mine dégoûtée en déclarant qu'il était impossible de travailler dans ces conditions. Il avait ordonné de disposer du cadavre après avoir marqué son contour à la craie, en précisant qu'il reviendrait le lendemain avec des experts.

L'employé de la morgue était un garçon à qui l'on donnait à peine vingt ans, grand et bien fait, aux épaules larges et aux cheveux noirs. Il portait sur l'épaule un brancard à la toile enroulée autour des deux longs montants en bois.

Il fendit le petit groupe de voisins agglutinés devant la porte de l'appartement du défunt.

– Vous êtes seul ? s'étonna le sergent qui était resté.

L'autre attendait en bas, dans la voiture de la milice et, selon un voisin, son teint était passé du vert au jaune.

– Eh oui ! lui répondit le brancardier. On manque de personnel. Mais je trouve toujours de bonnes âmes pour m'aider.

– Ne compte pas sur moi, mon vieux ! Quand on voit la saloperie qu'est là, on dégueule rien qu'à l'approcher. Moi, je n'entre plus là-dedans.

Le brancardier haussa les épaules et pénétra en silence dans l'appartement.

Voyant que les voisins partageaient l'état d'esprit du milicien et n'étaient pas disposés à faire le moindre geste, Veronika Tourbina décida de lui emboîter le pas.

– Mon Dieu ! s'écria le brancardier en se couvrant la bouche et le nez avec la main. Ce type est là depuis des jours et des jours ! Par cette chaleur ! Comme se fait-il que personne ne se soit rendu compte de son décès ?

Comme pour se justifier, Tourbina lui raconta ce qu'elle avait déjà expliqué aux flics.

– Je ne pourrai pas m'en occuper tout seul, c'est sûr, constata sombrement le brancardier. Il va partir en lambeaux. Il va falloir que vous m'aidiez.

– Moi ? s'écria-t-elle, paniquée. Mais je ne pourrai jamais. Je m'évanouirai avant même de pouvoir le toucher…

– Écoutez, lui dit-il doucement en la prenant poliment par le coude. Je ne peux pas faire ça tout seul. Quelqu'un doit me donner un coup de main. Vous voyez bien que le milicien ne lèvera pas le petit doigt. S'il vous plaît, aidez-moi.

Comme elle lui jetait un regard épouvanté, il lui demanda :

– Vous avez de la vodka ?

Elle hocha la tête en silence. Elle en avait toujours une ou deux bouteilles d'un demi-litre chez elle pour soudoyer des réparateurs quelconques.

– Vous allez boire un petit verre et ça va vous donner du courage, vous verrez.

La tenant toujours par le coude, le brancardier la poussa vers le palier. Le sergent, devant la porte, fumait nerveusement une cigarette avec un air buté. Il tentait visiblement de dissimuler qu'il ne se sentait pas très bien.

Tourbina fit entrer le brancardier chez elle. Elle se rendit alors compte qu'elle allait être *vraiment* obligée d'aider cet homme et ses jambes se dérobèrent sous elle. Il la retint et l'aida à s'asseoir dans la cuisine.

– Comment vous appelez-vous ?

– Veronika Matveïevna, lui répondit-elle d'une voix blanche.

– Moi, c'est Pavel. Ou simplement Pacha, lui dit-il en souriant. Où gardez-vous la vodka ?

Du menton, elle lui indiqua un placard. Il prit la bouteille en jetant sur l'étiquette un regard appréciateur, saisit au passage deux grands verres sur une étagère et posa le tout sur la table. Ouvrant le demi-litre d'un geste d'habitué, il remplit l'un des verres à moitié et versa seulement un fond dans l'autre.

– Je vais vous tenir compagnie. Ce n'est pas bien de boire tout seul. Allez, Veronika Matveïevna ! l'encouragea-t-il en poussant vers elle le verre à moitié plein. Buvez d'un trait !

Elle écarquilla des yeux effarés :

– C'est beaucoup trop ! Jamais je ne pourrai boire tout ça !

– Il le faut, ma brave femme ! Il le faut ! Si vous en prenez moins, ça ne servira à rien. Buvez !

Tourbina ferma les yeux et avala l'alcool d'un seul coup. Elle grimaça en sentant la brûlure dans son œsophage, mais cela lui sembla beaucoup moins pénible qu'elle ne le craignait. Pavel, lui, but son fond de verre lentement, par petites gorgées. Elle savait qu'ainsi la vodka produisait plus vite ses effets.

– Très bien ! la complimenta-t-il. Nous allons rester assis quelques minutes avant d'y aller. Vous ne fumez pas ?

– Ça m'arrive.

– Alors, prenez une cigarette. Ça aide.

Elle sortit un paquet entamé et un briquet d'un tiroir. Après quelques bouffées, elle sentit la tête lui tourner et une envie de vomir lui monter du fond des entrailles.

– Non, ça ne va pas, dit-elle en écrasant la cigarette dans un cendrier.

Des pas lourds retentirent dans le vestibule et le sergent apparut sur le seuil de la cuisine.

– Alors, ce cadavre ? Vous l'emportez ou quoi ? jeta-t-il au brancardier en regardant, désapprobateur, la bouteille de vodka et les deux verres vides. Je n'ai pas que ça à faire, moi !

– Tu peux décamper, si tu veux ! Pour l'aide que tu apportes, on peut s'arranger sans toi.

– Je dois fermer et placer des scellés, dit le milicien d'un air grave. Le juge d'instruction doit revenir demain. On ne sait pas si c'est vraiment une mort naturelle. C'est peut-être un meurtre...

– Putain de ta mère ! avait bougonné le brancardier en se levant à contrecœur. Bon, Veronika Matveïevna, on va essayer.

Il sortit de sa poche une paire de gants en caoutchouc et les tendit à Tourbina.

– Mettez ça.

– Et vous ?

– Je m'en passerai. J'ai l'habitude.

– Non, non ! s'écria le médecin en elle. Les gants sont indispensables. Une simple égratignure et vous seriez contaminé. Il ne faut pas plaisanter avec ça. Attendez, je vais bien vous trouver quelque chose.

Elle fouilla dans un placard et trouva des gants pour la vaisselle. Ce n'était pas l'idéal, mais ça ferait l'affaire...

Elle respira un grand coup et pénétra résolument à côté de Pavel dans l'appartement du défunt. Le brancardier se pencha sur le corps en décomposition. Tourbina se demanda comment il faisait pour supporter la puanteur qui lui soulevait le cœur.

– Nous avons besoin d'une toile cirée, dit-il d'une voix traînante. Il faut la faire passer sous lui. Il n'y a que comme ça qu'on pourra réussir à le bouger.

Tourbina fit demi-tour et quitta l'appartement en courant. Au bout de quelques minutes, ne la voyant pas revenir, Pavel alla la chercher. Il la trouva assise dans sa cuisine, la tête entre les mains.

– Je pensais que vous cherchiez une toile cirée, lui lança-t-il en laissant percer son mécontentement. J'ai besoin de vous et vous restez là, sans rien faire...

– Je ne peux pas. Excusez-moi, Pacha. Je ne peux vraiment pas.

– Il le faut, Veronika Matveïevna, il le faut. Vous devez vous maîtriser. À part vous et moi, personne ne le fera. Essayez de faire un effort.

– Non, je ne peux pas.

– Buvons encore un petit verre, dit-il avec résolution.

Et joignant le geste à la parole, il lui reversa une bonne rasade avant de lui mettre le verre entre les mains.

– Allez, d'un trait ! Ça ira mieux, vous verrez.

Elle cligna des yeux en avalant le liquide brûlant. Au bout d'un instant, elle se sentit mieux. Elle se comportait vraiment comme une petite fille. Évidemment qu'elle allait le faire... puisqu'il n'y avait pas d'autre solution.

– Allons-y, Pacha, dit-elle en se levant avec difficulté.

Cette fois, elle tint un peu plus longtemps. Ils parvinrent à faire passer presque entièrement la toile cirée sous la bouillie gélatineuse, noire et verte, qui partait en lambeaux à chaque mouvement, avant qu'elle ne se sente tourner de l'œil. Pavel, qui la surveillait, remarqua qu'elle blêmissait et eut le temps de la soutenir.

– Chut, chut, répéta-t-il en prenant Tourbina dans ses bras pour la faire sortir de l'appartement. Tout va bien, nous allons nous asseoir, nous reposer. Encore un tout petit effort et nous aurons terminé. Vous êtes merveilleuse. Tellement brave. Je n'ai jamais rencontré de femme comme vous.

De retour dans la cuisine, il l'aida à s'asseoir et lui versa encore de la vodka.

– Je crois que ce n'est pas nécessaire, lui dit-elle, indécise. Ça n'a pas l'air d'avoir beaucoup d'effet...

– C'est ce qu'il vous semble. Vous êtes sur les nerfs et vous ne sentez pas les effets de l'alcool. Mais sans ça, vous n'auriez pas accompli le dixième de ce que vous avez fait. Allez ! Pour vous donner du cœur au ventre !

Elle but docilement son demi-verre. Cette fois, elle ne remarqua pas la brûlure et le liquide coula comme de l'eau.

De retour dans l'appartement de Grigori Filippovitch, ils réussirent à soulever les restes du défunt en tenant les quatre extrémités de la toile cirée et posèrent le tout sur le brancard.

– Et voilà ! s'écria-t-il avec satisfaction en attachant les extrémités de la toile pour dissimuler le cadavre aux regards. Le plus terrible est derrière nous. Il ne nous reste plus qu'à porter ça dans la voiture et tout sera fini.

Il jeta un regard dans la cage d'escalier où, à part le sergent, deux voisins seulement étaient parvenus à braver la puanteur.

– Eh, vous ! Vous ne voulez pas me donner un coup de main ?

Le sergent détourna le regard. L'un des voisins s'esquiva. L'autre pâlit, hésita mais, considérant sans doute qu'il lui était impossible de se défiler, finit par entrer dans l'appartement. Parvenu à un mètre du brancard, il s'arrêta, porta la main à sa bouche et battit précipitamment en retraite. Bientôt, des bruits peu ragoûtants en provenance du palier persuadèrent Pavel et Tourbina qu'il rendait tripes et boyaux.

– Bon, dit le brancardier, dépité, nous allons être obligés de le descendre tous les deux.

Tourbina se mit à pleurer silencieusement.

– Veronika Matveïevna, faites un dernier effort, la supplia-t-il. Vous voyez ce qui se passe. Les gens ne sont pas de fer…

– Et moi, vous croyez que je suis de fer ? s'écria-t-elle avec des sanglots dans la voix. Je n'en peux plus. Laissez-moi tranquille !

L'homme resta interdit à côté d'elle. Il avait l'air tellement désemparé qu'elle eut pitié de lui. Après tout, il n'était pour rien dans tout cela. Elle n'allait tout de même pas le laisser tomber au dernier moment.

– Entendu, je vais vous aider…

Elle retourna dans sa cuisine en essuyant ses larmes et avala une autre rasade de vodka.

– Prenez par-devant, lui dit-il lorsqu'elle ressortit. Comme ça, vous ne verrez rien.

Elle acquiesça avec reconnaissance, d'un signe de tête.

Ils descendirent prudemment les trois étages et poussèrent enfin la civière dans l'ambulance dont Pavel claqua la portière avec soulagement.

– Ouf ! C'est fini ! Merci infiniment, Veronika Matveïevna, vous êtes une femme extraordinaire.

Elle fit demi-tour sans dire un mot, puis elle remonta chez elle. À force de serrer les dents, il lui semblait impossible de décontracter les mâchoires. Dans la cuisine, le demi-litre de vodka était presque vide. Il en restait à peine deux gorgées. Elle pensa avec effroi qu'elle avait bu tout cela toute seule puisque Pavel n'en avait pris qu'un doigt. Sans se rendre vraiment compte de ce qu'elle faisait, elle s'empara de la bouteille pour la finir au goulot. Elle ne se sentait pas ivre pour autant.

Elle passa ensuite dans la salle de bains, prit une douche très chaude en se savonnant abondamment. Lorsqu'elle eut enfin l'impression de s'être débarrassée de l'odeur qui lui collait à la peau, elle se frotta avec une serviette épaisse et se coucha. Mais elle ne parvint pas à trouver le sommeil. Elle revoyait sans cesse les scènes répugnantes qu'elle venait de vivre.

Elle resta allongée jusqu'au soir. Les effets de la vodka commencèrent à se faire sentir et elle avait l'impression que toute la pièce valdinguait autour d'elle dès qu'elle fermait les yeux. Elle décida que la meilleure solution pour faire passer ce tournis désagréable était de manger un morceau et se leva. Mais la simple vue de la nourriture lui donna la nausée. Elle s'assit à la table de la cuisine et resta là, dans une sorte d'état second, la tête entre les mains. Au bout de longues minutes, le timbre de la sonnette la tira de sa léthargie.

C'était Pavel.

– Bonsoir, lui sourit-il, gêné. Excusez-moi de vous déranger. Je viens simplement prendre de vos nouvelles. Vous étiez tellement pâle en remontant...

Curieusement, elle fut heureuse de le voir. Après une telle journée, la solitude lui semblait intolérable. La pensée de la briser avec un brancardier de la morgue ne la choqua nullement. Il était tellement gentil et attentif.

– Vous avez mangé quelque chose ? lui demanda-t-il avec sollicitude en entrant dans le grand appartement.

– J'ai essayé, avoua-t-elle, mais je n'y arrive pas.

– Il faut manger. C'est obligatoire. Vous êtes restée sur les nerfs toute la journée.

– Je n'arrive pas à avaler quoi que ce soit.

– Ce n'est pas comme ça qu'il faut faire ! s'écria-t-il avec bonne humeur. Si le morceau ne glisse pas tout seul, il faut l'aider. En buvant un coup.

– Impossible ! J'ai déjà ingurgité toute une bouteille.

– Et alors ! Quand ça ne suffit pas, il faut en rajouter. Allez, on va manger ensemble ! Je vous tiendrai compagnie. On va boire à la santé du défunt !

En d'autres circonstances, Veronika Tourbina aurait été outrée par un tel comportement. Mais, à cet instant, elle accueillit cette présence avec reconnaissance. Elle prépara un dîner rapide en surmontant les haut-le-cœur qui lui venaient par vagues, dressa la table et sortit un autre demi-litre de vodka.

Elle ne remarqua même pas à quelle vitesse ils la burent. L'alcool passait tout seul et – Pavel avait raison – ça l'aida à manger. Peu à peu, la tension de la journée disparaissant, une douce chaleur se répandit dans tout son corps et les événements de la journée se fondirent dans le lointain, comme s'ils s'étaient déroulés dans une autre vie.

À un moment, Pavel poussa un long soupir :

– C'est beau, chez vous. Des livres, des tableaux. Vous êtes riche. Et vos enfants hériteront de tout cela.

Ça ne l'avait pas choquée. Elle se sentait prête à aimer tout le monde et à tout excuser.

– Je n'ai pas d'enfants, dit-elle. Je vis toute seule.

– Comment ça ? Pas de mari ? Et vos parents ?

– Je n'ai personne. Mes parents sont morts et je n'ai jamais été mariée.

– Ben, dites donc ! s'écria-t-il avec une pointe d'incrédulité dans la voix. Vous voulez dire que personne ne va hériter de tout ça ? Quel dommage !

Tourbina lui fit les honneurs de l'appartement. Ils passèrent d'une pièce à l'autre et elle lui montra avec fierté ses livres et les toiles accrochées au mur en précisant quelles étaient celles qu'elle tenait de son grand-père ou de son père. Ses yeux se fermaient, la fatigue prenait le dessus, mais Pavel ne partait pas. À vrai dire, elle ne voulait pas qu'il parte.

Et puis, plus rien. Le brouillard...

Le matin suivant, elle fut réveillée par un bruit inhabituel et la sensation d'un corps allongé à côté d'elle. Avait-elle vraiment passé la nuit avec un brancardier de la morgue ? Elle, la fille d'un architecte de renom, elle, maître de conférences à l'Institut de médecine, déflorée par un gamin ivre ? Non, ce n'était pas possible !

Elle secoua Pavel, qui ronflait comme un sonneur.

– Va-t'en, Pacha, lui dit-elle sans le regarder dans les yeux. Pars vite, s'il te plaît. Il faut que j'aille travailler.

À peine réveillé, il eut des difficultés à saisir la cause de son agitation, mais il comprit bien qu'elle le chassait. Il le prit mal, mais n'en laissa rien paraître. Elle devait pourtant s'estimer heureuse d'avoir connu un homme sur ses vieux jours. Sinon, elle serait restée pucelle !

En sortant, il parvint à subtiliser une belle bague sertie d'une émeraude qu'il avait repérée sur la commode de la chambre.

Plus tard, Tourbina remarqua que la bague avait disparu et se dit immédiatement que c'était un coup de Pacha. Elle ne porta pas plainte. Elle avait tellement honte de l'incident et de sa conduite qu'elle ne demandait qu'une chose : ne plus jamais revoir le jeune homme. Quant à lui, même si l'idée d'aller rendre visite à Tourbina lui traversa l'esprit à une ou deux reprises, il n'en fit rien. Après son larcin, il était sûr qu'elle l'accueillerait en appelant les flics pour l'accuser de vol.

Un an plus tard, il fut arrêté pour exhibitionnisme. Dès qu'il avait un petit coup dans le nez, sa libido lui jouait des tours, et pour tenter de séduire les femmes, il ne trouvait rien de mieux à faire que d'ouvrir sa braguette et de montrer sa virilité. Après avoir purgé une peine de deux ans de camp à régime normal pour comportement indécent et asocial, il retrouva son ancien emploi à la morgue. Les candidats à ce poste ne se bousculaient pas et la direction aurait accepté n'importe qui, même s'il avait passé la moitié de sa vie derrière les barreaux. En revanche, son permis de résidence à Moscou ne lui fut pas renouvelé et il se vit obligé de vivre en banlieue, mais cela ne le gênait pas.

En 1980, Pavel fut de nouveau pris en flagrant délit : il satisfaisait ses besoins sexuels sur son lieu de travail avec des cadavres de femmes, jeunes ou âgées. L'avocat nommé d'office était très jeune et avait besoin de prouver qu'il était plus malin que le tribunal. Il s'efforça de persuader les juges que le prévenu ne pouvait être convaincu de conduite indécente offensant la moralité puisqu'il commettait ses actes en cachette, en prenant bien soin de n'être vu par personne, alors que c'était le caractère ostensible et public de ce comportement qui constituait le délit. Le tribunal, bien que sensible à la thèse de l'avocat, ne l'avait pas suivi. Le prévenu s'était rendu coupable de nécrophilie et même si les législateurs avaient, par mégarde, oublié de mentionner ce délit dans le code, il fallait bien le châtier. Pavel Smitienko fut donc condamné une nouvelle fois pour comportement indécent et conduite asociale. Récidiviste, il écopa de cinq ans de camp à régime sévère.

Il fut libéré pour bonne conduite en 1984, édenté, presque chauve et imbibé de *tchifir*, l'infusion de thé noir très fort, et des vapeurs d'acétone qui agissent comme des drogues puissantes.

Un jour, il rencontra par hasard dans la rue Veronika Tourbina qu'il n'avait pas vue depuis dix-huit ans, mais qui n'avait pas beaucoup changé. Elle semblait seulement plus petite et encore plus sèche. À ses côtés marchait un beau jeune homme aux cheveux noirs qui lui rappelait quelqu'un, même s'il était incapable de déterminer qui. Il s'approcha d'eux en souriant. Il avait oublié le vol de la bague depuis belle lurette et n'éprouvait donc pas la moindre gêne.

Elle le reconnut aussitôt. Paniquée, elle fit un bond de côté en jetant un regard de bête traquée sur le jeune homme près d'elle. Pavel Smitienko comprit tout de suite. Bien sûr ! Le garçon lui ressemblait. Ou du moins ressemblait à ce qu'il était au même âge : la taille, la couleur des cheveux, la silhouette, les yeux. C'était lui tout craché !

– Comment allez-vous, Veronika Matveïevna ? lui demanda-t-il poliment. Je suis ravi de vous revoir.

– Tout va bien, merci, lui répondit-elle nerveusement.

Il aurait été stupide de prétendre que l'homme s'était trompé puisqu'il l'avait appelée par son nom.

– C'est votre fiston ?

– Oui.

Smitienko lut une telle panique dans son regard qu'un plan mûrit en un instant dans sa tête.

– Un beau garçon, la complimenta-t-il avec une moue appréciatrice. Vous habitez toujours au même endroit ? Vous n'avez pas déménagé ?

– Non, nous habitons dans le même appartement, lui répondit-elle plus calmement, en pensant que Smitienko n'avait rien deviné.

Ils bavardèrent encore quelques minutes, de tout et de rien, puis Tourbina prit congé avec soulagement. Mais sa confiance était prématurée : son amant d'une nuit avait bien compris qu'elle donnerait n'importe quoi pour que son fils ne sache jamais qui était son père. Il aurait bien aimé savoir quel bobard elle lui avait raconté. Papa était-il un brave explorateur des terres arctiques, disparu au cours d'une mission importante au service de la patrie ? Ou un secouriste intrépide qui avait donné sa vie pour sauver des gens ?

Le lendemain, il guetta Veronika Tourbina dans la rue, l'aborda lorsqu'il fut certain qu'elle était seule et lui exposa sans ambages ses exigences : le parasitisme n'étant plus considéré comme un délit criminel, il n'irait donc plus travailler, mais vivrait tranquillement avec l'argent qu'elle lui donnerait. Si elle n'acceptait pas, il irait tout raconter au gosse. Sans doute serait-il ravi de pouvoir enfin embrasser son vrai père ! Pour enfoncer le clou, il raconta à Tourbina les délits qui lui avaient valu ses deux condamnations en lui demandant ce que Valeri en penserait s'il était au courant.

Pour les Tourbine, ce fut le début d'une longue déchéance. Ils déménagèrent une fois, puis une autre, puis une troisième, et chaque fois, le « supplément » de la transaction partit dans les poches sans fond de Pavel Smitienko.

Lorsqu'il apprit que Valeri allait se marier, il épia le jeune homme et le suivit à un rendez-vous avec sa fiancée. Indiscutablement, il avait bon goût. Non seulement la fille avait tout ce qu'il fallait là où il fallait, mais en plus, comme il ne tarda pas à le savoir en la suivant à son tour, son père était un homme d'affaires plein aux as. Aussitôt, il saliva. Il pourrait même laisser tomber Veronika Tourbina pour se concentrer sur le fiston. Il suffirait de lui expliquer la tête que ferait sa belle-famille en apprenant qui était son père pour qu'il se mette à cracher au bassinet et dans des proportions autrement plus importantes que sa fauchée de mère. Et lui, Pavel, n'aurait plus qu'à se la couler douce et à vivre comme un vrai pacha !

10

Le lundi matin, Anastasia s'offrit une grasse matinée voluptueuse. À dix heures et demie, Liocha, qui s'était levé aux aurores et travaillait dans la cuisine, décida qu'il était peut-être temps de la réveiller. Elle dormait si bien qu'il se ravisa. Il avait prévu d'aller au marché, elle pouvait bien fainéanter encore un peu.

À onze heures, il était de retour.

– Debout, marmotte ! s'écria-t-il en entrant dans l'appartement comme une tornade. Une journée de gloire t'attend.

Il posa sur sa figure un numéro tout frais des *Nouvelles du crime* qu'il venait d'acheter au kiosque d'à côté. La deuxième page était entièrement consacrée aux meurtres des bureaux de l'état civil.

Contrairement à ses habitudes, Anastasia ne s'enroula pas dans les couvertures pour prolonger sa nuit de quelques minutes. Elle se mit tout de suite sur son séant, saisit le journal et lut attentivement le texte pour vérifier si on ne lui avait pas joué un mauvais tour. Elle fut vite rassurée : le journaliste n'avait peut-être pas apprécié sa dérobade, mais il avait présenté les choses comme ils avaient convenu, de manière correcte et claire. Il était notamment arrivé à dramatiser à souhait la découverte des lettres de menaces, peu de temps avant les deux meurtres. L'avis de recherche et la photo de la femme inconnue s'étalaient également au bas de la page. En regardant celle-ci, Anastasia éprouva le même malaise que la première fois qu'elle l'avait vue. Incapable de dire ce qui la troublait, elle referma le journal.

Sans se presser, Anastasia but deux tasses de café en pensant avec plaisir qu'elle n'avait à courir nulle part. Elle allait rester tranquillement chez elle, avec Liocha, à s'occuper de sa traduction et goûter aux joies de la vie de couple.

Mais il était dit que rien ne se passerait comme prévu. À onze heures et demie, le téléphone sonna.

– Je ne te réveille pas, j'espère.

C'était Korotkov.

– Quelle réputation tu me fais ! Je suis debout depuis des heures, lui renvoya-t-elle.

Au bout du fil, son collègue ne fut pas dupe.

– Et moi qui rongeais mon frein pour ne pas te réveiller trop tôt ! se moqua-t-il gentiment. J'ai des choses à te raconter.

Depuis le début de l'enquête, il la tenait au courant de ses découvertes. Dès qu'ils avaient commencé à travailler ensemble, ils avaient pris l'habitude de bavarder des affaires en cours suivant le principe que la discussion apporte la lumière et qu'un détail peut être interprété différemment selon le point de vue qu'on adopte. Anastasia était officiellement en vacances, mais Korotkov n'entendait pas se priver de ces conversations si productives. Quant à la jeune femme, sans ses informations régulières sur l'avancement de l'enquête, elle aurait tourné comme un ours en cage. Cette fois, son ami lui raconta en détail les aventures de Pavel Smitienko et de Veronika Tourbina.

Anastasia raccrocha avec un arrière-goût nauséeux dans la bouche. Elle but encore une tasse de café en fumant une cigarette, écrasa le mégot dans un cendrier, poussa un soupir résigné et s'installa devant son ordinateur. Elle traduisit à peine trois lignes avant que son esprit s'envole vers les turpitudes des familles Bartocz et Tourbine. Chaque fait nouveau qu'on découvrait renforçait son impression que les deux crimes étaient liés au mariage d'Elia et de Valeri.

– Nastia, je crois que quelque chose te turlupine, lui dit Tchistiakov en constatant que depuis quelques minutes sa femme n'avait pas quitté le plafond des yeux. Tu n'arrives pas à travailler ?

– Je repense à ces meurtres, lui répondit-elle distraitement. Je ne peux pas me concentrer.

– Tu veux qu'on fasse une promenade ? De toute façon, ça ne sert à rien de rester devant un écran vide et on réfléchit mieux en marchant. Et moi, j'ai besoin de cogiter un peu. Tu viens ?

Il n'avait pas fini sa phrase qu'elle était déjà debout.

– Allons-y ! s'écria-t-elle avec entrain. Mais à condition que tu ne marches pas trop vite. Je n'ai pas l'intention de m'entraîner pour un marathon.

Ils se baladèrent dans le quartier, chacun plongé dans ses pensées en échangeant parfois des répliques insignifiantes. Au bout d'une bonne heure, Tchistiakov déclara qu'il avait fini « d'inventer son invention » et qu'il était prêt à rentrer.

– Et moi, je n'ai rien inventé du tout, reconnut tristement Anastasia. C'est mon cerveau qui me joue des tours. Il sait que je suis en congé et exige le respect des normes syndicales.

De retour à la maison, elle se proposa pour préparer le déjeuner. Elle se sentait tellement honteuse d'avoir laissé son mari se charger de toutes les corvées domestiques depuis une semaine qu'elle était prête à tous les efforts. Pendant qu'elle s'escrimait avec les plats et les assiettes, Tchistiakov s'installa avec un livre près d'elle, dans la cuisine. En fait, il n'arrivait pas vraiment à lire : son attention était attirée par les tentatives culinaires de sa femme. Il s'était promis de ne pas intervenir, mais ce fut plus fort que lui.

– Ne sale pas la viande, elle va perdre tout son jus !

– Comment ça ?

– Il faut le faire plus tard, pas maintenant.

– Quand ?

– Quand elle sera bien saisie. Alors, elle restera juteuse.

– Intéressant, reconnut-elle pensivement. On voit tout de suite que j'étais nulle en chimie.

– Ça n'a rien à voir avec la chimie. Tu ne sais pas faire la cuisine, c'est tout, lança-t-il avec un sourire malicieux et en faisant mine de se replonger dans son bouquin.

Il la regarda à peine éplucher les pommes de terre et les couper en petits cubes, mais lorsqu'il la vit sur le point de mettre du beurre dans une poêle bien chaude, il perdit patience.

– Arrête, Nastia !

– Quoi encore ?

– Si tu veux que tes patates soient croustillantes et bien dorées, il faut les frire dans de l'huile. Au moins, au début. Après, tu peux toujours ajouter de la margarine ou du beurre. Et ne touche pas à la salière.

– Pourquoi ? Il ne faut pas saler les pommes de terre non plus ?

– Jamais au début, sauf si tu veux qu'elles se transforment en un magma informe. Il faut les saler plus tard, lorsqu'elles sont presque prêtes.

– Va au diable ! s'écria-t-elle en agitant la main avec dépit. Tu es un sadique ! Tu prends plaisir à me terroriser ! Je fais des efforts, j'essaie d'apprendre et toi, tu me grondes.

– Il n'y a rien de personnel, chérie. Je tente seulement de sauver mon déjeuner. Et si tu veux vraiment apprendre, demande conseil à un véritable cordon-bleu : ton serviteur.

Il inclina le buste d'une manière comique qui la fit rire.

– Eh ! s'écria-t-il aussitôt en la faisant sursauter. Enlève tout de suite le couvercle de cette poêle !

– Mais, pourquoi ?

– Ce sont des frites que tu veux ou des pommes vapeur ? Si tu les veux croustillantes, il ne faut pas de couvercle.

– Pourquoi ?

– Nastia, arrête de poser des questions idiotes. Non seulement tu n'as pas appris la chimie, mais tu présentes des lacunes singulières en physique. Tu as fait pourtant une filière scientifique, au lycée.

– Oui, mais je copiais toujours sur toi, tu l'as oublié ? C'est même pour me permettre de le faire que tu as insisté pour qu'on soit dans la même classe. Sinon, je n'aurais jamais eu mon exam.

Ils pouffèrent. En réalité, Anastasia était une excellente élève et Alexeï Tchistiakov s'était débrouillé pour passer dans sa classe seulement parce qu'il voulait être près d'elle. Après les cours, ils faisaient leurs devoirs, puis se promenaient jusqu'au soir en s'embrassant sans arrêt. D'ailleurs, tout le monde savait qu'ils sortaient ensemble : leurs profs, leurs camarades et leurs parents.

Finalement, leurs efforts conjoints portèrent leurs fruits : le déjeuner fut prêt et la table dressée. La promenade leur avait ouvert l'appétit et le repas qu'elle avait mis trois quarts d'heure à préparer fut dévoré en dix minutes à peine.

– C'est toujours comme ça, constata-t-elle avec une pointe d'abattement dans la voix. On fait des efforts, on perd un temps fou et hop ! Plus rien. Cinq minutes de plaisir et une montagne de vaisselle. Pourquoi est-ce tellement injuste ?

– La loi de la vie, lui répondit Tchistiakov avec philosophie. C'est la même chose dans le travail. Regarde : tu te tourmentes, tu souffres, tu inventes, tu te trompes, tu te désespères et soudain tout est fini. Tu te souviens de ce tueur à gages que tu as aidé à arrêter il y a deux ans ? Tu as mis tout un mois à l'appâter, tu as passé une nuit entière avec lui dans un appartement vide, tu pensais ta dernière heure arrivée... Et puis il a été arrêté en deux temps trois mouvements, sans un seul coup de feu. Tu as eu à peine le temps de te casser la figure, de t'érafler le genou et de te briser un talon. Et quand tu t'es relevée, tout était terminé. Pouf ! Aux oubliettes de l'histoire ! N'est-ce pas ?

– Si ! soupira-t-elle. Dis-moi, Liocha : il t'arrive d'avoir tort ?

– Et comment ! s'écria-t-il avec une bonne humeur qu'il voulait communicative. C'est justement là ma force : je m'arrange pour embrouiller tout le monde et les gens finissent par penser que ce sont eux qui se trompent.

– Mais c'est de la triche ! Pourquoi tu fais ça ?

– Pour préserver mon autorité naturelle !

Après le déjeuner, elle parvint à se maîtriser suffisamment pour s'atteler à sa traduction pour de bon. Vers sept heures du soir, un coup de fil rompit sa concentration. C'était Chevtsov. Il semblait très excité.

– Anastasia, vous ne pouvez pas imaginer ce que nous venons d'apprendre ! Une femme nous a appelés après avoir lu l'article : elle a reçu une lettre identique avant son mariage, il y a deux mois !

Anastasia manqua de laisser tomber le combiné.

Bigre ! pensa-t-elle. *Tout est à recommencer !*

Si ce que disait Chevtsov était vrai, la piste du mariage d'Elia Bartocz et de Valeri Tourbine tombait à l'eau. Deux mois plus tôt, personne ne savait qu'ils allaient se marier. Même pas leur copine, Katia Golovanova.

Les réflexes professionnels d'Anastasia remontèrent tout de suite à la surface.

– Cette femme a-t-elle laissé ses coordonnées ?

– Oui. J'ai tout ici. Vous voulez l'appeler ?

– Non. Il vaut mieux que je lui rende une petite visite. Donnez-moi l'adresse.

– Je peux vous y emmener, lui proposa-t-il. Je suis en voiture.

– Merci, je veux bien. Que ferais-je sans vous, Anton ? Vous nous sauvez tout le temps !

– Ce n'est rien, protesta-t-il, modeste. Je peux être chez vous dans moins d'une heure. Ça vous va ?

– Parfait. Je vous attends.

Anastasia raccrocha et alla se changer.

Sensiblement à la même heure, l'homme d'affaires chauve que ses amis appelaient Stepan décrocha la laisse du collier de son énorme Pinia et s'installa sur le même banc que la veille.

Ces suceurs de sang vont bientôt arriver pour me torturer avec leurs questions : qui, quoi, pourquoi ? se révolta-t-il intérieurement. *C'est toujours sur moi que ça tombe !*

Des réponses, il en avait. Mais il ignorait à quel point ils pourraient s'en satisfaire. C'était ça, la cause de son énervement.

La veille au soir, après leur rencontre, il était allé voir Larissa Samykina, la maîtresse d'Artioukhine. Il l'avait aperçue à deux ou trois reprises avec son amant et savait où elle habitait. Elle lui jura qu'elle ignorait où se trouvait son amant, mais lui raconta l'histoire de l'alibi irréfutable. Artioukhine l'avait mis au point tout de suite après le viol en se doutant bien que la milice pourrait remonter jusqu'à lui. Il fréquentait souvent, pour affaires, le quartier de la victime et si un portrait-robot était établi, même peu ressemblant, il y aurait toujours une bonne âme pour parler de lui à la milice. Au début, il avait simplement demandé à Samykina de certifier qu'ils étaient ensemble. Mais lorsqu'il avait compris que les flics se méfieraient d'un alibi fourni par sa maîtresse, il avait changé son plan. Son histoire devait être suffisamment tirée par les cheveux pour qu'un début de preuve la rende aussitôt crédible. Lorsqu'il fut convoqué chez le juge d'instruction, tout était au point : il prétendit s'être trouvé à l'autre bout de la ville, à la recherche d'une pharmacie où l'on vendait un médicament occidental bien spécifique contre l'hypertension (c'était Samykina qui lui avait fourni ce détail et, pour la coquette somme de trente dollars, il en avait acheté une boîte tout exprès). Lorsque le magistrat s'était enquis des témoins éventuels, il avait hésité : la pharmacienne se souvenait peut-être de lui. Évidemment, ça n'avait pas été le cas. Le lendemain, le juge d'instruction lui annonçait que son alibi ne tenait pas et qu'il allait l'inculper. Il avait balbutié que ce n'était pas possible, qu'il n'y était pour rien, puis, comme saisi par une illumination, il lui avait dit avoir demandé son chemin à une passante. Il se souvenait bien d'elle parce que c'était une jolie fille. De plus, elle était en jean et en pull-over, tête nue, ce qui n'est pas une tenue très fréquente à Moscou en février. Sans doute habitait-elle près de là. Elle devait être sortie deux minutes, pour faire une course. Malgré son incrédulité, le magistrat avait ordonné à la milice de vérifier. À sa grande surprise, on avait retrouvé la jeune femme. Mieux, elle se souvenait d'avoir été abordée par un homme charmant qui cherchait la pharmacie où l'on vendait « des médicaments occidentaux de pointe ». L'expression l'avait fait sourire. Quant à l'heure, elle n'en était pas très sûre, mais elle se souvenait que c'était juste pendant les informations, au milieu du film en deux parties qu'elle suivait à la télévision. Elle était descendue en vitesse acheter des cigarettes au kiosque du coin de la rue. Un simple programme de télévision avait permis au juge de constater qu'Artioukhine se trouvait très loin des lieux du viol sensiblement à l'heure où il avait été commis.

Artioukhine se croyait tiré d'affaire, mais la malchance lui avait fait croiser le chemin de cette Kamenskaïa, de la Criminelle, qui avait surpris leur conversation sur la terrasse d'un café de l'Arbat. Il avait été arrêté le lendemain. Et une semaine plus tard, libéré sous caution, il avait rendu une rapide visite à Larissa pour lui dire qu'il décampait. C'était tout ce qu'elle savait.

Stepan avait écouté toutes ces explications dans un état d'esprit où la sympathie se mêlait à l'exaspération.

– Entendu, ma belle, lui dit-il enfin d'un ton moralisateur. Tout ce qui est arrivé est de ta faute. Il faut bien regarder autour de soi avant de trop parler. C'est à cause de toi que Sergueï a été coffré, tu vas donc me rendre mes cinquante mille dollars. Je n'ai pas l'intention d'en être de ma poche parce que j'ai aidé ton bonhomme.

– Mais où voulez-vous que je trouve une somme pareille ? se récria-t-elle.

– Ça, c'est à toi de voir ! J'ai bien trouvé, moi. Tu n'as qu'à te débrouiller ! Sinon, tu sais ce qui t'attend…

Elle semblait sur le point de fondre en larmes devant la menace implicite. Il se radoucit.

– Il y a bien une autre solution. Tu peux le chercher toi-même, ton copain. S'il rentre vite, la flicaille ne se rendra même pas compte qu'il a disparu. Est-ce qu'on lui a donné à signer l'acte d'accusation ?

– Il me semble, répondit-elle en hésitant. Sergueï m'a dit que l'affaire allait être jugée.

– Ça, c'est bien ! Maintenant qu'il est sur la liste du tribunal, tu as le temps de le retrouver. Comme il faut faire la queue pendant des semaines, on ne s'apercevra pas tout de suite de son absence. S'il revient, le juge ne saura même pas qu'il a fugué. Et mon argent me sera restitué. Fais des efforts, ma belle. Ou c'est Artioukhine, ou c'est mes cinquante mille. Ne traîne pas. Je t'appellerai tous les jours pour prendre des nouvelles.

Là, assis sur le banc en regardant son chien courir en liberté, Stepan se repassa toute la conversation de la veille dans sa tête. En quittant la jeune femme, il était certain d'avoir adopté la bonne ligne de conduite. En tout cas, il lui avait flanqué la trouille de sa vie.

Son ami ventripotent apparut au bout de l'allée, le basset dans les bras. Stepan eut l'impression qu'il mettait une éternité à parcourir les cent mètres qui les séparaient. Lorsqu'il s'affaissa enfin sur le banc à côté de lui, il suait à grosses gouttes et respirait comme un soufflet de forge.

– Tu as appris quelque chose ? demanda-t-il en haletant. Raconte ! Inutile d'attendre Jora : il ne viendra pas. Il m'a appelé pour me dire qu'il était occupé.

Stepan lui résuma son entrevue avec Larissa Samykina.

– Tu penses qu'elle pourrait le retrouver ? zézaya le gros, dubitatif, en mâchonnant son éternelle cigarette.

– Si elle ne le retrouve pas, elle trouvera le fric. Je lui ai flanqué les jetons bien comme il faut. Elle n'a qu'à se remuer pour s'en sortir.

– C'est quoi, déjà, le nom de la pouffiasse de la Criminelle qui les a surpris ?

– Kamenskaïa.

– Kamenskaïa... Ça me dit quelque chose...

Stepan eut l'impression que les méninges de son ami patinaient à toute vitesse dans le vide.

– Bon, conclut le gros, fatigué de chercher. Je vais en parler à Jora. Qu'as-tu prévu de faire avec cette Larissa ?

– Elle se débrouille. Moi, je viens tous les jours aux nouvelles. Elle connaît tous les potes de son copain, elle va finir par tomber sur celui qui l'a aidé à fuir.

– Là, je ne sais pas ! objecta l'autre avec autant d'incertitude que de mépris. Il ne s'est pas évadé de prison, ton Artioukhine. Il a juste quitté la ville. Pas besoin de beaucoup d'aide, pour ça. Il prend l'avion et bye…

– Non, tu te trompes, le raisonna le chauve. La milice détient toujours son livret d'identité, c'est la règle avec les libérés sous caution. Où veux-tu qu'il aille sans papiers ? Quelqu'un a bien dû l'aider à acheter son billet d'avion.

– Alors, il aura pris le train ou la voiture, ce n'est pas sorcier.

– Admettons. Mais dans ce cas, quelle voiture ? La sienne ? Il sait qu'il n'ira pas bien loin : l'immatriculation est connue. Donc, il en emprunte une à quelqu'un. Le train ? C'est possible. Mais où est-il allé ? Où va-t-il vivre ? Dans un hôtel ? Impossible sans papiers. Chez des amis ? De la famille ? Tu vois, dans tous les cas de figure, on lui a donné un coup de main. Des gens savent où il est planqué. Et ces gens-là, Larissa va les retrouver. Tu peux donc dire à Jora de ne pas s'inquiéter. Nous allons récupérer notre pognon.

Le gros se leva. Il avait repris son souffle et semblait plus léger, mais Stepan savait que cela ne durerait pas. Resté seul à profiter des derniers rayons de ce soleil si chaud pour un mois de mai, il contempla rêveusement son Pinia qui tentait d'entrer en contact avec une airedale-terrier fort sympathique.

Il a une nana fantastique, ce crétin d'Artioukhine, pensa-t-il. *Pourquoi faut-il que ce soient toujours les connards de son espèce qui se tapent les plus chouettes ? Rien à dire, de la tête aux pieds, cette Larissa, c'est la grande classe. Et ce salaud sans cervelle n'a rien trouvé de mieux à faire que de forcer une pétasse qui lui résistait ? Il faut vraiment être con ! Comme si Larissa ne lui suffisait pas… C'est peut-être pas plus mal, après tout.*

Et si je lui proposais mon aide et ma protection pendant la cavale de son homme ? Après tout, c'est le genre de bonne femme qui doit obligatoirement être collée à un mec pour se sentir en sécurité. Allez ! Qui ne tente rien n'a rien. Et puis, je lui ai promis de prendre de ses nouvelles tous les jours...

La femme devait avoir un peu moins de trente ans et Anastasia sentit tout de suite qu'elle était joyeuse et très excitée. Son mari aussi affichait une sérénité confiante, ce qui ne manquait pas de surprendre dans ces circonstances. Lorsqu'on reçoit une lettre de menaces, on n'a pas beaucoup de raisons de pavoiser. Mais leur bonne humeur s'expliqua rapidement.

– Vous vous rendez compte, lui expliqua-t-elle en parlant trop vite et en agitant les mains. Depuis cette histoire, mon mari était persuadé que j'avais quelqu'un d'autre dans ma vie au moment de nos fiançailles. J'avais beau lui dire qu'il n'en était rien, que tout ce que j'avais dans mon passé avant lui était bel et bien terminé, il ne me croyait pas. Dieu, merci ! Tout est clair, maintenant.

– Vous n'avez pas été surprise de recevoir une lettre comme ça si tout était comme vous le disiez ? lui demanda Anastasia, un tantinet incrédule.

La femme se troubla et jeta un bref regard sur son mari. Anastasia pensa qu'elle avait commis une erreur en parlant aux deux époux ensemble. Elle aurait dû les voir l'un après l'autre pour comparer leurs dires. Maintenant, c'était trop tard.

– Moi, honnêtement...

Ce fut le mari qui répondit à sa place.

– Tu croyais que c'était mon ancienne femme, n'est-ce pas ? Tu ne me l'as jamais dit, mais je savais que tu le pensais.

– Eh oui ! soupira-t-elle. Je me disais que tu le savais, toi aussi, et que c'était pour ça que tu n'arrêtais pas de ramener cet amant imaginaire sur le tapis… Mon Dieu, que c'est bon d'avoir tout élucidé !

Elle semblait tellement soulagée qu'Anastasia et Chevtsov ne purent retenir un sourire.

– Avez-vous gardé la lettre ?

– Non, je l'ai jetée.

– Dommage, dit Anastasia. Comment était-elle ?

– Dans une enveloppe blanche, sans adresse de destinataire ni d'expéditeur. Elle était écrite en caractères d'imprimerie et le texte était exactement celui rapporté par le journal : « Ne le fais pas. Tu le regretteras. »

– Mais qui les a écrites, ces lettres ? s'enquit le mari, visiblement satisfait que la conversation sur son ex-femme n'ait pas dérapé.

– Si seulement je le savais ! lui répondit Anastasia en levant les yeux au ciel. En tout cas, je vous remercie. Et excusez-nous pour le dérangement.

– Mais non, c'est nous qui vous remercions, dirent-ils à l'unisson. Vous nous avez soulagés d'un grand poids.

Anton Chevtsov conduisit Anastasia chez elle. Elle s'installa confortablement sur son siège, étira les jambes devant elle et alluma une cigarette. Ils roulèrent en silence dans le crépuscule. Les lumières de la ville s'allumèrent peu à peu autour d'eux.

– Ce salopard a bien failli gâcher la vie de ces deux-là, finit par constater Anastasia, engageant la conversation par simple politesse. Ils ne sont mariés que depuis deux mois et il y avait déjà une fissure dans leur couple à cause de cette lettre idiote. Qui sait comment les choses auraient tourné entre eux s'il n'y avait eu cet article dans votre journal ?

– Il n'y a pas de fumée sans feu, Anastasia, lui objecta Chevtsov. Si elle n'avait pas eu d'autres hommes et si son mari avait su se séparer comme il faut de sa première femme, la « fissure », comme vous dites, ne se serait pas ouverte : ils n'auraient eu aucune raison de se méfier l'un de l'autre...

– Vous avez peut-être raison, lui répondit Anastasia distraitement.

Ses pensées s'étaient encore envolées vers l'enquête. Il était clair maintenant que ces crimes mystérieux avaient été conçus et planifiés depuis longtemps. Au lieu de s'éclaircir, les choses se compliquaient singulièrement.

Chevtsov gara la voiture devant le sas de son immeuble. La nuit était maintenant tombée. Anastasia allait ouvrir la portière lorsqu'elle remarqua, à la lumière d'un lampadaire, une jeune femme dont elle reconnut la silhouette : Larissa Samykina.

– Attendez, Anton, ne partez pas, lui demanda-t-elle. Il me semble que cette femme m'attend et je n'ai pas envie de lui parler sans témoin.

Chevtsov coupa le moteur et descendit de la voiture en même temps qu'elle.

Samykina se précipita à leur rencontre :

– Anastasia Pavlovna, vous devez m'aider !

Le visage rougi et les yeux gonflés indiquaient qu'elle avait récemment pleuré.

– Qu'est-ce qu'il y a ? lui demanda Anastasia, froidement.

– Sergueï s'est enfui. Il était en liberté sous caution et il s'est enfui. Que dois-je faire, maintenant ?

– Vous ? Rien. Cela ne vous concerne plus. Vous êtes inculpée de faux témoignage, mais vous ne vous êtes pas enfuie. Pourquoi êtes-vous si inquiète ?

– Ils veulent que je leur rende l'argent !

– Qui ça, « ils » ? Et quel argent ?

– L'argent de la caution ! L'État va le garder. Les types qui l'ont avancé veulent que je les rembourse ou que je retrouve Sergueï. J'ai bien essayé. J'ai passé la journée à courir après ses copains, mais personne se sait où il est. Quant à l'argent... Comment trouver une telle somme ?

– Combien ?

– Cinquante mille.

– Roubles ?

– Mais non ! Dollars, bien sûr ! Anastasia Pavlovna, je vous en supplie, aidez-moi à retrouver Sergueï !

Larissa Samykina éclata en sanglots, se prenant le visage dans les mains et se courbant piteusement.

– Arrêtez ! lui ordonna Anastasia avec une moue mécontente. Calmez-vous ! De toute façon, la milice va rechercher votre Sergueï s'il s'est effectivement enfui. Rentrez chez vous !

– Mais vous devez m'aider ! s'écria-t-elle d'une voix mouillée, en hurlant presque de désespoir. Vous devez m'aider ! C'est vous la responsable de tous nos malheurs !

– Comment ça ? demanda Anastasia, gagnée par une vague d'exaspération.

– Rien ne serait arrivé si vous n'aviez pas écouté notre conversation ! Vous avez tout cafardé au juge d'instruction ! Et maintenant, ils vont me tuer si je ne leur donne pas tout cet argent ! C'est votre faute ! conclut-elle en reniflant, puis elle fondit de nouveau en sanglots.

Les larmes coulaient en torrents sur ses joues, son nez était tout rouge et ses pommettes se couvraient de vilaines taches.

– Rentrez chez vous, lui conseilla Anastasia d'un ton fatigué en faisant un pas vers le porche de son immeuble.

La jeune femme s'accrocha frénétiquement à sa veste.

– Attendez, ne partez pas ! Aidez-moi, s'il vous plaît ! Je vous en supplie... Ils vont me tuer... Ils vont tuer Sergueï... Je vous en supplie...

Anastasia se dégagea d'un geste sec et entra dans le bâtiment.

– Attendez ! répéta la jeune femme plantée devant la porte qui se refermait. Vous ne pouvez pas me laisser comme ça… Vous n'avez pas de cœur !

Toujours en compagnie de Chevtsov qui ne l'avait pas quittée d'une semelle pendant l'incident, Anastasia appuya sur le bouton d'appel de l'ascenseur.

– Vous voulez que je monte ? lui demanda le photographe.

– Oui, Anton, s'il vous plaît.

– Alors il faut que j'aille fermer la voiture.

Pendant qu'il s'éclipsait, l'ascenseur arriva. Anastasia retint la porte coulissante en attendant son retour. Il ne fut pas long.

– Elle est toujours là ?

– Non. Elle s'éloignait en direction de l'arrêt du bus.

Ils s'engouffrèrent dans la cage et Anastasia pressa le bouton de son étage.

– Salut ! s'écria gaiement Tchistiakov dès qu'ils entrèrent. Qu'est-ce qui vous rend si sombres ?

– Oh, comme ça…, répondit vaguement sa femme. Anton, mettez-vous à l'aise. Nous allons dîner. Je vous laisse juste un instant. Il faut que j'appelle quelqu'un.

Elle prit le téléphone de la cuisine, tira le fil jusque dans la chambre et ferma la porte.

– J'écoute, dit la voix bien connue du juge d'instruction Olchanski à l'autre bout du fil.

– Konstantin Mikhaïlovitch, c'est moi. Savez-vous qu'Artioukhine s'est fait la belle ?

– Première nouvelle. Tu en es sûre ? lui demanda calmement le magistrat.

– Samykina vient de me le dire…

– Et elle ? Elle n'a pas pris la fuite ?

– Non. Pour le moment, elle est toujours à Moscou.

– Tant mieux. Je n'ai pas encore transmis son acte d'accusation. Quant à Artioukhine, ces andouilles l'ont libéré sous caution malgré mes mises en garde. Bien fait pour eux ! J'espère qu'il va leur filer la migraine ! Je me demande si quelqu'un n'a pas soudoyé le juge !

– Cela veut-il dire que les libérés sous caution n'intéressent plus personne et peuvent se cacher comme ils veulent ?

– Pas vraiment. Tu sais, Nastia, cette pratique est récente chez nous. Elle est arrivée en même temps que tous ces films américains. Nous n'avons que très peu d'expérience et personne ne sait trop quoi faire et comment contrôler tout ça. Le juge a la possibilité de convoquer les prévenus sous caution et la milice celle de vérifier s'ils respectent les conditions de leur libération. Il y a toujours des gens consciencieux qui font bien leur boulot. Mais il se peut aussi que tout le monde s'en foute. C'est comme une loterie. En tout cas, notre Artioukhine va avoir du monde aux fesses avant peu. Je vais prévenir le juge. Même s'il a été acheté, il sera bien obligé de réagir. Et Samykina, de quoi avez-vous parlé ?

– Les types qui ont avancé la caution lui réclament leur argent. Ils ont peur de ne pas le revoir si Artioukhine ne se présente pas au tribunal. Elle s'est précipitée chez moi pour me demander de l'aider.

– Évidemment, elle te rend coupable de tout ce qui lui arrive ?

– Évidemment, acquiesça-t-elle d'une voix éteinte.

– Ne t'en fais pas. Tu survivras. Tu es en congé, repose-toi. Et la vie de famille ? Tu t'y fais ?

– Bien mieux que je ne pensais.

– Bonne nuit, Nastia. Que Dieu te garde !

Lorsque Chevtsov prit congé, Anastasia jeta une veste sur ses épaules pour le raccompagner jusqu'à sa voiture.

– Anastasia, lui demanda-t-il, une fois dehors. Vous n'avez vraiment pas eu pitié de cette jeune femme ?

– Non, lui répondit-elle fermement.

Elle était descendue exprès pour lui parler de Samykina, mais elle n'en avait soudain plus aucune envie.

– Pourquoi considère-t-elle que vous êtes responsable de ce qui lui arrive ?

– Parce que j'ai prouvé que son amant avait commis un viol.

– Plutôt bizarre comme logique, constata Chevtsov. Et vous ne savez vraiment pas comment l'aider ?

– Bien sûr que je le sais. Il faut engager une flopée de détectives privés et retrouver Artioukhine avant que la milice ne remarque son absence. Car dès qu'on aura lancé un avis de recherche contre lui, la caution sera perdue.

– Pourquoi ne le lui avez-vous pas dit ?

– Parce que je suis officier de la milice et pas détective privé.

– Vous pourriez le retrouver vous-même. Non ?

– J'en doute, le détrompa-t-elle. C'est pas mon truc. Nous avons des enquêteurs spéciaux, exprès pour ça.

– J'ai quand même pitié d'elle, soupira Chevtsov. Elle m'a fendu le cœur à pleurer comme ça.

– Ah ! Elle vous a fendu le cœur ? Mais moi, j'ai vu la jeune fille violée par Artioukhine. J'ai vu ses blessures et ses ecchymoses sur son visage et son corps. Ce salaud l'a battue comme vous ne pouvez même pas imaginer. Moi, c'est d'elle que j'ai eu pitié.

Chevtsov garda le silence, puis esquissa un sourire.

– Excusez-moi. Je crois que j'ai dit une bêtise. En tout cas, vous savez ce qu'il faut faire mieux que moi.

Ils se séparèrent amicalement, mais Anastasia se sentait mal à l'aise. Elle regagna rapidement l'entrée de son immeuble sans attendre qu'il fasse démarrer sa voiture.

Le lendemain matin, Tchistiakov tira Anastasia du lit vers onze heures, mais elle n'était pas arrivée à dormir tout son soûl. Elle s'était retournée dans le lit jusqu'à trois heures du matin. Le couple auquel elle avait rendu visite ne lui sortait pas de l'esprit. Elle avait fini par se lever et s'installer dans la cuisine pour fumer une cigarette. Tchistiakov avait mis un terme à ses réflexions, l'air ensommeillé, en roulant de grands yeux.

– Veux-tu bien te recoucher tout de suite ! lui avait-il lancé.

– Je n'arrive pas à dormir. Je suis bien, là.

– Non, tu n'es pas bien, là. Prends un somnifère.

– Quel somnifère ? Il est déjà trois heures et demie du matin et il va me falloir dormir au moins huit heures, faute de quoi je vais passer la journée dans les vapes.

– Et alors ? Tu peux dormir tant que tu veux puisque tu es en vacances.

Elle avait pris un comprimé et s'était recouchée. Au bout d'un quart d'heure, elle dormait comme un bébé. Et cinq minutes plus tard, à ce qu'il lui sembla, son Liocha la réveilla en la secouant comme un prunier.

– Nastia ! Chevtsov au bout du fil !

– Hein ? Quoi ?

– Le téléphone ! Chevtsov !

– Mais… Quelle heure il est ?

– Onze heures ! Il paraît que d'autres gens ont reçu des lettres !

Sa somnolence disparut comme par enchantement. Elle sauta du lit et prit le combiné que lui tendait son mari.

– Quatre personnes ont téléphoné à la rédaction ce matin, lui annonça Chevtsov. La première lettre date d'il y a six mois.

– Diable ! s'écria Anastasia. Ce type ne nous laissera donc jamais en paix ?

– De qui parlez-vous ?

– Mais de l'assassin, pardi ! Dès que je branche mon cerveau dans un certain sens, il se passe quelque chose qui change totalement le tableau.

Chevtsov éclata de rire.

– Il est trop malin pour vous. Je peux vous être utile ?

– Ça dépend si vous avez le temps de me servir de chauffeur…

– Comment ça ? s'indigna le photographe. Pour vous, j'ai tout mon temps et je vous aiderai de mon mieux. Après tout, cela me concerne, moi aussi.

– Comment ça ?

– N'oubliez pas qu'on m'a volé mes pellicules. Moi aussi, j'aimerais démasquer l'assassin. Et puis, j'ai vu cette jeune femme assassinée dans le bureau de l'état civil et son fiancé sous le choc. Vous savez, ce n'est pas facile à oublier. Vous, évidemment, vous avez plus l'habitude.

Ils convinrent qu'Anton passerait la chercher avec les adresses des femmes qui avaient reçu les lettres de menaces.

Deux heures plus tard, ils rencontraient une jeune femme sympathique, prénommée Ioulia. Jointe au téléphone, elle était rentrée tout exprès chez elle pour rencontrer Anastasia et Chevtsov.

– En fait, je n'ai pas vraiment été surprise, leur expliqua-t-elle en toute franchise. J'avais trois prétendants et j'ai mis longtemps à choisir celui que j'épouserais. J'étais sûre que l'auteur du message était un des deux recalés.

– Votre mari est au courant pour la lettre ?

– Non, je ne lui en ai pas parlé.

– Pourquoi ? Il ne savait pas que vous fréquentiez deux autres hommes ?

– Si, mais j'avais peur qu'il aille leur casser la figure ! Il n'admettrait pas que quelqu'un cherche à me faire du mal.

– Il est violent ?

– C'est son tempérament. Il est prêt à se battre au moindre prétexte.

– Et vous, vous n'avez pas peur qu'il vous batte un jour ?

– Mais non, protesta Ioulia. Il m'aime. Il ne lèvera jamais la main sur moi. D'ailleurs, ce n'est pas son genre de frapper les femmes.

– Avez-vous gardé la lettre ?

– Bien sûr, dit-elle en se levant pour passer dans l'autre pièce. C'est quand même le dernier message de l'un de mes ex. Du moins, je croyais que ça l'était, se reprit-elle avec un petit rire.

Elle revint avec une enveloppe blanche dont elle sortit une feuille pliée en deux. Elle portait exactement le même texte que les autres.

– C'est tout de même dommage, poursuivit-elle sur sa lancée. Moi qui croyais que l'un des deux voulait me faire revenir sur ma décision...

En sortant, Chevtsov semblait très amusé :

– C'est drôle, lui fit-il remarquer. Le couple que nous avons vu hier était tout content d'apprendre que cette lettre n'avait rien à voir avec leur vie intime alors que cette Ioulia regrette que ce ne soit pas le cas...

– C'est juste, acquiesça Anastasia, bien qu'elle n'eût pas trouvé ça drôle du tout.

Elle n'arrivait pas à concevoir le projet et la logique du criminel et ça l'agaçait profondément.

La femme suivante semblait triste et fatiguée. Anastasia parcourut l'appartement des yeux et remarqua qu'on n'y voyait aucune trace d'une présence masculine. Pourtant, elle s'était mariée quatre mois plus tôt.

– Tout s'est écroulé à cause de cette lettre, expliqua-t-elle d'un ton détaché, en fixant la fenêtre derrière ses visiteurs comme s'ils n'étaient pas là. Il est trop tard pour en parler maintenant. Mon mari ne m'a jamais crue.

– Il était jaloux ?

– Il était bête, surtout. Il m'a très vite montré son vrai visage. Je ne pouvais même pas imaginer qu'il y avait tant de méchanceté en lui. Finalement, tout est peut-être pour le mieux.

Elle eut un pauvre sourire.

– Vous avez conservé la lettre ?

– Pensez-vous ! Mon mari l'a tout de suite déchirée. En fait, il n'était encore que mon fiancé, puisque cela s'est passé la veille du mariage. Le lendemain, il semblait encore normal. Ce n'est qu'après qu'il a commencé : il m'a traitée de pute, de salope, de prostituée… J'ignorais même qu'il possédait un vocabulaire aussi riche en ce domaine, précisa-t-elle avec un sourire moqueur. J'ai supporté tout ça une dizaine de jours, puis nous nous sommes séparés. Nous venons de divorcer.

– Je vous plains, dit Anastasia. Maintenant qu'on sait que la lettre n'a rien à voir avec vous, vous pouvez recoller les morceaux ?

– Non, je ne veux pas. Cette expérience m'a suffi. À trente-six ans, je ne vais pas m'humilier pour un tampon sur mon livret d'identité. C'est vrai que j'ai longtemps voulu me marier sans y arriver. Mais cette expérience m'a montré qu'on est mieux seule que mal accompagnée…

– Pourquoi n'avez-vous pas porté cette lettre à la milice ?

– Parce que je croyais savoir qui me l'avait envoyée. Je me trompais. Mais ce n'est pas la peine de me plaindre : chacun doit vivre son destin. Le mien, c'est de rester célibataire. Il y a des femmes qui se séparent de leurs maris, jurent de ne jamais se remarier et plongent quand même à la première occasion. Leur sort à elles, c'est de ne pas vivre seules. Vous voyez ?

Les deux autres femmes leur racontèrent des histoires différentes et pourtant très semblables. Chacune avait reçu sa lettre de menaces la veille de son mariage. Et aucune des deux n'avait prévenu la milice, car elles croyaient savoir qui en était l'auteur.

En remontant dans la voiture après la dernière visite, Chevtsov ne mit pas le contact tout de suite :

– Anastasia, nous sommes tout près de chez moi. Voulez-vous passer à la maison pour prendre un thé et manger un morceau ?

Elle accepta avec bonne humeur. Ils n'avaient pas déjeuné et elle commençait à avoir faim.

Le photographe habitait un deux-pièces pas très grand, mais confortable, avec une grande cuisine et des placards encastrés. On voyait immédiatement qu'il prenait soin de son intérieur : tout était bien tenu, propre et rangé. Le papier peint gris très clair, avec des arabesques argentées, avait été changé récemment. Il donnait une touche de gaieté au salon, comme s'il était éclairé par une lumière spéciale.

– Vous voulez du thé ou du café ?

– Je croyais que vous ne buviez pas de café, s'étonna Anastasia.

– Je n'en bois pas, mais j'en ai toujours pour mes invités.

Il passa dans la cuisine et ne tarda pas à revenir. Il portait un plateau avec des tasses, un sucrier, une boîte de café soluble et une théière.

– Que voulez-vous manger ? Je peux vous proposer des tartines au fromage et des gâteaux secs.

– Ce que vous voudrez, dit-elle avec reconnaissance. Je meurs de faim. Je peux fumer ?

– Je vous en prie. Le cendrier est sur la table.

Elle fit lentement le tour du salon, puis sortit sur le balcon qui était aussi propre que le reste de l'appartement. Contrairement à tant de ses concitoyens qui s'en servaient comme débarras, Chevtsov n'y avait installé qu'une chaise et un petit guéridon. Elle se demanda avec envie si elle arriverait un jour à mettre de l'ordre sur sa loggia à elle. Elle y avait amassé un tel bric-à-brac !

Elle s'installa sur la chaise et alluma sa cigarette.

Au bout de trois minutes, elle entendit la voix du photographe.

– Anastasia ! l'appela-t-il. Madame est servie.

Elle retourna dans le salon après avoir jeté dans le vide sa cigarette à moitié consumée.

– Vous êtes très pâle, remarqua Chevtsov en versant de l'eau bouillante sur le café soluble. La fatigue ?

– Hmm, hmm, dit-elle.

– Toute cette affaire est en train de vous gâcher votre congé, n'est-ce pas ? Ça doit être pénible, surtout tout de suite après le mariage.

– Non, ce n'est rien.

Elle but une gorgée de café et prit une tartine. Le pain était frais et le fromage d'importation délicieux et hors de prix.

– J'aime bien que mon esprit soit occupé en permanence, précisa-t-elle. Il n'y a que comme ça que je me sens bien. En fait, je ne sais pas me reposer. Je m'ennuie.

– Eh bien, moi, j'aime bien me reposer. Pour de vrai. Pour me déconnecter, ne rien faire et ne me soucier de rien. Si l'homme ne se déconnecte pas, parfois, il ne peut pas tenir. En fait, j'ai la psychologie d'un cardiaque. Mon médecin m'a dit que je devais bien me reposer et c'est exactement ce que je fais. Généralement, je crois ce que me disent les médecins, pas vous ?

– Pas vraiment. Ou, plus exactement, je les crois, mais je n'en fais qu'à ma guise.

Elle prit une autre tartine, puis finit d'un trait son café tiède.

– Merci, Anton, dit-elle en se levant. Il faut que je rentre.

– Je vous ramène.

– Non, merci. Ce n'est pas la peine. Je vais prendre le métro. J'abuse déjà de votre aide et ça me met mal à l'aise.

– Je vous en prie, Nastia. (C'était la première fois qu'il employait son diminutif.) Nous sommes amis et vous n'abusez pas. Votre compagnie me fait plaisir et vous êtes fatiguée. Alors, pas de métro.

C'était proposé de bon cœur et elle accepta de même. Elle n'avait pas vraiment envie de passer une heure au milieu de la foule.

Le petit homme d'affaires chauve qui répondait au prénom de Stepan tenait toujours ses promesses. Après avoir passé un coup de fil à Larissa Samykina, il composa le numéro de Jora, le beau Caucasien.

– Notre fillette se remue le cul, l'informa-t-il après les saluts d'usage. Hier, elle est même allée demander de l'aide à Kamenskaïa pour retrouver Artioukhine.

– Qui a-t-elle vu ? s'étrangla Jora. Tu parles de Kamenskaïa de la brigade criminelle ? À la Petrovka ?

– Elle-même ! Celle qui a donné Artioukhine au juge d'instruction.

Si Stepan s'attendait à une réaction, ce n'était certainement pas celle-là.

– Ta copine n'est qu'une pauvre idiote et toi le dernier des crétins ! Tu ne pouvais pas l'en empêcher ?

– Mais qu'est-ce qu'il y a ? se renfrogna Stepan. Pourquoi tu me cries dessus ?

– Est-ce que tu comprends seulement ce qu'elle a fait, ta Larissa ? Mais putain, t'as pas un gramme de cervelle dans le ciboulot !

– Explique.

– Tu te rends compte que la première chose qu'elle va faire, si elle ne l'a pas déjà fait, c'est de prévenir ses collègues que le prévenu Artioukhine, libéré sous caution, s'est fait la belle...

– Oui, mais si on le retrouve...

– Si on le retrouve alors qu'il est en fuite, adieu la caution ! L'État garde tout. Sans compter que c'est le meilleur moyen de mettre la puce à l'oreille de Trofim. Tu crois qu'il n'a pas ses informateurs dans la milice ? Plus ils feront de raffut autour d'Artioukhine et plus Trofim aura des chances de se poser des questions sur lui.

– Jora, je t'en prie, protesta Stepan. Sergueï s'est fait réellement pincer pour viol. Ça n'a rien à voir avec les affaires de Trofim !

– Tu n'es vraiment qu'un pauvre avorton ! L'important n'est pas la vérité, mais ce que Trofim va penser…

Le silence qui s'ensuivit fut assez explicite.

– Stepan, reprit Jora d'un ton plus calme. Cours chez cette bonne femme et travaille-la un max. Qu'elle aille voir Kamenskaïa et lui demande pardon. Genre : « Excusez-moi, mais je me suis inquiétée pour rien. J'ai eu la trouille parce que je tiens à lui, mais il n'a pas du tout disparu ; il faisait simplement la fête chez une fille ; il vient de m'appeler, il va rappliquer dans deux ou trois jours, le temps de se remettre de sa beuverie. » Tu as pigé ?

– Cinq sur cinq. J'y vais tout de suite.

– Dépêche-toi, chaque minute compte !

Stepan raccrocha et ne perdit pas une seule seconde. Il se changea, mit un costume trois-pièces, s'empara d'un ballotin de chocolats et d'une bouteille de Johnny Walker qu'il gardait au frigo, les fourra dans son attaché-case et se rua dans l'escalier en faisant tinter les clés de sa Volvo. Il prendrait les fleurs en chemin.

11

Marat Latychev se réveilla tard. Il avait la tête lourde et la bouche pâteuse à cause de toutes les cigarettes qu'il avait fumées la veille au casino. Mais il avait deux motifs de satisfaction. Le premier était d'ordre purement financier. Il avait eu de la chance au jeu. Il avait vécu l'une de ces soirées fastes qui font croire aux joueurs qu'ils viennent d'attraper le phénix par la queue et que la chance a définitivement tourné en leur faveur. Combien de fois déjà, dans le passé, s'était-il retrouvé face à face avec le phénix, à plonger son regard dans ses yeux jaunes qui ne clignent jamais, à tendre la main pour caresser ses ailes duveteuses et moirées ? Bien sûr, l'oiseau s'était toujours envolé d'autant plus facilement qu'il était mythique, mais tous les êtres humains ne sont-ils pas perpétuellement à la poursuite d'un mythe ? En tout cas, il n'était pas près d'oublier l'euphorie de la veille. Les numéros qu'il jouait à la roulette sortaient comme par magie, doublaient, triplaient, faisant monter le tas de jetons devant lui et les plaques dans sa poche. Et pour couronner le tout, il avait tiré un carré au *stud poker* avec une relance de mille dollars. Vingt mille *bucks* rien que sur un coup ! Il était ressorti plus riche de trente-cinq mille dollars, mais sans penser une seconde qu'il en avait perdu le double rien que dans les semaines précédentes.

Le deuxième motif de satisfaction était posé à côté de lui, sur la table de nuit. C'était un rapport mal dactylographié qui lui donnait enfin la clé pour récupérer Elia. C'était d'ailleurs pour fêter ça qu'il avait décidé de faire une virée dans sa salle de jeu préférée.

Il bondit hors du lit, mit la cafetière en marche et prit une douche en sifflotant un air à la mode pendant que le café passait. Le téléphone sonna au moment où, déjà sec, il dégustait tranquillement son petit déjeuner.

– Pourquoi restes-tu à ne rien faire ? lui lança Tamila sans préambule, d'une voix irritée et méchante. As-tu l'intention de faire quelque chose, oui ou non ? Le temps presse.

– Ma visite à la datcha n'a rien donné ? fit-il, mine de s'étonner pour bien faire comprendre à sa future belle-mère qu'il était le seul à entreprendre quelque chose.

– Tu parles ! Elia est restée deux jours à broyer du noir. Mais hier, elle a retrouvé sa bonne humeur. Et, aujourd'hui, ils sont allés bronzer à Serebriany bor.

– J'ai compris, dit-il gaiement. Merci de me tenir au courant.

C'était l'occasion qu'il lui fallait. Décidément, la chance était avec lui. Il finit son café d'un trait en se brûlant légèrement la langue, s'habilla rapidement et prit sa voiture pour gagner l'ouest de la capitale.

Serebriany bor, la « Forêt argentée », était un lieu-dit, sur la Moskova, où la municipalité avait établi un centre de sports nautiques. Il n'eut aucun mal à trouver Elia et Tourbine. Le temps était estival, mais la plage presque vide en ce jour ouvrable. En s'approchant, Latychev contempla avec une certaine admiration le corps musclé et bien bâti de Tourbine.

On ne peut tout de même pas reprocher à une idiote de fondre pour un tel mec, pensa-t-il. *Il est vraiment beau, notre bon à rien d'apprenti philosophe !*

Elia était couchée de côté, la tête sur l'épaule de Tourbine, les jambes légèrement pliées. Dans cette pose, ses hanches semblaient encore plus opulentes et ses jambes toutes courtes. Latychev grimaça en son for intérieur. Elle était trop petite, trop ronde et trop charnue à son goût. Certes, elle avait un joli minois, mais il appartenait à cette catégorie d'hommes que la beauté du visage laisse froids. Olga Emeliantseva était assez mignonne, mais beaucoup moins jolie qu'Elia. Pourtant, tout lui plaisait en elle et il pouvait lui faire l'amour du matin au soir, tant qu'il avait des forces et du temps libre. Avec Elia en revanche, il devait se forcer un peu pour passer pour un amoureux transi. Heureusement, il était stimulé par les attraits financiers de la jeune femme.

– Alors, on bronze ? leur lança-t-il d'un ton moqueur en s'approchant d'eux.

Elia tressaillit et s'assit brusquement en reconnaissant la voix de Latychev. Tourbine ouvrit paresseusement les yeux en se demandant qui pouvait bien être l'importun. Dès qu'il vit son rival, la fureur défigura son visage.

– Encore vous ? Qu'est-ce que vous voulez ? Nous remettre votre pognon sous le nez ?

Elia posa la main sur l'épaule de son fiancé pour le calmer, mais la retira aussitôt sous le regard caustique de son ancien amant, comme si elle s'était brûlée à son contact.

– Marat, mais pourquoi tu..., balbutia-t-elle d'une voix pitoyable. Que fais-tu ici ?

– Je suis venu te voir, ma petite Elia. Pour te rappeler à quel point je t'aime, répondit joyeusement Latychev en s'asseyant, tout habillé, sur un coin de la couverture étalée. Vous vous êtes baignés ?

– Non, l'eau est encore froide, répondit Elia, indécise.

Tourbine lui jeta un regard furibond : elle ne devait pas engager la conversation avec ce salaud dont le seul but était de détruire leurs relations et qui ne s'en cachait même pas.

Latychev déboutonna sa chemise, étendit les jambes et s'étira en faisant légèrement craquer ses articulations.

Il n'avait pas peur de l'eau froide et se serait baigné avec plaisir, mais il ne voulait pas laisser le couple en tête à tête. Ils auraient pu profiter de sa baignade pour filer.

Il ôta ses lunettes de soleil, ferma les yeux et exposa son visage au soleil. Non ! Aujourd'hui, il n'était pas là pour parler d'argent. Désormais, il avait un atout et comptait bien s'en servir. Depuis qu'il avait fait la connaissance de Veronika Tourbina, peu après qu'Elia avait vendu la mèche de son prochain mariage avec son fils, Latychev s'était demandé pourquoi elle était tellement opposée à cette union. Pourtant, n'importe quelle mère aurait été heureuse de voir son enfant sortir de la misère. Il avait beau retourner le problème dans tous les sens, le comportement de Tourbina lui semblait totalement irrationnel. Comprenant qu'il y avait anguille sous roche, il avait lancé un détective privé sur le coup. Le professionnel avait mis le temps avant de trouver une piste sérieuse, mais il avait fini par découvrir le pot aux roses. L'information était contenue dans ce rapport mal tapé qui l'avait mis de si bonne humeur la veille.

Ainsi, le papa de ce bon Valeri Tourbine était un dégénéré répugnant. Un ancien employé de la morgue, un alcoolique qui avait dix-neuf ans de moins que Veronika Tourbina et présentait une déviation sexuelle grave. Se taper des cadavres ! Pouah, quelle horreur !

Il comprenait maintenant les réticences de Tourbina. Elles étaient justifiées. Elle était médecin et savait bien ce que pouvait donner l'hérédité d'un tel père. Valeri semblait normal, mais il n'était pas rare que les maladies génétiques sautent une génération. Elle avait peur pour ses petits-enfants. De plus, ce parasite perverti criait à qui voulait bien l'entendre qu'il avait décroché le gros lot, que son fils allait faire un riche mariage et qu'il allait soutirer tout l'argent qu'il voudrait à lui et à sa belle-famille. Pas étonnant que la vieille ne veuille pas entendre parler de cette union. Que pouvait-elle faire d'autre ? Tuer l'ivrogne ?

– Alors, ma petite Elia, tu n'étais pas mieux au lac Balaton ? lui demanda-t-il sans ouvrir les yeux. Maintenant, tu dois te contenter de la Moskova avec sa fange, ses bacilles du choléra et ses poissons morts.

– Marat… ! commença la jeune femme d'une toute petite voix.

– Non, non, l'interrompit-il en ouvrant les yeux et en tournant le visage vers elle. J'ai compris. Tout ce que je peux te donner n'a aucun attrait pour toi et tu te prépares à une vie de famille heureuse, avec des casseroles, des louches et les chaussettes sales de ton cher et tendre époux.

– Ramasse tes affaires, Elia ! s'écria Tourbine au comble de l'irritation. On s'en va !

Il se leva et entreprit de se rhabiller. La jeune femme l'imita docilement.

– Vous allez où ? demanda Latychev. Au cinéma ?

– Ce n'est pas votre affaire, lui répliqua Tourbine. Levez-vous, s'il vous plaît. Je dois plier la couverture.

Mais Latychev n'avait pas l'intention de se lever. Il lui fallait trouver le moyen d'abattre son atout maître.

– Non, en effet, ce n'est pas mon affaire, dit-il.

Il se retourna sur le ventre et leva la tête pour les regarder s'habiller.

– Remarquez, vous n'avez pas d'autre endroit où aller. Vos mères respectives sont toutes les deux à la maison, vous n'avez pas de voiture et c'est fatigant de se promener dans les rues, surtout par cette chaleur. Ah oui ! Vous pourriez aller au restaurant… Oh ! Excusez-moi, où avais-je la tête ? Vous êtes fauchés. Il vous reste le cinéma. Vous allez vous installer au dernier rang, vous tenir la main et vous bécoter comme des collégiens. Elia, vraiment !!! Tu ne peux pas te trouver un passe-temps plus intéressant ? D'autant que tu as déjà vu les films qu'on passe en ce moment sur cassettes. Et ne crois pas que ce sont des difficultés temporaires et que tout sera différent lorsque vous serez mariés…

– Ça suffit, Marat ! lui ordonna Valeri. Nous devons partir. Levez-vous de la couverture et vous pourrez déclamer vos discours tout votre soûl… pour les poissons morts, comme vous dites.

Son rival fit comme s'il ne l'avait pas entendu et poursuivit ses explications.

– Car, petite Elia, il n'y aura rien de changé après le mariage. Évidemment, vous allez vous installer chez Veronika Matveïevna puisque ta mère ne supportera pas une présence étrangère chez elle, même celle de son gendre. Tu tiendras ainsi compagnie à ta belle-mère et la débarrasseras des corvées du ménage. Que penses-tu de cette perspective ?

Tourbine se précipita aussitôt dans la brèche.

– Et, avec vous, elle s'occuperait aussi du ménage et, en plus, passerait ses journées toute seule à se morfondre !

– Pas forcément. Elle aurait les moyens d'organiser des dîners et des réceptions pour briller dans le cercle de nos relations. Et elle élèverait de beaux enfants, forts et en bonne santé. La maternité est essentielle pour une femme et avec moi, elle pourra s'y adonner dans de bonnes conditions.

– Mais ce sera également le cas lorsqu'elle sera ma femme, lui rétorqua Tourbine avec morgue. Je peux vous assurer qu'elle ne s'ennuiera pas.

Marat pouffa de rire. Il n'eut pas à se forcer parce que la conversation était arrivée exactement où il voulait. Il pouvait abattre son atout.

– Ça, c'est sûr. Elle donnera naissance à un petit monstre à deux têtes et passera ses journées à tricoter des bonnets en double. Tordant !

Tourbine serra les poings pendant que ses yeux devenaient tout sombres et que la rage déformait son visage.

– Je ne crois pas avoir compris, dit-il lentement. Que voulez-vous dire ?

– Valeri, ne faites pas l'innocent ! Vous savez très bien qu'avec votre hérédité, le risque de donner naissance à des enfants anormaux n'est pas à négliger…

Tourbine se pencha brusquement, attrapa Latychev par le col de sa chemise et le força à se lever.

– C'est quoi, ce délire ? Quelle hérédité ? De quoi parlez-vous ?

Latychev se dégagea d'un geste vif.

– Bas les pattes ! s'écria-t-il en faisant un pas en arrière pour parer une nouvelle attaque.

Elia ouvrait des yeux ronds et les regardait alternativement, incapable de dire un mot. Elle avait eu le temps de passer son chemisier et restait plantée là, son léger pantalon de soie dans les mains, sans savoir que faire.

L'homme d'affaires la prit à témoin.

– Dis-moi, Elia, ton copain ne t'a jamais dit qui était son père ?

– Son père ? Mais il est mort depuis longtemps ! C'était un officier.

Latychev prit une mine attristée.

– Je suis navré de te décevoir, fillette, mais ton copain t'a menti. Son père est toujours vivant. C'est un repris de justice qui passe son temps à picoler. Et tu sais pourquoi on l'a condamné ?

– Qu'est-ce que vous racontez là ? explosa Tourbine.

– Demandez à votre mère. Elle vous expliquera comment votre papa satisfaisait ses besoins sexuels sur des cadavres lorsqu'il était brancardier à la morgue.

Tourbine sembla sur le point de lui sauter à la gorge, mais se ravisa : son adversaire était sur ses gardes et il n'était pas vraiment sûr d'avoir le dessus.

– Taisez-vous ! cria-t-il. Elia, ne l'écoute pas. Il ment ! Il veut nous brouiller, c'est tout. Viens, on s'en va.

– Je suis navré, Elia, mais je ne mens pas. Tu comprends maintenant pourquoi ta future belle-mère était tellement opposée au mariage ? Parce que vos enfants risquent d'être des dégénérés comme leur grand-père. Voilà pourquoi ! La nature a épargné ton Valeri, mais elle va se rattraper sur sa progéniture. Ça ne fait pas l'ombre d'un doute.

– Mensonges ! hurla Tourbine. Elia, ne l'écoute pas !

– Hélas, fillette, j'aimerais bien que ce soit un mensonge, murmura Latychev d'une voix lasse.

Il avait une folle envie de s'écrouler sur la couverture. Il n'imaginait pas que le fait d'abattre son atout lui demanderait tant d'efforts. Ce n'était pas la première fois qu'il luttait pour sa survie à coups de vilenies, mais ça ne lui avait jamais semblé aussi pénible. Peut-être parce qu'il n'avait jamais frappé quelqu'un si fort.

– Elia, reprit-il. La solution est simple. Ton copain va aller demander des comptes à sa mère. Nous allons l'attendre ensemble. S'il n'est pas de retour dans… disons trois heures, cela voudra dire que tout ce que je viens de dire est vrai. Tu es d'accord ?

– Vous êtes un salaud ! lui jeta Tourbine entre ses dents. Vous n'arriverez pas à tromper Elia. Elle va venir avec moi pour constater que tout ce que vous insinuez n'est qu'un sale mensonge. Elle comprendra alors quel type formidable vous êtes. Elia, finis de t'habiller.

– Non, dit Latychev. Tu vas rester avec moi. Nous allons nous asseoir et l'attendre ici.

Joignant le geste à la parole, il s'installa en tailleur et tapota la couverture à côté de lui pour indiquer une place à Elia.

– Assieds-toi, insista-t-il. Ce que tu entendras là-bas n'est pas réjouissant. Épargne-toi cette épreuve.

La jeune femme restait debout, indécise, tenant toujours entre les mains son pantalon qui flottait dans la brise, aussi voyant et incongru qu'un ballon rouge à un enterrement. Marat finit par la tirer par la main et elle s'affaissa docilement près de lui, comme une poupée de son.

– Elia, dit Tourbine, viens avec moi. Tu verras toi-même…

Elle trouva enfin la force de parler.

– Non. Il vaut mieux que je n'y aille pas. Je vais t'attendre. Reviens vite.

– Entendu, dit-il d'un ton menaçant. Je vais revenir. Pour tuer ce salaud !

Il tourna les talons et partit d'un pas rapide vers l'arrêt d'autobus.

– Elia…, commença Latychev.

– Tais-toi, l'interrompit-elle. Ce que tu as dit est horrible et je ne te crois pas. Laisse-moi tranquille. Et ne me touche pas.

D'un geste de l'épaule, elle esquiva la main que Latychev tendait vers elle pour l'apaiser. Il n'insista pas.

– Si tu ne me crois pas, pourquoi être restée ?

– Parce que sa mère ne m'aime pas et que je ne l'aime pas non plus. Voilà. Comment as-tu pu, Marat ? C'est ignoble !

– Je t'aime et je ne veux pas que tu sois malheureuse toute ta vie. Je veux que tu sois heureuse avec moi. Est-ce mal ?

Il essaya encore de passer son bras autour de ses épaules, mais elle se dégagea tout aussi fermement.

– Ne me touche pas ! Quand Valeri reviendra…

– Il ne reviendra pas. J'ai dit la vérité et il ne reviendra pas. Il n'a pas le droit d'avoir des enfants. Comprends-le.

– Il va revenir, s'obstina-t-elle. Et je vais l'attendre.

– D'accord, nous allons l'attendre ici, soupira Latychev qui jubilait intérieurement.

Maintenant que Tourbine était parti, les choses lui semblaient de nouveau plus faciles.

Elia s'étendit à plat ventre sur la couverture en lui tournant le visage.

– Quelle heure est-il ? lui demanda-t-elle.

– Midi et demi. Si tu veux, on peut attendre jusqu'à seize heures, lui proposa-t-il en rajoutant généreusement une demi-heure au temps imparti.

– Jusqu'à dix-sept heures, marchanda Elia d'une voix furieuse. Non, jusqu'à dix-huit !

– Va pour dix-huit heures.

Attendre lui était égal. Il savait que Tourbine ne reviendrait pas.

Le juge d'instruction Olchanski informa le tribunal de la fuite d'Artioukhine et, pour éviter toute manœuvre dilatoire, il prévint aussi la milice. Un mandat d'arrêt et un avis de recherche furent immédiatement émis. Les enquêteurs se lancèrent dans la vérification exhaustive des lieux et des amis qu'il fréquentait. Larissa Samykina arrivait, bien entendu, en tête de liste. Elle jura ne rien savoir. Elle était tellement pâle et malheureuse que les miliciens la crurent sur parole.

Le même soir, Olchanski lui passa un coup de fil et l'invita à venir à son cabinet pour prendre sa déposition. Elle promit d'être là le lendemain, mercredi, dès dix heures du matin. Le juge d'instruction l'attendit jusqu'à l'heure du déjeuner puis, dans le tourbillon de ses obligations, elle lui sortit de l'esprit. Ce ne fut que le soir, en récapitulant sa journée, qu'il se souvint d'elle. Il l'appela à plusieurs reprises, sans succès. De guerre lasse, il ordonna au commissariat de son quartier d'aller la cueillir chez elle lorsqu'elle rentrerait. Il avait assez perdu de temps et voulait l'interroger dès le lendemain matin, si c'était possible.

Le lendemain, au lieu de Samykina, c'était un message de la milice qui l'attendait : la jeune femme n'était pas rentrée chez elle. Elle aussi avait disparu.

Nadejda Rostislavovna, la mère d'Anastasia, ne voulait pas entendre parler de la répugnance de sa fille envers les sorties mondaines.

– Nous irons tous les quatre, décida-t-elle au bout du fil en faisant fi des timides objections d'Anastasia. Papa, Liocha, toi et moi. Nous pouvons tout de même sortir en famille une fois tous les quatre ans !

– Mais, maman, tu sais que je déteste les cocktails, protesta Anastasia d'une voix geignarde. Pourquoi veux-tu que je t'accompagne à tout prix ? Je déteste m'habiller, me maquiller… Je préfère rester à la maison.

– Ma fille, ne dis pas de bêtises. Je suis à Moscou pour deux semaines seulement. Ensuite, nous n'allons pas nous revoir de toute une année. Tu ne peux pas être gentille avec moi une fois par an ?

– Mais nous pouvons nous voir tous les quatre sans être obligés de nous mêler à toute cette foule ! On ne pourra même pas s'entendre ! Maman, je t'en prie, je vais mourir d'ennui…

– Anastasia, la discussion est close. Nous vous inviterons à la maison de toute manière, mais je veux que tu viennes à ce vernissage. Nous vous attendrons à dix-neuf heures devant la Maison des cinéastes. Beaucoup de mes amis y seront, notamment des gens de l'ambassade à qui j'ai beaucoup parlé de ma fille extraordinaire et son mathématicien de mari. J'en soupçonne un ou deux de ne pas me croire. Je veux que tout le monde vous voie. Je suis fière de vous. Tu comprends ?

Soudain, Anastasia sentit comme une décharge électrique. Elle saisit en un éclair que sa mère avait rompu avec son amant suédois et voulait montrer à tous ceux qui étaient au courant de sa liaison que tout allait bien chez elle et qu'elle n'avait pas la moindre intention d'abandonner sa chère famille.

Mon Dieu, mais c'est typiquement féminin ! se dit-elle en riant intérieurement.

– Bon, d'accord, maman, dit-elle en dissimulant sa joie. Nous serons là à dix-neuf heures. À ce soir !

Le vernissage de l'exposition de la photographe d'art Alla Mospanova avait attiré un nombre considérable de célébrités à la Maison des cinéastes. En franchissant l'entrée avec son mari et ses parents, Anastasia reconnut un présentateur-vedette de la télévision, des comédiens connus et un homme politique très en vue.

Alla Mospanova était une femme mince, à la peau mate, les cheveux pris dans un foulard, les bras nus enserrés de bracelets. Elle accueillait ses admirateurs avec des sourires délicieux et des mots convenus.

– Tu la connais ? demanda Anastasia à sa mère en voyant qu'elle se dirigeait d'un pas résolu vers l'artiste.

– Bien sûr que je la connais ! lui lança-t-elle comme si cela allait de soi. Elle a déjà fait deux expositions en Suède et nous avons eu un très bon contact. Il y a très peu de Russes chez nous. C'est pour ça que tout tourne autour de l'ambassade.

Appliqué à la Suède, le « chez nous » choqua Anastasia.

Sa mère et la photographe s'embrassèrent chaleureusement.

– Viens, Alla, que je te présente ma famille. Voici Leonid, mon mari…

Leonid Petrovitch s'inclina poliment vers Mospanova pour un baisemain désuet.

– Et voici ma fille, Anastasia, dont je t'ai tellement parlé… Et son mari, le mathématicien Alexeï Tchistiakov.

Ils se dirent tous deux très heureux de la rencontrer et elle leur fit un sourire amical en leur serrant la main à tour de rôle et faisant tinter ses bracelets.

– C'est donc vous, la célèbre Nastia qui sait cinq langues et travaille à la milice ? lui demanda-t-elle en la regardant de la tête aux pieds.

– On dirait bien, lui renvoya Anastasia. À moins que quelqu'un ait pris ma place pendant l'absence de maman…

– Et vous parlez réellement cinq langues ?

– Oui. Et je suis bien *maïor* au ministère de l'Intérieur.

Quelques personnes autour d'eux la dévisagèrent comme si elle était un objet rare et curieux. Ça lui donna envie de vomir. Elle avait l'impression d'être un éléphant blanc qu'on promène dans les rues pour soutirer de l'argent aux chalands. Qu'elle travaille dans la milice alors qu'elle possédait plusieurs langues était incompréhensible pour la plupart des gens. Ils se demandaient pourquoi elle n'était pas secrétaire de direction, ou traductrice pour une société étrangère, emplois infiniment mieux payés. Ça la révoltait : comme si elle n'avait pas le droit de se servir de son intelligence pour élucider des affaires criminelles !

L'artiste était suffisamment observatrice pour remarquer le changement dans la physionomie d'Anastasia. La prenant par le bras, elle l'entraîna un peu à l'écart.

– Pourquoi de telles conversations vous énervent-elles à ce point ? lui demanda-t-elle. Vous en avez marre de vous justifier ?

Anastasia partit d'un éclat de rire soulagé.

– Exactement. Vous avez deviné. Personne ne s'étonne que je travaille à la milice, mais dès qu'on sait que je parle cinq langues, on se dit que je perds mon temps. Le travail à la brigade criminelle n'est qu'une poursuite acharnée de criminels un flingue à la main, n'est-ce pas ? Alors à quoi bon connaître tant de langues ?

– Et en réalité, elles vous servent à quelque chose ?

– Dans mon travail, pas trop, non. Mais elles me permettent de conserver mon équilibre personnel. Remarquez, les choses changent vite et je m'en sers de plus en plus : le nombre d'étrangers en Russie augmente. Et parmi eux, il n'y a pas que des victimes, il y a aussi des criminels.

– Vous aimez votre travail ?

La photographe l'observait attentivement, la tête légèrement penchée de côté et le buste un peu en retrait, comme si elle cherchait le bon angle.

– Bien sûr. C'est un travail sale et dur, mais intéressant.

– Dangereux ?

– Un peu. Beaucoup même, parfois, mais si on fait bien attention et pas trop de bêtises, on peut abaisser le niveau du danger.

– Et le niveau de saleté ?

– Ah non ! dit-elle en souriant. Celui-là est impossible à régler.

– Il faut donc être très dévoué à ce travail pour s'y faire, non ?

Décidément, elle me soumet à un véritable interrogatoire ! se dit Anastasia. Mais la conversation l'amusait et elle répondait de bonne grâce.

– C'est vrai, il faut être très dévoué. Ou alors pas trop, mais savoir ne pas prêter attention aux saloperies et autres vilenies. Ou pas du tout, et se complaire dans la violence, la duperie et la griserie de son propre pouvoir… Vous voyez, tous les cas de figure sont possibles…

– Vous savez, lui renvoya Mospanova sur le ton de la confidence, mon fils voulait entrer dans la milice. En vous écoutant, je suis heureuse qu'il ne l'ait pas fait.

– Et pourquoi donc ?

– Il n'aurait pas pu. Il n'entre dans aucune des catégories que vous avez énumérées. Lorsque la commission d'admission a rejeté sa candidature, il a pris ça pour une vraie tragédie. Il en a tellement souffert que je me suis fait du souci. Dommage que les gens n'en sachent pas plus sur votre travail. Ils se font tant d'idées fausses sur la milice.

– Un faux romantisme ?

– Oui, quelque chose de ce genre…

– Alla Ivanovna ! lança une voix de stentor dans leur dos. Permettez-moi de vous saluer !

Un cinéaste célèbre s'approchait, brandissant comme un drapeau un énorme bouquet de roses rouges. À côté de lui se tenait sa charmante femme, une actrice non moins célèbre.

Bouquet ou non, Alla Mospanova se jeta dans ses bras en s'écriant :

– Kostik ! Quel bonheur !

Anastasia en profita pour s'éclipser et retrouver les siens.

Ils parcoururent longuement l'exposition, admirant les prises de vues de la photographe dont le talent était reconnu dans le monde entier. Nadejda Rostislavovna s'arrêtait souvent pour saluer des relations et échanger quelques mots avec elles. À chaque fois, elle présentait sa tribu :

– Anastasia, ma fille… Leonid, mon mari… Le célèbre mathématicien Alexeï Tchistiakov, mon gendre…

Anastasia serrait les mains, souriait poliment et ne rêvait que d'une chose : prendre la tangente le plus vite possible. Rentrer à la maison, passer sa chère robe de chambre et s'installer dans la cuisine pour fumer une cigarette et réfléchir aux femmes assassinées et à celles qui avaient reçu des lettres de menaces, tout en regardant distraitement son Liocha aligner les cartes de ses patiences.

L'espace de quelques minutes, elle parvint à se débrancher de la foule bruyante et, un sourire avenant collé sur son visage, à se plonger dans ses cogitations. Finalement, il n'y avait que trois possibilités.

La première, se dit-elle en les passant mentalement en revue : *un fou quelconque écrit des lettres de menaces à des futures mariées pour leur flanquer la trouille ou leur faire une sale blague. Quelqu'un d'autre, pour des motifs tout à fait différents, commet deux meurtres dans des bureaux de l'état civil où, par hasard, se marient deux femmes qui ont reçu l'une de ces lettres. C'est possible, mais peu probable. Certes, il y a des choses bizarres dans la vie, mais là, la probabilité d'une telle coïncidence est quasiment nulle. Cependant, elle existe et il faut en tenir compte, même marginalement.*

La deuxième : un voyou écrit des lettres pour satisfaire sa méchanceté naturelle. Un assassin l'apprend et y trouve un moyen facile de brouiller les cartes et de dérouter les enquêteurs dans les meurtres qu'il projette. D'ailleurs, c'est peut-être cet élément qui lui permet de passer à l'acte.

La troisième : l'assassin prépare son forfait de longue date, mais la possibilité de le commettre n'apparaît que récemment. Dans ce cas, il faut trouver le sens des crimes.

En d'autres termes : impossible de résoudre l'affaire sans savoir qui est la véritable cible.

Dans les deux premières hypothèses, c'est sans doute Elia Bartocz. Trop de gens étaient opposés à son mariage. Et Latychev se trouvait près du bureau de l'état civil sans vraie raison... Mais si c'est la troisième, la motivation du criminel devient incompréhensible. Un malade mental ? Un délire de vengeance ?

Mais alors...

– Maman, tu sais d'où l'on peut téléphoner ? demanda-t-elle en tirant Nadejda Rostislavovna par la manche.

Celle-ci, interrompue en plein milieu d'une conversation avec un petit homme très drôle aux cheveux blancs, lui jeta un regard noir.

– Là-bas ! dit le petit homme en désignant l'escalier. Près de l'entrée. Il y a une cabine.

Sous les regards étonnés des siens, Anastasia fendit la foule dans la direction indiquée.

– Iouri, dit-elle très vite lorsque Korotkov eut décroché, demande aux services centraux de l'état civil de te fournir la liste des couples qui ont fait une demande de mariage, mais ne se sont pas présentés à l'enregistrement.

– Attends un peu ! s'étonna son ami. D'où m'appelles-tu ? Tu n'étais pas censée aller à un cocktail ?

– J'y suis. Tu vas faire ce que je t'ai dit ?

– Évidemment. La liste des mariages ratés, c'est ça ? Sur combien de temps ? Pas depuis le premier spoutnik, j'espère.

– Iouri, sois sérieux ! Disons au cours des trois dernières années…

– Entendu. Maintenant, tu m'expliques…

– Non, pas maintenant. Appelle-moi demain matin à la maison. Après onze heures.

Dans la foule, elle éprouva quelques difficultés à rejoindre son groupe. Elle repéra enfin la silhouette dégingandée de Tchistiakov. Sa mère lui jeta un regard critique.

– Maman, il y en a encore pour longtemps ? lui demanda-t-elle timidement.

– Il faut attendre le buffet et la vente aux enchères de quelques œuvres de Mospanova, lui répondit-elle plutôt sèchement.

– Ce sera long ?

– Deux petites heures. Peut-être trois.

Son ton indiquait clairement qu'elle prenait un malin plaisir à contrarier les espoirs de sa fille.

– Maman, la supplia Anastasia.

Nadejda s'adoucit subitement :

– C'est bon… Va-t'en ! Tu sembles tellement souffrir… J'ai pitié de toi.

Anastasia saisit le bras de Tchistiakov et, sans se le faire dire deux fois, l'entraîna vers la sortie.

– Tu es vraiment une sadique, lui dit-il en s'installant au volant et en glissant la clé dans le contact. Tu m'as privé d'un repas à l'œil. Comme punition, tu vas préparer le dîner.

– Volontiers ! s'écria-t-elle. Tu peux faire de moi ce que tu veux. Je suis prête à tout.

– Tu parles !

Tchistiakov ne semblant pas très satisfait, elle se rembrunit.

– Qu'est-ce qu'il y a, Liocha ? Tu es fâché ? Tu voulais rester ?

– Bien sûr. J'avais repéré un merveilleux paysage dans le catalogue de la vente aux enchères. Je voulais te l'offrir. Alors que toi… On ne peut jamais rien faire avec toi.

Cela lui fit l'effet d'une douche froide.

– Pardonne-moi, chéri. Je ne l'ai pas fait exprès…

Elle se sentait mal à l'aise. Elle caressa les cheveux de son mari pendant qu'il conduisait et frotta le nez contre son épaule.

– Liocha, pardonne-moi, répéta-t-elle. Je suis une conne. Qu'est-ce que je peux faire maintenant ?

– Rien, ça, c'est sûr ! s'exclama-t-il. Je ne vais tout de même pas divorcer pour ça, petite sotte…

Le lendemain matin, Chevtsov lui annonça que quatorze autres femmes avaient appelé la rédaction des *Nouvelles du crime*. Toutes avaient reçu des lettres de menaces. Après le coup de fil du photographe, Anastasia se prit la tête dans les mains.

– Tu imagines combien de lettres il doit y avoir au

total ? dit-elle à Liocha qui ne pensait même plus à sa déconvenue de la veille. Car nous n'avons là que des femmes qui lisent cette feuille de chou, ou dont les proches la lisent. Dieu sait combien de vies il a empoisonnées, ce salaud !

Cette nouvelle, qui annonçait un surcroît de travail, plongea Korotkov et Selouïanov dans un état proche de l'abattement.

– Nastia, dit le premier avec une petite voix pleine d'espoir. Et si tu reprenais le boulot ? De toute façon, tu travailles au lieu de te reposer. Tu ne veux pas interrompre ton congé ? Hein ?

– Qu'est-ce que ça peut faire puisque, congé ou pas, je travaille de la même manière ? objecta la jeune femme.

– Ça change pas mal de choses ! Quand tu travailles, je peux me permettre de passer chez toi sans le moindre remords et exiger des conseils. Là, je suis comme un parent pauvre qui mendie un bout de pain...

– Arrête ! C'est quoi, cette histoire ? Depuis quand as-tu besoin de mes conseils ? Dis-moi plutôt... as-tu contacté l'état civil ?

– Évidemment. Et ils m'ont envoyé sur les roses, chantonna la voix de Korotkov dans le combiné.

– Ça ne m'étonne pas. J'espère que tu ne t'es pas laissé faire ?

– Tu me connais, se rengorgea-t-il.

– Qu'as-tu obtenu ?

– Les listes de ceux qui ont fait la demande et de ceux qui ont effectivement été enregistrés. Mais c'est à nous de faire la soustraction...

– Parfait, se réjouit la jeune femme. C'est encore mieux !

– Comment ça « mieux » ? Tu imagines la longueur de ces listes sur trois ans ?

– Ça m'est égal... même si ça faisait dix mille kilomètres ! Dis-leur de nous donner les disquettes en plus du tirage papier. Je vais mettre mon ordinateur à contribution : une demi-heure pour écrire un petit programme de derrière les fagots et la machine nous sortira tous les noms qui se trouvent sur une liste et pas sur l'autre.

– Nastia, tu es géniale ! Et tu dis que je peux me passer de tes conseils ? Je ne suis pas assez malin. À propos... tu avais promis de m'expliquer pourquoi tu as besoin de ces infos. Quelle petite idée a encore germé sous ton crâne ?

– Je ne sais pas, Iouri. C'est peut-être du délire, mais j'ai pensé que si nous avions affaire à un malade, ça pourrait être une femme dont le mariage a été rompu et qui est devenue dingue à cause de ça. Elle commence par écrire des lettres odieuses à toutes celles qui ont plus de chance qu'elle, puis la maladie progresse et elle en arrive à des meurtres.

– Tu penses à l'inconnue de la photo ?

– Iouri, on ne peut rien te cacher.

Anton Chevtsov passa la prendre en début d'après-midi et ils reprirent la visite des victimes. Plusieurs femmes avaient conservé les lettres : elles étaient toutes semblables à celles qu'ils avaient déjà vues.

– Vous savez, leur dit l'une d'elles, très abattue, j'étais certaine que mon fils l'avait écrite. Il était tellement remonté contre mon mariage !

– Pourquoi ? Il n'aimait pas votre futur mari ?

– Non, mais il est très attaché à son père et il espérait que nous arriverions à nous réconcilier.

– Vous lui avez parlé de cette lettre ?

– À quoi bon ? J'étais sûre que c'était lui. J'ai fait comme si de rien n'était. Mais je n'aurais peut-être pas dû me marier. Mon fils s'est replié sur lui-même. Il ne me parle presque plus et n'ouvre jamais la bouche en présence de mon mari. Il ne l'aime pas. Et moi, je suis devenue plus dure avec lui. J'étais vraiment persuadée qu'il avait écrit ce message… J'ai gagné un mari, mais j'ai perdu un fils…

Elle semblait sur le point de fondre en larmes.

– Quel âge a-t-il ? lui demanda Anastasia.

– Quinze ans.

– C'est un âge difficile, mais maintenant que tout est clair vous pouvez faire un effort pour restaurer des relations normales. Vous y parviendrez sans doute…

Cette fois, la femme pleura pour de bon.

– Non, dit-elle en prenant un mouchoir pour essuyer ses larmes. Ce n'est vraiment pas possible. Il s'est tellement éloigné de moi qu'il est devenu comme un étranger. Et tout ça à cause de cette maudite lettre !

Cette conversation tourna dans le cerveau d'Anastasia tout le reste de la journée. Le soir, lorsque Chevtsov la ramena chez elle, elle la ressassait encore.

– L'auteur de ces menaces doit être vraiment répugnant, confia-t-elle à Chevtsov. Il brise la vie des gens sans le moindre remords.

– Avez-vous remarqué que chacune des dix-neuf femmes que nous avons rencontrées a un squelette dans son placard ? dit le photographe sans détacher son regard de la route. Aucune d'entre elles n'est allée voir la milice, aucune ne s'est étonnée. Chacune avait quelque chose dans son passé qui lui faisait croire qu'elle connaissait l'auteur de la lettre. Pas mal pour une expérience sociologique : dix-neuf frappes au hasard et aucune femme sans péché.

– Je ne suis pas de votre avis, lui renvoya-t-elle. Et cette femme avec son fils ? Qu'est-ce qu'elle a fait de mal ? En quoi est-elle coupable ?

– Comment ça ? Mais elle n'a pas tenu compte de son fils ! Elle voyait bien qu'il était contre ce mariage et qu'il n'aimait pas l'homme qu'elle avait choisi. Pourtant, elle n'a pas reculé, même après avoir reçu la lettre. Elle pensait que son fils l'avait écrite, mais elle ne s'est pas demandé à quel point de désespoir cet enfant en était arrivé pour oser un tel geste. Elle n'en a fait qu'à sa tête et maintenant, elle s'en mord les doigts. Elle aurait dû se demander plus tôt ce qui était le plus important pour elle, son fils ou un nouveau mari.

– Je ne sais pas, Anton, dit-elle, pensive. Toutes ces femmes me font pitié. Celle-là surtout.

– Pitié ? Mais pourquoi ? Elles sont en vie, leurs maisons ne se sont pas effondrées, leurs biens n'ont pas brûlé. Quant aux relations que ces lettres ont gâchées, elles en portent l'entière responsabilité. Si elles n'avaient rien eu à cacher, elles auraient immédiatement porté plainte à la milice. Et elles n'auraient eu aucun problème.

– Vous croyez ?

Dans sa voix, le scepticisme le partageait avec le doute.

– J'en suis certain. Les ennuis des gens viennent toujours de leurs petites cachotteries. Et s'ils ont des secrets à garder, c'est qu'ils ont des fautes à dissimuler.

Anastasia éclata de rire.

– Votre logique est sans faille ! Et vous ? Vous n'avez pas de secrets ?

– Aucun ! Je suis transparent comme l'eau claire. Et vous-même ?

La question prolongea la bonne humeur de la jeune femme.

– Vous savez, je viens de m'apercevoir que j'ai été la seule à avoir porté sa lettre à un juge d'instruction. Il est vrai que mes raisons étaient tout autres, mais quand même. On peut considérer que je n'ai pas de secrets non plus.

Larissa tendit sa jambe engourdie et poussa un petit gémissement de douleur. Elle ne voulait pas faire de bruit pour que son tortionnaire l'oublie le plus longtemps possible, mais ce fut plus fort qu'elle. En l'entendant, l'homme détourna le regard de l'écran de télé.

– Alors, salope ! Tu vas parler ? lui lança-t-il avec méchanceté.

– Laissez-moi partir, s'il vous plaît, le supplia Larissa. J'ai très mal. Je ne sais vraiment pas où est Sergueï.

– Ça ne va pas, la tête ? Tant que ton Sergueï ne viendra pas te chercher, tu resteras attachée.

– S'il vous plaît...

Il recommença à regarder le match de basket à la télé.

Larissa tenta de remuer sa main attachée à un radiateur par des menottes, mais ses doigts étaient engourdis et ne lui obéissaient pas. Une corde attachait fermement l'autre bras à son corps. Elle était étendue par terre, presque nue. Son tortionnaire ne lui avait laissé que son slip.

– Écoutez, tenta-t-elle de le raisonner. Je ne peux pas trouver Sergueï si je reste ici. Et lui, comment me retrouverait-il ?

– À toi de voir. Réfléchis. Trouve quelqu'un qui sait où est Artioukhine et passe-lui un coup de fil.

– Pour lui dire quoi ?

– La vérité. S'il ne fait pas surface très rapidement, je te tuerai.

– Mon Dieu ! Mais pourquoi ? Pourquoi moi ? Qu'est-ce que je vous ai fait ?

Elle fondit en larmes. Elle avait froid et tout son corps lui faisait mal.

– Si tu pleures, tu vas m'obliger à te frapper, l'informa l'homme d'un ton indifférent, les yeux fixés sur son match.

Mais elle était trop désespérée pour l'écouter. Comme elle n'arrêtait pas de sangloter, il se leva sans dire un mot, et s'approcha d'elle. Avec des gestes habiles, il lui enfonça un mouchoir dans la bouche et lui ferma les lèvres avec une large bande de sparadrap. Puis il s'écarta, comme s'il admirait son propre travail. Visiblement satisfait, il détendit soudain son pied et frappa Larissa par deux fois, sur une fesse et dans le dos. Il regarda sa victime se tordre de douleur pendant quelques secondes, parut réfléchir, puis leva la jambe au-dessus d'elle, comme un marteau-pilon, et la rabattit en lui piétinant la poitrine.

– Ça te suffit ou tu en veux encore ? lui demanda-t-il sans animosité. Je peux regarder mon match tranquillement ?

Elle resta étendue par terre, immobile, la tête renversée. Les larmes lui coulaient sur les tempes et lui entraient dans les oreilles. Elle ne voyait presque rien à cause de la douleur et, dans sa tête, une pensée revenait, lancinante :

Ce fou peut me tuer ! Mais il ne le fera pas tant qu'il n'aura pas mis la main sur Sergueï !

12

– Évidemment, si vous insistez, nous pouvons hospitaliser votre mère, mais il faudra l'installer dans un couloir et il n'y aura personne pour s'occuper d'elle.

Le médecin s'essuyait les mains qu'elle s'était méticuleusement lavées après avoir examiné Veronika Tourbina. Hospitaliser une malade de soixante-dix ans atteinte d'une hémorragie cérébrale ? Si elle s'y risquait, le médecin-chef la ferait virer sans indemnités. L'hôpital était bondé, on manquait de médecins, d'infirmières et de personnel en tout genre, les chambres étaient encombrées de deux fois plus de lits que ne l'autorisaient les normes sanitaires… Personne ne donnerait le feu vert à l'hospitalisation d'une paralysée sans aucun espoir de guérison, mais qui pourrait rester en vie pendant des mois, voire des années entières.

– Peut-être, mais qu'est-ce que je peux faire d'autre ?

Tourbine semblait perdu et le médecin n'était pas insensible à son charme. Simplement, elle ne pouvait rien faire pour l'aider.

– Engagez une aide-soignante…

En parcourant l'appartement des yeux, elle se rendit compte qu'elle venait de dire une bêtise.

– Vous pouvez peut-être vous en occuper vous-même, rectifia-t-elle.

– Mais j'ignore totalement ce qu'il faut faire ! s'écria-t-il avec un accent de désespoir.

– Vous savez, j'ai quelques malades comme votre mère dans mon secteur. Si vous voulez, je vous donnerai les adresses et les numéros de téléphone. Leurs proches partageront leur expérience avec vous. De toute manière, une infirmière viendra tous les jours pour lui faire sa piqûre. Moi, je reviendrai après-demain. N'oubliez pas de prendre sa tension deux fois par jour. Et ne perdez pas courage. Ça semble terrible au début, mais on s'habitue facilement. Vous apprendrez très vite à la soigner et ça sera moins dur. En dix ans d'expérience, j'ai vu pas mal de situations comme la vôtre.

Il ferma la porte derrière elle et retourna dans la chambre. Sa mère y était étendue, immobile, les yeux grands ouverts. On aurait dit une statue de cire. Il s'installa dans le fauteuil près de la fenêtre et resta là, comme pétrifié.

La veille, après sa dispute avec Latychev à Serebriany bor, il était entré en trombe dans l'appartement. Sa mère faisait la cuisine.

– Maman, j'ai quelque chose à te demander. Ça ne prendra que deux minutes...

À cet instant, il croyait vraiment qu'elle lui répondrait, que peut-être même elle lui montrerait des documents auxquels il n'avait pas eu l'idée de s'intéresser avant et que tout serait clair. Après tout, le nom de son père figurait sur son acte de naissance : Viktor Fiodorovitch Nikolaïev. Lorsqu'il avait été en âge de s'étonner de porter le nom de jeune fille de sa mère, celle-ci lui avait expliqué qu'il lui revenait de préserver le nom de sa famille, une vieille lignée aristocratique, et la mémoire de son grand-père, un très brillant architecte. Valeri, de son côté, préférait mille fois s'appeler Tourbine que Nikolaïev, nom tellement répandu qu'il y en avait au moins deux dans chaque classe.

– Que veux-tu savoir ? lui avait demandé Veronika Tourbina en essuyant ses mains tachées de farine.

– Redis-moi encore qui était mon père.

La pâleur subite de la vieille femme l'avait frappé comme un coup de poing au plexus.

– Pourquoi cette question ? Il s'est passé quelque chose ?

– Oui, reconnut-il en sachant d'avance la tournure qu'allait prendre la suite des événements. Oui, il s'est passé quelque chose…

Et il avait rassemblé tout son courage pour lui dire, d'un seul trait :

– On m'a raconté que mon père était un brancardier de la morgue condamné à des peines de prison pour nécrophilie.

– Qui t'a dit ça ? Qui a osé ? s'était-elle écriée avec virulence, en lui redonnant ainsi un brin d'espoir.

– Peu importe, maman. Une seule chose compte : est-ce vrai ou non ?

Le sursaut de Veronika Tourbina avait été de courte durée. Soudain, elle avait perdu l'équilibre et s'était effondrée sur un tabouret.

– Il t'a parlé ! avait-elle dit. Cette ordure t'a tout révélé… Il m'avait pourtant promis…

L'espace d'un instant, Tourbine avait cru qu'elle parlait de Latychev. Puis quelque chose dans l'expression de sa mère lui avait fait sentir que ce n'était pas le cas.

– Tu parles… de mon père ?

Elle lui avait tout raconté. Le cadavre pourrissant de son voisin, les efforts qu'ils avaient faits pour le sortir de l'appartement, l'alcool qui l'avait aidée, la soirée avec Smitienko. Elle lui avait aussi dit sa honte et son dégoût de soi. Elle voulait tellement oublier cet épisode qu'elle n'avait même pas cherché à récupérer sa bague.

Deux mois plus tard, avait-elle ajouté, elle avait ressenti les premiers effets de la grossesse. Au début, elle avait préféré ne pas y croire. N'ayant jamais eu de rapports avant cette date, ses règles n'étaient pas régulières. Elle s'était dit que c'étaient peut-être les signes d'une ménopause précoce. Mais elle avait fini par se rendre à l'évidence : elle était bien enceinte. Son premier réflexe avait été de se faire avorter. Elle avait perdu un peu de temps à tergiverser sur les raisons de ses malaises, mais elle était encore largement dans les délais.

C'était à la rentrée de septembre que le destin avait frappé à la porte de son bureau, à l'Institut : un factotum la priait de bien vouloir passer chez le recteur. Son patron la reçut tout sourire : une délégation de l'Institut devait partir pour la Tchécoslovaquie dans le cadre d'un accord d'échanges professionnels. L'un des participants prévus avait eu un très grave accident pendant les vacances et il fallait le remplacer au pied levé. Les instances supérieures de l'Éducation nationale et le département concerné du Comité central avaient estimé qu'elle était la mieux placée pour faire ce voyage en tant que professeur émérite et membre du Parti de longue date.

À l'époque, seuls les plus chanceux, avec un piston d'enfer et une « biographie » à toute épreuve, avaient la chance de voyager à l'étranger. Rater une occasion pareille aurait été stupide et elle avait accepté avec joie. Le seul problème était qu'il ne lui restait qu'une semaine avant le départ. Et que, pour avorter par la voie normale – du dispensaire de quartier à l'hôpital en passant par les analyses –, elle en avait au bas mot pour quinze jours ou trois semaines. Elle avait tenté de contacter une gynécologue de ses amies. Manque de chance, celle-ci était en congé en Ukraine. Elle avait alors pensé s'adresser à un de ses collègues enseignants qui se vantait de ses relations dans un des meilleurs établissements de Moscou pratiquant l'interruption de grossesse. L'homme l'avait reçue avec amabilité et lui avait promis une réponse et une intervention rapides. Sans nouvelles deux jours avant le départ, elle était retournée le voir. Il s'était répandu en excuses : il avait essayé, mais n'avait rien pu obtenir aussi vite. Il fallait lui laisser quelques jours de plus… Des mois plus tard, bien après son retour de Tchécoslovaquie, elle avait appris que son gentil collègue avait été fort dépité de ne pas avoir été choisi pour faire le voyage. La direction avait d'abord proposé sa candidature, mais les instances supérieures avaient décidé qu'il y avait déjà trop d'hommes dans la délégation.

Lorsqu'elle prit l'avion pour Prague, elle approchait de son troisième mois de grossesse. À son retour, il n'y avait plus rien à faire. À cinq mois, seule une véritable raison thérapeutique pouvait justifier une intervention.

Et entre-temps, elle s'était résignée. Elle commençait même à se réjouir à l'idée d'avoir un enfant lorsque ses obligations professionnelles l'avaient amenée à une conférence sur les pathologies du nourrisson provoquées par l'alcoolisme des parents. Elle en était sortie bouleversée. La vision des embryons conservés dans le formol et des moulages que l'orateur leur avait montrés pour illustrer son propos lui avait donné la chair de poule et l'avait persuadée que son enfant serait un monstre.

Certes, elle ne buvait pas et se disait que les quelques verres de la journée fatidique ne porteraient pas à conséquence. Mais Pavel Smitienko, lui, était visiblement un alcoolique. Il était jeune, mais son visage portait déjà les stigmates de la boisson.

Lorsque son fils naquit, elle hésita même à le regarder tellement elle était certaine qu'il serait anormal. Elle entendit bien la sage-femme s'écrier : « Quel beau bébé ! », mais n'en fut pas plus rassurée pour autant. Les jours suivants, elle l'examina à plusieurs reprises sous toutes les coutures pour lui trouver des signes de maladie ou de malformation. Mais non, son Valeri était un petit garçon sain et étonnamment beau, aux cheveux noirs et aux yeux bleu foncé. Il était le portrait de son père et elle pria longtemps pour que cette ressemblance ne soit qu'extérieure.

Avec le temps, son angoisse avait pris la forme d'une attention excessive pour la santé de son fils. Elle dépensait des sommes considérables pour lui donner une alimentation naturelle et saine et lui permettre de se reposer vraiment pendant les vacances, l'amenait chez le médecin au moindre bobo, surveillait son comportement à l'affût du moindre signe de déviation mentale. Valeri avait seize ans lorsqu'elle se tranquillisa enfin. Excellent élève, le garçon ne présentait aucune pathologie particulière. En signant son carnet de correspondance où, semaine après semaine, elle découvrait les meilleures notes et en regardant son corps bien bâti et son beau visage, elle n'en revenait pas de sa chance.

Mais ce bonheur dura à peine un an. Après avoir rencontré Pavel Smitienko par hasard, elle replongea dans ses pires cauchemars. Non seulement le père de son enfant était un ivrogne, mais encore un exhibitionniste et un nécrophile. Elle ne doutait pas qu'il s'agît là des manifestations d'une grave maladie mentale.

Pavel exigea de l'argent et les déménagements commencèrent. Mais ce n'était rien en regard des deux motifs de terreur qui l'empêchaient de vivre : que la maladie soit héréditaire et que l'ivrogne aille tout raconter à Valeri.

L'entrée de la petite Bartocz dans la vie de son fils transforma l'existence déjà pénible de Veronika Tourbina en un véritable enfer. D'abord, elle se persuada que si son fils se mariait, ses enfants seraient des monstres. Ensuite, elle ne doutait pas que l'argent des parents d'Elia attirerait Pavel comme le pôle Nord l'aiguille de la boussole. S'il apprenait la bonne fortune de son fils, il voudrait sa part du gâteau. Et cela signifiait que Valeri découvrirait qui était vraiment son père.

Désormais, la vieille femme ne pouvait plus sortir dans la rue sans s'imaginer que Smitienko était derrière elle. Et chaque fois que Valeri sortait de la maison, elle se mettait à la fenêtre pour voir si l'ivrogne ne s'était pas planqué dans un coin pour l'aborder ou le suivre.

Un jour, Marat Latychev, un jeune homme sympathique qui semblait beaucoup souffrir à cause d'Elia, était venu la voir. Il voulait savoir ce qu'elle pensait du mariage de son fils. Elle avait trouvé en lui un allié disposé, comme elle, à empêcher le mariage ou, si cela ne marchait pas, à brouiller les deux époux pour provoquer un divorce rapide. Bien sûr, elle ne pouvait pas lui parler du père de Valeri. Pavel restait une menace contre laquelle elle était impuissante. Le jour du mariage, elle avait tellement eu peur que l'ivrogne, ayant découvert le pot aux roses, se présente au bureau de l'état civil pour faire un scandale, qu'elle avait demandé à Marat de l'y conduire en voiture. Son but n'était pas d'empêcher la cérémonie, mais de veiller à ce que Smitienko ne se montre pas...

Tourbine écouta la confession de sa mère jusqu'au bout, mais comprit dès les premières phrases qu'il devait oublier pour toujours le chemin de la maison d'Elia. Il resta prostré dans un coin de l'appartement tandis que, réfugiée dans la pièce voisine, Veronika pleurait silencieusement.

Dans la nuit, elle se sentit mal. Son fils appela les secours d'urgence. Lorsque le médecin arriva, il n'y avait plus rien à faire.

Tourbine avait l'impression de vivre un cauchemar. Quelques heures plus tôt il était étendu sur la plage près d'Elia et la vie lui semblait, sinon belle, du moins très satisfaisante, et soudain, il se retrouvait dans cet appartement minable, seul avec sa mère paralysée, au seuil d'un monde qu'il ne connaissait pas : celui des maladies, des médicaments, des piqûres, des bassins, de la prévention des escarres...

Non, ce n'était pas un cauchemar. C'était la réalité. La réalité de toujours à laquelle il avait voulu échapper. Elia et l'argent des Bartocz, c'était ça, le rêve. Mais ce rêve, il venait de s'en réveiller.

Décidément, les choses ne se passent jamais comme prévu ! pesta Anastasia en lançant la recherche sur son ordinateur.

D'abord, ses connaissances en langage informatique ne lui avaient pas permis d'écrire exactement le petit programme qu'elle voulait. Son premier mouvement en se mettant au travail avait été de refuser l'aide de son mari, mais lorsqu'elle s'était rendu compte qu'elle ne parvenait jamais au résultat escompté, il était trop tard. Il était parti passer la journée à Joukovski, où il devait rencontrer un de ses étudiants en thèse. Après, il s'était avéré qu'une des disquettes transmises par les services de l'état civil était endommagée : une partie des données était inutilisable. Heureusement, les noms des couples étaient intacts et elle disposait des tirages papier des listes par ordre alphabétique : deux gros rouleaux d'imprimante. Résultat, l'ordinateur lui faciliterait le travail en retrouvant les femmes qui avaient déposé une demande de mariage et ne s'étaient pas présentées à l'enregistrement, mais elle serait obligée de chercher dans les bobines de papier les renseignements qui l'intéressaient.

Anton Chevtsov l'appela au moment où les premiers noms commençaient à apparaître sur son écran.

– Nous n'avons plus d'appels de victimes de lettres de menaces, lui lança-t-il au bout du fil. On dirait que le flot s'est tari. Quels sont vos plans pour aujourd'hui ?

– Je fais des recherches sur mon ordinateur. Je pensais obtenir les informations que je voulais sans me fatiguer, mais je vais quand même être obligée de me coltiner une tonne de papier.

– Vous voulez un coup de main ?

– C'est-à-dire..., hésita-t-elle. Je ne voudrais pas abuser de votre temps...

– Nastia…, la coupa-t-il en faisant la grosse voix. Je serai là dans trois quarts d'heure. Ça vous va ?

En l'attendant, Anastasia décida de préparer le travail en découpant les rouleaux de papier en bandes d'environ deux mètres et en les maintenant par terre avec des bouquins pour qu'elles ne s'enroulent pas sur elles-mêmes.

Lorsque Chevtsov arriva, elle avait terminé et une dizaine de bandes étaient alignées entre la porte et la fenêtre. Ils furent obligés de sautiller par-dessus pour atteindre la console de l'ordinateur.

– Voilà, lui expliqua-t-elle. Nous cherchons une femme de plus de quarante ans qui a déposé une demande de mariage, mais ne s'est pas mariée. L'ordinateur me donne les noms et vous cherchez dans les listes les données qui correspondent. C'est clair ?

– Limpide. Je suis prêt, dit-il en s'installant à quatre pattes au milieu des bandes de papier.

– Allons-y… Matskova. Elle a posé une demande avec un certain Didenko.

Il lui fallut quinze secondes pour retrouver le nom dans la bande qui contenait les noms commençant par M.

– Matskova, dit-il, née en 1973.

– Trop jeune. Krouglikova-Ivanov.

– Trop jeune aussi : née en 1970.

– Serobaba-Ougrekhelidze…

– Serobaba, Galina Mikhaïlovna, née en 1953.

– Ça colle !

– Attendez, elle apparaît ici une seconde fois. Elle s'est mariée un an plus tard avec un certain Davydov.

– On continue. Loukitcheva-Aristov…

En l'absence de Tchistiakov, elle laissa passer l'heure du déjeuner. Elle ne se rappela qu'il fallait tout de même s'alimenter que lorsque son estomac le lui signifia avec insistance. Entre-temps, ils avaient trouvé trois femmes de plus de quarante ans dont le mariage était prévu mais n'avait pas eu lieu.

– On va manger un morceau, dit-elle, et après, nous irons rendre visite à ces dames. Si ça ne donne rien, nous continuerons le travail sur les listes.

Ils n'eurent pas beaucoup de chance. Deux des femmes n'étaient pas à Moscou. L'une avait émigré à l'étranger et l'autre faisait un voyages d'affaires pour le compte de son entreprise. La troisième, en revanche, était bien chez elle. Elle leur raconta gaiement qu'il s'agissait d'un « mariage blanc » pour permettre à un ami d'obtenir un deux-pièces. Entre la demande et l'enregistrement, son faux fiancé avait obtenu une promotion au sein de sa société. On lui avait attribué un bel appartement de fonction et il n'avait plus eu besoin du faux mariage.

Il était près de sept heures du soir lorsque Chevtsov gara sa voiture devant chez Anastasia.

– On continue ? lui proposa-t-il.

– Si vous n'êtes pas trop fatigué. Mais…

– Il n'y a pas de « mais »…

Dans l'appartement, ils reprirent leurs places : elle à l'ordinateur, lui à quatre pattes.

– Kokhomskaïa-Jdanov.

– 1968.

– Ogneva-Rojnov.

– 1970.

– Nikitina-Malakhov.

– 1955.

– Regardez si elle s'est mariée.

– Oui, elle a épousé un certain Griadovoï.

– Kouzina-Slobodine.

– 1975…

À vingt heures, Tchistiakov appela pour prévenir qu'il dînait chez ses parents. Anastasia lui expliqua ce qu'ils faisaient et lui dit de ne pas s'inquiéter : ils grignoteraient quelque chose lorsque le besoin s'en ferait sentir.

Vers vingt-deux heures, ils n'avaient toujours pas faim, mais leur vue se brouillait à cause de tous ces chiffres et ces lettres.

– Anton, rentrez chez vous. Je n'ai que trop abusé…

– Nastia, dit-il en s'asseyant en tailleur, et si on se tutoyait ? Le travail de bagnard rapproche les individus.

– D'accord, répondit-elle. Mais ça ne change rien : rentre chez toi. J'ai *vraiment* beaucoup abusé…

– Si je pars, tu te reposes ?

– Bien sûr que non. Je vais continuer.

– Alors, je reste.

– Mais il est tard…

– Nastia, ça ne veut rien dire : il est tard pour une jeune fille qui doit rentrer toute seule à travers des rues sombres. Mais je suis un homme, et motorisé. Je partirai quand tu seras épuisée.

– Alors tu vas devoir t'installer ici à demeure, lui renvoya-t-elle en souriant. Je ne serai épuisée que quand je serai morte, voire un peu plus tard… Polianskaïa-Stakheïev.

– 1963.

– Teliatnikova-Essipov…

L'arrivée de Tchistiakov, un peu avant minuit, mit un terme à leur travail. D'ailleurs, ils étaient trop fatigués pour continuer. Chevtsov prit congé et partit en se frottant les yeux.

Larissa avait l'impression que sa vessie allait éclater. Elle ne pouvait plus se retenir.

– Il faut que j'aille aux toilettes, dit-elle piteusement.

Il quitta la pièce en silence et revint avec un pot de chambre.

– Je ne peux pas en ta présence… Conduis-moi aux toilettes.

Ses yeux s'embuèrent. Devrait-elle subir ça en plus ?

– C'est ça ou rien, la prévint son tortionnaire en lui passant le pot sous les fesses. Tu as vraiment trouvé le bon moment !

Sa main attachée au radiateur, l'autre bras toujours entravé, elle était totalement impuissante.

– Mon slip…, murmura-t-elle. Je ne peux pas…

Il se pencha sur elle et lui arracha brutalement son dernier vêtement.

– Vas-y. Je ne regarde pas.

Elle ferma les yeux. Elle avait envie de mourir. Lorsqu'elle eut fini, il lui retira le bassin sans le moindre dégoût et alla le vider.

– Alors ? lui demanda-t-il en revenant. Tu t'es souvenue de quelque chose ?

En réalité, elle savait bien lequel des amis d'Artioukhine connaissait la planque. Mais elle savait aussi qu'il ne parlerait pas. Il avait déjà refusé de le lui dire. C'était d'ailleurs pour ça que, en désespoir de cause, elle était allée voir Kamenskaïa. En revanche, il ne manquerait pas de transmettre un message au fugitif. Bien sûr, il ferait mine de tout ignorer, mais il écouterait et agirait en douce. Artioukhine reviendrait et tomberait dans le piège de ce fou dont elle ignorait les véritables intentions. Au fond d'elle-même, elle avait l'intime conviction qu'il ne cherchait pas vraiment à récupérer la caution. Il voulait lui faire du mal. Le tuer, peut-être même…

Non ! s'écria-t-elle intérieurement. *Il ne faut pas que je parle. C'est mon seul espoir de rester en vie et de sauver Sergueï !*

– Pas encore, non, lui répondit-elle.

– T'as intérêt à chercher ! Et vite !

– Je ne fais que ça !

Maintenant qu'elle était totalement nue, elle remarqua

que l'homme regardait ses cuisses et les poils dorés de son pubis.

Je peux peut-être l'amadouer comme ça...

Elle était prête à tout pour alléger son sort. Et pour sauver son amant.

Malgré la douleur qui irradiait de sa cuisse et de son dos, elle écarta un peu les jambes. L'homme vaquait à ses occupations, mais elle remarqua que ses regards se faisaient plus fréquents et insistants. Elle changea encore de position, mais ne put retenir un gémissement.

– Qu'est-ce que t'as à te tortiller comme ça ? s'écria-t-il, contrarié. Tu as retrouvé quelque chose ?

– Toujours pas.

– Et pourquoi tu écartes les jambes ? T'as envie de baiser ?

– Avec un type comme toi ? Bien sûr.

Elle esquissa un sourire qui se voulait attrayant mais qui ne fut que pitoyable.

– Tu es tellement inhabituel, reprit-elle. Tellement fort et mystérieux… N'importe quelle femme serait heureuse avec toi…

Il la regarda avec curiosité.

– Tu ne mens pas ?

– Non, je te jure.

– Bon, dit-il, on va vérifier.

Et en la fixant d'un œil moqueur, il déboutonna son pantalon.

– Toujours pas changé d'avis ? T'es contente de baiser avec moi ?

Elle hocha la tête.

– On va voir.

D'un mouvement rapide, en sautillant d'un pied sur l'autre, il enleva son pantalon et son slip. Puis il s'installa à genoux devant elle et lui écarta les jambes. La douleur la fit grimacer.

– Pour la dernière fois : c'est bien ce que tu veux ? Ne viens pas me dire que je t'ai violée.

Larissa avait peur, mais elle se força à sourire.

– Mais non, c'est moi qui te l'ai proposé.

Brusquement, il se pencha sur elle et la regarda intensément tout en cherchant la bonne position.

On aurait dit un film au ralenti. L'homme allait et venait en elle sans se presser, rythmiquement, en fixant toujours son visage. Dans ses yeux, la jeune femme ne lisait rien, ni désir, ni plaisir, ni même satisfaction. C'était le visage d'un scientifique observant avec curiosité des microbes sur la lamelle d'un microscope. Même lorsqu'il se répandit en elle, ses traits ne reflétèrent aucune volupté. Il resta immobile et seul un léger soupir siffla entre ses dents.

Il se leva, se rhabilla et s'installa dans un fauteuil qu'il tourna de façon à se trouver en face de sa victime.

– Tu n'as rien de particulier, dit-il comme s'il réfléchissait à haute voix. Tu es faite comme tout le monde. Et comme toutes les bonnes femmes, tu penses cacher un trésor sans prix entre tes cuisses et pouvoir tout acheter avec. Mais qu'est-ce qui peut bien vous flanquer des idées pareilles dans le crâne ?

Larissa se sentit gagnée par une vague de désespoir. Rien ne se passait comme elle l'avait prévu. Il s'était servi d'elle comme d'un objet inanimé.

– Peut-être que ton Sergueï te disait qu'il n'y avait pas mieux que toi au lit et tu l'as cru ?

– Non, il ne me disait pas ça.

Ça n'a pas marché avec le sexe, mais on peut toujours causer, se dit-elle en se maîtrisant.

Elle connaissait son principal défaut : dans des circonstances inattendues elle paniquait, perdait la tête, faisait n'importe quoi. Après, elle arrivait à se calmer et à se raisonner, mais c'était toujours un peu tard et entretemps, elle avait fait un tas de bêtises.

– Qu'est-ce qu'il te disait ?

– Qu'il était très attaché, que j'étais chaleureuse et qu'il se sentait bien avec moi. Nous sommes ensemble depuis très longtemps.

– Raconte.

Elle se demanda en quoi ça pouvait l'intéresser, mais elle s'exécuta et lui parla de sa rencontre avec Artioukhine. Elle ne pourrait certainement pas apitoyer ce maniaque, mais, au moins, elle pourrait le distraire un peu. Même si ce qu'elle lui raconta n'avait rien à voir avec les *Mille et Une Nuits*.

Ils se connaissaient depuis l'enfance. Ils habitaient le même immeuble et fréquentaient la même école, même s'il avait cinq ans de plus qu'elle. À treize ans, elle avait été violée par huit garçons avec qui elle était allée « écouter de la musique » dans une cave. Sergueï l'avait aperçue dans un square, près de leur immeuble, où elle sanglotait sur un banc.

– Je t'emmène à la milice, avait-il déclaré. On va les retrouver.

– Jamais ! s'était-elle écriée en secouant la tête tandis que les larmes lui montaient encore aux yeux. J'ai honte. J'aurais dû y penser. On m'avait pourtant bien prévenue sur ces caves.

– Pourquoi y es-tu allée ?

– Je ne pensais pas que ça pouvait m'arriver, lui avait-elle répondu en reniflant.

– Ne t'en fais pas, lui avait-il dit du haut de ses dix-huit ans et en lui passant le bras autour de l'épaule. Cet endroit-là ne s'use pas. Huit mecs ! Mais c'est de la rigolade ! Tu sais combien d'hommes tu auras dans ta vie ? Tu en perdras le compte...

– Tu parles ! sanglota-t-elle de nouveau. Personne ne voudra me toucher après ça...

– Ce que tu es bête ! s'exclama-t-il avec un petit rire. Et qui va le savoir ? Ce n'est pas écrit sur ta figure.

– Ça ne fait rien. Je me sens souillée... Sergueï, comment vais-je vivre après ça ?

En hoquetant, elle avait enfoui son visage dans la large poitrine de son ami. Il l'avait prise par les épaules et l'avait repoussée doucement.

– Mais tu vas vivre normalement ! Calme-toi ! Dans une semaine, tu auras tout oublié. Et, à part nous, personne n'en saura rien...

Ce soir-là, Larissa était tombée amoureuse de Sergueï. Elle portait en elle ce nouveau sentiment qui réchauffait son âme, mais le dissimulait soigneusement aux yeux de ses proches. Après cette histoire, lorsqu'ils se croisaient dans la rue ou dans la cour, elle lui adressait un sourire tendre et timide et Sergueï lui répondait avec des clins d'œil de conspirateur. À plusieurs reprises, elle l'aperçut avec des filles et le dard vénéneux de la jalousie se planta dans son cœur d'adolescente.

À l'automne, Sergueï partit pour l'armée. Les deux années qui suivirent parurent interminables à Larissa et, quand il revint, elle sut qu'elle l'aimait encore davantage. En le revoyant, elle eut un malaise. La tête lui tourna et son cœur sembla cesser de battre. Elle se consumait littéralement pour lui. Seul un aveugle ne l'aurait pas remarqué et Sergueï avait bien ses deux yeux.

Un mois après son retour, il la rencontra dans le même square. Elle était assise sur le même banc, comme si elle l'attendait depuis plus de deux ans.

– Comment tu vas ? lui demanda-t-il gaiement en s'installant à côté d'elle.

– Je t'aime, lui dit-elle aussitôt comme si cet aveu lui brûlait la langue.

– Ben, mince alors ! s'écria-t-il.

Et il sortit un paquet de cigarettes et en alluma une.

– Tu as quel âge ? Seize ans ?

– Bientôt.

– Et tu aimes déjà ?

Elle perçut une pointe de moquerie dans sa voix, mais n'en eut pas cure.

– Pas « déjà ». Depuis deux ans !

Comme si son aveu l'avait libérée, elle n'éprouvait aucune gêne, seulement une attente. Épuisée par les deux années qu'elle venait de vivre avec son sentiment, elle n'aspirait plus qu'à une seule chose : savoir.

Sergueï lui sourit malicieusement. Il avait déjà remarqué qu'elle était devenue une vraie femme et que ses rondeurs étaient tout à fait appétissantes. De plus, il était bien placé pour savoir qu'elle n'était plus vierge…

– Eh bien, si tu m'aimes, viens…

Il la prit fermement par la main et l'entraîna chez un copain qui lui laissait ses clés.

Depuis ce jour, Larissa était devenue un véritable jouet entre les mains d'Artioukhine. Incapable de prendre cette gamine au sérieux, il sortait avec d'autres filles sans se cacher, partait avec elles à Saint-Pétersbourg, à la mer ou ailleurs pour « s'amuser un peu et boire un coup », comme il disait.

Elle souffrait, perdait le sommeil et l'appétit et ses résultats scolaires s'en ressentaient. Mais elle se précipitait chez lui au moindre appel, heureuse et éblouissante de bonheur. Elle lui appartenait corps et âme, sans conditions.

Curieusement, cette passion ne s'était pas calmée avec l'âge. De son côté, Sergueï ne s'assagissait pas non plus : il continuait à voir d'autres femmes, mais d'une manière plus discrète, comme s'il voulait ménager Larissa. En fait, il tenait à elle. Autrement, il ne lui aurait pas avoué le viol de cette fille, ni demandé de lui fournir un alibi.

Le tortionnaire l'avait écoutée attentivement et sans l'interrompre, Larissa ayant presque l'impression qu'il éprouvait de la pitié pour elle.

Peut-être a-t-il eu un amour malheureux qui l'aura

rendu fou, se dit-elle. *Si je lui parle comme à un être humain, il s'adoucira et arrêtera de me frapper.*

– Et ça ne te dégoûte pas d'aimer un tel salaud ?

La question la prit par surprise. Pourquoi cet homme avait-il décidé que Sergueï était un salaud ? Avait-elle dit un seul mot contre lui ?

– Mais ce n'est pas un salaud. Il s'est toujours très bien comporté avec moi !

– Comment ça ? Tu avais quinze ans. Ça s'appelle détournement de mineure et c'est passible d'une peine de prison !

– Mais je le voulais ! s'emporta-t-elle, prête à défendre bec et ongles son amour et son bien-aimé. Il ne m'a pas forcée. Il ne m'a pas détournée. Vous n'avez pas le droit de vous en prendre à lui !

– Tu l'aimes, lui renvoya-t-il avec une moue méprisante, mais il se fout de toi comme de sa première chemise. À l'époque, il n'a vu qu'une jeune pouliche qui mouillait rien qu'à le regarder. Alors, il en a profité. Mais il crachait sur ton amour et tes sentiments. Ah oui ! Quand il avait besoin de toi, il rappliquait. Autrement, il se foutait de toi. Ton amour ne l'a pas empêché de se jeter sur la première venue alors que tu l'attendais bien sagement. Et tu ne vaux pas mieux que lui. Il viole et roue de coups une pauvre fille et tu le couvres. Tu mens au juge d'instruction. Tu n'as même pas eu pitié d'elle. T'es-tu mise une seule seconde à sa place ?

– J'y ai été, dit-elle tout bas, et je te l'ai raconté.

– Mais non, c'est complètement différent. C'est à cause de ta bêtise que tu as souffert. Tu es allée de ton plein gré dans une cave avec des inconnus. Tu voulais écouter de la musique ? Mon œil ! Mais elle, de quoi est-elle coupable ? Du fait que ton homme ne pouvait pas se retenir ? Ne te compare pas à elle. Toi, tu n'es qu'une chienne ! Une ordure comme lui ! Il se moque de toi et tu le supportes. Tu ne vaux pas mieux que lui… Tout ce qui t'arrive, c'est bien fait pour toi !

– Je l'aime, murmura-t-elle d'une voix à peine audible. Je n'y peux rien. J'ai bien essayé de le quitter, mais c'est impossible. Je l'ai dans la peau.

Par sa franchise et sa sincérité, elle espérait encore pouvoir éveiller en lui des sentiments humains. Mais son tortionnaire s'enflammait de plus en plus : ses yeux brillaient d'une rage à peine contenue et ses lèvres ne formaient plus qu'un trait livide, comme une cicatrice. Elle comprit qu'elle avait fait un mauvais calcul et que ça allait mal tourner.

– Tu l'as dans la peau, ce bouc puant ?

Il se redressa en appuyant les deux mains sur les accoudoirs de son siège. Il semblait sur le point de hurler.

– C'est bien ça ! Les gens normaux aiment avec leur tête et toi avec ta chatte…

Soudain il se tut, comme frappé par une idée subite.

– Quelle salope ! Tu essayes de m'avoir ! Tu me bourres le crâne en me disant que tu ne sais pas où il est parce qu'en fait tu veux le sauver. Tu mens, sale garce !

Il bondit sur elle et lui refit un bâillon avec un chiffon et une bande de sparadrap. Elle ferma les yeux, sachant très bien ce qui l'attendait.

Il lui porta son premier coup de pied au périnée. Le second sur le ventre.

– Tu as voulu m'acheter avec ton cul ? Tu pensais que j'allais fondre ? Espèce de connasse ! Connasse ! répéta-t-il en lui portant méthodiquement des coups pas très forts mais extrêmement douloureux.

Des râles sourds et mouillés traversaient le bâillon tandis qu'un flot de larmes coulait sur ses joues et ses tempes. Elle gisait, nue et impuissante, et ne rêvait que d'une seule chose : mourir.

Anastasia et Chevtsov en étaient déjà au troisième jour de leurs vérifications et avaient trouvé une dizaine de femmes correspondant au profil recherché. Ils travaillaient de la même manière que le premier jour. Dès qu'ils avaient identifié deux ou trois femmes, ils allaient leur rendre visite, ce qui leur permettait de se détendre un peu après des heures et des heures de recherche. Les raisons pour lesquelles les mariages ne s'étaient pas faits étaient très diverses : une hospitalisation, une querelle stupide, le chantage des parents ou des enfants, la cupidité d'un des partenaires... Mais aucune de ces femmes ne ressemblait, de près ou de loin, à celle qui avait été photographiée par Chevtsov et qui donnait l'impression de souffrir de troubles mentaux.

Dès qu'ils avaient terminé leur tournée, ils retournaient chez Anastasia et reprenaient les listes. Tchistiakov leur préparait du thé et des en-cas et s'efforçait de les déranger le moins possible. De leur côté, ils lui fichaient une paix royale dans la cuisine.

– Doubinina-Iatselenko.

– Elle est née en 1974.

– Ostrikova-Naroznikov.

– 1972.

– Alleko-Livantsev.

– Alleko ? répéta Anton, surpris, en levant le nez de dessus ses listes. Nastia, je crois qu'il y a un problème avec ta bécane. Je me souviens d'avoir vu ce couple sur la liste des mariés.

– T'es sûr ?

– Certain. Alleko est un nom suffisamment rare pour que je ne me trompe pas.

– Elle a peut-être épousé quelqu'un d'autre. Vérifie, s'il te plaît.

– Je crois bien avoir vu son nom accolé à celui de Livantsev, dit-il se dépêchant de remonter à quatre pattes jusqu'à la lettre A.

– Les voici ! Alleko et Livantsev. Mariage enregistré en avril 1993.

Anastasia s'appuya sur le dossier de sa chaise et jeta un regard mauvais à son ordinateur.

– Saleté de machine ! Tu n'as pas chopé un virus, au moins ?

Cette idée l'affligea. Si c'était le cas, il faudrait nettoyer le disque dur et réinstaller tous les programmes. Et ils devraient recommencer tout le boulot.

Non ! se dit-elle soudain. *Si le virus provient des disquettes de l'état civil, nous serons obligés de le refaire manuellement, en comparant les listes à haute voix. Mon Dieu, faites que ce soit autre chose !*

Subitement, elle eut un éclair. Elle avait écrit le programme pour que la machine retrouve les noms qui étaient sur une liste et pas sur l'autre. Elle avait en tête les couples qui avaient rompu entre la demande et l'enregistrement. En théorie, il était impossible qu'un couple se marie sans avoir posé de demande. Mais, en pratique, avec un bon pot-de-vin…

– Anton, il n'y a peut-être pas de virus, après tout, dit-elle. Cherche ce couple dans la liste des demandes de mariage. S'il n'y est pas, c'est que le disque dur n'est pas endommagé.

Chevtsov rampa de nouveau le long des rouleaux.

– Navré de te décevoir, mais il y est, dit-il en relevant la tête. Livantsev et Alleko ont fait leur demande en octobre 1992.

– C'est donc bien un virus ! soupira lourdement Nastia. Quel gâchis !

Entre l'abattement et la colère, elle résista vaillamment à l'envie de se mettre à pleurer ou d'envoyer valdinguer la souris.

– Bon, faisons une pause. Que dirais-tu d'un bon thé ? On dirait que je n'ai pas réussi à mettre la technologie moderne au service de la criminologie.

Tchistiakov les accueillit dans la cuisine avec bonne humeur et mit immédiatement l'eau à chauffer. Tandis qu'Anastasia s'asseyait sur un tabouret, démoralisée, Chevtsov resta debout, pensif.

– Je me demande pourquoi ils ont mis si longtemps.

– De quoi parles-tu ? lui demanda la jeune femme.

– Si j'ai bien compris, ils ont déposé leur demande en octobre, mais n'ont enregistré leur mariage qu'en avril. Je croyais que le délai maximum était de trois mois.

– C'est bien ça : trois mois. Tu as dû confondre, ajouta-t-elle avec un geste las.

– Mais non ! protesta-t-il. J'ai bien regardé. Je n'ai pas pu me tromper…

– Bien sûr que si, insista-t-elle. Les yeux se fatiguent, l'attention se disperse. Tu auras regardé la mauvaise ligne… Viens, assieds-toi, le thé va être prêt.

– Attends, je vais vérifier. Je ne veux pas que tu penses que je suis inattentif.

– Calmez-vous ! dit Tchistiakov. Vous avez tout le temps.

Mais Chevtsov ne l'entendait pas de cette oreille.

– Non, Alexeï, dit-il, je préfère vérifier tout de suite. Si j'ai commis une erreur là, j'ai très bien pu me tromper avant. Je commence à bien connaître Nastia. Si elle le pense, elle va vouloir tout revérifier elle-même. Autant en avoir le cœur net.

Il retourna dans la pièce et se pencha sur les listes. Avec un soupir, Anastasia se traîna derrière lui, amusée par le désir presque enfantin du photographe de montrer qu'il était aussi fiable et infatigable qu'elle.

– Regarde, dit-il en la prenant à témoin. Ici, octobre 1992. Et là, avril 1993. Tu vois ? Je ne me suis pas trompé. Pourtant, des délais pareils, ça n'existe pas…

– Je me demande pourquoi tu fais une fixation sur ce délai. Ils ont très bien pu demander une autre date pour un motif quelconque : une maladie, un décès dans la famille, une obligation professionnelle. L'important, c'est qu'ils se soient mariés malgré tout…

– Nastia, l'interrompit-il d'une voix bizarre. C'est une autre Alleko !

– Comment ça, « une autre » ?

Il était toujours à genoux devant les listes.

– C'est absurde, marmonna-t-il. Konstantin Livantsev a posé une demande en mariage avec Svetlana Petrovna Alleko et, six mois plus tard, il a épousé Irina Vitalievna Alleko. Je n'y comprends rien.

Anastasia bondit jusqu'à lui et s'assit par terre à ses côtés.

– C'est clair, dit-elle. Pour une raison x ou y, il n'a pas épousé Svetlana Petrovna. Est-ce qu'il a fait une demande avec cette Irina ?

À deux, ils ne tardèrent pas à retrouver la mention en question : elle datait de fin janvier 1993.

Anastasia regarda longuement les documents, puis se remit debout en se massant les reins du bout des doigts. Mais son mal de dos lui semblait à présent secondaire.

– Dieu merci ! s'écria-t-elle avec soulagement. Mon ordinateur fonctionne ! Il n'est pas infecté !

Devant le regard surpris de Chevtsov, elle reprit, d'une voix plus posée :

– Voilà une situation bien intéressante. Le citoyen Livantsev, âgé de trente-quatre ans, envisage d'épouser une dame Alleko qui a déjà quarante-huit ans. Mais les fiançailles sont rompues pour une raison inconnue. Et voilà que, quelques semaines plus tard, le même citoyen se marie avec une autre Alleko, âgée, elle, de vingt-cinq ans. C'est peut-être la fille de la première. Et dans ce cas…

Elle s'empara du téléphone et composa rapidement le numéro de Korotkov. Il n'était pas là, mais elle parvint à mettre la main sur Selouïanov.

– Kolia, peux-tu me trouver rapidement les adresses de deux femmes ?

– Qu'est-ce que tu as depuis trois jours ? la rabroua l'enquêteur. Tu n'arrêtes pas de demander des adresses à Korotkov et maintenant, c'est sur moi que ça tombe…

– Je t'expliquerai plus tard, mais c'est hyperurgent. Il s'agit d'une certaine Alleko, Svetlana Petrovna et d'une Alleko-Livantseva, Irina Vitalievna. Fais la demande et rappelle-moi tout de suite. Pendant ce temps, je vais m'habiller.

– Ça veut dire que tu es toute nue ? plaisanta Selouïanov. Toute nue à serrer le téléphone contre ta belle poitrine ?

– Je vais te tuer ! lui promit-elle en raccrochant.

13

Svetlana Petrovna Alleko n'était pas chez elle et vivait seule. Personne ne leur ouvrit la porte. Les voisins ne savaient ni où elle était ni quand elle serait de retour. Elle n'habitait là que depuis deux ans et n'avait pas de véritables contacts avec les autres locataires, menant une existence très confinée. Personne ne pouvait dire ce qu'elle faisait dans la vie et encore moins où elle travaillait.

En revanche, lorsque Anastasia et Chevtsov se présentèrent chez l'autre Alleko qui, elle, habitait avec son mari, Livantsev, ils tombèrent en pleine dispute. Le couple ne dissimula pas son agacement.

– Si on n'a même pas le droit de s'engueuler en paix ! s'écria Irina Alleko, une belle femme capricieuse et sûre d'elle qui ne semblait pas tombée de la dernière pluie. Ce n'est pas encore un délit de laver son linge sale, si ?

– C'est une affaire de famille, surenchérit le mari. Vous n'avez aucun droit de vous en mêler !

– Écoutez, vos problèmes ne nous intéressent pas, les interrompit Anastasia en haussant le ton. Nous cherchons simplement une femme qui a peut-être été témoin d'un meurtre. Nous avons lancé un avis de recherche à partir d'une photo, mais nous avons lieu de penser qu'il pourrait s'agir de votre mère, Svetlana Petrovna. Comme nous ne l'avons pas trouvée chez elle, nous avons décidé de nous adresser à vous.

– Qu'est-ce qui vous fait penser que cette femme est ma mère ?

– Nous n'avons rien décidé, nous enquêtons.

Elle sortit la photo de son sac et la leur présenta.

– Oui, c'est bien elle, dit Alleko-fille, un ton plus bas.

Elle semblait avoir perdu une partie de sa superbe et ce fut d'une voix presque normale qu'elle demanda :

– D'où vient ce cliché ?

– Il a été fait dans un bureau de l'état civil où un meurtre a été commis. Et j'aimerais beaucoup savoir ce que votre mère y faisait. Était-elle invitée à un mariage ?

Anastasia était sûre que ce n'était pas le cas. Toutes les personnes présentes ce jour-là avaient été interrogées et aucune ne connaissait cette femme.

– C'est possible, lui répondit Alleko en haussant les épaules.

– Vous n'êtes pas au courant de la vie de votre mère ?

– Nous n'avons pas beaucoup de contacts…

L'histoire qu'Anastasia parvint à extirper au couple était frappante par sa simplicité, son cynisme et sa cruauté.

Pendant de longues années, Svetlana Petrovna Alleko avait vécu un mariage sans problème avec un homme digne et décent, bon mari et père dévoué, mais qui accumulait les problèmes de santé et était depuis longtemps incapable de remplir son devoir conjugal. Svetlana s'était fait une raison et le couple aurait continué à vivre une vie paisible si Konstantin Livantsev n'était pas entré dans sa vie. Il avait quatorze ans de moins qu'elle mais, entre eux, ce fut une vraie passion. Elle se sentait de nouveau attirante et désirée. Sa fille, Irina, étant déjà adulte, elle pouvait facilement demander le divorce, mais elle ne se décidait pas à porter un tel coup à son mari.

Irina, au courant de sa liaison, ne manquait pas une occasion de lui faire la morale :

– Tu devrais avoir honte ! lui lançait-elle. Il pourrait

être ton fils. C'est à moi qu'il devrait faire la cour, pas à toi !

Et, joignant les actes à la parole, elle faisait les yeux doux à l'amant et accueillait avec triomphe ses sourires et ses regards. Sans doute ne cherchait-elle qu'à briser cette relation qu'elle jugeait indigne de sa mère. Mais cela fit naître entre elles une sourde rivalité qui pourrit l'ambiance à la maison. Un beau jour, le mari, qui avait longtemps fait semblant de ne rien voir, finit par en avoir assez. Il prit ses cliques et ses claques et alla s'installer chez son frère.

Le divorce fut rapidement prononcé. Enfin libre, Svetlana accepta de se marier avec Livantsev. Ils firent leur demande au bureau de l'état civil et fixèrent une date. Pour la cérémonie, elle acheta une robe blanche assez sobre, sans dentelles ni froufrous, mais chère et élégante.

– À ton âge, tu ne vas tout de même pas mettre une robe blanche ! lui jeta Irina, méchamment. Tu veux être la risée de tout le monde ?

– Pourquoi es-tu si méchante ? lui rétorqua sa mère. De qui as-tu hérité ça ?

– Je ne suis pas méchante, lui répondit froidement Irina. Je suis parfaitement normale. C'est toi qui as perdu la tête à cause de ton coureur de jupons.

– Ne l'insulte pas ! explosa sa mère.

– Et comment qu'il est coureur ! Regarde comme il salive quand il me regarde !

La veille du mariage, Irina annonça qu'elle serait présente à la cérémonie. Svetlana s'en réjouit. Elle se dit que sa fille avait fini par se faire une raison et qu'elle voulait faire la paix. Mais le lendemain, lorsque la jeune femme sortit de sa chambre, un quart d'heure avant de partir pour le bureau de l'état civil, elle portait, elle aussi, une robe blanche.

– Voyons, Irina ! Mets autre chose, s'il te plaît, l'implora sa mère. Seules les mariées doivent être en blanc…

– En blanc, toi ? Non, mais regarde-toi. À quarante-huit ans, tu veux ressembler à une jeune fille. Tu es ridicule ! Je te propose un marché : on se change toutes les deux et on n'en parle plus…

Aucune des deux ne céda. À vrai dire, au bureau de l'état civil, Irina semblait être la vraie mariée. Au vestiaire, après qu'ils se furent tous débarrassés de leurs manteaux, elle se regarda dans le grand miroir qui occupait un pan de mur : elle semblait parfaitement assortie à Livantsev, alors que sa mère, âgée et malheureuse, se traînait derrière. Leurs yeux se rencontrèrent et Irina sourit à sa mère avec arrogance.

Juste avant la cérémonie, Svetlana s'éclipsa pour arranger sa coiffure et son maquillage. Au moment d'entrer dans les toilettes, elle se ravisa : après tout, quelle importance ? Sa journée était gâchée de toute façon. En revenant dans le hall, elle surprit un couple qui s'embrassait avec fougue dans un coin. Elle écarquilla les yeux en comprenant qui c'était. Le monde s'écroula autour d'elle.

– Non ! murmura-t-elle. Pas ici ! Pas ça !

Fondant en larmes, elle se précipita vers la sortie et s'enfonça dans le froid hivernal, oubliant même de récupérer son manteau.

Le lendemain, elle demanda à un agent immobilier de monter un échange : le trois-pièces familial contre deux appartements plus petits, très éloignés l'un de l'autre. En attendant la conclusion de l'affaire, elle s'installa chez une amie et n'eut plus aucun contact avec sa fille. Lorsque celle-ci l'appela pour l'informer qu'elle épousait Livantsev, elle l'écouta en silence, puis elle raccrocha.

– Dites-moi, Irina, vous n'avez jamais eu l'impression que votre mère était un peu malade ? demanda Anastasia lorsqu'elle eut démêlé toute l'histoire.

– Malade, ma mère ? Elle est forte comme un cheval.

– Je parle de son psychisme.

– Ah ! Ça… Pour vouloir quitter papa et se remarier à son âge, il fallait vraiment être folle. Une femme normale ne l'aurait jamais fait. Et si elle ne me parle plus depuis deux ans, c'est qu'elle a un complexe. C'est sûr.

– Vous n'avez aucune idée de l'endroit où elle pourrait se trouver en ce moment ?

– Elle se promène, comme d'habitude, lui répondit Irina en haussant les épaules. Elle a toujours aimé les grandes balades, surtout le soir. Une vraie manie, chez elle. Mon père s'en est fait des cheveux blancs, à cause d'elle ! Elle partait sans dire un mot et ne rentrait qu'au milieu de la nuit. Nous la cherchions partout et elle se baladait comme si de rien n'était…

Ils étaient déjà sur le palier lorsque Anastasia se retourna brusquement vers Irina.

– Dites, Irina Vitalievna, vous n'avez jamais honte ?

La femme lui jeta un regard méprisant et claqua la porte.

Ils traversèrent encore une fois toute la ville pour retourner chez Svetlana Alleko. Elle n'était toujours pas rentrée et ils décidèrent d'attendre son retour dans la voiture. La nuit tombait. Chevtsov alluma le plafonnier, faisant naître des reflets sur les vitres. Anastasia lui demanda de l'éteindre : elle ne voulait pas rater la femme dont elle avait posé la photo sur le tableau de bord.

– Quelle horrible histoire ! s'écria-t-elle. D'où peuvent bien sortir des monstres pareils ?

– Tu veux parler de cette Irina ?

– Ouais, acquiesça-t-elle.

– La réponse, tu la connais. Ça vient de son éducation. Ses parents ont dû la gâter, tout lui permettre, ignorer ses insolences… Et elle a cru que tous ceux qui l'entouraient étaient à ses ordres. Sa mère lui a toujours donné ce qu'elle avait de meilleur, elle ne pouvait donc pas admettre qu'elle garde son amant pour elle…

– Je commence à avoir faim. Et soif.

– Bouge pas, dit-il. Il y a une buvette à l'angle de la rue. Je vais nous ramener quelque chose.

Il revint avec du café, deux hamburgers et une grande bouteille de limonade. Les sandwiches n'avaient pas de goût et étaient trop relevés, mais Anastasia ne s'en rendit même pas compte. Cette pauvre femme, humiliée par sa propre fille et l'homme qu'elle voulait épouser, ne lui sortait pas de l'esprit.

– Tu penses qu'elle a pu devenir folle et se mettre à haïr toutes celles qui avaient plus de chance qu'elles ? lui demanda Chevtsov en devinant le cheminement de sa pensée.

– Oui, je crois. Elle a d'abord écrit ces lettres. Je ne sais même pas si c'était une menace. Peut-être simplement une mise en garde. Et puis, elle s'est monté la tête peu à peu et a fini par passer à l'acte.

– Et l'arme ? Comment a-t-elle pu se la procurer ?

– Ça, ce n'est jamais un problème, ricana Anastasia. Actuellement, tu pourrais te procurer un missile sol-air sans aucun mal. C'est juste une question de fric.

Chevtsov regarda sa montre en orientant le cadran vers la lumière d'un réverbère.

– Il n'est pas loin de minuit, dit-il. Et si elle était passée sans qu'on la voie ?

– Ça m'étonnerait. On n'a pas bougé d'ici.

– Et si elle était chez des voisins ? Elle a dû rentrer chez elle entre-temps…

– Ce n'est pas faux, dit Anastasia. Allons vérifier.

Ils reprirent l'ascenseur jusqu'au cinquième et sonnèrent avec insistance, mais personne ne leur répondit. De guerre lasse, ils descendirent quelques marches et s'accoudèrent au rebord de la fenêtre du demi-palier pour griller une cigarette.

– Ce n'est pas plus mal qu'elle ne soit pas là, constata Anastasia pensivement. Nous n'avons pas le droit de pénétrer dans un appartement sans l'accord de ses occupants et je ne crois pas qu'elle nous accueillera à bras ouverts. Dans la rue, ou même dans l'escalier, c'est une autre affaire. Nous pouvons l'aborder, lui poser des questions ou lui raconter des bobards sans violer la loi.

– Et si elle sortait son pistolet ? Après tout, elle est sans doute dingue. Tu n'as pas peur ?

– Bien sûr que j'ai peur ! Mais on ne peut pas faire ce métier sans prendre de risques. L'essentiel est d'agir avec prudence et de ne pas la provoquer. Nous ne la recherchons que comme témoin. Et puis, n'oublie pas le vol des négatifs. Il est peu probable que ce soit elle. Elle doit avoir un complice. Si c'est le cas, c'est peut-être lui qui est armé. Finalement, tu vois, le danger n'est pas aussi grand qu'on le croit.

Des bruits de serrure se firent entendre sur le palier du cinquième. Un grand terrier noir apparut, suivi de son maître, une laisse à la main. Pendant que l'homme fermait sa porte, le chien se précipita vers l'appartement d'Alleko, gratta furieusement le paillasson, puis s'assit et se mit à hurler.

– Tais-toi, Fred ! lui ordonna son maître en le tirant par le collier. Qu'est-ce que tu as après cette porte ? Tu ne vas pas recommencer la même comédie ?

En entendant ces mots, Anastasia sursauta et grimpa quatre à quatre les huit marches qui la séparaient de l'homme.

– Excusez-moi, dit-elle. Votre chien s'est déjà comporté comme ça aujourd'hui ?

– Oui, ce matin. Il s'est mis à hurler et j'ai été obligé de le traîner jusqu'à l'ascenseur... Exactement comme maintenant. Fred ! Arrête ! Sois sage !

Mais le chien ne l'entendait pas de cette oreille et tirait comme un fou pour atteindre la porte. Le poil hérissé, il montrait les dents et tremblait de tout son corps.

Anastasia ouvrit son sac, en sortit sa carte professionnelle et la montra à l'homme.

– Est-ce que je peux utiliser votre téléphone ? lui demanda-t-elle. Je crains qu'il ne soit arrivé malheur à votre voisine.

Larissa entendit le cliquetis de la clé dans la serrure et tressaillit. Son tortionnaire était de retour. En fait, elle avait perdu toute notion du temps. Il partait le matin et revenait à la nuit tombée. Malgré ses hématomes, ses blessures et l'inconfort de sa position, elle parvenait à somnoler pendant la journée. La nuit, quand il était là, la peur la maintenait éveillée. Même quand il ne la torturait pas, se désintéressait d'elle ou dormait. Depuis combien de temps était-elle là ? Deux jours ? Trois ? Oui, sans doute trois...

Il pénétra dans la pièce aussi pâle que d'habitude, avec des yeux brûlants de haine.

– Alors, ça y est ? Tu as trouvé un moyen de le contacter ?

Il s'approcha d'elle, décolla d'un coup sec le sparadrap qui lui fermait les lèvres, puis il lui retira le mouchoir qu'il lui enfonçait dans la bouche avant de sortir. Il ne la bâillonnait que pour l'empêcher de hurler et d'appeler au secours en son absence, ou quand il la frappait. Quand il était là, il savait que sa victime se tiendrait à carreau : elle avait trop peur des coups.

– Alors, on téléphone ?

– Je ne sais vraiment pas à qui... C'est la vérité... Pourquoi ne me croyez-vous pas ?

– Entendu ! Tu l'auras voulu...

Il sortit un briquet de sa poche et approcha la flamme de son sein nu, tout près du mamelon. Les yeux de Larissa s'élargirent de terreur. Elle comprit cependant qu'il n'allait pas la faire souffrir tout de suite : il avait trop peur qu'elle hurle. Pour l'instant, il voulait simplement l'effrayer.

– J'ai été patient, lui dit-il. Jusqu'à présent, je me suis contenté de te frapper… Maintenant, ça va changer…

– Je ne peux tout de même pas inventer ce que je ne sais pas ! geignit-elle en essayant d'avoir l'air convaincant.

– Tu peux, lui dit-il avec sérieux. Et je vais te le prouver.

Il la bâillonna de nouveau et approcha la flamme du téton. La souffrance était indescriptible. Elle haletait, gémissait, se tordait par terre. En comparaison, tous les coups qu'il lui avait assenés n'étaient que des caresses innocentes. Elle qui pensait qu'il était impossible d'avoir encore plus mal et se sentait capable de tout endurer ! Pauvre idiote ! Elle était incapable de supporter ça.

Elle était au bord de l'évanouissement lorsqu'il éloigna son briquet et posa sur elle un regard interrogateur.

Elle hocha la tête.

– Tu es vraiment sage, lui dit-il avec bonne humeur. On va appeler tout de suite.

Il lui ôta le bâillon et lui apporta à boire. Elle but avidement, à s'étouffer, se sentant soudain comme un chien nourri par un maître cruel.

– Qu'est-ce que je dois dire ? lui demanda-t-elle enfin.

– Dis-lui de venir. Cinquante mille dollars, c'est une très grosse somme. Qu'il vienne ! C'est moi qui dois le livrer à la milice, c'est le seul moyen de récupérer l'argent. S'il y va seul ou s'il se fait pincer, la caution sera perdue. Et je te buterai. Et qu'il ne pense pas s'en tirer. Je mettrai un contrat sur sa tête. On le retrouvera même en taule. Tu sauras tout expliquer ?

– C'est pas sûr que le message lui parvienne. Je connais juste le copain qui lui a prêté sa voiture pour quitter la ville. Il m'a dit qu'il ne savait même pas où il était.

– T'inquiète ! Ils doivent avoir un moyen de se contacter. Donne-moi le numéro, je vais le composer pour toi.

D'après l'état du cadavre, Svetlana Alleko était morte depuis près de deux jours. Une balle tirée dans la bouche lui avait fait voler le crâne en éclats. Un pistolet TT 7.62 mm gisait près d'elle. Sur la table elle avait laissé un petit mot : « Je n'en peux plus. Pardonnez-moi. » Anastasia reconnut les mêmes caractères d'imprimerie que sur la lettre qu'elle avait reçue.

– Il n'y a pas à dire, c'est un suicide, marmonna l'expert Oleg Zoubov en examinant les lieux en compagnie du juge d'instruction de service.

Trois heures s'étaient écoulées depuis l'arrivée de la brigade opérationnelle. Dehors, il faisait nuit noire. C'était l'heure du Taureau, juste avant l'aube. Le moment le plus dur pour ceux qui veillent.

Anastasia s'était assise dans un coin et observait en silence. Alleko gisait sur le canapé, vêtue d'une robe de soie noire. À en juger par sa position et les taches de sang sur le mur, elle était appuyée au dossier lorsque le coup était parti puis elle avait glissé sur le côté. Le tissu clair du siège était couvert de sang. La robe aussi sans doute, mais ça ne se voyait pas sur le noir.

L'examen superficiel du cadavre montra que la victime était âgée d'environ cinquante ans. Sous la robe élégante, elle portait de la lingerie fine haut de gamme, visiblement neuve. Malgré l'état atroce du visage et du haut du crâne, il était clair qu'elle était allée chez le coiffeur peu de temps auparavant. Quant au vernis sur les ongles, il était intact, ni rayé ni écaillé, certainement posé lui aussi dans les heures qui avaient précédé le décès. Visiblement, cette femme s'était préparée à rester belle et digne même dans la mort. Elle n'avait pas prévu que la balle ferait autant de dégâts…

Un ordre idéal régnait dans la pièce. Le ménage était bien fait. Il y avait certes un peu de poussière sur les meubles, mais elle s'était déposée après le décès. Un expert ouvrit une pochette en cuir qui se trouvait sur la table et Anastasia aperçut à l'intérieur un paquet de ces enveloppes blanches qu'elle connaissait bien pour en avoir reçu une, dix jours plus tôt.

Selouïanov fouillait les placards, centimètre par centimètre, glissant les doigts entre les collants et les petites culottes, palpant les vêtements, soulevant la vaisselle.

– Sacha ! cria-t-il en direction du juge d'instruction. Viens voir par ici, je crois que j'ai quelque chose.

Le magistrat de service et Zoubov s'approchèrent et retirèrent avec précaution un silencieux et une boîte de balles cachés sous une pile de serviettes. Les témoins réglementaires – le voisin au chien et sa femme avaient été réquisitionnés d'office pour tenir ce rôle – n'en revenaient pas.

– Je te l'avais bien dit, chuchota la femme à son mari. Sous des dehors calmes, c'était une vraie dingue…

Korotkov, les traits tirés et les yeux rougis, apparut sur le seuil de la cuisine.

– Nastia, tu peux venir m'aider.

Elle le rejoignit en sautillant par-dessus le matériel d'expertise qui jonchait le sol.

– Tu as trouvé quelque chose ?

– Rien d'intéressant. Il faut regarder la poubelle.

Ils sortirent un seau rouge en plastique à moitié rempli de sous l'évier et le vidèrent sur une mince pellicule de plastique étalée par terre.

– Amateurs ! leur jeta Zoubov de sa voix grincheuse. Prenez des pinces ! Ne posez pas vos doigts sales partout !

Ils ne s'en formalisèrent pas. À la Petrovka, tout le monde connaissait le mauvais caractère de l'expert et plus personne n'y prêtait attention.

– On en a au moins jusqu'à six heures du matin, soupira Korotkov en s'accroupissant pour examiner le tas d'ordures. Remarque, c'est pas plus mal parce que le métro sera ouvert. J'ai arrêté une voiture pour venir ici et je n'ai plus un sou en poche [1]. Quelle est la station la plus proche ?

– Je n'en sais rien, répondit Anastasia.

– Comment ça ? Comment es-tu venue ?

– Avec Chevtsov. Dans sa voiture.

– Où est-il ? Je ne l'ai pas vu.

– Je lui ai demandé de déguerpir avant l'arrivée des opérationnels. Je ne me voyais pas expliquer au juge d'instruction la présence d'un photographe de presse. Même sans caméra.

– Sacha n'aurait peut-être rien dit.

– Tu parles ! Tu sais bien qu'il déteste la présence de toute personne étrangère sur les lieux d'un crime.

– Et tu comptes rentrer comment ? C'est loin, chez toi, et il pleut.

– Eh ! Je ne suis pas en sucre. Je ne risque pas de fondre.

En remuant les détritus avec la pointe d'un stylo, Korotkov isola deux étiquettes brillantes.

– Tiens, la lingerie n'était pas seulement neuve : elle sortait tout droit du magasin. Waouh ! T'as vu le prix !

– Elle devait être traumatisée par la trahison de son amant et de sa fille : le linge, la manucure, le brushing… Tout ça pour qu'on dise après sa mort : « Quelle femme c'était ! »

1. En raison du manque de taxis et de leurs tarifs prohibitifs, beaucoup d'automobilistes arrondissent leurs revenus en prenant des passagers. Pour arrêter une voiture, il suffit de se poster sur le bord de la chaussée et de tendre le bras. (N.d.T.)

– Après tout, elle pouvait bien se payer ce qu'elle voulait. Elle ne risquait pas de l'emporter dans la tombe, son pognon !

– Tu as raison. Remarque, ajouta-t-elle en désignant la porte de la pièce où se trouvait le cadavre, je ne crois pas qu'elle s'attendait à être défigurée à ce point…

La poubelle ne révéla rien d'intéressant : ni lettre déchirée, ni notes avec des adresses ou des numéros de téléphone, ni mégots révélant une visite.

Le jour commençait à poindre et la fatigue s'abattit sur Anastasia comme une chape de plomb. Elle eut l'impression qu'un génie malveillant lui avait attaché des poids aux bras et aux jambes et qu'elle allait être obligée de les traîner jusqu'à la fin de ses jours. Elle s'assit sur un tabouret près de la table et s'adossa au mur.

Elle n'arrivait pas à se départir de l'impression qu'Alleko avait un complice. Certes, l'arme utilisée pour l'assassinat des deux jeunes femmes gisait bien près d'elle, mais elle aurait été incapable de cambrioler le labo des *Nouvelles du crime* pour voler les négatifs. Anastasia ignorait sur quoi elle fondait sa conviction, mais elle n'en doutait pas une seconde. Et puis, pour envoyer ses lettres, elle avait bien dû obtenir des informations sur les jeunes femmes qui s'apprêtaient à se marier, ainsi que leurs adresses – mais où ?

– Iouri, dit-elle, Alleko devait avoir quelqu'un pour l'aider. Elle n'aurait pas pu faire ça toute seule. Nous allons être obligés de contrôler tous les employés des bureaux de l'état civil, dit-elle d'une voix lasse. Il faut chercher une femme assez jeune, qui pratique un sport, a un caractère de chien et une vie privée ratée.

– Que vient faire le sport dans tout ça ? s'étonna Korotkov. Une femme, employée de l'état civil avec un mauvais caractère et une vie ratée, je peux le comprendre et je suis d'accord. Mais le sport ? Il ne fallait pas grimper une gouttière et sauter des murs pour parvenir au labo.

– C'est une question de caractère. Le sport implique concentration, capacité de planifier chaque mouvement, d'agir rapidement suivant un plan prévu en situation de stress. Il faut avoir un certain type de système nerveux pour savoir se comporter efficacement lorsque chaque seconde compte, lorsqu'il faut ouvrir une serrure sans la bonne clé, quand il faut prendre ses repères dans un local inconnu et retrouver très vite les pellicules dont on a besoin, avant de partir sans être vu. Je crois que seule une ancienne sportive aurait pu en être capable.

– D'accord, nous chercherons donc une ancienne championne du cent dix mètres forçage de portes, plaisanta Korotkov.

Mais son ton indiquait qu'il était d'accord avec les conclusions d'Anastasia. Il fit le tour de la cuisine des yeux et s'arrêta sur le réfrigérateur.

– Il ne reste plus que ça à vérifier.

Il s'approcha de la porte et cria à la cantonade :

– Oleg, as-tu vérifié les empreintes sur le frigo ?

– Je n'ai pas attendu ta permission, lui répondit sèchement Zoubov.

– Je peux l'ouvrir ?

– Vas-y ! Mais si tu trouves quelque chose, n'y touche pas. Appelle-moi.

Iouri tira la poignée et poussa un soupir.

– Y a de quoi nourrir un régiment, là-dedans. Anastasia, tu veux bien noter ?

La jeune femme semblait collée à sa chaise, incapable de se lever. Le moindre mouvement lui coûtait, mais elle n'en prit pas moins son bloc.

– Je ne sais pas à quoi ça va servir, mais je suis tout ouïe…

– Un paquet de saucisses de l'usine de Tcherkissov, non entamé… Un paquet de saucisson fumé, en tranches, non entamé… Du fromage en paquet de cellophane, entamé. J'ai jamais vu du fromage comme ça… jaune clair avec d'énormes trous.

– De l'emmenthal suisse ? suggéra Anastasia qui notait distraitement en se tenant le menton de sa main libre.

– Comment peux-tu le savoir si tu ne l'as pas vu ?

– Je t'ai entendu. L'emmenthal est jaune clair avec de gros trous.

– Un pot de mayonnaise allemande, entamé. Un autre de ketchup, entamé. Du beurre de Nouvelle-Zélande dans un emballage argenté, il en reste la moitié. Des œufs : deux, quatre, six… neuf. Trois tomates. Un petit saladier avec une salade qui ressemble à du foie de morue avec des œufs…

Anastasia bondit maladroitement, entraînant le tabouret qui tomba avec fracas.

– C'est quoi, cette salade ? s'écria-t-elle. Montre-la-moi !

Korotkov pointa le doigt sur le saladier en verre. Son contenu était disposé en un joli monticule décoré d'une rondelle de tomate et d'un brin de persil.

– Qu'est-ce qui vous arrive ? leur demanda le juge d'instruction depuis le seuil. Pourquoi faites-vous tomber les meubles ?

Anastasia se retourna, gênée.

– Excuse-moi, Sacha, j'ai fait un faux mouvement.

Le magistrat secoua la tête d'un air désapprobateur et retourna à ses occupations.

La jeune femme regarda autour d'elle, comme si elle cherchait quelque chose. Elle se planta devant la cuisinière qui brillait de son émail blanc. À part une bouilloire rouge à sifflet posée sur l'une des plaques, rien n'indiquait qu'on y avait fait la cuisine. Et pourtant… Elle se pencha pour ouvrir le four. Un ragoût de viande et de légumes, tout sec, attendait depuis deux jours dans un plat en Pyrex.

– Iouri, elle ne s'est peut-être pas suicidée, dit-elle en se redressant lentement.

– Comment ça ?

– J'ai l'impression qu'on l'a tuée.

Lorsque Tchistiakov entendit la clé tourner dans la serrure, il se précipita à la rencontre de sa femme. Elle savait qu'elle le trouverait debout – il se levait toujours très tôt –, mais ses vêtements étaient chiffonnés et il ne s'était pas rasé. Lui aussi avait dû passer une nuit blanche, à l'attendre.

– Je me suis fait un sang d'encre ! s'écria-t-il. Tu aurais pu me prévenir. Heureusement que j'ai pensé à téléphoner à la brigade où on m'a dit que tu étais sur les lieux d'un autre décès !

– Je te demande pardon, mon chéri. Je n'ai pas eu le temps de t'appeler. Les événements se sont enchaînés à toute vitesse et je n'ai pas eu une minute… Nous avons retrouvé la femme de la photo. C'est elle, la morte. On a passé la nuit dans son appartement…

– Ma pauvre ! dit-il en la serrant dans ses bras. Il faut que tu te reposes. Couche-toi vite…

– Et toi ?

– J'ai fait un somme tout habillé sur le canapé… Ne t'inquiète pas.

Elle prit une douche rapide, se coucha et s'endormit comme une souche. Elle ne se réveilla qu'en début d'après-midi, avec une migraine carabinée. Le silence régnait dans l'appartement. En dressant l'oreille, elle perçut le léger crissement d'un feutre sur le papier et les bruits ténus de pages qu'on tourne. Son mari travaillait dans la cuisine.

Elle avala son café et entreprit de ranger les longues bandes de papier qui jonchaient toujours le sol. Ignorant que les recherches étaient terminés, Tchistiakov ne les avait pas touchées. Anastasia n'en avait plus besoin. Elle avait retrouvé la femme. Trop tard, hélas !

Son mal de tête ne passant pas, elle prit deux comprimés de paracétamol. Selouïanov l'appela peu après. Il n'était même pas rentré chez lui après la nuit blanche. Il avait préféré recueillir des renseignements sur Svetlana Alleko et aller enquêter chez son employeur. Il avait appris qu'elle n'était là que depuis un peu plus de deux ans, c'est-à-dire depuis le mariage raté : elle n'avait pas seulement abandonné son appartement, mais aussi son ancienne place. À son nouveau poste, elle ne s'était liée avec aucun de ses collègues. Elle remplissait scrupuleusement ses obligations, sans jamais être en retard ou demander la permission de s'absenter. Elle était toujours habillée en noir, élégante et lointaine, et personne ne savait rien sur elle. Son absence au cours des derniers jours n'avait surpris personne : elle était en congé annuel.

À son travail précédent, on se souvenait d'elle. Elle y avait plusieurs amies qui la connaissaient bien et étaient au courant de ses déboires. Cette histoire avait provoqué une brisure dans sa vie. Elle ne semblait plus la même, comme si on l'avait changée. Elle avait fini par présenter sa démission. Comme son chef l'avait prévenue qu'elle devait faire son préavis de quinze jours, elle avait hoché la tête en silence et était partie. Deux heures plus tard, elle posait sans rien dire une feuille d'arrêt-maladie sur le bureau de son supérieur. Elle n'était revenue qu'au bout des deux semaines pour récupérer ses affaires personnelles. Ses quelques amies, tentant de conserver des relations avec elle, avaient obtenu sa nouvelle adresse par les gens avec qui elle avait échangé les appartements. Alleko les avait reçues plutôt fraîchement et leur avait intimé l'ordre de ne plus la déranger. Déçues et vexées, elles n'avaient plus essayé de l'approcher.

Un peu plus tard, ce fut au tour de Chevtsov de téléphoner. Il venait aux nouvelles. Il l'avait déjà fait en fin de matinée, mais Tchistiakov lui avait dit de rappeler plus tard.

La veille, le photographe était resté jusqu'à l'arrivée de la milice du quartier qui, sous l'autorité d'Anastasia, avait défoncé la porte. Il avait donc vu le cadavre. Mais la jeune femme lui avait demandé de partir avant l'arrivée du groupe opérationnel.

– Alors ? s'enquit-il d'une voix où perçait la curiosité.

– Elle était bien l'auteur des lettres. C'est trop long à raconter au téléphone et j'ai un mal de tête épouvantable. J'ai pris deux cachets, mais ça n'agit pas.

– Je dois passer dans ton quartier un peu plus tard. Je peux faire un saut chez toi. D'ici là tu te sentiras peut-être mieux…

Elle n'avait pas du tout envie de recevoir de la visite, mais après toute l'aide qu'il lui avait apportée, elle n'osa pas refuser.

– Si tu veux, dit-elle d'une petite voix.

Elle raccrocha et alla dans la cuisine.

– Liocha, tu crois que je peux prendre encore du paracétamol ? Ça n'a rien fait.

– Tu as surtout besoin de prendre l'air, décida-t-il d'autorité en scrutant son visage et ses yeux cernés. Viens, on va se promener…

– Travaille, Liocha. Je vais sortir seule. Je vais m'asseoir sur le banc près de l'immeuble et attendre Anton, il doit passer.

– Tu en as fait ton fidèle page et écuyer ! plaisanta son mari. Fais gaffe…

– À quoi ?

Elle se pencha pour nouer les lacets de ses baskets.

– Il va tomber amoureux de toi, si ce n'est déjà fait !

– Liocha, tu sais bien qu'on ne peut pas tomber amoureux de moi. Soit on m'aime, soit on me supporte. *Tertium non datur*. Mais il n'y a que toi qui sais aimer une fille stupide et moche comme moi.

– Et s'il y arrivait, lui aussi ?

– Laisse tomber !

Elle secoua sa main en un geste méprisant et se jeta au cou de son mari.

– Tu n'as pas de crainte à avoir, tu es unique au monde, ajouta-t-elle. Voilà, je descends.

Elle boutonna sa veste et ouvrit la porte palière.

– Si on m'appelle, je serai de retour un peu plus tard. En cas d'urgence, je serai en bas. Je ne compte pas m'éloigner de plus de dix mètres.

Dehors, elle s'installa sur un banc. L'air frais lui fit du bien. Elle sentit la migraine reculer et une impérieuse envie de fumer la saisit. Mais elle savait que ce n'était pas raisonnable : le mal de tête reviendrait au galop.

Je vais résister dix minutes, se dit-elle en consultant sa montre, *et puis on verra.*

Elle chassa la cigarette de son esprit en se remémorant toute l'affaire. Finalement, la famille Bartocz n'avait rien à voir avec les meurtres. Il y avait pourtant là toute une flopée de coupables potentiels. C'était curieux : généralement, lorsqu'une enquête la faisait entrer dans l'intimité d'un groupe de gens, elle finissait toujours par trouver certaines personnes sympathiques. Là, ce n'était pas le cas : le couple Bartocz, la petite Elia, Tourbine, Latychev, il n'y en avait pas un pour rattraper l'autre. Seule Veronika Tourbina lui inspirait, sinon de l'estime, au moins de la pitié.

Pauvre femme ! J'aimerais bien savoir à quel point ses craintes quant à la descendance de son fils sont justifiées. S'agit-il d'une idée fixe ou d'un risque réel ?

Ses connaissances en génétique n'étaient pas suffisantes et, pour le savoir, il lui faudrait consulter des experts ou lire des ouvrages spécialisés. Elle se dit que cela lui ferait du bien de se pencher un peu plus sur la biologie. Tout son savoir en la matière datait du collège et était passablement rouillé. En cours de bio, elle avait étudié la botanique, la zoologie, l'anatomie et, évidemment, la génétique. En botanique, elle avait tenu un herbier et se souvenait assez bien des fleurs et des plantes. D'ailleurs, elle était capable de reconnaître la plupart de celles qui ornaient certaines fenêtres et balcons des immeubles autour d'elle… Des géraniums, des pétunias… Elle se souvint que les pétunias appartenaient à la même famille que la pomme de terre, la tomate et le tabac. Les solanacées, si ses souvenirs étaient bons… En comparaison, « chromosome » était un des rares termes de génétique dont elle se souvenait. Quelle honte ! Elle ressentit soudain une impression très désagréable, comme si quelque chose nageait entre deux eaux dans sa mémoire, remontant tout près de la surface avant de retourner dans les profondeurs.

Elle secoua la tête pour y remettre de l'ordre et regarda sa montre. Près de vingt minutes s'étaient écoulées depuis qu'elle avait décidé d'attendre pour fumer. Elle sortit son paquet de cigarettes et le rangea tout aussitôt. Le besoin de nicotine de son organisme n'était pas encore assez fort pour vaincre la crainte d'un retour des maux de tête.

Je peux bien patienter encore un peu, se raisonna-t-elle.

Plongée dans ses pensées sur les fleurs, la génétique, Tourbina et la pauvre Alleko, elle ne vit pas le temps passer et résista à la tentation de fumer jusqu'au moment où la voiture jaune de Chevtsov s'arrêta près d'elle.

– C'est moi que tu attends ? lui demanda-t-il.

– Pas exactement, non. Je prends l'air. À cause de mon mal de tête, précisa-t-elle en se rappelant la mise en garde de Tchistiakov sur les sentiments de Chevtsov.

Il n'a vraiment pas l'air d'être amoureux de moi, mais on n'est jamais trop prudent ! pensa-t-elle.

– Tu semblais perdue dans tes pensées. Tu ne m'as même pas vu arriver.

– Je pensais à la génétique.

– À la génétique ? Tu n'es pas malade, au moins ?

– Mais non ! le rassura-t-elle avec un petit rire amusé. Je réfléchissais à l'hérédité. À la manière dont les enfants ressemblent à leurs parents. Tu te souviens de mon frère ?

– Alexandre ? Oui, je l'ai rencontré au bureau de l'état civil, le jour de ton mariage.

– En fait, c'est mon demi-frère. Nous n'avons pas la même mère. Pourtant, nous nous ressemblons comme deux gouttes d'eau. Le plus curieux, c'est que nous avons très peu pris du caractère de notre père. Et nous n'avons suivi les traces d'aucun de nos parents dans le choix de notre profession. Curieux, non ?

– Moi, c'est exactement le contraire. Je ne ressemble ni à mon père ni à ma mère, mais j'ai hérité de la profession.

– Ton père est photographe de presse ?

– Pas mon père, ma mère. Mais elle ne travaille pas pour la presse. C'est une artiste. Elle expose en ce moment à la Maison des cinéastes.

Si la foudre avait frappé Anastasia, le résultat n'aurait pas été différent.

– Ne me dis pas que ta mère est Alla Mospanova ?

Pour se remettre de sa surprise, elle oublia ses résolutions et sortit son paquet de cigarettes et en alluma une.

– Ciel, je suis démasqué ! s'écria Chevtsov en riant. La milice a découvert mon grand secret ! Blague à part, maman est très coquette et personne ne dirait qu'elle a un grand bêta de fils adulte.

– Elle a gardé son nom de jeune fille ?

– Bien sûr. Elle était déjà connue professionnellement lorsqu'elle s'est mariée. Ma passion pour la photo vient d'elle. Comme tu vois, j'ai suivi un chemin droit et bien battu. Sans détours. Et toi ?

– Moi ? J'en ai eu, des détours ! répondit-elle, distraitement. J'ai commencé avec les maths et j'ai bifurqué vers le droit. Finalement, c'est sur les traces de mon beau-père que je me suis engagée dans la milice…

Soudain, elle plissa les yeux tandis que des plis barraient son front. Elle jeta rageusement sa cigarette au loin.

– Merde ! s'écria-t-elle. Cette putain de migraine est revenue ! Je n'aurais pas dû fumer.

– Après la nuit que tu as passée, ce n'est pas étonnant. Remonte vite te coucher.

– Mais, tu voulais savoir pour Alleko.

– Ce n'est pas grave. Tu me raconteras ça demain. Un jour de plus ou de moins… L'essentiel, c'est que tout soit terminé.

– Merci, Anton. Tu as raison, je vais aller m'étendre un peu.

Elle se dirigea vers l'entrée de son immeuble. Arrivée au sas, elle se retourna. Chevtsov la regardait. Il lui fit un geste amical de la main et remonta dans sa voiture.

« *Ma passion pour la photo vient d'elle. Comme tu vois, j'ai suivi un chemin droit et bien battu.* »

« *Mon fils voulait entrer dans la milice… Lorsque la commission d'admission a rejeté sa candidature, il a pris ça pour une vraie tragédie. Il en a tellement souffert…* »

« *Sans détours…* »

« *Une vraie tragédie…* »

Indiscutablement, l'un des deux mentait. Soit Alla Mospanova, soit son fils. Mais lequel ? Et pourquoi ? La mère avait pu inventer une belle histoire pour être agréable à une collaboratrice de la milice. Et Chevtsov ? Il n'avait aucune raison de mentir. Il s'était bien comporté, l'avait aidée plus que de raison et avait même contribué à retrouver Alleko. Sans lui, elle aurait laissé passer la piste. Elle se souvenait de son indignation lorsqu'elle avait suggéré qu'il avait peut-être commis une erreur. Elle le revoyait à quatre pattes s'écriant : « Nastia ! C'est une autre Alleko ! »

Soudain, elle blêmit.

C'est vrai ! Sans lui, je n'aurais pas retrouvé Alleko !

Elle se précipita vers son sac pour récupérer la photo de Svetlana. Elle comprenait maintenant ce qui la troublait chaque fois qu'elle la regardait. Ce n'était pas la femme, mais les fleurs, en arrière-plan…

Elle prit un volume de sa grande encyclopédie et trouva rapidement la page. L'entrée recherchée s'ornait d'une belle illustration en couleurs.

« Plante herbacée vivace de la famille des solanacées, à feuilles alternes, simples, entières. Les fleurs sont solitaires, axillaires et à longs pédoncules, très odorantes. La corolle est en entonnoir, à tube cylindrique. Les fleurs s'ouvrent complètement le soir et par temps maussade. Très employées pour l'ornement des jardins, des fenêtres et des balcons orientés au nord et au nord-ouest… »

La photo était censée avoir été prise tout de suite après le meurtre, un peu après midi et le temps était chaud et ensoleillé. Or les corolles des fleurs derrière Alleko étaient largement ouvertes. Était-ce une erreur de la nature ? Ou bien un geste délibéré du photographe qui avait glissé dans le paquet de photos prises après le crime un cliché fait auparavant ?

Mais non, ce n'est pas possible ! J'invente ! Anton n'a rien à voir avec tout cela !

Et pourtant… Il l'avait guidée vers Alleko, il n'y avait pas le moindre doute. Et puis, qui mieux que lui pouvait s'introduire dans le labo des *Nouvelles du crime* pour simuler un cambriolage ? Ils s'étaient tous moqués de la bêtise du criminel qui était parti avec les négatifs alors que la milice disposait déjà des clichés. Mais la raison du vol était tout autre : Chevtsov ne voulait pas que ses films tombent entre les mains des enquêteurs parce qu'ils ne contenaient pas la photo de Svetlana Alleko !

Pourquoi ? se demanda Anastasia, effarée, *pourquoi ?*

14

– Anton Chevtsov ? Bien sûr que nous le connaissons bien, il travaille souvent ici.

– Anton, le photographe ? Oui, il vient souvent…

– Chevtsov ? Il est là presque tous les samedis pour photographier les mariages.

Les réponses que Nikolaï Selouïanov recevait dans les bureaux de l'état civil qu'il visitait ne laissaient pas le moindre doute : c'était grâce à ses contacts que Chevtsov obtenait les adresses des futures mariées.

– Anton me demandait de temps en temps les coordonnées des couples qui déposaient leur demande. Je n'avais aucune raison de les lui refuser ; ces renseignements sont du domaine public.

– Vous a-t-il dit pourquoi il en avait besoin ?

– Pour proposer ses services de photographe. C'est comme ça qu'il arrondissait ses fins de mois. Il n'y a rien d'illégal là-dedans.

Dans chaque bureau, Selouïanov obtenait sensiblement les mêmes réponses. Graduellement, les pièces du puzzle se mettaient en place. Chevtsov n'avait pas été fouillé par les membres du groupe opérationnel sur les lieux du meurtre. Personne n'avait pensé à le faire : ses sacs en bandoulière, son appareil photo à la main, il travaillait pour eux, et sur la demande de Kamenskaïa, encore ! De plus, ils étaient débordés ; contrôler une foule de plus de cinquante personnes !

Pendant que Selouïanov rassemblait ces renseignements, Iouri Korotkov rendait visite à un responsable de la direction médicale du ministère de l'Intérieur. Sur la requête de l'enquêteur, il se fit apporter des archives le dossier de candidature d'Anton Chevtsov et le rapport d'examen de la commission médicale.

– Oui, il a été déclaré inapte, dit-il en feuilletant le dossier. Il souffrait de faiblesse cardiaque et d'un traumatisme crânien mal soigné.

– Est-ce que ce sont des raisons suffisantes pour empêcher quelqu'un d'entrer au ministère de l'Intérieur ? s'étonna Korotkov. D'autant plus qu'il a fait son service militaire alors qu'il souffrait des mêmes affections.

– Il est impossible de comparer les deux, dit le médecin avec un sourire caustique. L'armée a des quotas à remplir et le service est de deux ans. On y accepte même des malades mentaux. Les commissions médicales ne se penchent pas réellement sur l'état de santé des appelés : s'ils ne se plaignent pas, c'est qu'ils sont en bonne santé… Notre approche est différente : nous sélectionnons des gens qui vont rester vingt ans dans la milice.

– Quel était le problème avec Chevtsov ? Pourquoi est-il impossible de travailler chez nous après un traumatisme crânien ?

– Le problème n'est pas le traumatisme lui-même, mais les dérèglements mentaux qu'il peut provoquer. Lui, il présentait des symptômes schizoïdes, expliqua-t-il en mettant le doigt sur un point du rapport. Au moment de l'examen, il avait encore un comportement correct, mais le pronostic était défavorable.

– Est-ce qu'on l'a mis au courant ?

– Hélas, non. Les commissions ne formulent le motif du refus que si la maladie peut être guérie et que le candidat peut se représenter avec succès plus tard. Par exemple, nous refusons d'engager les femmes atteintes d'infection de l'utérus, mais cela se soigne en quelques semaines et nous leur disons de repasser après guérison. Dans le cas d'une pathologie psychique, le refus est définitif. Pourquoi vous intéressez-vous à ce Chevtsov ? A-t-il fait quelque chose ?

– En effet. Votre diagnostic était correct, j'en ai peur.

– Dommage, soupira le médecin. Jetez donc un coup d'œil à ses tests d'intelligence.

Il tourna le dossier vers Korotkov pour lui montrer la page correspondante.

– C'est un type brillant. Regardez l'appréciation des membres de la commission : « Gars sympathique au contact facile, amical, souriant. » En d'autres termes, un gentil garçon. Vraiment dommage qu'il ait mal tourné…

La question de savoir si Chevtsov avait des armes chez lui restait posée. En conséquence, son arrestation fut soigneusement planifiée en tenant compte de son état mental et du caractère imprévisible de ses actes. Cinq agents en civil se postèrent autour de l'immeuble où il habitait. Ils examinèrent les lieux avec circonspection, notant les voies de fuite possibles et étudiant les moyens de pénétrer dans son appartement.

Brusquement l'un d'entre eux, le lieutenant Kortchaguine, aperçut près de lui une silhouette familière : celle de Sergueï Artioukhine qu'il avait contribué à arrêter deux semaines plus tôt et qui faisait depuis des jours l'objet d'un avis de recherche.

Kortchaguine n'y réfléchit pas à deux fois. D'abord, il considérait la capture d'Artioukhine comme une affaire d'honneur. Le criminel avait fortement résisté lors de sa précédente arrestation et le flic lui devait un chien de sa chienne. Ensuite, le lieutenant était un homme ambitieux et il avait envie de gagner ses trois étoiles de lieutenant-chef au mérite et non à l'ancienneté. Oubliant qu'il était en repérage sous la couverture d'un simple badaud, il sortit son arme de service et se précipita sur le malfaiteur.

– Mains derrière le dos, gronda-t-il en lui enfonçant le canon de son pistolet entre les omoplates et en sortant ses menottes.

Pris par surprise, Artioukhine ne résista pas. Le visage défiguré par la fureur, il s'écria :

– Elle m'a attiré dans un piège, cette putain de garce !

Kortchaguine ne comprit pas le sens de cette phrase et n'y prêta aucune attention.

Le colonel Gordeïev, le chef d'Anastasia, affichait sa mine renfrognée des mauvais jours. Pire encore, il n'arpentait pas son bureau comme à son habitude, mais restait immobile dans son fauteuil, le nez surmonté de ses binocles, plongé dans ses papiers. Anastasia ne voyait que son front et sa calvitie luisante.

Il resta ainsi une bonne minute avant de lever les yeux sur la jeune femme et d'ôter ses lunettes.

– Tu n'aurais pas dû permettre à une personne extérieure au service de prendre part à notre travail d'enquête sans m'en avertir au préalable, lui dit-il sans ambages. Est-ce que tu comprends le risque que tu as pris en passant des journées entières avec un meurtrier ? Où avais-tu la tête ? Et ta prudence légendaire ?

– Viktor Alexeïevitch, je ne savais pas, dit-elle pour se justifier. Je ne l'ai pas soupçonné une seule minute. Depuis que j'ai compris, je ne l'ai pas revu.

– Allons, marmonna le colonel. Je n'arrive pas à croire que tu n'as pas senti un assassin en quinze jours de contacts presque quotidiens. Ne me bourre pas le crâne.

Tu n'as vraiment rien soupçonné ? Tu as passé tout ce temps avec lui et rien n'a tinté ?

– Non, Viktor Alexeïevitch, je vous le jure !

– C'est pire que tout. Cela signifie que tu n'as pas de flair. Je t'ai peut-être surestimée. Il est encore trop tôt pour t'utiliser à des tâches opérationnelles. Tu dois te limiter au travail analytique.

Anastasia garda le silence en se mordant les lèvres pour tenter de bloquer les larmes qu'elle sentait monter.

– Il y a autre chose, poursuivit Gordeïev. Je comptais t'en parler à ton retour de congé. Puisque tu es là, autant vider l'abcès. Pourquoi diable as-tu engagé une conversation avec Artioukhine en le voyant dans ce café avec Samykina ? Tu souffres d'incontinence verbale ou quoi ? Tu n'as pas pu te retenir ?

Elle n'avait rien à répondre. Elle savait pertinemment qu'elle avait agi bêtement, en dilettante. Tout ce qu'elle pouvait dire pour sa défense, c'était qu'elle avait relâché son attention : elle se sentait déjà en vacances, la veille de son mariage... Bien sûr que Gordeïev avait entièrement raison. Et elle s'était reproché sa gaffe à maintes occasions.

– Ce qui te sauve, c'est que ton erreur n'a pas eu de conséquences fatales. Artioukhine ne s'est pas enfui avant son arrestation et n'a pas commis de nouveau délit. S'il a pris la fuite après, c'est à cause de ce juge qui l'a relâché. Mais ta bêtise aurait pu provoquer une catastrophe. Et sois sûre que la prochaine fois ce sera le cas ! ajouta-t-il en pointant sur Anastasia son index épais et solide. Il n'y a que les idiots qui ont de la chance. Et tu n'es pas une idiote !

Ayant sorti tout ce qu'il avait sur le cœur, le colonel remit ses lunettes et se replongea dans sa paperasse. Anastasia resta plantée devant lui, ne sachant pas très bien ce qu'elle devait faire. Comprenant que tant que le groupe envoyé pour arrêter Chevtsov ne donnerait pas de nouvelles, ni elle ni Gordeïev ne quitteraient le bureau, elle finit par s'asseoir, mal à l'aise.

Subitement, la porte s'ouvrit et Korotkov, l'air perdu, apparut sur le seuil. Selouïanov et lui ne participaient pas à l'arrestation : Chevtsov les connaissait personnellement et il aurait pu les remarquer pendant la reconnaissance préliminaire.

– Viktor Alexeïevitch, ils ont arrêté Artioukhine ! s'écria-t-il d'une voix blanche.

– Dieu soit loué ! s'écria Gordeïev en levant les yeux. Mais pourquoi ce ton lugubre ?

– Patron, ils ont arrêté Artioukhine près de l'immeuble de Chevtsov !

– Quoi ?

Le colonel manqua de s'étrangler alors qu'Anastasia devenait blême et semblait se tasser dans son fauteuil.

– Ah ! Les cons ! hurla Gordeïev en bondissant de derrière son bureau. On voit tout par les fenêtres ! C'est qui, le crétin qui a fait ça ?

– Micha Kortchaguine.

– Je vais lui fracasser le crâne à cet imbécile ! promit Gordeïev, écarlate.

– Viktor Alexeïevitch, dit Anastasia sans élever la voix. Calmez-vous. Il faut changer tous nos plans. J'ai compris.

– Tu as compris quoi ?

– Larissa Samykina se trouve chez Chevtsov.

Anton Chevtsov s'éloigna lentement de la fenêtre et s'allongea sur le canapé. On venait d'arrêter un type dans la rue et on l'avait fait monter dans une voiture. Artioukhine ? Non, ce n'était pas possible !

– À quoi il ressemble, ton débile ? demanda-t-il à Larissa.

La jeune femme gisait par terre immobile, le corps

boursouflé par les coups. Comme son tortionnaire la frappait maintenant aussi sur le visage, ses lèvres étaient couvertes de croûtes et ses yeux n'étaient plus que des fentes au milieu de cloques.

– Sergueï..., dit-elle avec difficulté. Un peu plus petit que vous... Cheveux châtains assez longs... moustache...

La description sommaire correspondait à celle du type qu'on venait d'embarquer. Une vague de fureur envahit Chevtsov. Ce n'était pas possible. Artioukhine était là ! Il le tenait ! L'affaire de quelques minutes et il aurait pu l'arrêter. Il l'aurait livré à la milice. Il aurait téléphoné à Kamenskaïa pour lui fixer rendez-vous à la Petrovka et là, il le lui aurait remis en mains propres. Il fallait que tout le monde sache que lui, Anton Chevtsov, pouvait faire ce dont ils étaient tous incapables. Il fallait surtout qu'Anastasia le sache. Ils devaient tous comprendre à quel point ils avaient eu tort en le déclarant inapte. En le jetant comme un malpropre. Un avis de recherche et des centaines de miliciens aux trousses d'un malfaiteur... Mais c'était lui qui l'aurait arrêté !

Ah ! Comme il l'attendait, sa vengeance ! Et soudain, plus rien. Les flics tireraient tout le mérite de l'arrestation. Si Kamenskaïa savait y faire, elle parviendrait même à recueillir tous les lauriers. Elle trouverait bien un artifice qui prouverait par a + b que, sans elle, l'arrestation n'aurait pas pu se faire.

Les salauds ! Ils l'avaient bien eu !

Au comble de la fureur, il se leva et se précipita vers Larissa. La rage l'étouffait, lui brouillait le cerveau. Il lui donna un violent coup de pied et se sentit tout de suite mieux.

– Tout ça, c'est ta faute ! dit-il lentement en sifflant entre ses dents. Si tu avais téléphoné tout de suite... Tu as tout fait foirer. Et pour cela, je te tuerai...

– Comment s'est-elle retrouvée chez Chevtsov ? Qu'ont-ils en commun ?

Gordeïev faisait les cents pas dans son bureau, comme toujours. Il avait déjà oublié le savon qu'il avait passé à Anastasia et comptait de nouveau sur elle.

– Elle m'attendait près de chez moi. Chevtsov m'accompagnait. Il a entendu tout ce que nous disions et a très bien compris de quoi il retournait. Lorsque j'ai coupé court à la conversation et que je suis entrée dans l'immeuble, Chevtsov a traîné un peu derrière, sous prétexte de fermer la voiture. Sur le moment, je n'y ai même pas songé, mais il a dû rattraper Samykina et lui demander son adresse ou son téléphone sous prétexte d'arranger les choses.

– C'est clair, conclut le colonel. Et maintenant, qu'est-ce que tu suggères ?

– Viktor Alexeïevitch, je crois qu'il faut faire intervenir la mère de Chevtsov. S'il a vraiment disjoncté, nous ne parviendrons à le maîtriser qu'avec son aide.

– Tu penses qu'une mère uniquement préoccupée par sa carrière peut avoir un quelconque ascendant sur un fils de vingt-cinq ans, indépendant depuis belle lurette ? Ma fille, tu es une idéaliste ! lui lança Gordeïev, irrité.

Anastasia ne s'en formalisa pas. Elle travaillait depuis tellement de temps avec lui qu'elle avait appris à le connaître et savait qu'il parlait encore sous le coup de la colère. Une colère justifiée d'ailleurs. Tout était vraiment de sa faute.

– Il ne s'agit pas de ça, Viktor Alexeïevitch, protesta-t-elle. Alla Mospanova peut nous expliquer comment sont nés les problèmes de son fils, quel enfant il était, à quoi il s'intéressait, comment il se comportait, etc. Sans ces renseignements, il nous sera très difficile d'agir. Comment savoir quelles associations naissent dans son cerveau malade ? Il a enlevé Larissa et s'en est servi pour attirer son amant. Or cette femme est dévouée à Artioukhine au point de lui fournir un alibi dans une affaire de viol. De plus, quand elle est venue me voir, elle ne savait réellement pas où le trouver.

– Ça n'a pas de sens, dit Gordeïev. Si elle ne savait pas où il était, comment Chevtsov a-t-il pu l'attirer ?

– Je crois qu'elle pouvait lui faire parvenir un message. La première fois, Larissa le cherchait à cause de la caution de cinquante mille dollars. Visiblement, Artioukhine se foutait de cette histoire d'argent et n'a pas donné signe de vie. En revanche, il est revenu dès qu'il a su qu'un réel danger menaçait sa maîtresse. Voilà le premier point.

– Et le second ?

– Le second, c'est qu'il s'est passé plusieurs jours entre la disparition de Larissa et l'apparition d'Artioukhine. En d'autres termes, la jeune femme n'a pas parlé tout de suite. Je crois qu'elle a résisté tant qu'elle a pu pour protéger son amant et ne s'est résignée à donner des renseignements que contrainte et forcée. On peut supposer qu'elle a été torturée. Cela implique que Chevtsov est beaucoup plus atteint qu'on ne le pense. Tout ce que nous pourrons glaner sur ce qui se passe dans sa tête nous sera utile.

Gordeïev se tourna vers Korotkov qui écoutait cet échange dans un coin de la pièce.

– Iouri, trouve-nous cette Alla Mospanova, lui ordonna-t-il.

Il n'avait pas terminé la phrase que Korotkov était déjà parti en opinant du bonnet.

Il se sentait mal et reconnaissait les symptômes de la maladie dont il avait toujours souffert. Le stress, la tension, la déconvenue… Tout cela était à la limite de ce que son cœur pouvait supporter. Sans oublier la fatigue de toutes ces journées passées à courir d'un bout à l'autre de la ville avec Anastasia.

Comme il admirait la jeune femme ! Il appréciait à sa juste valeur son intelligence et la netteté de sa pensée, sa mémoire et sa logique irréprochable. Et il aimait par-dessus tout la sensation de lui être supérieur. Car il savait que, malgré toutes ses qualités, elle ne découvrirait jamais le véritable auteur des meurtres. Il se réjouissait en voyant Anastasia avancer pas à pas vers l'appartement d'Alleko, même si c'était un peu trop lentement à son goût. Il s'était même permis de lui donner un petit coup de pouce. Il savait qu'arrivée là, elle n'irait pas plus loin. Tout indiquait qu'Alleko écrivait les lettres anonymes. Les empreintes étaient les siennes et c'était bien son écriture. Le pistolet avec lequel elle s'était suicidée était bien celui qui avait servi à abattre les deux mariées. Et la photo prouvait qu'elle se trouvait bien sur les lieux de l'un des deux crimes. Tout concordait. Tout s'expliquait. Qui donc irait chercher derrière le décor ? Personne. Pas même Anastasia. Il était parvenu à gagner sa confiance sans éveiller le moindre soupçon et s'était démontré à lui-même qu'il était meilleur et plus intelligent que tous ceux qui l'avaient repoussé. Jamais ils n'élucideraient les meurtres. Des crimes parfaits.

Il avait roulé tout le monde dans la farine, mais personne ne le savait. Pourtant, il voulait montrer qu'il était le meilleur ! Il avait une envie folle d'amener Artioukhine à la Petrovka, de regarder Anastasia au fond des yeux et de lui lancer : « Voici votre repris de justice. Tu m'as bien dit que tu ne savais pas comment le retrouver ? Et toute ta milice couverte de gloire l'ignorait aussi. Eh bien, moi, je l'ai fait. Moi, j'ai su. » Il aurait aimé lire la honte au fond de ses yeux, assister à l'humiliation de tous ceux qui l'avaient écarté, qui l'avaient déclaré indigne de servir dans leurs rangs.

Mais ils avaient arrêté Artioukhine sous ses fenêtres. Juste quand il était sur le point de savourer son triomphe. Ils l'avaient sans doute conduit à la Petrovka pour l'interroger. En ce moment même, ils lui demandaient ce qu'il faisait dans le quartier. Qu'allait-il leur dire ? Qu'il avait répondu à un appel de Larissa ? Et s'il niait ? S'il leur disait qu'il n'avait pas quitté Moscou ? Que c'était un malentendu ? Qu'on ne le trouvait pas parce qu'il n'était pas chez lui, mais qu'il n'avait pas fui ? Alors tout cela n'aurait plus aucun sens. Tous ses efforts auraient été vains…

Mais non ! se rassura-t-il. *Il parlera de Larissa. La milice viendra. Et je pourrai leur montrer que c'est grâce à moi qu'un criminel en fuite a pu être arrêté ! Je leur arracherai la reconnaissance de mes mérites. Je leur jetterai à leurs pieds cette chienne puante qui a bien mérité son sort parce qu'elle n'a pas dénoncé huit violeurs quand elle avait treize ans et qu'elle a essayé d'en sauver encore un ! Et ils m'approuveront parce que le mal doit toujours être puni !*

– Les parents de Chevtsov ne sont pas à Moscou, cria Korotkov depuis le couloir, avant même de pénétrer dans le bureau de Gordeïev.

– Et où sont-ils ? lui demanda son chef dès qu'il franchit le seuil.

– À la campagne, dans la famille. À trois cents bornes.

– Quelle déveine ! constata Gordeïev, nous allons être obligés de nous fier à notre instinct.

Il avait cessé d'aller et venir entre le mur et la fenêtre et semblait tassé sur lui-même au milieu de la pièce. Rond, trapu, la tête enfoncée dans les épaules, il méritait pleinement le sobriquet de Boule-de-pain qu'on lui avait donné des années auparavant, alors qu'il venait d'entrer dans la milice.

– On peut essayer de faire venir le psychiatre de la commission médicale qui a examiné Anton. Il ne se souvient sans doute pas de lui, mais il a quand même dressé son évaluation psychique.

Gordeïev consulta sa montre.

– Dix-neuf heures trente. Il y a peu de chances qu'il soit encore au travail.

Il se tourna une fois de plus vers Korotkov :

– Trouve-le.

L'enquêteur s'éclipsa. Il revint quelques minutes plus tard avec une mine déconfite qu'Anastasia et son chef interprétèrent aussitôt : la poisse. Chaque flic a un sens particulier qui lui permet de savoir à l'avance que ses efforts seront vains. Il aura beau s'évertuer, les événements se ligueront contre lui. C'était le cas ce soir-là. Le médecin n'était pas chez lui et il n'y avait pas moyen de le localiser. Il se trouvait peut-être à sa datcha pour profiter du beau temps. Le problème, c'est qu'il n'y avait pas le téléphone. Korotkov avait l'adresse et ils envoyèrent une voiture. Mais sans se faire d'illusion quant au résultat.

Entre-temps, Artioukhine arriva à la Petrovka. Son interrogatoire confirma leurs pires craintes : l'homme qui lui avait transmis le message de Larissa lui avait précisé que la voix de la jeune femme était déformée par la peur et qu'elle semblait très mal en point, comme si elle était mourante. « Sauvez-moi, geignait-elle au bout du fil. Que Sergueï vienne, sinon, on me tuera. »

Chevtsov regardait avec indifférence le corps meurtri de la jeune femme. Il n'éprouvait pas la moindre pitié pour elle. Sa mauvaise volonté l'avait empêché de capturer Artioukhine et il l'aurait tuée avec plaisir pour le lui faire payer. Mais il avait besoin de la garder vivante pour la donner aux flics quand ils arriveraient.

S'ils arrivaient ! Plus d'une heure s'était écoulée depuis l'arrestation.

Pourquoi ne viennent-ils pas ? Il a eu largement le temps de leur dire pour Larissa. À moins qu'il ne soit en train de leur bourrer le mou avec des histoires comme quoi il n'a jamais foutu le camp. Dans ce cas, ils ne viendront jamais...

Il se leva, passa dans la cuisine pour remplir une cruche d'eau froide et alla la verser sur la tête de la femme. Ses paupières s'entrouvrirent, mais aucun son ne sortit de sa bouche bâillonnée. D'ailleurs, le bâillon était inutile : elle n'avait plus la force de crier, ni même de parler. Elle n'aspirait qu'à une seule chose : mourir. L'eau se répandit par terre, coula sous son dos nu, formant une flaque glacée, mais Larissa ne sentait plus rien.

– Alors, salope ! Ton dégénéré n'a pas parlé de toi à la milice. Il fait comme si de rien n'était et n'a pas l'intention de te sauver. Ton état, il s'en fout. Il n'en a rien à branler. Et si c'est comme ça, j'en ai rien à branler non plus. Qu'est-ce que j'ai à m'encombrer de toi ? S'il ne se passe rien d'ici un quart d'heure, t'es morte...

Les spécialistes de l'équipe d'intervention mirent au point un plan pour investir l'appartement, mais il n'était applicable qu'après la tombée de la nuit. Le logement de Chevtsov était difficile d'accès : situé à un angle de l'immeuble, il avait des fenêtres qui donnaient sur deux côtés. De plus, la visibilité n'étant limitée ni par des arbres ni par d'autres bâtiments, il était impossible de s'approcher sans être vu

Or, il restait deux heures jusqu'au crépuscule.

Le quart d'heure était passé et il n'avait plus envie d'attendre. Il savait à présent qu'on lui avait ravi sa victoire.

Ces salopards, ces fumiers qui se pavanaient en blanc avec leurs mains sales et leurs minables âmes noires n'étaient que des voleurs. Ils lui avaient dérobé ce qu'il avait forgé avec tant de peine. Certes, ils ne découvriraient jamais le véritable meurtrier des bureaux de l'état civil. Ça, au moins, personne ne pourrait le lui prendre. Mais personne n'en saurait jamais rien non plus. À quoi sert une victoire s'il faut la savourer en silence ? Lui, c'était la reconnaissance qu'il voulait. Il voulait que tous ces flics comprennent qu'il était meilleur qu'eux, encore plus digne de porter l'uniforme. Il voulait qu'ils lui proposent de rejoindre leurs rangs, qu'ils l'implorent, qu'ils se traînent à ses pieds. Et lui, il refuserait avec dédain : « Vous n'avez pas voulu de moi, tant pis pour vous ! » Voilà ce qu'il voyait dans ses rêves. Il était maintenant sûr que cela n'arriverait jamais. Et finalement, ça lui était égal. Il finirait tout de même en beauté.

Il prit un bistouri et examina sans émotion le corps martyrisé de Larissa. Magnanime, il décida de lui accorder une mort sans douleur. Il la laisserait simplement se vider de son sang. Elle sombrerait dans l'inconscience et ne se rendrait compte de rien. Combien de litres contenait un corps normal ? Cinq ou six, peut-être sept. De quoi inonder l'appartement. Mais il ne se sentait pas la force de porter Larissa dans la baignoire. De plus, il n'y avait rien pour l'attacher là-bas. Elle était mal en point, mais il suffisait d'un sursaut d'énergie…

D'un placard, il sortit une nappe en plastique et un petit matelas de mousse. Voilà qui absorberait le sang. Une mort calme, propre et sans éclaboussures. Il étendit la toile plastique et la mousse sous Larissa et lui trancha les veines du poignet droit. Il détourna aussitôt le regard.

Depuis son enfance, la vue du sang le mettait mal à l'aise et lui donnait envie de vomir.

Il se releva et, effectivement, la tête lui tourna. Mais il savait que la responsabilité en incombait à sa faiblesse cardiaque et non à ce qu'il venait de faire. Maintenant, il lui fallait s'occuper de Kamenskaïa avant d'être trop malade.

Il s'installa dans son fauteuil et décrocha le combiné. Il s'efforça de parler d'une voix normale alors qu'il commençait à se sentir dans le coton. Tchistiakov lui répondit qu'elle était à son travail et accepta de lui donner le numéro.

Elle était donc à la Petrovka ! Il avait bien deviné : elle interrogeait Artioukhine ! Cette mégère blonde était en train de lui voler son triomphe. Ah ! Elle voulait de la gloire ? Il allait lui en donner !

Le bureau de Gordeïev était maintenant encombré de plans. Sur une longue table pliante, on avait étalé celui du quartier et celui de l'immeuble. Quant à Anastasia, elle avait dessiné de mémoire, sur une grande feuille de papier, la disposition de l'appartement de Chevtsov avec l'emplacement des meubles.

Malheureusement, elle n'avait vu que l'entrée et le salon. Pour la chambre, la cuisine et la salle de bains, ils en étaient réduits aux conjectures.

Mikhaïl Dotsenko revint de la cantine avec des sandwiches et des petits pains pour tout le monde.

– Anastasia Pavlovna, le téléphone n'arrête pas de sonner dans votre bureau, annonça-t-il à la jeune femme en posant ses emplettes à un bout de la table.

Dotsenko était le seul flic de la brigade qui donnait à Anastasia son prénom patronymique. Ils travaillaient ensemble depuis des années, mais c'était plus fort que lui : il ne parvenait pas à la tutoyer comme tout le monde.

Elle lança à Gordeïev une interrogation muette.

– Vas-y, dit son patron. C'est peut-être important.

Elle s'élança dans le couloir avec soulagement. Depuis un bon moment déjà, elle avait envie d'une cigarette, mais on ne fumait pas chez le patron.

À mesure qu'elle s'approchait de son bureau, la sonnerie du téléphone lui semblait devenir un peu plus insistante et lancinante.

Ça a l'air bien urgent ! constata-t-elle intérieurement. *Qui ça peut bien être ?*

Elle pensa soudain qu'il était arrivé quelque chose à Liocha et tourna précipitamment la clé dans la serrure, poussa la porte et décrocha.

– Alors, tu es contente ? dit une voix sourde qu'elle ne parvint pas à reconnaître tout de suite.

– Pardon ? demanda-t-elle poliment en s'installant dans son fauteuil.

Avec l'épaule, elle coinça le combiné contre son oreille pour prendre une cigarette et l'allumer.

– Tu ne me reconnais plus ? Tu n'as plus besoin de moi, c'est ça ? Tu me fais trimer comme un forçat pour me jeter à la première occasion...

De surprise, elle laissa échapper sa cigarette et son briquet.

– Anton ! se reprit-elle. Qu'est-ce qui t'arrive ? Pourquoi tu es fâché ?

Elle ignorait si elle parvenait à donner le change et se contraignit à respirer lentement pour maîtriser sa voix.

– Tu as mis la main sur Artioukhine et tu crois que c'est arrivé ? Tu comptes que la capture d'un criminel en fuite t'aide à monter en grade ? Mais tu ne savais pas toi-même comment le chercher. Dois-je te rappeler tes paroles ?

– Non, je me les rappelle très bien. Mais le mérite de la capture d'Artioukhine ne me revient pas. C'est un collègue qui l'a arrêté. Pourquoi es-tu tellement énervé, Anton ?

Elle sentait ses jambes flageoler et s'assit dans son fauteuil. La première chose à faire était de prévenir les autres, mais ils étaient tous chez Boule-de-pain. Certes, elle pouvait appeler le colonel par la ligne intérieure, mais elle ne voulait pas donner l'éveil à Chevtsov. De plus, elle ignorait quelle serait sa réaction.

– Pourquoi t'intéresses-tu tellement à Artioukhine ? Tu le connais ?

– C'est moi ! cria-t-il.

Anastasia l'entendit reprendre son souffle et ne dit rien.

– C'est moi qui l'ai attiré, reprit-il d'une voix moins forte, mais toujours excitée. C'est moi qui l'ai forcé à revenir à Moscou. Tu m'entends, salope ! Et tu me l'as volé ! Tout le monde te félicite pour ton habileté et ton intelligence, mais tu n'es qu'une voleuse !

Ça va tourner mal ! se dit-elle. *Il faut que quelqu'un vienne m'aider.*

– Et Larissa ? Elle est chez toi ?

– Pourquoi tu me demandes ça ? Tu te fais du souci pour elle maintenant ? Tu l'as envoyée chier quand elle avait besoin d'aide. Elle pleurait, elle te suppliait et tu l'as écrasée comme une punaise…

– Elle est recherchée, elle aussi. Elle ne s'est pas présentée à une convocation du juge d'instruction. Un mandat d'amener a été délivré. Sais-tu où elle se trouve ?

Anastasia couvrit de la main le micro du combiné, décrocha le poste intérieur et composa le numéro de Gordeïev.

– Et quand bien même ? Tu veux que je te le dise pour que tu coures te vanter chez tes chefs ? Tu veux encore entrer au paradis sur le dos d'autrui ?

– J'écoute, dit Gordeïev dans l'autre combiné.

Anastasia n'avait pas relâché sa main et priait pour que Boule-de-pain ne raccroche pas. Elle savait qu'il comprendrait la situation dès qu'il entendrait sa voix s'adresser non pas à lui, mais à un interlocuteur inconnu.

– Je ne te dirai pas où est cette chienne. Tu n'as qu'à la chercher toi-même ! conclut Chevtsov.

– Il n'y a rien à chercher ! s'écria Anastasia un peu plus fort qu'elle n'aurait dû pour couvrir d'éventuels bruits en provenance de la ligne intérieure. Je sais très bien qu'elle est chez toi. Mais je ne comprends pas ce que tu veux de moi. Tu l'as prise en otage ? Donne-moi tes exigences et je les transmettrai…

Son interlocuteur éclata de rire au bout du fil.

– Des exigences ? Je n'ai besoin de rien, ni de toi ni de toute ta flicaille de merde.

– Alors qu'est-ce qu'il y a, Anton ? Explique-moi, lui demanda Anastasia de la voix la plus amicale qu'il lui fut possible de composer.

À ce moment, Gordeïev et Korotkov firent irruption dans son bureau. Le colonel la poussa légèrement de côté pour ouvrir le grand tiroir de la table de travail et en sortir un paquet de feuilles blanches.

« Chevtsov ? » écrivit-il en gros caractères bien nets.

Elle hocha la tête.

– Tu as bien deviné, répondit le meurtrier. Larissa est chez moi. Mais tu ne l'auras pas. Elle est à moi maintenant. Pour toujours.

« Samykina ? » écrivit Boule-de-pain.

Anastasia lui prit le stylo des mains.

« Chez lui », nota-t-elle.

– Pourquoi, Anton ? Tu l'as persuadée de quitter Artioukhine ? Elle s'est mise avec toi ?

– Je n'ai pas besoin de cette chienne ! s'écria Chevtsov avec un petit rire odieux. Elle va mourir. Bientôt. Et moi aussi. Nous allons partir la main dans la main. Tu ne t'attendais pas à celle-là, hein ?

« Il va très mal », écrivit-elle rapidement.

– J'aimerais comprendre pourquoi, dit-elle avec un

aplomb qu'elle ne ressentait pas. Tu sais mieux que moi ce que tu fais et pourquoi tu le fais, mais j'aimerais vraiment comprendre.

– À quoi bon ? Tu veux t'enorgueillir de ta connaissance de l'âme humaine ?

– Je me fous de l'âme humaine. Je m'intéresse à toi, Anton Chevtsov. À un homme dont j'ai partagé la compagnie pendant quelques jours, qui m'a aidée à accomplir un travail difficile, qui me plaisait bien et qui prétendait que nous étions amis. Les autres ne m'intéressent pas. C'est toi que je veux comprendre. Je te donne ma parole que je ne tenterai rien pour te dissuader, mais je ne veux pas que tu partes sans me dire pourquoi.

« Meurtre de L.S. et suicide », ajouta-t-elle de sa fine écriture rapide.

Gordeïev hocha la tête et poussa Korotkov vers la porte. Anastasia comprit qu'il l'envoyait chercher des moyens de liaison. Il fallait établir un contact permanent avec le groupe opérationnel qui se trouvait autour du domicile du photographe. Il n'y avait que deux solutions : le retenir au téléphone jusqu'à la nuit tombée ou prendre le risque de donner l'assaut tout de suite. Chevtsov était sur le point de craquer et tout retard dans l'action pouvait être lourd de conséquences.

À l'autre bout de la ligne, le meurtrier semblait perplexe.

– Tu me crois donc quand je te dis que j'emmènerai cette petite salope dans la tombe ?

– Si tu l'as décidé, il en sera ainsi. Je ne pense pas qu'on puisse t'en dissuader. Raconte-moi tout, Anton. C'est important pour moi. S'il te plaît.

– Je ne sais pas… Je ne sais pas…, dit-il avec un vilain petit rire. Je vais peut-être changer d'avis. La décision m'appartient. Que je le fasse ou que je change d'avis, c'est mon choix, n'est-ce pas ?

Anastasia sentait qu'elle devait décider de toute

urgence de la direction de la conversation. Était-il en train de la tester ? Ou bien se moquait-il ? Peut-être disait-il simplement ce qu'il pensait ? Que faire ? Continuer sur le même ton en changeant de sujet ou se raccrocher au fétu de paille qu'il lui tendait pour tenter de le faire revenir sur sa terrible décision ?

– C'est à toi de voir, répondit-elle prudemment. En ce qui me concerne, je préfère les hommes sûrs d'eux et de ce qu'ils font. Mais c'est une question de goût…

– Tu es seule ? lui demanda-t-il soudain.

– Toute seule.

– Pourquoi devrais-je te croire ?

– Tu ne dois rien du tout. Tu crois ou tu ne crois pas, ce n'est pas plus compliqué que ça. Moi, je te crois.

– Qu'est-ce que tu crois ? Que je vais tuer cette salope avant de me tirer une balle dans la tête ?

« Arme à feu », écrivit-elle.

– Je crois aussi ça.

– Aussi ? Que crois-tu d'autre ?

– Tout. Tu m'as toujours dit la vérité. Tu ne m'as menti qu'une seule fois. En quinze jours, ce n'est pas beaucoup. C'est facilement pardonnable.

– Quand est-ce que je t'ai menti ? Vas-y. Dis-moi.

Brusquement, elle eut une illumination. Il puisait les adresses des futures mariées dans les formulaires de l'état civil. Or, la profession et le lieu de travail y étaient également mentionnés. Il savait donc qu'Anastasia travaillait à la Petrovka. Et il l'avait tout de même choisie pour lui adresser une lettre anonyme. C'était quoi ? De l'inconscience ? Une effronterie de gamin ? Ou le désir de se mesurer à la brigade criminelle, de montrer qu'il était le plus fort ?

Elle tenait enfin la bonne explication : de là toutes ces phrases insensées et obsessionnelles sur Artioukhine et sur la gloire.

– Tu m'as menti en me disant que tu suivais les traces de ta mère depuis l'enfance. Il n'y a rien de plus faux.

– D'où tiens-tu ça ?

Sa voix avait changé. Il avait abandonné son ton persifleur et semblait sur ses gardes.

– Ce n'était pas bien dur. Je sais que tu voulais entrer dans la milice et que tu as été très affecté quand on t'a déclaré inapte. Anton, pourquoi me l'as-tu caché ? Il n'y a pas de quoi avoir honte. Pourquoi m'as-tu menti ?

Chevtsov ne répondit pas, mais Anastasia entendit son souffle irrégulier dans le combiné. Sans doute était-il la proie de l'un de ses malaises. Elle disposait donc de quelques secondes pour décider s'il fallait l'entretenir dans ses illusions ou le décevoir. Elle lui avait posé une question stupide dont la réponse n'avait aucune importance, mais il se cassait la tête à l'autre bout du fil pour décider comment répondre sans se découvrir. Maintenant, que devait-elle faire ? Lui parler d'Alleko ?

Des phrases qu'il lui avait dites lui revinrent en mémoire :

« *Dix-neuf frappes au hasard et aucune femme sans péché... Si les gens ont des secrets à garder, c'est qu'ils ont des fautes à dissimuler... Il n'y a pas de fumée sans feu... Pitié d'elles ? Mais pourquoi ? Si elles n'avaient rien eu à cacher, elles auraient porté plainte...* »

Chez lui, c'était un motif constant : la recherche du coupable, le désir de définir la culpabilité et la responsabilité de chacun. Jamais d'explications, de circonstances atténuantes... Rien que le bien et le mal.

Il voulait être du côté du bien et c'est pour ça qu'il avait voulu entrer dans la milice. Il ignorait que le travail du flic se construit sur le compromis, le mensonge et la saleté. Il se voyait combattre le mal revêtu d'une blanche armure.

Mais il n'avait pas été accepté.

« Cela a été une véritable tragédie. Il en souffrait tellement... »

Il avait fait l'armée, mais on ne l'avait pas admis là où il désirait entrer depuis toujours. Il avait alors conçu un crime parfait. Pas pour se venger, non ! Simplement pour se prouver sa valeur à lui-même. Il était plus intelligent, plus habile, plus rusé. Les flics ne sauraient jamais ce qu'il avait fait et c'était en cela qu'il leur serait supérieur.

Que faire maintenant ? Le caresser dans le sens du poil en jouant l'ignorance pour lui faire croire qu'il avait réussi ? Ou lui porter un coup en lui faisant comprendre qu'il avait été percé à jour ? Comment faire ? Comment réagir ?

– Pourquoi tu ne dis rien ? Anton, tu m'entends ?

Son pouls battait tellement fort dans ses tempes que, parfois, il cessait même d'entendre la voix de Kamenskaïa.

Pourquoi m'a-t-elle demandé ça ? Comment l'a-t-elle appris ? Que sait-elle d'autre ?

Machinalement, son regard se porta sur Larissa. Elle gisait, les yeux fermés, comme morte. Il y avait beaucoup de sang et il voyait une petite rigole couler sur le plastique et, de là, sur le parquet.

Il savait ce qu'il devait faire : arrêter cette conversation et aller essorer le petit matelas de mousse dans la baignoire.

– Attends une minute, dit-il dans le combiné. J'ai quelque chose à faire.

Il se leva difficilement et se pencha sur Larissa. La tête lui tourna et un voile noir menaça de tomber devant ses yeux, mais il parvint à surmonter sa faiblesse. Il vainquit aussi sa phobie du sang, poussa de côté le corps inerte de la femme et trouva suffisamment de forces pour porter la mousse dégoulinante jusqu'à la salle de bains et la rincer sous le jet de la douche en évitant de regarder le liquide rouge qui s'évacuait en tourbillons de la baignoire.

En traînant des pieds, il retourna dans le salon, étala de nouveau la plaque de mousse sur le plastique et fit rouler Larissa dessus. Puis il s'assit lourdement et reprit le combiné.

– Alors ? Qu'est-ce que tu as encore à me dire ?

« Il a dit qu'il avait quelque chose à faire », écrivit-elle sur la feuille de papier qu'elle tourna vers Gordeïev.

Son chef se borna à hocher la tête. Ce n'était pas le moment de parler. Il était peut-être encore au bout du fil, à contrôler s'il y avait quelqu'un avec la jeune femme.

Anastasia se passa la main sur le front. Elle était en nage. Dans la tension de la conversation, elle ne s'en était pas rendu compte, mais son chemisier s'était collé sur ses flancs et son dos et elle sentait des filets de transpiration couler le long de son épine dorsale et entre ses seins. Elle avait une folle envie de se déshabiller et parvint à esquisser un sourire en pensant à la tête de ses collègues si elle le faisait. Finalement, la pause lui faisait du bien. Elle prit encore une cigarette, la quatrième depuis le début de la conversation.

Il est persuadé qu'il m'a roulée, qu'il a réussi un crime parfait, pensa-t-elle en retrouvant sa concentration. *Et il dit aussi qu'il veut mourir. Pourquoi, s'il a réussi ? Parce que son existence n'a plus de sens ? Parce qu'il a rempli sa mission et qu'il est parvenu à prouver ce qu'il voulait ?*

Elle se souvint des paroles de sa mère : « Mon fils voulait entrer dans la milice… Je suis heureuse qu'il ne l'ait pas fait. Il n'aurait pas pu… »

Il n'aurait pas pu quoi ? Vivre dans le mensonge, la

saleté et les compromis ? Cette vie lui est insupportable. C'est pour cela qu'il veut la quitter. Et si je lui dis qu'il a raté son coup, qu'il n'a pas atteint son objectif, qu'il n'a rien prouvé à personne ? Que va-t-il faire ? Persister dans son idée d'en finir ? Ou se mettre en tête d'entreprendre autre chose pour démontrer malgré tout qu'il est le meilleur ?

Elle sut enfin ce qu'elle devait faire.

Un souffle lourd se fit entendre dans l'écouteur.

– Alors ? Qu'est-ce que tu as encore à me dire ?

– Tu n'as pas pensé aux fleurs.

– Quelles fleurs ? C'est quoi, cette histoire ?

– Je parle de la variété de solanacée qui pousse sur les fenêtres du bureau de l'état civil.

– Et alors ?

– On voit des corolles ouvertes sur la photo d'Alleko. Tu comprends, maintenant ?

– Non.

– Ce sont des fleurs très particulières qui ne s'ouvrent que le soir, ou par temps maussade. Quand as-tu pris cette photo ? Pas au moment de mon mariage, en tout cas.

Une heure entière s'était écoulée depuis le début de la conversation téléphonique. Gordeïev sortit et revint rapidement avec une des secrétaires du service. Il la fit entrer dans le bureau et ferma la porte, les laissant seules. La nouvelle venue tenait dans les mains une serviette-éponge humide. Sans prononcer la moindre parole, elle déboutonna le corsage d'Anastasia pour lui essuyer le dos et la poitrine. Anastasia la remercia en lui serrant légèrement le bras et lui fit signe de partir pendant que, de sa main libre, elle arrangeait toute seule sa mise.

Boule-de-pain revint sans faire de bruit, posa devant elle une tasse de café fort et lui tendit un nouveau mot :

« Où se trouve le téléphone chez lui ? »

« Au-dessus du canapé », écrivit-elle très vite.

« Mobile ? »

« Fixé au mur. »

Il sortit encore sur la pointe des pieds pour revenir un instant plus tard. Il s'installa près d'Anastasia qui ne disait presque plus rien, se bornant à écouter et à poser des questions laconiques de temps en temps, lorsqu'elle ne comprenait pas.

Il comptait en finir de toute façon. Son échec ne le ferait pas changer d'avis. Et comme ça n'avait plus d'importance, il lui racontait tout. Il avait envie de parler à un point qu'il n'imaginait pas lui-même. Le secret l'étouffait, le rongeait de l'intérieur, lui empoisonnait l'existence.

Il lui expliqua comment il avait rencontré, dans un bureau de l'état civil, cette femme bizarre au visage détaché de tout et aux yeux éteints. La première fois qu'il l'avait vue, il ne lui avait pas prêté une attention particulière. Puis il l'avait rencontrée de nouveau, mais dans un autre quartier. Intrigué, il était parvenu à la mettre en confiance, à faire naître une amitié et elle lui avait raconté son histoire. Elle passait ses samedis à regarder les mariages en ressassant son chagrin et son ressentiment.

Son récit lui avait donné l'idée de monter un crime parfait. Tout devait découler de sa mésaventure : les mariées, les bureaux de l'état civil… En la persuadant qu'elle devait communiquer son expérience à d'autres femmes, ou, du moins, les prévenir des déconvenues qui les menaçaient, il lui avait fait écrire les lettres anonymes. Pour Alleko, il s'agissait de mises en garde et non de menaces. Elle n'avait aucune intention de faire de mal à personne.

Lui, en revanche, savait très bien ce qu'il voulait : il attendait simplement l'occasion favorable de commettre le meurtre qui lui permettrait de prouver sa supériorité sur la milice. Un jour, le hasard l'avait fait tomber sur une demande de mariage déposée par Kamenskaïa. Il avait entendu parler d'elle à la rédaction des *Nouvelles du crime*. Ses collègues journalistes étant plutôt élogieux à son égard, il s'était dit qu'elle faisait un adversaire à sa mesure.

Il avait décidé de passer à l'acte le jour de ses noces. À l'origine, il n'avait prévu qu'un seul meurtre, à Kountsevo. À l'heure de l'ouverture, il y avait encore peu de monde et il était certain de pouvoir agir sans se faire remarquer. Presque toutes les futures mariées passaient aux toilettes pour se refaire une beauté après le trajet en voiture. Il suffisait que l'une d'elles y aille seule. Entre le meurtre et le moment où le cadavre serait découvert, il disposerait de quelques minutes pour s'éclipser. Ce fut bien ainsi que les choses se passèrent. Son forfait accompli, il se rendit à Ismaïlovo pour rencontrer cette Kamenskaïa dont on disait tellement de bien. Là, il parvint même à sympathiser avec elle. La chance était de son côté car, malgré les nombreuses personnes qui se pressaient dans le bureau, il se retrouva seul dans le fumoir, presque par hasard, avec l'une des jeunes femmes qui devaient convoler. Il la tua également. Et le véritable jeu commença aussitôt. Il n'avait pas prévu que Kamenskaïa réagirait si vite en faisant fermer les issues, mais il comprit que la meilleure manière de passer inaperçu était de devenir tellement visible que personne ne penserait à lui. Quoi de mieux pour cela que de devenir un auxiliaire bénévole de la milice ? En développant les dizaines de photos qu'il avait prises, il eut l'idée d'en ajouter une d'Alleko : il lancerait ainsi les enquêteurs sur sa piste.

Dans les jours qui suivirent, il continua de cultiver l'amitié de la pauvre femme. Elle était bouleversée par les meurtres. Évidemment, il la persuada que ses lettres de mise en garde n'avaient aucun lien avec ces assassinats, mais il valait peut-être mieux faire parvenir à l'un des bureaux de l'état civil une lettre d'excuses. Et, docilement, elle écrivit le message : « Je suis navrée. Pardonnez-moi », qui signerait son suicide. Ce jour-là, il lui laissa entendre qu'il était secrètement amoureux d'elle.

Sevrée d'amour, Alleko ne demandait qu'à se laisser convaincre. Il en était sûr. Lorsque Anastasia fut enfin sur la bonne piste, il passa à l'étape ultime de son plan. Il appela sa future victime pour lui avouer qu'il n'en pouvait plus, qu'il l'aimait, qu'il saurait lui faire oublier la différence d'âge… D'abord, elle le rabroua, puis, comme il insistait, elle accepta une visite, « simplement pour causer ».

Rien qu'en franchissant le seuil, il se rendit compte que le piège de l'amour s'était une nouvelle fois refermé sur elle. Elle était passée chez le coiffeur et s'était préparée comme une adolescente pour un premier rendez-vous. Il ne lui fut pas difficile de la faire asseoir sur le canapé. Et lorsqu'elle ferma les yeux et entrouvrit les lèvres pour répondre à son étreinte, elle n'eut pas le temps de s'étonner de sentir le goût métallique du canon d'une arme, car il pressa immédiatement la détente.

Ensuite, il prépara sa mise en scène. Il mit des gants, déposa la lettre, essuya l'arme et la glissa entre les doigts d'Alleko dans plusieurs positions différentes pour y laisser ses empreintes non seulement sur la crosse et la détente, mais aussi sur le canon et le chargeur, comme si elle l'avait tripotée à plusieurs reprises. Il fit de même avec le silencieux et la boîte de balles qu'il dissimula sous une pile de serviettes. Lui-même avait évité de toucher des objets quelconques depuis son entrée pour ne pas laisser d'empreintes. Pour presser la sonnette, à la porte, il s'était même servi d'un stylo.

Fort de ses connaissances datant de l'époque où il voulait entrer dans la milice, il était certain de ne pas avoir laissé de traces.

– Où me suis-je trompé ? demanda-t-il à Anastasia. Qu'ai-je fait de travers, à part ces malheureuses fleurs ?

À ce moment, à l'appartement du dessus, se firent entendre des crissements agaçants de meubles que l'on pousse tandis que des voix retentissaient par les fenêtres ouvertes.

– Eh, patron ! C'est bien ici qu'il faut le mettre ? gueula une voix vulgaire.

– Oui, un peu plus à droite ! cria quelqu'un d'autre.

Aussitôt résonnèrent des coups de marteau qui firent trembler le mur au-dessus de sa tête : deux d'un côté, deux de l'autre... On marquait les emplacements des fixations d'un meuble.

Distrait par le remue-ménage, Chevtsov n'entendit pas la réponse d'Anastasia.

– Répète. J'entends mal.

– J'ai dit que tu connaissais mal la psychologie féminine. C'est là ta principale erreur.

– Pourquoi ?

– Parce qu'une femme qui a décidé de se suicider ne prépare pas un dîner pour deux. Tu n'es pas passé dans la cuisine, n'est-ce pas ?

– Je n'avais rien à y faire...

– Tu vois...

Une perceuse vrilla soudain les tympans de Chevtsov et la voix d'Anastasia disparut dans le vacarme.

– Qu'est-ce que tu dis ?

– Je dis que si tu étais entré dans la cuisine, tu aurais vu un dîner pour deux. Alleko attendait un invité. Sans doute un homme. Il y avait des hors-d'œuvre qui accompagnent un apéritif, mais pas de dessert comme ceux qu'on achète quand on attend une amie. Mais ça, c'est un détail, le plus important est ailleurs…

– Où ?

La perceuse hurla encore. Cette fois, Chevtsov eut l'impression que le foret lui entrait directement dans la nuque. La douleur cardiaque se faisait persistante et il avait du mal à rester concentré.

– Attends une minute. Je vais fermer la fenêtre. Des voisins font des travaux…

– Bien sûr, j'attends, répondit Anastasia.

L'agent qui observait l'appartement de Chevtsov depuis l'immeuble d'en face approcha son talkie-walkie de sa bouche.

– Ça y est ! Il a fermé la fenêtre.

– Allez-y, les gars, ordonna aussitôt le chef de l'équipe d'assaut.

Après avoir fermé les battants à double vitrage, Chevtsov était exténué. Le bruit était devenu moins fort, mais il se sentait plus faible. Il regarda Larissa qui continuait à perdre son sang. La mousse était totalement imbibée et le sang menaçait encore de couler par terre, hors du plastique, mais il n'avait plus la force de faire quoi que ce soit. Son cœur battait la chamade et il avait l'impression qu'il allait s'enfuir de son corps. Plus rien n'avait d'importance. Il allait simplement dire encore quelques mots à Anastasia, puis il partirait.

Il sortit un pistolet de son sac, vérifia le chargeur du bout des doigts, tremblant de faiblesse. Il dut faire un effort surhumain pour actionner la culasse. Il était en nage lorsqu'il s'étendit sur le canapé et reprit le combiné avec sa main gauche. Dans la droite, il tenait son arme, prêt à faire feu.

– Qu'est-ce que tu disais ?

– Qu'Alleko donnait l'impression de s'être préparée pour donner la meilleure image d'elle-même après la mort. Et une femme qui se prépare ainsi et fait tellement attention à son allure ne se tirera jamais une balle dans la bouche.

La perceuse se remit à vriller. Un rideau rouge tomba devant les yeux du photographe. S'il avait eu des forces, il aurait hurlé.

La vitre de la cuisine fut rapidement découpée avec un diamant et la fenêtre ouverte sans bruit. Les deux agents suspendus par des filins à l'étage du dessus sautèrent rapidement à l'intérieur de l'appartement. Depuis que Chevtsov avait fermé la fenêtre, ils savaient qu'il ne remarquerait pas les bruits de la descente.

Ils s'immobilisèrent pour écouter. Derrière le vacarme de la perceuse dans l'appartement d'où ils venaient, aucun bruit ne provenait de la pièce où se trouvait le criminel armé. Les miliciens, pistolets-mitrailleurs pointés devant eux, firent silencieusement quelques pas en avant.

– Anton, tu te sens mal ? Qu'y a-t-il ? Réponds-moi…

Une feuille apparut devant les yeux d'Anastasia.

« Ils y sont. »

Chevtsov ne répondait pas. Elle n'entendait même pas sa respiration. Seul le son lointain mais insupportable de la perceuse retentissait dans l'écouteur.

S'était-il éloigné du téléphone parce qu'il avait entendu quelque chose ? Attendait-il, blotti derrière la porte, de pouvoir ouvrir le feu sur les hommes qui voulaient investir l'appartement ? Ils étaient à deux contre un, mais il avait l'avantage de la surprise…

– Anton ! Anton ! réponds-moi. Qu'est-ce que tu as ?

Elle avait l'impression de le voir, caché dans la pièce tandis que les miliciens s'approchaient de l'autre côté de la porte…

– Anton ! Anton !

À chaque instant, elle s'attendait à entendre une fusillade, mais il n'y eut rien.

– Allô, lui répondit une voix inconnue. Kamenskaïa ?

– Oui.

– Ici le capitaine Stryguine.

– Vitia ? Alors… ?

– C'est fini.

– Comment, « fini » ?

– Il est mort.

– Mon Dieu ! Tu es sûr ? Il a peut-être seulement perdu connaissance…

– Il n'a pas de pouls et les pupilles ne réagissent pas à la lumière. Même s'il est seulement en état de mort clinique, il ne survivra pas jusqu'à l'hôpital.

– Et Larissa ?

– Elle semble encore vivante. C'est un véritable bain de sang ici…

– Vitia…

– Oui ?

– Est-ce qu'il s'est suicidé ?

– Non. Mais il était prêt à le faire : il tient un pistolet dans la main. Je crois que le cœur n'a pas tenu. S'il te plaît, demande qu'on arrête la perceuse. Ça rendrait fou n'importe qui…

Anastasia raccrocha lentement. Elle avait serré ce combiné pendant plus de deux heures et avait l'impression que le plastique lui collait à la peau.

– C'est fini ! souffla-t-elle en se renversant sur le dossier de sa chaise et en fermant les yeux. Fini.

Gordeïev, qui se tenait debout en face d'elle, prit une chaise et s'assit à califourchon dessus.

– Je te connais, Nastia. Je sais que tu commences à te sentir coupable, mais tu as tort. Tu as fait ce qu'il fallait et même plus. Personne n'aurait pu maintenir cette conversation si longtemps. Il ne s'est pas suicidé. Et s'il n'avait pas eu le cœur malade, nos gars l'auraient arrêté. Tu es une fille intelligente et tu n'as pas commis d'erreur. Simplement, nous n'avons pas eu de chance.

– Pas de chance, répéta Anastasia en écho.

De retour chez elle, elle fonça tout droit vers son lit. Tchistiakov essaya bien de lui soutirer quelques réponses, mais elle n'avait ni la force ni le désir de parler.

– Demain, Liocha, marmonna-t-elle en se tournant vers le mur et en se recroquevillant en chien de fusil. J'ai besoin de silence.

Le lendemain, à peine réveillée, elle appela la Petrovka pour demander des nouvelles de Larissa. Malheureusement, la jeune femme était morte. À l'hôpital, on n'avait rien pu faire pour elle : elle avait perdu trop de sang.

ÉPILOGUE

Début juillet, la météo avait prévu des températures frôlant les quarante degrés et tout indiquait que ce record allait être battu. Dans l'appartement des Tourbine l'atmosphère était irrespirable à cause de l'odeur persistante de médicaments.

Un mois et demi s'était écoulé depuis le changement brutal dans la vie de Valeri Tourbine. La femme médecin ne lui avait pas menti et il commençait effectivement à s'habituer à son nouveau mode de vie. Il vidait le bassin et parcourait les pharmacies à la recherche de médicaments, lavait les draps souillés et préparait des soupes et des bouillies faciles à avaler pour sa mère. Pendant la nuit, il travaillait sur sa thèse parce que sa mère gémissait tout le temps et que, dans le silence oppressant de la nuit, les geignements l'empêchaient de trouver le sommeil. Il dormait l'après-midi, après quatre heures, lorsque la vie bourdonnait autour de lui, dans la rue et chez les voisins, masquant la souffrance de Veronika Tourbina.

Parfois, il passait un coup de fil à Katia Golovanova. La semaine précédente, elle lui avait annoncé qu'Elia allait épouser Marat et que toute la famille s'envolerait pour les États-Unis à l'automne. Tourbine avait été surpris. Non de la nouvelle, mais de son manque de réaction : cela ne lui avait fait ni chaud ni froid. Il était trop loin de tout ça.

Il étendait les draps qu'il venait de laver lorsque la sonnerie de la porte retentit. Un ivrogne presque édenté, à l'aspect répugnant, se tenait sur le seuil.

– C'est pour quoi ? demanda Tourbine en s'essuyant les mains à son tablier dans un geste typiquement féminin.

– Salut, fiston, dit le bonhomme qui dégageait une odeur nauséabonde.

– Que voulez-vous ?

– Disons vingt mille, pour ton papa…

– Va te faire foutre, lui répondit froidement Tourbine avant de claquer la porte.

La sonnette retentit à nouveau, mais il n'avait aucune intention d'ouvrir. Après la confession de sa mère, il s'était préparé à une telle visite. Et il était certain que ce ne serait pas la dernière.

DU MÊME AUTEUR

Le Cauchemar
Seuil, 1998
et « Points », n° P 649

La Mort pour la mort
Seuil, 1999
et « Points », n° P 742

La Ligne noire
Seuil, à paraître, 2001

COMPOSITION : I.G.S. CHARENTE-PHOTOGRAVURE À L'ISLE-D'ESPAGNAC
IMPRESSION : S. N. FIRMIN-DIDOT AU MESNIL-SUR-L'ESTRÉE
DÉPÔT LÉGAL : MARS 2001. N° 49092-2 (55742)

Collection Points

SÉRIE POLICIERS

P18. L'Héritage empoisonné, *par Paul Levine*
P19. Les Égouts de Los Angeles, *par Michael Connelly*
P29. Mort en hiver, *par L.R. Wright*
P81. Le Maître de Frazé, *par Herbert Lieberman*
P103. Cadavres incompatibles, *par Paul Levine*
P104. La Rose de fer, *par Brigitte Aubert*
P105. La Balade entre les tombes, *par Lawrence Block*
P106. La Villa des ombres, *par David Laing Dawson*
P107. La Traque, *par Herbert Lieberman*
P108. Meurtre à cinq mains, *par Jack Hitt*
P142. Trésors sanglants, *par Paul Levine*
P155. Pas de sang dans la clairière, *par L.R. Wright*
P165. Nécropolis, *par Herbert Lieberman*
P181. Red Fox, *par Anthony Hyde*
P182. Enquête sous la neige, *par Michael Malone*
P226. Une mort en rouge, *par Walter Mosley*
P233. Le Tueur et son ombre, *par Herbert Lieberman*
P234. La Nuit du solstice, *par Herbert Lieberman*
P244. Une enquête philosophique, *par Philip Kerr*
P245. Un homme peut en cacher un autre, *par Andreu Martín*
P248. Le Prochain sur la liste, *par Dan Greenburg*
P259. Minuit passé, *par David Laing Dawson*
P266. Sombre Sentier, *par Dominique Manotti*
P267. Ténèbres sur Jacksonville, *par Brigitte Aubert*
P268. Blackburn, *par Bradley Denton*
P269. La Glace noire, *par Michael Connelly*
P272. Le Train vert, *par Herbert Lieberman*
P282. Le Diable t'attend, *par Lawrence Block*
P295. La Jurée, *par George Dawes Green*
P321. Tony et Susan, *par Austin Wright*
P341. Papillon blanc, *par Walter Mosley*
P356. L'Ange traqué, *par Robert Crais*
P388. La Fille aux yeux de Botticelli, *par Herbert Lieberman*
P389. Tous les hommes morts, *par Lawrence Block*
P390. La Blonde en béton, *par Michael Connelly*
P393. Félidés, *par Akif Pirinçci*
P394. Trois Heures du matin à New York, *par Herbert Lieberman*
P395. La Maison près du marais, *par Herbert Lieberman*
P422. Topkapi, *par Eric Ambler*
P430. Les Trafiquants d'armes, *par Eric Ambler*
P432. Tuons et créons, c'est l'heure, *par Lawrence Block*

P435. L'Héritage Schirmer, *par Eric Ambler*
P441. Le Masque de Dimitrios, *par Eric Ambler*
P442. La Croisière de l'angoisse, *par Eric Ambler*
P468. Casting pour l'enfer, *par Robert Crais*
P469. La Saint-Valentin de l'homme des cavernes *par George Dawes Green*
P483. La Dernière Manche, *par Emmett Grogan*
P492. N'envoyez plus de roses, *par Eric Ambler*
P513. Montana Avenue, *par April Smith*
P514. Mort à la Fenice, *par Donna Leon*
P530. Le Détroit de Formose, *par Anthony Hyde*
P531. Frontière des ténèbres, *par Eric Ambler*
P532. La Mort des bois, *par Brigitte Aubert*
P533. Le Blues du libraire, *par Lawrence Block*
P534. Le Poète, *par Michael Connelly*
P535. La Huitième Case, *par Herbert Lieberman*
P536. Bloody Waters, *par Carolina Garcia-Aguilera*
P537. Monsieur Tanaka aime les nymphéas *par David Ramus*
P538. Place de Sienne, côté ombre *par Carlo Fruttero et Franco Lucentini*
P539. Énergie du désespoir, *par Eric Ambler*
P540. Épitaphe pour un espion, *par Eric Ambler*
P554. Mercure rouge, *par Reggie Nadelson*
P555. Même les scélérats…, *par Lawrence Block*
P571. Requiem caraïbe, *par Brigitte Aubert*
P572. Mort en terre étrangère, *par Donna Leon*
P573. Complot à Genève, *par Eric Ambler*
P606. Bloody Shame, *par Carolina Garcia-Aguilera*
P617. Les Quatre Fils du Dr March, *par Brigitte Aubert*
P618. Un Vénitien anonyme, *par Donna Leon*
P626. Pavots brûlants, *par Reggie Nadelson*
P627. Dogfish, *par Susan Geason*
P636. La Clinique, *par Jonathan Kellerman*
P639. Un regrettable accident, *par Jean-Paul Nozière*
P640. Nursery Rhyme, *par Joseph Bialot*
P644. La Chambre de Barbe-Bleue, *par Thierry Gandillot*
P645. L'Épervier de Belsunce, *par Robert Deleuse*
P646. Le Cadavre dans la Rolls, *par Michael Connelly*
P647. Transfixions, *par Brigitte Aubert*
P648. La Spinoza Connection, *par Lawrence Block*
P649. Le Cauchemar, *par Alexandra Marinina*
P650. Les Crimes de la rue Jacob, *ouvrage collectif*
P651. Bloody Secrets, *par Carolina Garcia-Aguilera*
P652. La Femme du dimanche *par Carlo Fruttero et Franco Lucentini*

P653. Le Jour de l'enfant tueur, *par Pierre Pelot*
P669. Le Concierge, *par Herbert Lieberman*
P670. Bogart et Moi, *par Jean-Paul Nozière*
P671. Une affaire pas très catholique, *par Roger Martin*
P693. Black Betty, *par Walter Mosley*
P706. Les Allumettes de la sacristie, *par Willy Deweert*
P707. Ô mort, vieux capitaine..., *par Joseph Bialot*
P708. Images de chair, *par Noël Simsolo*
P717. Un chien de sa chienne, *par Roger Martin*
P718. L'Ombre de la louve, *par Pierre Pelot*
P727. La Morsure des ténèbres, *par Brigitte Aubert*
P733. Le Couturier de la Mort, *par Brigitte Aubert*
P742. La Mort pour la mort, *par Alexandra Marinina*
P754. Le Prix, *par Manuel Vázquez Montalbán*
P755. La Sourde, *par Jonathan Kellerman*
P756. Le Sténopé, *par Joseph Bialot*
P757. Carnivore Express, *par Stéphanie Benson*
P768. Au cœur de la mort, *par Laurence Block*
P769. Fatal Tango, *par Jean-Paul Nozière*
P770. Meurtres au seuil de l'an 2000
par Éric Bouhier, Yves Dauteuille, Maurice Detry, Dominique Gacem, Patrice Verry
P771. Le Tour de France n'aura pas lieu, *par Jean-Noël Blanc*
P781. Le Dernier Coyote, *par Michael Connelly*
P782. Prédateurs, *par Noël Simsolo*
P792. Le Guerrier solitaire, *par Henning Mankell*
P793. Ils y passeront tous, *par Lawrence Block*
P794. Ceux de la Vierge obscure, *par Pierre Mezinski*
P803. La Mante des Grands-Carmes
par Robert Deleuse
P819. London Blues, *par Anthony Frewin*
P820. Sempre caro, *par Marcello Fois*
P821. Palazzo maudit, *par Stéphanie Benson*
P834. Billy Straight, *par Jonathan Kellerman*
P835. Créance de sang, *par Michael Connelly*
P848. La Mort et un peu d'amour, *par Alexandra Marinina*
P849. Pudding mortel, *par Margarety Yorke*
P850. Hemoglobine Blues, *par Philippe Thirault*
P851. Exterminateurs, *par Noël Simsolo*

Collection Points

DERNIERS TITRES PARUS

P684. La Plus Belle Histoire de Dieu
par Jean Bottéro, Marc-Alain Ouaknin et Joseph Moingt
P685. Le Gardien du verger, *par Cormac McCarthy*
P686. Le Prix de la chair, *par Donna Leon*
P687. Tir au but, *par Jean-Noël Blanc*
P688. Demander la lune, *par Dominique Muller*
P689. L'Heure des adieux, *par Jean-Noël Pancrazi*
P690. Soyez heureux, *par Jean-Marie Lustiger*
P691. L'Ordre naturel des choses, *par António Lobo Antunes*
P692. Le Roman du conquérant, *par Nedim Gürsel*
P693. Black Betty, *par Walter Mosley*
P694. La Solitude du coureur de fond, *par Allan Sillitoe*
P695. Cités à la dérive, *par Stratis Tsirkas*
P696. Méroé, *par Olivier Rolin*
P697. Bar des flots noirs, *par Olivier Rolin*
P698. Hôtel Atmosphère, *par Bertrand Visage*
P699. Angelica, *par Bertrand Visage*
P700. La petite fille qui aimait trop les allumettes
par Gaétan Soucy
P701. Je suis le gardien du phare, *par Eric Faye*
P702. La Fin de l'exil, *par Henry Roth*
P703. Small World, *par Martin Suter*
P704. Cinq photos de ma femme, *par Agnès Desarthe*
P705. L'Année du tigre, *par Philippe Sollers*
P706. Les Allumettes de la sacristie, *par Willy Deweert*
P707. Ô mort, vieux capitaine…, *par Joseph Bialot*
P708. Images de chair, *par Noël Simsolo*
P709. L'Œuvre de Dieu, la Part du Diable
scénario par John Irving
P710. La Ratte, *par Günter Grass*
P711. Une rencontre en Westphalie, *par Günter Grass*
P712. Le Roi, le Sage et le Bouffon
par Shafique Keshavjee
P713. Esther et le Diplomate, *par Frédéric Vitoux*
P714. Une sale rumeur, *par Anne Fine*
P715. Souffrance en France, *par Christophe Dejours*
P716. Jeunesse dans une ville normande, *par Jacques-Pierre Amette*
P717. Un chien de sa chienne, *par Roger Martin*
P718. L'Ombre de la louve, *par Pierre Pelot*
P719. Michael K, sa vie, son temps, *par J.M. Coetzee*
P720. En attendant les barbares, *par J.M. Coetzee*

P721. Voir les jardins de Babylone, *par Geneviève Brisac*
P722. L'Aveuglement, *par José Saramago*
P723. L'Évangile selon Jésus-Christ, *par José Saramago*
P724. Si ce livre pouvait me rapprocher de toi
par Jean-Paul Dubois
P725. Le Capitaine Alatriste, *par Arturo Pérez-Reverte*
P726. La Conférence de Cintegabelle, *par Lydie Salvayre*
P727. La Morsure des ténèbres, *par Brigitte Aubert*
P728. La Splendeur du Portugal, *par António Lobo Antunes*
P729. Tlacuilo, *par Michel Rio*
P730. Poisson d'amour, *par Didier van Cauwelaert*
P731. La Forêt muette, *par Pierre Pelot*
P732. Départements et Territoires d'outre-mort, *par Henri Gougaud*
P733. Le Couturier de la Mort, *par Brigitte Aubert*
P734. Entre deux eaux, *par Donna Leon*
P735. Sheol, *par Marcello Fois*
P736. L'Abeille d'Ouessant, *par Hervé Hamon*
P737. Besoin de mirages, *par Gilles Lapouge*
P738. La Porte d'or, *par Michel Le Bris*
P739. Le Sillage de la baleine, *par Francisco Coloane*
P740. Les Bûchers de Bocanegra, *par Arturo Pérez-Reverte*
P741. La Femme aux melons, *par Peter Mayle*
P742. La Mort pour la mort, *par Alexandra Marinina*
P743. La Spéculation immobilière, *par Italo Calvino*
P744. Mitterrand, une histoire de Français.
1. Les Risques de l'escalade, *par Jean Lacouture*
P745. Mitterrand, une histoire de Français.
2. Les Vertiges du sommet, *par Jean Lacouture*
P746. L'Auberge des pauvres, *par Tahar Ben Jelloun*
P747. Coup de lame, *par Marc Trillard*
P748. La Servante du seigneur, *par Denis Bretin et Laurent Bonzon*
P749. La Mort, *par Michel Rio*
P750. La Statue de la liberté, *par Michel Rio*
P751. Le Grand Passage, *par Cormac McCarthy*
P752. Glamour Attitude, *par Jay McInerney*
P753. Le Soleil de Breda, *par Arturo Pérez-Reverte*
P754. Le Prix, *par Manuel Vázquez Montalbán*
P755. La Sourde, *par Jonathan Kellerman*
P756. Le Sténopé, *par Joseph Bialot*
P757. Carnivore Express, *par Stéphanie Benson*
P758. Monsieur Pinocchio, *par Jean-Marc Roberts*
P759. Les Enfants du Siècle, *par François-Olivier Rousseau*
P760. Paramour, *par Henri Gougaud*
P761. Les Juges, *par Élie Wiesel*
P762. En attendant le vote des bêtes sauvages
par Ahmadou Kourouma

P763. Une veuve de papier, *par John Irving*
P764. Des putes pour Gloria, *par William T. Vollman*
P765. Ecstasy, *par Irvine Welsh*
P766. Beau Regard, *par Patrick Roegiers*
P767. La Déesse aveugle, *par Anne Holt*
P768. Au cœur de la mort, *par Lawrence Block*
P769. Fatal Tango, *par Jean-Paul Nozière*
P770. Meurtres au seuil de l'an 2000
par Éric Bouhier, Yves Dauteuille, Maurice Detry, Dominique Gacem, Patrice Verry
P771. Le Tour de France n'aura pas lieu, *par Jean-Noël Blanc*
P772. Sharkbait, *par Susan Geason*
P773. Vente à la criée du lot 49, *par Thomas Pynchon*
P774. Grand Seigneur, *par Louis Gardel*
P775. La Dérive des continents, *par Morgan Sportès*
P776. Single & Single, *par John le Carré*
P777. Ou César ou rien, *par Manuel Vázquez Montalbán*
P778. Les Grands Singes, *par Will Self*
P779. La Plus Belle Histoire de l'homme, *par André Langaney, Jean Clottes, Jean Guilaine et Dominique Simonnet*
P780. Le Rose et le Noir, *par Frédéric Martel*
P781. Le Dernier Coyote, *par Michael Connelly*
P782. Prédateurs, *par Noël Simsolo*
P783. La gratuité ne vaut plus rien, *par Denis Guedj*
P784. Le Général Solitude, *par Éric Faye*
P785. Le Théorème du perroquet, *par Denis Guedj*
P786. Le Merle bleu, *par Michèle Gazier*
P787. Anchise, *par Maryline Desbiolles*
P788. Dans la nuit aussi le ciel, *par Tiffany Tavernier*
P789. À Suspicious River, *par Laura Kasischke*
P790. Le Royaume des voix, *par Antonio Muñoz Molina*
P791. Le Petit Navire, *par Antonio Tabucchi*
P792. Le Guerrier solitaire, *par Henning Mankell*
P793. Ils y passeront tous, *par Lawrence Block*
P794. Ceux de la Vierge obscure, *par Pierre Mezinski*
P795. La Refondation du monde, *par Jean-Claude Guillebaud*
P796. L'Amour de Pierre Neuhart, *par Emmanuel Bove*
P797. Le Pressentiment, *par Emmanuel Bove*
P798. Le Marida, *par Myriam Anissimov*
P799. Toute une histoire, *par Günter Grass*
P800. Jésus contre Jésus, *par Gérard Mordillat et Jérôme Prieur*
P801. Connaissance de l'enfer, *par António Lobo Antunes*
P802. Quasi objets, *par José Saramago*
P803. La Mante des Grands-Carmes, *par Robert Deleuse*
P804. Neige, *par Maxence Fermine*
P805. L'Acquittement, *par Gaëtan Soucy*

P806. L'Évangile selon Caïn, *par Christian Lehmann*
P807. L'Invention du père, *par Arnaud Cathrine*
P808. Le Premier Jardin, *par Anne Hébert*
P809. L'Isolé Soleil, *par Daniel Maximin*
P810. Le Saule, *par Hubert Selby Jr.*
P811. Le Nom des morts, *par Stewart O'Nan*
P812. V., *par Thomas Pynchon*
P813. Vineland, *par Thomas Pynchon*
P814. Malina, *par Ingeborg Bachmann*
P815. L'Adieu au siècle, *par Michel Del Castillo*
P816. Pour une naissance sans violence
par Frédérick Leboyer
P817. André Gide, *par Pierre Lepape*
P818. Comment peut-on être breton ?, *par Morvan Lebesque*
P819. London Blues, *par Anthony Frewin*
P820. Sempre caro, *par Marcello Fois*
P821. Palazzo maudit, *par Stéphanie Benson*
P822. Le Labyrinthe des sentiments, *par Tahar Ben Jelloun*
P823. Iran, les rives du sang, *par Fariba Hachtroudi*
P824. Les Chercheurs d'os, *par Tahar Djaout*
P825. Conduite intérieure, *par Pierre Marcelle*
P826. Tous les noms, par José Saramago
P827. Méridien de sang, *par Cormac McCarthy*
P830. Pour que la terre reste humaine, *par Nicolas Hulot, Robert Barbault et Dominique Bourg*
P831. Une saison au Congo, *par Aimé Césaire*
P832. Le Manège espagnol, *par Michel del Castillo*
P833. Le Berceau du chat, *par Kurt Vonnegut*
P834. Billy Straight, *par Jonathan Kellerman*
P835. Créance de sang, *par Michael Connelly*
P836. Le Petit reporter, *par Pierre Desproges*
P837. Le Jour de la fin du monde…, *par Patrick Grainville*
P838. La Diane rousse, *par Patrick Grainville*
P839. Les Forteresses noires, *par Patrick Grainville*
P840. Une rivière verte et silencieuse, *par HubertMingarelli*
P841. Le Caniche noir de la diva, *par Helmut Krausser*
P842. Le Pingouin, *par Andreï Kourkov*
P843. Mon siècle, *par Günter Grass*
P844. Les Deux Sacrements, *par Heinrich Böll*
P845. Les Enfants des morts, *par Heinrich Böll*
P846. Politique des sexes, *par Sylviane Agacinski*
P847. King Sickerman, *par George P. Pelecanos*
P848. La Mort et un peu d'amour, *par Alexandra Marinina*
P849. Pudding mortel, *par Margarety Yorke*
P850. Hemoglobine Blues, *par Philippe Thirault*
P851. Exterminateurs, *par Noël Simsolo*